CANTORAS

CANTORAS

Caro De Robertis

TRADUÇÃO
Natalia Borges Polesso

Porto Alegre São Paulo · 2024

This work has been published within the framework of the IDA Translation Support Program

Para las chicas
e para todas as pessoas queer e mulheres
que já viveram
às margens

Eu estava determinada a me tornar uma pessoa que, a todo custo, amaria sem fronteiras.
Qiu Miaojin, *Notes of a Crocodile*

Nunca levastes dentro uma estrela dormida
Que vos abrasava inteiros e não dava um fulgor?
Delmira Agustini, *O inefável*

PARTE UM 1977-1979

13 1 Escapada
57 2 Fogueiras noturnas
113 3 Dentro da loucura
157 4 O sonho da mulher

PARTE DOIS 1980-1987

217 5 Voos
253 6 A visão
309 7 Portões abertos
357 8 Águas que rompem

PARTE TRÊS 2013

397 9 Uma criatura mágica e brilhante

427 AGRADECIMENTOS

PARTE UM
1977-1979

I
Escapada

Da primeira vez — que se tornaria uma lenda entre elas —, entraram na escuridão. A noite envolvia as dunas. As estrelas se destacavam, em protesto, ao redor de uma fatia magricela da lua.

Não encontrariam nada em Cabo Polonio, o carroceiro disse: não tem eletricidade nem água corrente. Ele morava em uma vila próxima, mas fazia aquela viagem duas vezes por semana para levar suprimentos para a vendinha que servia ao faroleiro e a uns gatos pingados de pescadores. Não tinha estrada; você tinha que conhecer o caminho. Era solitário lá, ele observou, olhando para elas de soslaio, sorrindo para mostrar os dentes que sobraram, fazendo insinuações, embora logo tenha parado de perguntar o que elas estavam fazendo, por que estavam viajando para lá, dentre todos os lugares possíveis, só as cinco, sem um homem, o que foi até melhor, pois não teriam uma resposta decente. As árvores iam gradualmente desaparecendo, mas as moitas ainda erguiam suas cabeças desgrenhadas das colinas lisinhas, como se tivessem recém-nascido. A carroça se movia devagar, metodicamente, gemendo por causa do peso delas, o som dos cascos abafado pela areia fofa. Elas ficaram embasbacadas com as dunas e sua imensa vida. Cada viajante se perdia nos próprios pensamentos. A viagem de cinco horas de ônibus pela rodovia já parecia uma memória distante, deslocada daquele lugar, era como um sonho do qual agora acordavam. As dunas ondulavam ao redor delas, uma paisagem elementar, a paisagem de um outro planeta, como se, ao deixar Montevidéu, elas também tivessem conseguido deixar a Terra, como aquele foguete que alguns anos antes tinha levado homens até a Lua, só que elas não eram homens, e aquilo não era a Lua, era outra coisa, elas eram outra coisa, não identificada por astrônomos. O farol brotou diante delas, com sua luz lenta e circulante. Chegaram ao cabo pela praia, o oceano à direita, reluzindo no escuro, em uma conversa constante com a areia. A carroça passou por umas poucas cabanas parecidas com caixotes, cabanas de pescadores, pretas contra o preto do céu. Desceram da carroça, pagaram o carroceiro e carregaram suas sacolas recheadas de comida e roupas e cobertores enquanto zanzavam por ali, encarando a noite. O oceano as cercava por três lados do cabo, naquela quase ilha, um polegar que se estendia da mão do mundo conhecido. Por fim, encontraram o lugar ou o mais próximo disso, uma casa abandonada que poderia funcionar como quebra-vento para o acampamento delas. Estava meio erguida, com paredes parcialmente construídas, e não tinha telhado. Quatro paredes inacabadas e o céu. Dentro havia muito espaço para elas; seria uma casa ampla, não tivesse sido abandonada para ficar carcomida pelo tempo. Depois que elas organizaram as coisas, saíram e fizeram uma fogueira. Veio uma brisa que esfriava o couro delas, enquanto o uísque esquentava, o cantil passando de mão em mão. Sanduíches de queijo e salame para a janta ao redor da fogueira. A emoção de acender o fogo e mantê-lo queimando. O riso pontuava a conversa e, quando acalmava, o silêncio tinha um brilho, crepitava com as chamas. Estavam felizes. Não estavam acostumadas com a felicidade. O sentimento estranho as manteve acordadas e juntas até muito tarde, maravilhadas pela vitória e pelo espanto. Tinham conseguido. Estavam fora. Tinham se livrado da cidade como quem se despe de vestes pestilentas e vindo para o fim do mundo.

Finalmente, deixaram-se levar até suas pilhas de cobertores e dormiram embaladas pelo manso pulsar das ondas.

Mas, tarde da noite, Paz acordou assustada. O céu estava brilhando. A lua estava baixa, quase se pondo. O oceano encheu seus ouvidos e ela entendeu que aquilo era um convite impossível de resistir. Se despiu e desceu até as rochas, na direção da costa. O oceano rugia, faminto, tentando alcançar seus pés.

Ela era a mais nova do grupo, dezesseis anos. Vivia sob a ditadura desde os doze. Não sabia que o ar podia ter aquele gosto, tão livre. Seu corpo acolhido. Sua pele acordada. O mundo era mais do que ela conhecia, mesmo que só naquele instante, mesmo que só naquele lugar. Deixou os lábios descolarem e a brisa veio boca adentro, fresca na língua, cheia de estrelas. Como é que tanto brilho cabia no céu noturno? Como tanto oceano cabia dentro dela? Quem ela era naquele lugar? Parada naquela praia, encarando o Atlântico, com aquelas mulheres, que não eram como as outras mulheres, dormindo a alguns metros de distância, ela se sentiu tão estrangeira que quase colapsou sob seu feitiço. Sentia-se livre.

*

Flaca foi a primeira a acordar na manhã seguinte.

Ela foi até a janela sem vidraça da casa abandonada e olhou para a paisagem ao seu redor, tão diferente durante o dia, o imenso oceano azul visível pelos três lados do cabo, como se estivessem em uma pequena ilha, separada do resto do Uruguai. Rochas e mato seco, a água além, um farol e um punhado de cabanas à distância, lares de pescadores e uma vendinha entre elas. Tentaria chegar nelas hoje. Sairia para explorar.

A curiosidade se acendeu nela, um sentimento raro que ela cresceu suprimindo, automaticamente, sem pensar. A cidade, Montevidéu, não era um lugar para ser curiosa, era um lugar para se encarquilhar e se ocupar do próprio nariz, para tomar cuidado, manter as cortinas fechadas, manter a boca fechada com estranhos, porque qualquer um deles poderia te entregar para o governo e então você poderia desaparecer. Dava para ver nos passantes na rua os olhares agressivos, as posturas de medo tão familiares que se tornavam ordinárias. Ela já mal notava a tensão constante nas suas costas, que se acentuava sempre que um caminhão do exército passava por perto ou que um policial parava alguém no seu campo de visão, para depois retornar à sua discreta presença. Aqui, agora, ela se deu conta disso apenas como uma ausência, como o zumbido de uma geladeira que você só ouve quando para.

Sair para explorar.

Com as outras, se quisessem.

Ela se virou para olhá-las: quatro mulheres dormindo. Gurias. Mulheres-gurias. Era possível? Estavam ali? Ficou olhando por um tempão. Malena estava deitada de barriga para cima, a boca levemente aberta, sobrancelhas erguidas, como se os sonhos a surpreendessem. Quase um metro mais para lá, Romina se enrolava em si mesma, como um soldado que tenta proteger algo — uma joia, uma carta — escondido sob a camiseta. Mesmo adormecida conseguia parecer tensa. Será que ela nunca relaxaria, será que ficaria tensa como uma mola por toda aquela semana na praia? Tinha algo de reconfortante nessa sua tensão, por mais culpada que Flaca se sentisse com isso, considerando tudo o que a amiga tinha passado. Romina sempre cuidara de Flaca, e sua amizade vigorosa tinha ajudado Flaca a se arriscar, alçar voos, sair para aventuras como aquela. Aventuras como Anita, que estava deitada a mais ou menos um metro dela, seu cabelo vistoso preso numa trança longa e frouxa para dormir. Cabelo que, se desfeita a trança, esvoaçava como um mundo marrom e exuberante em que se poderia mergulhar, respirar, um perfume para se ficar bêbada. Mas não agora. Elas não estavam sozinhas. Além delas, na outra ponta do pequeno grupo, estava Paz, um jusa chiquilina, quase uma criança. Talvez elas não devessem tê-la trazido. Talvez Romina estivesse certa (como frequentemente estava). E, ainda assim, Flaca não vira outra escolha. Quando viu Paz pela primeira vez, no açougue, ela parecia tão desconfortável no mundo ordinário que Flaca sentiu uma pontada de reconhecimento. Gurias como ela precisavam ser salvas de si mesmas. Tinham que ser salvas dos horrores da normalidade, a jaula do não ser, que era a jaula desse país todinho e muito mais para gente como elas. Paz fazia Flaca se lembrar da sua própria adolescência. Ela começou uma conversa amigável. A princípio, a guria externalizou pouca reação à amabilidade, respondendo às perguntas laconicamente e recusando o primeiro convite de Flaca para uma rodada de mate atrás do balcão. Mas, mesmo assim, seus olhos disseram tudo.

Flaca caminhou para além das paredes meio erguidas para pegar gravetos para o fogo. Primeira ordem do dia: esquentar a água para o mate. Era o café da manhã. Ela guardou água o suficiente na noite passada para uma boa rodada de mate para todas. Teriam que procurar mais água depois. Enquanto arrumava os gravetos dentro do círculo de pedras que tinha construído no dia anterior, agradeceu ao seu pai por tê-la ensinado como fazer uma fogueira, por todos aqueles domingos de parrilla, mesmo que, toda vez, ele lamentasse o fato de não ter um filho com quem dividir suas habilidades.

— Três crianças e nenhuma delas é guri — ele dizia, dando de ombros. — Bom, o que se pode fazer com o destino?

Ela, Flaca, foi a única que demonstrou algum interesse em aprender a manter as chamas ardendo pelo tempo necessário para fazer da lenha brasa sobre a qual a carne pudesse assar por toda a tarde. Chamas altas, brasa baixa e brilhante. Ela não era a estudante ideal, mas, ainda assim, sabia que alguns pais nunca ensinariam uma filha, que ela tinha sorte, que não seria capaz de fazer uma fogueira agora se o seu pai fosse um homem mesquinho.

Romina se virou bem quando a água estava começando a ferver.

— Bom dia — Flaca disse. — Como sabia que o mate estava pronto? Tem sensores no cérebro?

— Antena de mate. Sou uma alienígena.

— Claro que é. Do Planeta Erva.

— Me parece familiar. — Romina apertou os olhos na direção do oceano. — Este lugar é bonito pra caramba.

— Eu tinha a esperança de que dissesse isso. — Flaca abriu um sorriso. — Dormiu bem?

— Como uma pedra. Na real, *nas* pedras. Elas provavelmente dormiram melhor do que eu. As pedras, digo.

— Talvez você durma melhor esta noite.

— Ah, tudo bem. Já dormi em lugares piores.

Aquilo as calou por um momento. Flaca encheu a cuia e passou para Romina, que tomou até a bomba roncar. Depois ela passou a cuia de volta para Flaca, que encheu de novo e bebeu tudo pela bomba de metal. O gosto verde e amargo a acalmou, acordou sua mente. Aquela tinha sido a primeira vez que Romina fizera referência, por vontade própria, à sua prisão, e foi um alívio ver a leveza na sua postura, ouvi-la fazer um comentário irônico sobre isso apenas duas semanas depois do fato. Flaca não sabia como abordar o assunto, e tentou fazê-lo com palavras carinhosas, raiva justiceira ou silêncio cuidadoso desde que Romina havia retornado à terra dos vivos, mas não importava o que ela dissesse ou fizesse, sempre era respondida com os mesmos olhos vazios. A verdade era que, quando Romina tinha sido presa, duas semanas antes — no Dia de Finados, nada menos que isso —, Flaca se apavorou. A maioria das pessoas que eram presas não voltavam. Tinha um vizinho que ela não via há anos e em cuja existência diária ela lutava para não pensar. E tinha o irmão da Romina, é claro, e outros — clientes regulares do açougue, um primo de uma amiga de infância da sua irmã —, mas nenhuma dessas pessoas que foram levadas era tão próxima a ela quanto Romina, que era sua melhor amiga desde que se conheceram no encontro do Partido Comunista, no começo de 1973, quando Flaca tinha dezessete anos e o mundo ainda parecia uma longa história por se desenrolar diante dela, muito porque ela não lia o jornal ou se interessava por política, de modo que, mesmo com os ocasionais toques de recolher noturnos e a súbita presença de soldados nas ruas, ela era capaz de ver o mundo como algo mais ou menos normal, os problemas do país como passíveis de resolver a longo prazo. Esses eram os benefícios de não prestar atenção. Naqueles dias, ela não via que a política tinha a ver com ela ou com suas aspirações para o futuro, que, naquele ponto, envolviam encontrar um jeito de se manter viva e ainda ser ela mesma. Flaca só foi para o encontro do Partido Comunista porque estava entediada e porque o panfleto lhe foi entregue por uma linda estudante com cabelo brilhoso e intoxicante que gostaria de ver novamente. A linda estudante universitária não estava no encontro, que foi interminável e caótico, cheio de monólogos apaixonados de homens jovens e velhos que pegavam pasteizinhos doces de bandejas sem agradecer às mulheres e meninas que os traziam. *Comunismo*, Flaca pensou, *não deve ser pra mim*. A melhor parte do encontro foi Romina, uma das entusiasmadas fornecedoras dos doces, com dezoito anos. O cabelo de Romina não era brilhoso — era, na verdade, o oposto, uma rebelião de cachos escuros. Bons também para mergulhar. Tinha algo nela, um tipo de intensidade ondulante no olhar que fez Flaca querer ficar olhando para ela a noite toda e um pouco mais. Mais para o final do encontro, Romina finalmente teve a chance de falar, e ela o fez com tanta paixão que Flaca ficou oficialmente obcecada. Ela enterrou aquela obsessão sob

um manto de amizade — amizade-em-que-se-conta-tudo-
-uma-para-outra — por um mês, até que, finalmente, uma
noite, elas se beijaram no banheiro de uma boate na Cidade
Velha, depois de dançarem com uma fila de jovens homens
desafortunados. Ela ficou perplexa ao descobrir que aquilo
poderia acontecer, que uma guria pudesse beijá-la de volta.
Era tão bom quanto nos seus sonhos. Melhor. O mundo do
avesso para caber nos seus sonhos. Entre o mundo dos guris
e o mundo das gurias, havia um abismo do qual ninguém
falava. E caíram nele juntas. Se encontravam em casa quando
seus pais estavam no trabalho e suas mães saíam para o
carteado ou para o cabeleireiro, o sexo furtivo, afiado com
o perigo de serem descobertas. Em três gloriosas ocasiões,
economizaram para pagar um quartinho de motel, onde
atendentes entediados presumiam que elas eram irmãs
quando entravam e onde elas nunca desperdiçavam uma
hora sequer dormindo. Elas se deleitavam uma na outra em
segredo absoluto. Então veio o golpe e Romina desapareceu.
Seus pais não davam nenhuma informação quando Flaca
telefonava, eles desligavam assim que ouviam o nome da
filha. Flaca não ousava bater na porta deles. Romina, presa:
seus sonhos recheados com imagens do corpo de Romina
todo retorcido ou com roxos que a deixavam irreconhecível.
Para se distrair e não se afogar no desespero que pairava
em cada minuto da sua vigília, ela tirava proveito do seu
trabalho no turno contrário da escola, no açougue dos pais,
para seduzir uma jovem dona de casa inquieta com coxas
acrobáticas e uma bibliotecária de lábios carnudos que
trabalhava na Biblioteca Nacional e exigia ser espancada
com uma edição do *Inferno* de Dante com letras douradas
e em alto-relevo. Flaca achava que ambas estavam pos-

suídas por uma furiosa carga erótica desencadeada por causa daqueles dias de caos e perigo, embora nenhuma das amantes jamais se referisse diretamente ao golpe. Ela nunca havia seduzido uma mulher que fosse tão mais velha do que ela; a excitação daquilo ajudou-a a sobreviver ao terror dos dias. Ela tinha apenas dezessete anos, mas há muito tempo observava os homens, o jeito que agiam, como se soubessem as respostas para as perguntas antes mesmo delas serem feitas, como se carregassem as respostas nas suas bocas e calças. Suas amantes pareciam se esquecer do quão jovem ela era, talvez porque quisessem mesmo, famintas que estavam por distração e prazer enquanto o mundo girava fora de controle. Pelo resto da sua vida, Flaca se questionou se esse período a teria transformado em uma Don Juan ou se tinha simplesmente desvelado o que já havia no seu interior. Ela nunca se contentava com a resposta. Quando Romina reapareceu — ela não havia sido presa, estava escondida na casa da sua tia na longínqua cidade de Tacuarembó, onde ninguém pensaria em procurá-la, e estava inteira —, ela logo descobriu sobre os dois casinhos, os quais Flaca não tentou desmentir. Romina explodiu. Ficou sem falar com Flaca por um ano. Um dia, finalmente, ela foi até o açougue, e o coração de Flaca deu pulos no seu peito. Naquela altura, a dona de casa tinha se fechado de volta no seu casamento, em pânico, enquanto a bibliotecária tinha expandido seu repertório de maneiras de misturar sexo e livros. E Flaca tinha sentido saudades de Romina todos os dias.

— Não vá se animando muito — Romina disse. — Eu te amo e você é minha amiga, mas não vai mais ter chucu--chucu pra nós, nunca mais.

Era o suficiente para Flaca. Ela não pressionou. Dali em diante, o vínculo entre as duas era certo e incondicional. Elas confidenciavam segredos e se procuravam sempre que precisavam de ajuda.

Com o passar dos anos, Romina parecia estar a salvo. Mas, então, havia duas semanas, Romina desaparecera pela segunda vez, e Flaca foi acometida pelo medo de que nunca voltasse a vê-la, que teria sido pega pela grande máquina oculta. Ela estava errada sobre o primeiro medo, mas certa sobre o segundo. Passadas três noites, Romina reapareceu na beira de uma estrada, às margens da cidade, seminua e mais ou menos inteira, só com algumas queimaduras de cigarro e um novo olhar petrificado. Ela quis oferecer algo, um jeito de esquecer, uma fuga, um jeito de atravessar aquilo. Algo especial, ela pensou. Uma folga, uma escapada.

— Vamos comemorar — ela disse a Romina, enquanto tomavam mate no açougue.

Romina ficou encarando-a como se ela fosse louca; foi a primeira vez que fez contato visual naquela tarde.

— Que diabos a gente tem pra comemorar?
— O fato de que você tá viva.

Romina não respondeu.

Flaca pegou um mapa da costa uruguaia e o abriu no balcão onde geralmente empacotava carne para os clientes.

— Tem esse lugar do qual minha tia falou, essa praia. Uma praia bonita.
— Eu já fui pra Punta del Este. Nunca mais volto lá.
— Bah! Não estou falando de Punta del Este. É o oposto disso. Nada de boates cheias de luzes, nada de biquínis caros nem de apartamentos de luxo. Na verdade, não tem nada de luxo nesse lugar.

— Nada?

Romina não conseguiu não demonstrar curiosidade.

Flaca sorriu, pensando, está dando certo, esse projeto vai tirá-la do sumidouro na sua mente, mantê-la ocupada com outra coisa.

— Nadinha de nada. Tem um farol, umas casinhas de pescador, e é isso. Não tem nem eletricidade lá, nem água encanada. É só vela e lampião.

— E lanternas? As pessoas usam lanternas ou não tem nem pilha lá?

— Não sei. Poderíamos levar lanternas. Olha, não te preocupa. O negócio é que estaremos longe da cidade, longe do barulho de... Tudo isso. Vai ser divertido, tipo uma festa. No mato.

— Sem água corrente? O que vamos fazer, cagar atrás da moita?

— Ainda não sei. Mas tem pescadores lá, tenho certeza de que eles têm lugar pra cagar! Enfim, o que faz ser uma celebração é estarmos lá juntas. E... Tem uma mulher que quero levar comigo também.

— Ahá! Então é sobre isso!

Flaca ergueu as mãos em um gesto exagerado de inocência.

— Não sei do que você tá falando.

— Você quer uma escapada romântica, sedutora que é, e está me arrastando pra uma fuga de amantes...

— Se fosse isso, acha mesmo que eu estaria te convidando pra ir comigo?

Romina parou e percebeu a mágoa na cara de Flaca.

— Desculpa, Flaca. Eu estava brincando.

— Essa é a *nossa* viagem, Romina. Na verdade, pra te dar a real, estou morrendo de medo de ir. Nunca vivi sem água corrente ou eletricidade por um dia sequer. Não tenho nem ideia de como iremos cagar ou o que vai acontecer com a gente. Talvez a gente passe fome, talvez a gente congele, talvez até o final a gente se odeie, não sei. Não é bem férias nem nada.

— Então o que é?

— Não sei. Uma aventura. Não. Mais que isso. Um teste.

— Um teste para quê?

— Para... ficarmos vivas. Para voltar à vida. Porque...

Ela parou e ficou encarando Romina. As palavras ficaram presas na garganta.

— Fala — Romina sussurrou. — Fala logo, Flaca.

— Estou morta aqui, nesta cidade. Todo mundo está, somos todos cadáveres ambulantes. Preciso sair daqui pra descobrir se eu ainda consigo estar viva. Montevidéu é uma porra de uma prisão, uma enorme prisão a céu aberto, e lamento se isso soa como se eu estivesse diminuindo o que você passou, mas–

— Cala a boca só um pouquinho — Romina disse.

Ela pegou o maço de cigarros de Flaca no balcão. Flaca riscou um fósforo e acendeu para ela. Suas mãos estavam trêmulas, e foi então que percebeu que as de Romina também estavam. As duas fingiram não notar. Romina tragou.

— Romina, desculpa, eu–

— Eu disse pra calar a boca.

Flaca assentiu. Ela acendeu um cigarro para si. Uma boa e profunda arranhada no seu pulmão.

— Entendo — Romina disse, com os olhos na fumaça. — Eu vou.

E então a viagem tomou forma. Nas noites, elas se encontravam no quarto de Flaca para planejar, enquanto os pais dela assistiam televisão no final do corredor.

Flaca abriu três mapas diferentes em cima da cama, tentando ter uma noção do lugar, e começou várias listas aleatórias de coisas que elas precisariam para sobreviver na natureza. Na última noite de planejamento, a noite antes da partida delas, enquanto Flaca estava arrumando as coisas e organizando sua mochila, Romina trouxe uma amiga: Malena, uma mulher que Romina tinha conhecido numa praça perto da universidade, na hora do almoço, as duas comendo empanadas da padaria ali perto. Elas tinham um ritual semelhante de comprar uma empanada de presunto e queijo e uma de milho cremoso e guardar um pouco da bordinha da massa para os pombos; isso naturalmente levou-as a conversar. Malena trabalhava em um escritório e se encaixava nesse papel: era eficiente, estava sempre arrumada e asseada. Linda, sim, com uma boca sensual e uns olhos amendoados, mas seu coque era tão apertado quanto seu sorriso. Era três anos mais velha do que Romina, vinte e cinco, e se vestia como se tivesse o dobro disso. Um casaquinho de matrona. Flaca nunca pensaria que aquela mulher fosse uma delas.

— Malena nunca viu um leão-marinho — Romina declarou, como se aquilo resolvesse tudo.

Flaca não contestou até que Malena saísse para usar o banheiro.

— Tem certeza disso?

— Tá tudo bem. Ela é legal. É uma de nós.

— Perguntou pra ela?

— Você pergunta pras mulheres se elas são antes de levá-las pra cama?

— Você vai levar ela pra *cama*?

— Não. E não que isso seja da sua conta.

Flaca suspirou. Não poderia brigar com Romina e ganhar; a amiga a conhecia muito bem.

— Enfim — Romina continuou —, você vai levar a fulaninha, sua mais recente dona de casa, então acho que é justo.

— Ela é mais do que a mais recente. Ela é...

— Ahá! Então ela *é* dona de casa! Eu sabia.

— ... diferente.

Romina estava com cara de cética.

— Diferente como?

— Não sei. Só sei que ela é. — Flaca se remexeu, inquieta. Tinha esperado o máximo possível para dar essa última notícia. — E também, hm, convidei mais uma pessoa.

— Quem?

— Uma guria que eu conheci no açougue.

Romina riu.

— E o que a fulaninha vai dizer *disso*?

— Não, não é isso. Com essa guria, quero dizer. Ela é... Não fique irritada, Romina. Ela é novinha.

— Novinha quanto?

Flaca baixou os olhos.

— Flaca, quantos anos ela tem?

Ela quis mentir para Romina, manter esse detalhe fora da vista, mas para que mentir para alguém que conseguia enxergar seu interior? No final, ela sempre descobria. E, com todas as mentiras e o silêncio a que Flaca se fiava para manter sua vida intacta, era justamente esse ser vista que fez sua conexão com Romina ser tão essencial quanto respirar.

— Dezesseis.

— *Flaca!*

— Mas ela definitivamente é uma de nós. E parece estar sozinha.

— Você perguntou pra ela? Se ela é uma de nós?

Flaca ficou olhando fixamente para uma mancha na parede, como se ela pudesse de repente revelar hieróglifos secretos.

— Xeque-mate — ela disse, por fim.

— Isso é loucura — Romina falou. — Absolutamente irresponsável. Cinco... Sabe, né? Cinco de nós? Você já fez algo assim antes?

Flaca levou isso em consideração. *Nós*. A palavra deslizou pela sua mente como uma folha, ou uma pedra, desassossegando águas. Por anos, ela encontrou uma gama de mulheres que poderiam ser vistas como parte desse *nós*, admitissem ou não. Ela e Romina confiavam uma na outra, tinham forjado uma conexão, uma miraculosa sociedade secreta de duas pessoas. Mas cinco. Cinco? Todas em um lugar, todas admitindo o que eram? Não que todas as pessoas nessa viagem estivessem fazendo isso, mas fazer parte da viagem já não era incriminatório? Cinco, juntas. Nunca tinha ouvido falar de algo assim. Ali, naquele momento, naquele Uruguai, você poderia ser presa por juntar cinco ou mais pessoas na sua casa sem permissão. E quanto à homossexualidade, isso era um crime que poderia te pôr na mesma cadeia que guerrilheiros e jornalistas, prisão com tortura, prisão sem julgamento. Não havia lei contra a homossexualidade, mas isso não importava, porque o regime fazia o que queria, com ou sem ela, e também porque havia uma lei de *afronta à decência*, e desde muito antes do golpe poucas coisas eram mais afrontosas, mais repugnantes. Não havia pior insulto para um homem do que puto. Os homens eram mais insultados. E mais visíveis.

— Não.

— Você me deixa embasbacada, Flaca.

— Ficaremos bem — ela disse, sem certeza. — Lá não é como na cidade. Não tem dedo-duro pra ficar sabendo o que estamos fazendo ou o que somos.

— Como você sabe?

— Pelo que minha tia me contou.

Romina encarou-a como se fizesse cálculos furiosos.

— Essa sua praia. Ou vai ser Ítaca, ou vai ser Cila.

Lá vai ela de novo com suas referências literárias, Flaca pensou. Era da *Odisseia*, não era? Tivera que ler na escola. Uma daquelas palavras era o lugar de um naufrágio, a outra era um lar, mas qual era qual? Não poderia lembrar; ao contrário de Romina, ela fora uma má aluna, não se importava muito.

Malena estava de volta, escaneando as caras delas como se sentisse que tinha perdido algo. Será que ficou escutando do corredor? Fazia quanto tempo que tinha dado a descarga?

— O que acha, Malena? — Romina disse, alternando o olhar irônico entre as duas. — Estamos indo para Ítaca ou para Cila?

— Eu não sei — Malena disse, com uma gravidade que surpreendeu ambas.

As três mulheres ficaram se olhando em silêncio por muitos segundos, longos e dolorosos.

— Suponho — Malena seguiu — que a verdadeira questão seja qual delas estamos procurando.

*

Em nome de Deus, onde é que eu estou?, Anita pensou quando abriu os olhos. Uma confusão se derramou sobre ela enquanto encarava o céu azul e com o sol já forte. Ela sentou e olhou ao redor. Uma casa incompleta. Pedras, oceano. Flaca e Romina estavam a alguns passos de distância, sentadas, tomando um mate juntas, num silêncio tranquilo. Anita estava nervosa para conhecer Romina, a melhor amiga da sua namorada, que parecia ser também a ex-namorada da sua namorada; conhecer a ex-namorada da sua namorada parecia ser algo explosivo, que nenhuma mulher deveria, em hipótese alguma, fazer por vontade própria, um assassinato à espera, mas ali as regras pareciam diferentes, distorcidas, como se derretessem sob o sol. O modo como Flaca tinha falado de Romina fez com que parecesse menos uma ex-namorada ciumenta e mais uma irmã de confiança, cuja aprovação seria necessária se a coisa fosse durar.

Eu quero que isso dure?

A questão lhe doeu. Foi uma insanidade começar tudo isso com Flaca, dar trela. Nunca lhe ocorrera pensar em mulher do jeito que se pensa em homem — não conscientemente, não com a parte séria da sua cabeça — até ela notar aquele jeito de olhar de Flaca enquanto ela lhe entregava um pacote de carne crua muito bem embrulhado. Aquela hesitação. Aquela mensagem de fome, uma declaração do querer, tudo em um olhar. Ela não sabia que mulheres eram capazes disso. Esperava isso dos homens, via isso neles toda vez que descia uma rua na cidade, mas de uma mulher? Foi pega desprevenida. Fingiu não notar e rapidamente enfiou a carne na sacola de compras. A noite toda, enquanto cozinhava e fazia que sim com a cabeça para as longas reclamações do marido sobre o trabalho e lavava a louça enquanto ele assistia o âncora da televisão contar as mesmas mentiras sem graça, ela pensava sobre o olhar. O que aquilo significava, o que deveria significar quando uma mulher olhava para outra mulher daquele jeito. Talvez tivesse inventado aquilo, não entendeu direito, ela pensou, enquanto secava uma taça de vinho. Não era nada. Estava sendo ridícula. Não havia razão para continuar pensando naquela açougueira graciosamente esguia e com braços musculosos. Ouviu um som de estilhaço e só depois notou que a taça tinha estourado com a pressão das suas mãos.

Ela voltou ao mesmo açougue na tarde do dia seguinte, mesmo que fosse fora do caminho, mesmo não sendo seu local regular de compras, mas apenas um no qual ela entrou espontaneamente na volta de um chá na casa de uma amiga. Voltava apenas para ter certeza, disse a si mesma. Apenas para entender.

Flaca se manteve lá, pronta, e agora os dias de Anita eram preenchidos por Flaca ou por pensamentos sobre ela quando estavam separadas.

O horror na cara das amigas se elas um dia descobrissem. Se ainda pudesse chamá-las de amigas, aquelas colegas de infância com quem brincava só porque tinham crescido no mesmo quarteirão no bairro sonolento de La Blanqueada. Cada uma delas criada para ser uma boa esposa, uma mãe, com cabelo cuidadosamente arrumado e perfume floral em demasia. Ela as via às vezes no domingo, quando elas todas voltavam à casa dos pais para almoços de família e depois se encontravam na praça da vizinhança. Apareciam embonecadas, mas de um jeito servil e arrumado, como senhoras em treinamento. "Quais são as novidades?", perguntavam, sedentas pela fofoca em que outras pessoas poderiam ser escaladas como vilãs. Uma vez, quando ela e Flaca estavam transando, Anita imaginou essas amigas de infância reunidas contra a parede do outro lado, inundadas de horror, e gozou com uma ferocidade que surpreendeu as duas.

Havia partes de si mesma que ela não sabia que existiam, que estavam trancafiadas até que Flaca chegou com sua chave brilhante.

Eu quero que isso dure?

Ela não sabia a resposta, não queria saber, ainda não. Ela só sabia que queria ter a escolha. Queria vencer. Sempre adorou vencer. Escolheu o marido entre um bando de homens que se casariam com ela num estalar de dedos. Ela era o prêmio, naquela época. Agora, cinco anos depois, aos vinte e sete, se sentia velha, usada, sua vida sugada e definida até que morresse. Queria escapar daquilo. Queria seguir Flaca até uma realidade em que fosse possível mais: alegria, por exemplo. Expansão. E ela queria algo mais também, algo nebuloso, algo que lhe doía: entender esse clube secreto com o qual ela trombou, esse estranho e novo labirinto de mulheres. Para saber o que isso tinha a ver com sua própria vida, se é que tinha alguma coisa. Ela era uma delas? Elas a aceitariam como tal? Quem serei, ela pensava, depois de sete dias sozinha com essas mulheres? A pergunta a deixava apavorada; colocou o medo de lado e se levantou.

Anita se espreguiçou e espiou pela janela. A paisagem se estendia diante dela, o solo verde se alongando até as rochas e as praias de areia, lânguido contra o azul. Havia tanto azul. O oceano brilhava vasto e majestoso. Algo naquilo lhe doía.

— Por Dios — disse, em voz baixa.

— Bom dia — disse Flaca.

Elas se olharam. Aquele fogo nos seus olhos. Anita não pôde desviar o olhar.

— Ah, pelo amor de Deus, vocês duas — Romina disse, mas não sem bom humor. — Não está meio cedo pra isso?

— Nunca é cedo demais — Flaca disse — pra desejar bom dia. Que foi tudo o que eu disse.

— Ah! — Romina grasnou — Flaca, a inocente.

— Por que não?

Flaca sorriu, serviu outro mate e o entregou para Anita. Romina bufou, mas sorriu para Anita.

Anita sorveu o mate, aliviada e encantada com a leveza de Romina.

— Não imaginei que seria tão bonito aqui.

— É bem assim que me sinto — disse Romina.

— O quê? — disse Flaca. — Nenhuma de vocês acreditou em mim?

— Ah, calma aí. — Romina deu um tapa no braço de Flaca. — Você também nunca tinha vindo aqui, certo?

— Certo.

— Então você não sabia de verdade.

— Não — Flaca admitiu. — Não sabia. Mas minha tia descreveu tão vividamente que eu pude ter uma ideia.

O que bastou para arrastá-las até aqui como uma doida, pensou.

— Eu nunca tinha ouvido falar em Cabo Polonio. — Anita terminou o mate e o devolveu. — A minha vida toda, pensei que soubesse sobre essas praias de Rocha, ou ao menos que sabia os nomes. Mas isso?

— A melhor parte — Romina disse — é quantas outras pessoas também nunca ouviram falar. É como se tivéssemos viajado para uma região onde ninguém pode nos encontrar.

Ficaram em silêncio por um momento. Anita mexia as mãos, incerta do que dizer. Ela sabia da prisão recente de Romina, e há duas semanas tinha ficado sentada com Flaca enquanto ela lutava contra o choro e o pânico do que poderia estar acontecendo com a amiga, se a veria novamente. O rápido retorno de Romina fora o mais profundo alívio — mas, ainda assim, isso não significava que horrores não tinham acontecido. Como todos que ela conhecia, Anita tinha aprendido, nos anos recentes, a evitar assuntos de prisão, tortura, terror, censura. Romina estava fazendo uma referência direta ou era uma referência acidental? Não a conhecia bem o bastante para dizer.

— Esse — Flaca disse, segurando a cuia enquanto bebia — é exatamente o objetivo.

Depois de mais algumas rodadas de mate, Malena acordou e se juntou ao círculo. Flaca pegou retalhos de queijo, pão e salame, cortou tudo em pedaços e passou adiante. Elas conversaram tranquilamente sobre como dormiram, a carona pelas dunas, a paisagem surpreendente em torno delas, sua estranheza, sua beleza, a absoluta falta de um banheiro, iam mesmo cavar buracos para cagar dentro?

— Vamos — Flaca disse —, a pá está pronta, quem começa?

Ninguém queria começar. Os intestinos de todas estavam presos.

— Nós sem fim — Romina disse —, como o macramê da minha mãe.

Elas riram dos seus intestinos de macramê. Elas riram de Paz, a guria, ainda dormindo durante tudo isso, mesmo quando a luz do sol nascente começou a pegar nela.

— Como é que ela pode dormir com o sol na cara? — Anita disse. — E já está tão quente.

— Especialmente pra novembro — Flaca disse. — Nossa primeira onda de calor do verão.

— Ainda não é verão! — Anita disse.

Flaca sorriu.

— Está bem perto.

— Bem perto de quê?

— Do calor — Flaca disse.

— Ah, parem vocês duas! — Romina pegou alguns seixos e jogou-os em Flaca, mas ela estava rindo. — Vocês são as piores. As duas.

Anita sentiu o rosto corar. Ela olhou para Flaca, esperando que ela dissesse algo para dispersar aquele estado de humor. Mas Flaca não parecia se sentir desconfortável de modo algum; estava rindo para Romina, cheia de tranquilidade e malícia. Então era assim que elas eram juntas. Agora que não estavam cercadas de estranhos — na cidade, no ônibus que desceu para a costa —, aquela era a linguagem delas. Olhou para Malena, que assistiu tudo em silêncio, seu cabelo já preso para trás, num coque, quando ela tinha feito aquilo? E por que se incomodar com um penteado assim num lugar daqueles? Não fazia sentido, a menos que prender cabelo fosse um tipo de armadura que Malena não conseguia largar. Parecia segura daquele jeito, essa Malena, o tipo de mulher que pensa muito mais do que fala em voz alta.

— Estou apenas dizendo — Flaca falou — que vai ser um dia quente.

— Ah tá, e você não está contente por isso — disse Romina.

— Bem, eu queria ir dar uma nadada.

— Eu também — disse Anita.

— Então vai.

Romina pegou o mate e bebeu.

— Agora?

— Por que não? Nada te impede. Podemos fazer o que quisermos, não é por isso que viemos?

Anita considerou. Olhou para o sol — uma coisa que sua mãe sempre disse para não fazer — depois para a praia ao sul.

— Acho que deveríamos sair em busca de suprimentos primeiro. Parece que um barco de pescador está se aproximando. Lá, olhem, na praia.

Elas todas olharam. Uma mancha vermelha na água deslizando devagar na direção da costa.

— Talvez eles nos vendam um pouco do que pegaram. — Anita olhou para Flaca. — Não foi isso que você disse que faríamos? Comprar peixe dos pescadores? Você tinha todo um plano.

— De fazer peixe aparecer — disse Romina.

— Como Jesus Cristo — disse Malena.

Romina riu e Anita acompanhou. Malena ficou olhando para elas, surpresa, por um momento, como se não tivesse entendido a graça nas suas próprias palavras, depois sorriu timidamente. Flaca se sentiu ao mesmo tempo aflita por ser o alvo da piada e orgulhosa por ter construído um círculo de mulheres que estava se dando tão bem. Ela esperava que se dessem bem, mas não assim, que se juntassem nas suas provocações já no primeiro dia. Tinha que ser um bom sinal.

— Ou como um piloto. Nuestra pilota — disse Romina, fazendo uma saudação zombeteira, como um marinheiro.

— Vamos encontrar peixe — disse Flaca, incerta. — E tem aquela venda. Mas deveríamos começar com os barcos.

Anita se levantou. As outras mulheres observaram suas pernas se desdobrarem languidamente por baixo da sua saia longa e diáfana; Anita sentiu os olhos delas, cálidos, ávidos, como os olhos dos homens, só que vindo das mulheres, por isso, uma novidade. Um prazer quente e afiado.

— Vou também — Flaca rapidamente disse. — Precisamos de água. Se nos fornecerem, eu trago.

— Eu também vou, Pilota — Romina disse, satisfeita com o novo apelido que provocava e homenageava sua amiga ao mesmo tempo. — Certamente não queremos que essa linda mulher vá desacompanhada.

Flaca olhou para baixo, encabulada, depois para cima, na direção de Anita, sorrindo.

Então, algo se moveu dentro de Anita, sua parte selvagem que continuava ficando cada vez mais selvagem — aquilo que Flaca tinha libertado com sua chave brilhante e sua ginga, seu *opa, o que é isso aqui dentro de você? Vamos abrir e dar uma olhada*. Aquele sorriso levado de Flaca. As coisas que se seguiam àquele sorriso quando estavam sozinhas. Quem ela se tornava nas mãos de Flaca: o fulgor e a selvageria daquilo. Como se desenrolava insaciável, infinita, até que o tempo colocava suas fronteiras e ela se enrolava de volta em um canto de si mesma para que pudesse dar espaço à boa menina, à boa esposa, a imagem perfeita da boa esposa. Só que agora, pela primeira vez, as coisas eram diferentes, pois ela não precisava dar nem um centímetro de espaço para a boa esposa por sete dias, sete dias de uma praia incrivelmente encantadora, onde não havia banheiros, nem telefones, nem maridos.

— Vem comigo, então — disse Anita.

E lá se foram: Flaca, Anita e Romina, deixando Malena para cuidar do fogo e da menina adormecida.

Romina se sentiu leve enquanto andava pela grama. *Talvez*, ela pensou, *isso é tudo o que a vida pode nos dar, tudo que ela pode me dar, o presente mais voluptuoso que ela vai me oferecer. Um dia. Um dia em que os nossos limites possam se expandir para caber no céu, para fazer o céu caber na gente, e nem as ruas da cidade, nem o medo de sequestro, nem os deveres familiares possam nos prender, nos reduzir, nos encarapuçar.* Ela caminhava sobre a grama, na direção da descida. Estava coberta pela luz do sol. Estava livre, respirando, despida de pretensões, desprendida das mentiras da sobrevivência cotidiana. Andava com uma amiga e sua amante. A lascívia delas crepitava no ar, fazia-o cintilar, e mesmo que não fosse dela, preencheu-a com um tipo de felicidade. Elas também estavam desprendidas. Elas também eram reais. Há quanto tempo levava aquilo dentro de si, essa fome de se expandir, essa necessidade de espaço, essa necessidade de respirar até o ar chegar no fundo dos pulmões? A cidade era um punho que esmagava; havia sempre algo como que sentado no seu peito, duro como chumbo, empurrando. Ela se fechou. Se trancafiou. Aprendeu a viver com uma casca, com as partes macias escondidas dentro. O medo tinha se tornado tão familiar que ela não conseguia mais vê-lo, não conseguia sentir seus contornos, não conseguia dizer o quão profundamente ele tinha se arraigado na sua consciência. Em Montevidéu, até o ar era uma criatura hostil, à espreita ao seu redor, respirando, invisível, uma ameaça. As pessoas não conversavam mais. O senhor da mercearia não sorria ou olhava nos olhos dela enquanto embrulhava sua alface e pesava seu arroz. Quando o sol brilhava lá fora, ela mal o sentia na sua pele. Não havia tal coisa como estar segura. No fundo, ela sabia disso, entendia isso na pele, a insegurança do seu corpo, dos seus dias.

Romina soube, durante todos aqueles quatro anos, que poderia ser levada a qualquer momento, de modo que, quando finalmente aconteceu, foi quase um alívio — *tudo bem, então, agora sim, o tobogã, a queda, começou* — ainda que, ao mesmo tempo, outra parte da sua mente resistisse à possibilidade: *não, isso não aconteceria, não comigo, claro que não, não serei pega, não sou da guerrilha tupamara, nem sou tão empenhada assim como comunista, não como o meu irmão, Felipe, ou Graciela ou Walter ou Manuelito ou Pablo ou Alma ou o resto deles, os subversivos de verdade, não sou um deles e, de todo modo, o pior dos atraques agora já acabou,* e era verdade, o governo tinha desacelerado a sua máquina extenuante, mas não explicava por que o vizinho ao lado tinha sido levado no ano passado, em 1976, por que a esposa dele agora estava na janela da cozinha com os braços mergulhados numa cuba de água suja e pratos, não os lavando, apenas de pé, imóvel, olhando pela janela com os olhos vazios, como se tivesse sido retirada do seu próprio corpo.

Quando o golpe aconteceu, em 1973, Romina tinha recém começado seu primeiro ano na universidade. Era junho, e ela estava se preparando para as provas, estudando na mesa da cozinha com chão de linóleo, quando os primeiros ventos frios do inverno sopraram contra a janela. Ela era estudiosa, uma boa menina para seus pais exigentes, apaixonada por Flaca, de quem ela se afastou quando viu pela primeira vez na reunião do Partido Comunista, porque soube imediatamente o que Flaca era — ela usava sua masculinidade como perfume, ela até usava perfume masculino, de tão descarada que era. Cabelo bem puxado para trás, amarrado com uma borrachinha, ombros largos, o cheiro pungente masculino. Um olhar firme. Guria. Mais perigosa que uma cobra, encolhida e faminta, pronta para picar. E lá estava Romina, servindo café e arrumando papéis, porque estava ajudando a mudar o mundo, haveria justiça para os trabalhadores e dias melhores para o Uruguai, uma revolução que brilharia tanto quanto a de Cuba, Trabalhadores do mundo, uni-vos! Ela acreditava em tudo aquilo. Não tinha namorado. Tinha sido tão fácil ser uma boa menina, se debruçar nos livros e ignorar a atenção dos meninos, quem se importava com eles? Então veio Flaca com seu puro charme. Ela sentiu a frieza dos seus camaradas no trato com Flaca, o desprezo pelo seu curto rabo de cavalo e sua camiseta azul sem estampa. Seu próprio irmão, Felipe, que a trouxe para os encontros, vinte e um anos, estudante de direito, olhava para Flaca com um misto de desdém e medo. Romina achou difícil tirar os olhos dela. Cobra esperando para dar o bote. Que tipo de cobra? Uma anaconda majestosa? Uma jiboia com força para te envolver no seu longo corpo musculoso até que você não consiga mais respirar? Flaca se enrolou nela, Flaca, forte e esguia, enrola, sacode e morde. Foi assim que começou. Com a invasão da sua imaginação. Seus meses juntas se passaram rápido, repletos de descobertas. Sexo, primeira vez, aos dezoito anos. Chama ardente desencadeada, derramada em outro corpo. O vigor do desejo. A elevação e a punhalada daquilo. Era como engolir o oceano e ainda querer mais. Se dissolver em cinzas e depois, quando seu corpo retornasse, quando o quarto retornasse, ela ainda estava lá, mulher, guria, olhando para você com seus olhos de animal. Tudo isso envolto em uma aura de quietude. Elas eram perfeitas juntas, ou melhor, juntas elas davam forma à perfeição a partir do nada, e a embalavam nos seus braços. Romina estava feliz. Ainda que a situação em torno delas ficasse cada vez mais caótica e o governo aumentasse a repressão, ela era o farol para um mundo melhor virando a esquina, Trabalhadores do mundo, uni-vos!, e se nesse mundo novo — pensamento ofegante, pensamento raivoso — pudesse haver mais espaço para mulheres como ela e Flaca? Os comunistas lutariam também por isso? Não havia qualquer evidência de que sim. Ela ousava sonhar com isso apenas no brilho do pós-sexo, deitada nua e entrelaçada com sua amante.

Como outros tantos, como seu próprio irmão comunista, ela não viu a ditadura chegar, pois era para o seu país estar imune a tal colapso. O Uruguai era especial. Um minúsculo oásis de calma. Uma coisa eram os seus vizinhos da América do Sul, com democracias bambas, sórdidos legados políticos, pobreza, repressão, peronismo, corrupção: mas o Uruguai, o pequeno e tedioso Uruguai, era a irmãzinha estável, a boa menina, a que estava a salvo, a Suíça da América do Sul; tinham chegado nos avanços sociais — a abolição da escravidão, o voto das mulheres, a separação da Igreja e do Estado, a jornada de trabalho de oito horas, o direito ao divórcio — antes das gigantes nações ao redor. Suas aulas de história do ensino médio tratavam de uma democracia progressista, um modelo a ser seguido, a joia da América Latina, usando bem essa palavra, *joia*, fazendo-a imaginar um Uruguai minúsculo e maravilhosamente polido, diamante entre grandes rochas sem graça. Ela nunca tinha saído do Uruguai, então, o que ela poderia saber de verdade, a não ser o que ela podia ver com seus próprios olhos e ouvir com seus próprios ouvidos? Ela ouviu pouca coisa nas conversas ao seu redor para se preparar para o golpe.

Naquela manhã, a manhã de 27 de junho de 1973, a manchete era gigante e estava impressa nas letras mais grossas e pretas que já tinha visto. PARLAMENTO DISSOLVIDO. Presidente Bordaberry entregou seus poderes aos generais do exército, uma instituição na qual os uruguaios não tinham pensado muito nos últimos anos, até as tropas serem convocadas para reprimir a greve dos trabalhadores e fechar o cerco contra os guerrilheiros do Tupamaros. Havia agitação já fazia um tempo, toque de recolher para os civis, buscas nas casas das pessoas sem mandado, rumores sobre tortura nas prisões onde os subversivos eram mantidos — mesmo assim, isso? Um golpe? Não estavam chamando a coisa de golpe. *Transferência de poder*, chamavam assim. Como se entregassem um molho de chaves. Aqui, pega isso. Cuida dele um pouquinho enquanto eu desço a estrada para o mar, para o abismo. O presidente estava nas fotografias das capas dos jornais e não parecia estar preso ou ferido ou mesmo com medo, apenas soturno, enquanto assinava um papel na sua mesa com os generais se amontoando por cima dele, em um círculo. Ela pensava no que estaria acontecendo dentro da cabeça dele, se ele temia secretamente pela sua vida ou se sentia-se seguro dentro daquele círculo de generais, mais seguro do que qualquer um, se ele conseguiria dormir profundamente nas noites vindouras e com o que sonharia. Depois disso o irmão dela desapareceu. Foi ao mercado e nunca mais voltou para casa. Seus pais, aterrorizados, a encurralaram e descobriram a verdade sobre a participação dos seus filhos nas reuniões do Partido Comunista. Vocês também eram do Tupamaros?, seus pais perguntaram. Será? Vocês? A mãe deles procurou debaixo do colchão de Romina e no armário para ver se encontrava armas escondidas.

— Não, claro que não, Mamá, nunca fomos tupas — Romina disse, pensando que a ideia era ridícula, considerando que o Tupamaros e o Partido Comunista nunca tinham se dado bem, nem por um minuto, com comunistas acusando os tupamaros de serem precipitados e os tupamaros dizendo que os comunistas só sabem falar e não fazem nada.

Mas seus pais, é claro, não sabiam de nada disso, eles só sabiam que seus filhos estavam em perigo, o que não era tão diferente do perigo que a família de Mamá passou quando fugiu da Ucrânia e, antes disso, da Rússia. Seus pais a tiraram da escola e a mandaram para o Norte, para Tacuarembó, para se esconder na casa da tia, o que foi bem a tempo, porque os soldados vieram uma noite e vasculharam a casa às três e quinze da manhã, porém não encontraram nem Romina, nem qualquer um dos seus panfletos ou livros comunistas. Ela os tinha jogado fora e, quando voltou para Montevidéu (e para as infidelidades de Flaca, o que tinha acabado com ela na época, mas que agora ela via como Flaca sendo Flaca), voltou também para a universidade de cabeça baixa.

Quatro anos se passaram.

Quatro anos e nenhuma prisão.

Era uma quantidade quase obscena de sorte, considerando o destino de tantos camaradas e do seu irmão, cujo nome não era mais dito na sua casa. Romina carregava o peso de toda a expectativa parental, o fardo de amenizar a ausência do irmão com sua própria performance de filha perfeita. Nunca era o bastante. Os silêncios durante o jantar doíam e ardiam, os três na mesa quadrada que sempre tivera um membro da família em cada um dos lados. Quando a sua prisão finalmente aconteceu, há duas semanas, o grande alívio foi que não tinha acontecido em casa, com seus pais assistindo; esse sempre fora seu pior medo, de que fosse levada na frente dos pais, de que eles tivessem que assistir sem poder fazer nada. Ela já tinha causado muito sofrimento e decepção, com seu passado comunista e sua aparência sem graça e nenhum namorado à vista, nunca tão bonita quanto a mãe fora, embora nunca lhe diriam isso diretamente, e esse não era o problema, de qualquer forma, "você tem olhos tão bonitos, se usasse um pouco mais de maquiagem e sorrisse com mais frequência", eles diziam, embora com um tom de resignação. Em todo caso, eles não viram a prisão, não macularam seus olhos ou ouvidos; misericordiosamente, aconteceu quando ela voltava para casa da Biblioteca Nacional, depois de uma longa tarde de estudos. Dois homens na calçada, de repente, um de cada lado, um carro à espera, um empurrão. Capuz na cabeça dela. Dirigiram por bastante tempo. Em círculos, ela sabia, para que não soubesse onde estavam indo, e, embora ela tentasse compreender o trajeto, seu firme senso de direção fracassou, dissolvendo-se depois de uma curva particularmente acentuada. Não bateram nela até chegarem na cela. Queriam nomes. Quem? Quem? Não importa, não pense nisso, não pense naquilo. Não dê a eles os nomes. Você não tem nomes. Diga em voz alta: eu não tenho nenhum nome pra dar, eu não conheço ninguém. Eu não sei. Não sou eu. Frio. O chão frio. A espera pelo estupro. Não veio. Não acontecer aterroriza ainda mais. Segundo dia, a máquina. Elétrica. Não. Sabia que seria isso. Sabia. Não, isso não, aí não. Não vai deixar marcas, ela sabe. Ela tem consciência das coisas, mas isso não a protege. Não ter nada, não ter nomes. Desculpa. Desculpa, desculpa. Não ajuda. Se comporte como uma idiota, como uma mulher idiota, inútil. Boa de tão inútil. Eles conversam. Eles perguntam. Exigem. Você não é. Mas afinal eles param e ela está de volta à sala de antes e na segunda noite o estupro é por apenas um. Apenas um. Onde estão os outros? Por que tanta sorte? Alguma sorte. Uma prisão frouxa. Por que isso? Será que a porra do país inteiro está cansado? E depois, isso vai durar para sempre, ela vai ver o céu novamente? No dia seguinte não teve máquina. Não teve estupro. Não teve espancamento. Ignorada. À noite, o estupro voltou e voltou pelo mesmo, ela reconhece, não quer reconhecer, mas reconhece, ela o conhece, vai para sempre saber quem é, por bem ou por mal, e desta vez é pior, ele não está sozinho, ela os conta, um, dois, três. Apenas. Três. As histórias são de números muito maiores do que três. Como as outras conseguem, ela pensa, sobreviver a números maiores que esse, e alguém me diz se são verdadeiras as histórias, se essa história é verdadeira, a história em que ela está presa, é para sempre, esse é seu mundo agora, um, dois, três, toda noite, a noite toda? Finalmente se foram. Ignorada novamente. O que é isso? O que é isso? E então ela é arrastada para fora, sem explicação, enfiada num carro e empurrada para fora novamente em algum lugar nos arredores da cidade. Sozinha. Viva. Sorte. Sorte. Céu.

É pouco, o que aconteceu com ela. Ela diz isso a si mesma quando acorda à noite.

E agora, aqui, Polonio, luz do sol. Generosa. Descarada. Oceano por todos os lados.

Flaca tinha dito para celebrar.

Ela não contaria a Flaca sobre a cela, a máquina, os Apenas Três. Não porque não queria, mas porque a linguagem não daria conta. Sua língua fracassou. Não tinha como contar o que foram aqueles dias, aquelas noites, nem como o terror deles se derramou pelos dias que se seguiram, até aquele momento, naquela praia, e pelo futuro, que não seria o mesmo porque aqueles dias tinham acontecido e tudo o mais, então se a menstruação dela não vinha nunca... — e esse era o pensamento que ela não deveria ter, o pensamento que a dilacerava. Ela continuava procurando sinais da menstruação no seu corpo, um vazamento, alguma dor, qualquer coisa. Sangre, corpo. Sangre e me liberte. Sangre! A felicidade desse momento manchada pela ferocidade da oração. Sobre isso ela também não poderia falar. Isso ela também não poderia dizer. A imensa alegria de estar aqui era uma cachaça que ela podia beber, na qual ela podia se afogar, para esquecer.

Mas e se essa cachaça tornasse mais difícil ela se fechar? E se tanta vida te tornasse perigosa?

*

Elas chegaram à praia antes que o barco dos pescadores alcançasse a costa, e ficaram esperando para cumprimentá-los como se fossem parentes distantes. Os pescadores não ficaram surpresos ao vê-las, ou ao menos não demonstraram sinais visíveis de curiosidade ou maravilhamento. Havia três deles, com caras gastas e braços musculosos, e eles deram as boas-vindas às mulheres com um silêncio gentil desenvolvido por anos e anos de trabalho árduo, ou assim pensou Flaca, tendo ela mesma vindo de uma longa linhagem de homens iguais a esses. Ela estava se preparando para olhares longos demais, para um interesse lascivo nelas por serem visitantes mulheres desacompanhadas de homens, para comentários indiretos como os feitos pelo homem da carroça na noite anterior, sobre onde seus maridos estavam, por que estavam sozinhas, o que estavam procurando em um lugar tão isolado. Mas nada disso veio.

— Somos visitantes — ela disse a eles. — Vocês nos venderiam um pouco de peixe?

O homem na popa fez que sim com a cabeça. Ele parecia ser o mais novo, talvez tivesse por volta de vinte anos. Ele inclinou o cesto mais próximo para que elas pudessem ver os peixes dentro. Montes de peixe prateados e frescos.

Flaca se aproximou vacilante do barco e se curvou sobre a sua beirada para ver as mercadorias, para escolher o peixe do almoço, em pé com as ondas na altura dos joelhos. A espuma engolia suas panturrilhas, lambendo suas pernas. Ela começou uma conversa com o mais jovem. Seu nome era Óscar. Seu sogro era El Lobo, dono da vendinha de Cabo Polonio que ficava logo ali, ele disse, apontando. Flaca estava acostumada com homens ficando tensos ao redor dela, e a calma dele, sua tranquilidade sem sorriso, era um refresco. Ela colocou o peixe em um balde que tinha trazido junto para esse propósito.

Anita, atrás, na praia, estava maravilhada com o quão competente e preparada era Flaca, com como ela parecia ter pensado em tudo. *Eu poderia confiar a minha vida a essa guria*, pensou. Tão jovem e mesmo assim tão capaz. Aquelas mãos, tão seguras no peixe escorregadio. Erguendo seus corpos até onde queria. Fazendo-os se dobrar e reluzir no sol.

— Quanto? — Flaca perguntou, apontando para o balde cheio.

O pescador sacudiu os ombros.

— O quanto achar que vale.

Flaca contou os pesos e os deu ao homem, uma quantia generosa, e começaram a voltar ao seu acampamento improvisado. Estava eufórica. Podiam adquirir comida e os pescadores as deixariam em paz. Agora estavam mesmo ali — mais do que nunca.

— Vamos deixar essas coisas no acampamento e dar um mergulho — Flaca disse.

— Boa ideia, está ficando quente — disse Romina.

Mãos, Anita pensou. As mãos de Flaca. Debaixo d'água, no oceano, ninguém veria.

— Sim — ela disse —, está.

*

Paz tinha finalmente acordado — grogue e sorridente —, então as cinco colocaram roupa de banho e pegaram o caminho até a praia. A água as chamava, cobrindo a areia com seu rugido silencioso. Venham, venham. Descendo a ladeira até a praia, até as ondas. Até o extenso azul. Pés descalços, saltitando, afundando na areia molhada, escura, para dentro da umidade escura. Pés na espuma.

Flaca entrou primeiro, Romina logo atrás dela.

— Fria! — Romina gritou.

— Não se preocupe, você se acostuma. Aqui, ó.

Flaca pegou água com as mãos em concha e jogou na direção dela.

— Ai!

— Vai ajudar!

— Ah, que ajuda!

Romina jogou água de volta nela, num falso ultraje.

Malena estava bem atrás delas, submersa até o pescoço, imediatamente entregue ao oceano.

Paz tomou coragem ao ver Malena deslizando pela água, com os olhos fechados, como se estivesse em um indestrutível estado de oração. Ela também queria aquilo. O frio alfinetava suas panturrilhas. Ela não tomava banho de mar desde os onze anos de idade, desde antes da ditadura, quando sua mãe ainda a levava para a costa, para a casa de praia de uma prima por algumas semanas, durante o verão. Agora, às vezes, tomava banho no Rio da Prata, em Pocitos, uma região litorânea que sempre juntava muita gente no verão, que ficava a apenas um curto trajeto de ônibus ou uma caminhada longa de casa, e o rio lá era como o mar, tão vasto que você não conseguia ver a outra margem, vasto o bastante para ela pensar que fossem a mesma coisa, quase a mesma coisa. Mas não era. Esta água tinha uma força diferente, uma majestade. O Atlântico. Rugindo. Alcançando a África. Estas ondas eram só o começo, conectavam-se ao mundo lá fora. Paz foi mais longe e mergulhou seu peito, seu pescoço e sua cabeça, até que ela toda fosse capturada por uma presença mais faminta que ela própria.

— Olha pra isso! — Flaca disse. — Paz e Malena foram. Tá vendo, Romina? Nada a temer.

Anita estava ao lado de Flaca.

— Nada?

Antes que Flaca pudesse responder, Anita jogou água nela.

— Rá! — Romina disse. — E agora, Pilota? Você vai ter que se cuidar, eu tenho aliadas!

Flaca, pingando, se virou para Anita, surpresa. Anita em seu biquíni azul de bolinhas. Reduzindo o mundo a curvas e lascívia. Ela nunca tinha visto o corpo da sua amante — ou o corpo de nenhuma das suas amantes — ao sol. Amantes eram para lugares secretos, apenas. Lugares obscuros. Mas agora isso, tanto sol, tanta luz, e um corpo tomando toda aquela luz na pele.

Anita pegou sua mão e a puxou para baixo, para dentro da água fria.

— Nada comigo — ela sussurrou no ouvido de Flaca.

Romina as observou partir com uma pontada de inveja, não porque queria uma das duas do modo como se queriam — ela não tinha ficado com mais ninguém depois de Flaca, tendo decidido focar nos seus estudos e manter a cabeça baixa depois do golpe, o que era fácil, dado que as mulheres não tomavam iniciativa durante a ditadura (exceto Flaca, é claro, que fez disso sua especialidade) e ela achava as iniciativas dos meninos e homens fáceis de ignorar. Não. O que ela mais invejava era a tranquilidade e a liberdade delas, o fluxo do tesão delas. Vir para um lugar onde se podia fazer isso em plena luz do dia. Olha para Flaca: amando uma mulher tão abertamente sob o imenso céu azul. A onda que era isso. Ela via na cara de Flaca. Se perguntou se ela, Romina, algum dia saberia como era isso. Amar tão abertamente, mesmo que por um minuto da sua vida. E se tivesse a chance, seria capaz de aproveitar? Mesmo se os dois outros milagres acontecessem — uma mulher que a amasse e um lugar onde pudesse amar —, ela seria capaz de amar de volta? E se isso nunca saísse dela, esse aperto contra os três, os Apenas Três, o fedor deles nas suas narinas, a lembrança deles como uma cicatriz na sua pele? Ela não podia se precipitar. Ainda não sabia o quanto tinham feito. O que estava morto ou vivo dentro dela. Se eles fizeram isso, se deram início a uma vida — mas não. Oceano, não. Está ouvindo? Você não pode, eu não posso, então, por favor. Ela afundou mais, até o pescoço. Está ouvindo? Mais fundo. Seu rosto debaixo d'água, as lágrimas misturadas às ondas. Sal ao sal. Dor ao oceano. Me leva. Me salva. Me abraça, água. E a água assim o fez.

*

Flaca e Anita nadaram na direção de uma pedra que se projetava das ondas. Quando chegaram lá, Anita agarrou a rocha e beijou Flaca na boca. Flaca a beijou também, pensando, beijar no meio do oceano, bem, para tudo tem uma primeira vez. Anita apertou seus seios mal cobertos contra ela, sua língua insistente, pele exigindo, e logo Flaca parou de pensar, suas mãos estavam ávidas pelo corpo de Anita, maravilhada com isso, sempre maravilhada, Anita preenchendo suas mãos como a alegria e tudo estava tão perto, bem ali, debaixo daquela pequena parte de baixo do biquíni, que não era praticamente nada, apenas a mais frágil das fitinhas de pano em que você pode mergulhar assim. Não estava dando pé para ela, as ondas batiam nas duas, ondas calmas, e graças a Deus por isso, porque Anita estava se contorcendo furiosamente o suficiente para afogá-la.

— Não para — ela murmurou, mas Flaca pensou: *o quê? Como continuar? Ridículo, não dá pra continuar, um escorregão e nós duas nos afogamos ou rachamos as nossas cabeças contra a rocha.* Então Anita disse de novo: — Não para.

O que essa mulher vai fazer comigo?, Flaca pensou, selvagem, bêbada com a pergunta, sabendo que deveria parar, mas não parou, virou Anita de modo que ela ficasse de frente para a pedra e pudesse se segurar pelas duas, e fez isso de forma bruta, com aquele jeito de assumir o comando que ela sabia que Anita gostava. A posição em si era estranha e instável, mas não importava. Flaca não podia negar uma mulher como Anita.

— Segura firme — ela sussurrou no ouvido de Anita enquanto deslizava para dentro dela por trás, e então, mantendo o equilíbrio com a mão livre na cintura de Anita, ela fez o que a amante pediu, fingindo estar no controle quando, na verdade, a sua vida estava à mercê do pulso firme de Anita.

*

As três outras mulheres ouviram vagamente os gritos deslizando sobre a água. Poderia ser o canto distante de um pássaro exótico ou, talvez, a melodia do sal na água, se erguendo do oceano. Romina olhou para Malena, que ou não tinha ouvido, ou estava fingindo tão bem que dava na mesma, a cara tranquila que ela com frequência mantinha quando estava recolhendo suas coisas para voltar ao escritório depois do almoço, tudo em ordem, tudo no seu devido lugar. Então ela olhou para Paz, que parecia estar tentando, e fracassando, esconder sua reação. Sua boca estava aberta e seus olhos arregalados. Flaca e Anita deviam ter sido mais cuidadosas, especialmente com Paz por perto. E, ainda assim, Romina não conseguia culpá-las totalmente. Na cidade, Flaca morava com os pais, Anita com o marido. Elas estavam sempre lutando pelos menores farrapos de privacidade. Ela sabia como era aquilo. Porém Paz era terrivelmente jovem. Era uma situação que não tinham como mapear.

— Tudo bem? — Romina perguntou a Paz.

— O quê? — Paz ficou olhando para ela. — Ah. Eu... Sim. — Ela estava séria. — Quer dizer, nunca estive melhor.

Aquilo pegou Romina de surpresa. Ela deu uma boa olhada na guria. Quem ela era? O que se passava na sua cabeça? Tinha uma imprudência ou uma desconsideração pela normalidade que surpreendeu Romina, uma ousadia que ela jamais sonhara ter naquela idade. Talvez Flaca estivesse certa sobre ela. Como soube?

— Estou feliz que esteja aqui — ela disse.

Paz piscou furiosamente. Mostrou um sorriso rápido que desapareceu tão logo quanto veio. Depois, se empurrou para boiar de costas no raso, deixando Romina em uma conversa silenciosa com o oceano.

O casal levou um bom tempo para voltar. Quando finalmente o fizeram, Anita chegou primeiro, surgindo das ondas, pingando, alta e voluptuosa, seu longo cabelo grudado nos ombros e no peito, seus joelhos arranhados da rocha. A reluzente Anita, triunfante na espuma. Ela tinha as feições, Romina pensou, das mulheres das revistas em quadrinhos de super-heróis que seus primos eram tão obcecados e com que certamente batiam punheta à noite, duas das quais ela havia roubado deles e usado na adolescência para fazer o mesmo. Romina não conseguia tirar os olhos dela, nem mesmo quando Flaca se levantou da água alguns passos atrás dela.

Flaca viu Romina olhando. Viu Paz olhando também, mais perto da água. Ela foi na direção de Anita, com as pernas bambas de sexo, se movendo como se para salvá-la — como? De quê? —, mas aí a postura de Anita a parou. Sua amante não precisava ser salva. Ela estava radiante. Deleitada. Como se os olhares das outras mulheres fossem raios de sol.

Paz olhava como se o último oxigênio do mundo estivesse preso àquelas curvas.

Ela a quer, Flaca pensou. *Ela quer a minha mulher*. E por que não iria querer? Uma punhalada de surpresa e orgulho e só uma pitadinha de medo.

Mas o que Paz realmente queria muito, o que ela não podia parar de consumir com os olhos, era outra coisa. Uma coisa maior que Anita, que se espalhava ao seu redor na luz do sol. A felicidade. A completude. Um jeito secreto de ser mulher. Um jeito que estilhaçava as coisas, que derretia o mapa da realidade. Duas mulheres apaixonadas. Que uma mulher como Flaca pudesse existir, que soubesse o que fazer com uma mulher como Anita, que tivesse o poder de arrancar dela aqueles sons que deslizaram sobre as ondas. Aqueles eram os sons do mundo se rasgando, se abrindo para uma forma mais ampla do que tinha antes. Ela se sentiu quente e úmida e diminuída pela sua própria ignorância. Ela desejou saber o que Flaca sabia. O que tinha acontecido lá nas rochas? Como se faz para uma mulher como Anita olhar para você daquele jeito? Ela não tinha a menor ideia. Queimava por dentro para descobrir. As coisas que aconteceram naquele porão, anos atrás, não deram respostas a ela, apenas perguntas. A criança, assim a chamaram durante a caminhada até a praia, e ela riu junto com as outras, mas a verdade é que ela não se sentia como uma criança. Aos dezesseis anos, já se sentia velha em uma armadilha cinzenta de mundo. Todos os adultos ao seu redor eram fechados, como se não tivessem uma vida interior, como se coisas como vida interior não existissem. Você se casa e cuida da sua vida e nunca provoca ondas, já que a menor agitação pode matar. Ela não tinha amigos da mesma idade, porque as gurias da escola eram bobas demais para ela, com suas conversas sobre maquiagem e modos de alisar o cabelo, e elas também não queriam fazer amizade com uma guria estranha feito ela. Quanto aos guris, eles também não queriam saber dela, pois ela já tinha deixado claro que nunca os acompanharia sob hipótese alguma até o almoxarifado escuro do zelador no final do corredor do porão, então eles achavam que ela não servia para mais nada. Ela também achava isso deles. Não pertencia a lugar nenhum. Ou, mais precisamente, não pertencia a lugar nenhum até que essa mulher, essa tal Flaca, a tinha tirado da invisibilidade com um olhar, uma roda de mate, um convite para ir à praia. "O que quer ser quando crescer?", tinham perguntado todos os adultos ao seu redor, a sua vida toda, embora nos últimos anos tenham feito a pergunta com uma nova camada de tédio que sugeria que ela deveria responder com um sonho de tamanho modesto, uma palavra tal como "secretária" ou no máximo "professora", e certamente nunca "assistente social" nem "jornalista", profissões que faziam com que você desaparecesse. Ela nunca teria uma resposta para os adultos tediosos; o futuro lhe parecia sombrio demais para ser considerado. Mas agora ela achava, enquanto estava lá, com água pelo joelho, que não havia nenhuma conquista maior na vida do que aquilo, do que aprender os segredos de como derreter uma mulher até que ela se abrisse, e pensou que sim, por que não, era isso que queria ser quando crescesse, uma mulher como Flaca, e para o inferno com o perigo, para o inferno com celas de prisões, para o inferno com o desagrado da minha mãe, eu não me importo se me matarem por causa disso. Ao menos eu terei vivido.

Flaca jogou água em Romina, quebrando o feitiço.

— Epa!

Romina gritou quando a água bateu nela e jogou água de volta.

— Demônia!

— Olha quem tá falando.

— Não sei o que você quer dizer com isso.

— Ai, que puritana ela é!

Anita fez as mãos em concha, afundou-as e despejou espuma sobre si mesma. Provavelmente deveria se sentir culpada por este momento, essa pequena disputa por ela, mas, ao invés disso, se sentia radiante e viva.

— Falando em puritana — ela disse —, onde está Malena?

As outras se olharam. Não tinham percebido que Malena não estava mais ali. Nem Paz, nem Romina sabiam há quanto tempo ela estava longe do grupo. Com os olhos, varreram o horizonte, a areia, as rochas, as pontas da praia, e então, finalmente, encontraram-na, um ponto escuro contra a água. Tinha nadado mais longe do que qualquer uma delas. Não a viram de início porque tinha se misturado às ondas.

Chamaram-na uma vez, depois mais alto e, finalmente, na terceira vez, ela se virou e acenou.

Anos mais tarde, depois do estilhaçamento, todas pensariam naquele momento: o choque da distância e o levantar do braço de Malena, seu gesto resoluto e minúsculo contra o azul infinito.

2
Fogueiras noturnas

Em Cabo Polonio, a noite caía como uma mortalha: suave primeiro, depois decisiva e com um poder engolidor. Nada escapava da escuridão. Na segunda noite, Flaca acendeu o fogo no círculo de pedras que tinha feito e as amigas se organizaram para preparar o jantar. Estavam famintas demais depois de terem nadado para se preocuparem em cozinhar o peixe para o almoço, então tinham devorado o pão, o salame, o queijo e as maçãs que tinham trazido da capital. Agora, na escuridão, às onze da noite, de acordo com Malena, que foi a única a levar um relógio, se organizavam para assar o peixe.

— Ugh, não me faça ter que eviscerar eles — Anita disse.

— Eu o farei, bela donzela — Flaca disse e fez uma mesura dramática.

Romina estava ao seu lado, cortando cenouras.

— E o senhor, bom caballero, o que vai querer em troca?

— Um verdadeiro cavalheiro, um verdadeiro caballero, não pede nada em troca.

— Talvez você não seja um caballero de verdade — Anita disse —, mas uma *caballera*.

— Ahá! — Romina ergueu a faca no ar. — Uma palavra inventada! O que diria a Real Academia Espanhola sobre isso?

— Esqueça eles — Anita disse. — Eles não são os donos da língua espanhola.

— Na verdade — Romina disse —, eles são. Como alguém que estuda para ser professora de ensino médio, é o meu triste dever dizer que se eles não puserem a palavra no dicionário, não é parte da nossa grande língua-mãe.

— Bem, como uma estudante de ensino médio — Paz se intrometeu —, concordo com Anita.

Ela estava sentada no escuro, de pernas cruzadas, assistindo-as na luz cintilante do fogo. Romina olhou-a com ironia.

— *É claro* que você concorda com Anita.

Anita sorriu para Paz, que ficou nervosa e desviou o olhar, retomando-o depois, sorrindo.

Flaca, com a mão dentro do peixe frio, sentiu uma punhalada de possessividade e rapidamente se livrou dela. Estava exagerando. Sim, tinha descoberto naquela tarde que sua namorada gostava da atenção de outras mulheres. E daí? Não significava nada, significava? Ela estava só provocando Paz, que, no final das contas, era só uma criança. Uma criança que Flaca tinha trazido até ali para ficar debaixo da sua asa. Estava confiante de que tinha lido bem a guria; agora, não havia dúvida. Paz era uma delas, e como! Não poderia culpar a guria por ter olhos, e ela mesma pensaria igual, no seu lugar. Como seria estar no lugar dela, uma adolescente de dezesseis anos com um grupo daqueles, dezesseis anos e a nação se fechando em torno de você como uma jaula? Difícil de imaginar. Ela pensou que poderiam ajudar Paz, de algum modo. Que todas elas poderiam se ajudar. Nunca na história do Uruguai houve uma noite assim. Ela abriu outra barriga de peixe. Sua carne era muito mais macia do que a carne com que ela lidava no açougue todos os dias, tinha que se tomar cuidado para manter o manejo da faca tão flexível quanto forte. Como ela amava facas, seu poder suave, sua lógica simples, sua abertura e a abertura da carne. Não para ferir, mas para alimentar. Abrir a carne podia ser um presente. Os açougueiros podiam ser gentis, amorosos, instigados pela generosidade. O pai dela era assim, e seu abuelo também.

— Não, mas, de verdade, é isso mesmo — Paz continuou. — Por que aquelas pessoas velhas e empertigadas em Madri decidem se podemos ou não dizer caballera?

— Ou cantora? — Romina disse.

— Cantora? — Anita parecia confusa. — Você quer dizer uma mulher que canta, certo?

— Ah, minha pombinha inocente — Flaca disse, e seu peito doeu calorosamente enquanto ela falava.

— Não vem com pombinha inocente pra cima de mim — Anita disse. — Eu tenho muito pra aprender, mas aprendo rápido.

— Ah, ninguém duvida disso — Romina falou.

Risos surgiram e se instalaram ao redor delas.

— Então, sim, uma cantora — Romina disse — é aquela que canta, para a Real Academia Espanhola. Mas tem outro significado pra nós.

— Uma cantora — Flaca disse, jogando outro peixe na pilha dos limpos — é uma mulher *que canta*.

— Uma mulher como nós — Malena disse, com uma voz tão clara e firme que todas se viraram para ela, surpresas. Estivera tão quieta durante toda a conversa que elas tinham esquecido que estava ali. Seu trabalho fora juntar tijolos da casa abandonada para erguer uma cobertura para a churrasqueira que Flaca tinha trazido de casa; estavam empilhados ao lado dela.

Romina encarou Malena.

— Então você é? Uma cantora?

Malena olhou para ela, de olhos bem abertos.

— Eu acho que foi isso que eu acabei de dizer.

— Foi sim — Anita falou.

Todas esperaram que Malena dissesse mais alguma coisa, mas ela só ficou olhando o fogo, e o silêncio se preencheu com o baixo rugir das ondas.

Anita ficou repetindo mentalmente a palavra. Cantora. Suas conotações eram lindas, mas também obscenas, dependendo de como você pensasse sobre.

Elas se deram conta da luz do farol, passando devagar por elas com um lento e brilhante pulsar.

Romina colocou uma panela de água no fogo para cozinhar as cenouras, e as mulheres se juntaram em torno dela.

— Certo, Romina — Anita disse —, que tal você nos contar como conheceu a Flaca?

Para a surpresa de Anita, Romina atendeu o pedido, detalhando a história das reuniões do Partido Comunista, o quão bom era o cheiro de Flaca com aquele perfume masculino — "A audácia, dá pra imaginar?". "Sim, dá", Anita respondeu — e o mês de amizade que terminou em um banheiro de boate. Isso trouxe gritos de deleite das outras mulheres, até Malena parecia reluzir de curiosidade. Romina continuou e resumiu o mês delas juntas e seus meses se escondendo em Tacuarembó, deixando de fora a parte sobre as outras amantes que Flaca teve quando ela estava fora e terminando com sua chegada de volta à cidade, intacta mas abalada, com seu irmão desaparecido, Flaca ainda lá.

— Uma história e tanto — Anita disse.

— Não é uma história — Romina disse com firmeza. — É o que aconteceu comigo.

Ela tirou as cenouras do fogo e se afastou da fogueira.
— Desculpe, eu–
— Não foi isso que ela quis dizer — Flaca disse, gentil.

Romina deu de ombros e jogou fora a água das cenouras, bem ali, na terra escura. Água, quente, vertendo na terra. Não caia na cela, onde os Apenas Três, isso não, sai daí, sai logo daí.

— Romina — Flaca disse.
— O quê?
— Não fique brava.
— Tudo bem — Romina disse. — Tá tudo bem. São histórias. Nós todas temos uma história. E eu quero ouvir a história da La Venus ali — ela acrescentou, apontando com a cabeça para Anita.

Anita se endireitou e tentou dissimular seu prazer ao ouvir o nome.

— Eu?
— Quem mais? — Romina deu uma olhada para as outras na roda. — Sem querer ofender as demais presentes. Todas vocês são muchachas bonitas, é claro.
— Ninguém se ofendeu — disse Malena, amigavelmente.
— Eu tenho olhos.
— Ninguém se ofendeu — disse Paz, lembrando da tarde, do biquíni, da espuma, da punhalada do sol na carne nua.

Anita corou.

— O que querem saber?
— O que quiser nos contar. Como chegou aqui, por exemplo.

Ela respirou fundo.

— Do mesmo modo que vocês.
— Assim é trapaça.

— Está bem, então. — Anita abraçou os joelhos. Ela observava enquanto Flaca punha a grelha em cima do fogo para fazer os peixes. — Está bem, certo. Olha, eu sou casada. Provavelmente vocês sabem disso.

Silêncio. A música do oceano.

— Eu não sabia disso — Paz falou.

Anita examinou o rosto de Paz em busca de julgamento, mas não encontrou. Ela é só uma criança, pensou, o que ela entende? E será que ela deveria estar ouvindo isso? Mas o ar em torno delas era tão leve. Ela prosseguiu.

— Bem. Não estamos felizes. Quer dizer, eu o amava. Eu pensava que amava. Mas agora... — Ela abriu as mãos à frente, vazias.

— Tem um motivo pra ter casado com ele — Romina disse. Eu acho que sim.

— Não foi o pau.

— Não! Não. É claro que não. Quer dizer, eu não tinha visto o pau dele até nos casarmos, o que você acha que eu sou?

Romina ergueu as sobrancelhas.

— Presumo que seja uma pergunta retórica.

— Talvez — Anita disse, e sorriu.

— E quando você percebeu então? — Flaca perguntou antes que pudesse parar. Ela sempre evitava esse tópico, o do marido da amante, uma estratégia que aprendeu havia muito tempo. *Fique no momento, mantenha a paz, não lembre as mulheres da bagunça dos deveres que as esperam fora do quarto escuro onde vocês podem ficar juntas*. Maridos eram isso, bagunça e deveres, ou assim parecia a Flaca. Mas agora era diferente; elas não estavam em um quarto escuro, mas em uma vasta noite em expansão, embriagando-se com a luz das estrelas e a companhia uma da outra. E essa amante, ela estava começando a perceber, essa mulher em particular, tinha um efeito diferente nela, diferente de qualquer outra pessoa desde Romina. Ela queria saber a história de Anita, espiar a vida dela, saber tudo, inclusive o que pensava do próprio marido. A constatação foi desconcertante.

Anita deu de ombros e revirou os olhos.

Romina riu e Flaca sorriu triunfante, tendo ganhado um fiapo de espaço sobre o rival — e, ao mesmo tempo, estava assustada por começar mesmo a ver o marido como um rival.

— Se você não casou com ele por isso — Malena disse, interessada —, por que, então?

As brasas ardiam. Três peixes na grelha, esfregados com sal e salsa, seus corpos inertes, seu cheiro selvagem, suculento, subindo. A barriga de Paz roncou, mas ela não queria que o jantar ficasse pronto, não queria que aquela atmosfera de conversas corajosas em torno do fogo terminasse.

— Eu não sei — Anita falou. — Eu tinha que me casar com alguém, e ele pareceu melhor que o resto. Meus pais queriam que eu me casasse, não apoiariam nada além disso.

Ela parou abruptamente, como se tivesse lembrado onde estava.

Uma chama baixa lambeu o ar, crepitou. Voltou ao seu ninho de madeira.

— Meus pais também queriam que eu me casasse — disse Romina. — Eles ainda querem. Estão sempre me perguntando se conheci algum homem novo.

— O que você diz pra eles? — Anita perguntou.

— Cada hora uma coisa diferente. Coisas genéricas. Não, ou talvez, um sacudir de ombros que eles podem interpretar como querem. O que for preciso para eles desistirem do assunto.

— Por quanto tempo você acha que isso vai funcionar? — Paz questionou. A mãe dela nunca tinha perguntado essas coisas e, é claro, ela ainda era jovem demais para casar, mas, por outro lado, sua mãe nunca tinha perguntado nada da vida dela.

— O quanto eu conseguir fazer funcionar.

— Os meus pais costumavam perguntar. — Flaca mexeu nas brasas com um graveto. — Agora eles desistiram.

— Você acha que eles sabem? — Romina perguntou.

— Não. Sim. Eu não sei bem. — Flaca olhou para Malena através do fogo. — E você? Como são as coisas com a sua família?

O silêncio se instaurou. Malena as encarou como um animal acuado.

Elas esperaram.

— Não estávamos falando de mim — Malena disse, firme. — Estávamos falando de La Venus.

— La Venus — Flaca disse devagar. Uma nomeação. Uma vez é piada, duas vezes é batismo, como ela bem sabia; era Flaca havia tanto tempo que ninguém a chamava pelo nome verdadeiro. Deu uma cotovelada leve nas costelas da sua amada.

— É quem ela é — Romina disse.

La Venus sorriu timidamente na luz do fogo e não protestou, embora, é claro, não fizesse qualquer diferença se ela tivesse protestado; apelidos, como todos sabem, nunca podem ser escolhidos ou recusados uma vez que pegam.

— Mas, de qualquer forma — Flaca disse, se virando para Malena —, nós *podemos* falar sobre você. Essa roda onde estamos, o fogo em torno do qual estamos, não é pra uma de nós. É pra todas aqui.

— E as estrelas, ó, poeta? — Romina declamou. — Estão brilhando pra todas nós também?

— Por que não? — Flaca respondeu, sem tirar os olhos de Malena.

Malena abraçou seu próprio peito, como se o protegesse, e ela parecia estar tão vulnerável que La Venus desejou segurá-la nos braços. Ela estava certa sobre a armadura daquela mulher. Tantas coisas se escondiam por baixo dela. Ela se comovia ao vê-la, se comovia com o que poderia se abrir entre mulheres ao redor de uma fogueira. Tocou o braço de Malena.

— Tudo bem...

— Não — Malena disse.

A luz do farol varreu sobre elas e desapareceu.

Paz ficou imaginando qual poderia ser a história de Malena, o que a mantinha tão calada. Tinha que haver algo ali, um núcleo radioativo — que talvez envolvesse bordéis ou assassinato ou sexo tórrido ou realidades mais ordinárias, como prisões secretas — para que agisse dessa forma. Ela tinha que estar escondendo algo. Paz pensou na sua própria história, a história do porão, e se perguntou se ela seria convidada a contá-la e, caso o fosse, se ousaria — e se o fizesse, se contasse, dando voz a isso pela primeira vez, essas mulheres entenderiam? Seria esse círculo de mulheres, esse fogo faiscando noite adentro, o único lugar em todo o Uruguai onde tal narrativa poderia ser ouvida e compreendida?

— O peixe vai queimar, Flaca — Romina disse.

— Está tudo bem — Flaca disse, mas se levantou para conferir, e logo a comida estava no prato e mais peixe foi para a grelha. Elas começaram a comer a primeira rodada, três peixes para cinco pessoas.

— Muito bem — Romina disse —, de volta a La Venus. Você se casou com o homem. E depois?

— E depois as coisas mudaram — La Venus continuou entre mordiscadas. — Brigávamos o tempo todo. Ele queria a janta pronta quando chegasse em casa do trabalho, a casa limpíssima, e eu toda arrumada e perfeita, só pra ficar ouvindo sobre o dia dele. Esse tipo de coisa. E vocês sabem como é, como foram esses anos. Nunca tinha nada de bom no dia dele. Ele ia ser um músico famoso, antes do golpe. Eu acreditei nele. Ele era bom e corajoso o bastante, então isso parecia possível. Agora a gente mal pode ouvir música. Destruímos a maioria dos nossos discos durante as buscas, como todo mundo. Ele está preso num trabalho que odeia, não pode falar com os colegas, não sabe em quem pode confiar.

— Ninguém sabe — Romina disse.

— Bem, é claro — disse Anita, que também era La Venus. — Sim. Estamos todos no mesmo barco. Mas então, como esposa, eu tenho que carregar esse fardo? Eu tenho que fingir interesse em tudo o que ele fala? Sentir pena dele, abrir as minhas pernas para o coitadinho? Ele nunca me pergunta nada sobre como foi meu dia, sobre como eu temperei a porcaria da carne, nada. — Ela se esforçava para encontrar mais palavras, mais maneiras de articular a faca cega enterrada nos seus dias. — Ele é o marido perfeito, é o que todo mundo diz.

— Quem é todo mundo? — Malena disse.

— Minha mãe, minha irmã, minha cunhada. Amigos. E eu acho que eles estão certos. Acho que eu é que sou alérgica a maridos perfeitos.

Paz abriu a boca para rir, mas parou bem a tempo, quando viu que ninguém mais estava rindo. As mulheres tinham ficado sérias de repente. Estavam quietas, as cinco, o fogo farfalhando, estalando no ar.

O oceano gemeu.

— Onde ele acha que você está? — Romina perguntou.

— Com a minha prima, em Piriápolis.

— Hm — Romina disse — Piriápolis. Com certeza os banheiros são melhores lá.

Risos.

— Isso é verdade — disse La Venus —, mas eu prefiro estar aqui com vocês, cagando em um buraco.

— Eu ainda não consigo cagar aqui — Romina disse. — Vocês já cagaram?

— Bom, sim — La Venus falou —, já que você perguntou. E não foi tão ruim.

— La Venus! Nossa primeira cagona!

— Vida longa a La Venus!

Os últimos peixes saíram da grelha. Elas comeram. Pão e cenouras e a pesca do dia. As estrelas cantavam silenciosamente sobre elas. Quando terminaram, elas colocaram os pratos sujos de lado numa pilha e pegaram o uísque e a cuia de mate. Romina botou a água no fogo para esquentar.

Flaca entregou a garrafa de uísque para Paz e observou ela tomar o que pareceu ser um gole de uma especialista, com mais autoconfiança do que na noite anterior. Era normal, é claro, uísque surgir depois da janta, uma tradição uruguaia, e Flaca tinha dado seus primeiros goles ainda durante a adolescência, nas parrillas de domingo com a família. Aqueles primeiros uísques. Vermelho florescendo no seu peito.

— Opa! — ela disse. — Como uma profissional!

Paz sorriu e limpou o rosto com as costas da mão.

— Deve ser estranho pra você — La Venus disse — ouvir todas essas mulheres mais velhas falando tão honestamente sobre as suas vidas.

— Espera um segundo — disse Romina. — Algumas de nós não são tão velhas assim.

— Quantos anos você tem? Vinte?

— Vinte e dois.

— Tá vendo? — La Venus disse. — Os dezesseis são um outro mundo.

— Isso significa que somos de mundos diferentes? — Flaca perguntou, travessa.

— Tsc, o escândalo! — Romina grasnou. — Flaca, a inocente!

— Não, *não* significa isso, e nós não estávamos falando sobre isso — La Venus falou. O uísque tinha aberto alguma coisa dentro dela. — Estávamos falando de Paz.

— Falando *com* Paz — Romina disse.

— Certo. *Com* Paz.

— Sobre se ela está chocada — La Venus disse. — Estou curiosa de verdade.

— Chocada com o quê? — Romina disse.

— Com... a gente! — La Venus mostrou as mãos espalmadas. — Com as coisas que falamos. Com quem somos. — Ela olhou diretamente para Paz. — Quer dizer, deve ter sido a primeira vez que você ouviu mulheres conversarem assim. Quando eu tinha a sua idade, eu nem sabia que era possível. Quer dizer... Que duas mulheres pudessem...

Ela parou de falar e sentiu seu rosto ficar quente, embora, graças à escuridão, ninguém parecesse notar.

— Que duas mulheres pudessem chucu-chucu — Flaca terminou.

— Eu só não sabia — La Venus disse, um pouco na defensiva. — Ninguém fala disso. E, se falam, é pra dizer que duas mulheres juntas seria como... — Ela fez gestos, batendo as palmas das mãos, indo para frente e para trás.

— Como uma tortillera — disse Romina.

La Venus assentiu.

— Espero que você tenha se livrado dessa noção agora — disse Romina, lançando um olhar significativo para Flaca.

Flaca abafou um sorriso e olhou para La Venus.

— Umas mil vezes! — disse La Venus.

As mulheres berraram, deleitadas.

— Mas enfim — La Venus disse —, *calma*, senhoras. Paz, pra você isso tudo deve ser novidade.

— Na verdade — Paz disse —, eu já sabia há algum tempo.

— Como assim? — Romina perguntou — Sabia o quê?

— Que duas mulheres podem ficar... Juntas.

Uma quietude atordoante caiu sobre o grupo.

— Alguém contou isso a você? — La Venus disse.

Paz olhou para o fogo. Ele bruxuleou e serpenteou, lambendo o ar da noite, convidando-a para seguir.

— Mais do que isso.

Ela observava o rosto das outras enquanto elas lutavam com o que parecia ser um grande emaranhado de reações: confusão, espanto, perturbação, medo, uma pontada de inveja.

— Quem foi? — Flaca perguntou.

A pergunta pairou nas redondezas do fogo. Todas esperaram.

— Uma tupa — Paz disse finalmente.

— Uma tupamara — Flaca disse, mais do que perguntou.

— Ah, pelo amor de Deus, Flaca — Romina disse —, que outro tipo de tupa existe?

— Sim, sim, tudo bem — Flaca disse. — Vão deixar a guria falar?

Elas esperaram. O fogo cantou. A luz do farol passou por elas três vezes, como respiros de luz na escuridão. Uma vez. E de novo. E de novo.

Paz encarou o coração do fogo.

— Minha mãe... — ela disse, e parou.

— Tá tudo bem — Romina disse gentil. — Este pode ser o único lugar no país inteiro onde você pode falar sobre tupamaros sem pôr sua mãe em perigo.

Paz lutava consigo mesma e com o manto de silêncio interior, que cobria tudo, que as mantinha viva.

As mulheres esperavam.

— Minha mãe escondeu algumas delas nos últimos anos Paz disse, por fim. — A primeira vez foi logo depois do golpe, duas mulheres jovens. Nós temos um porão que não dá pra ver da rua, a entrada é por um alçapão que minha mãe cobre com um tapete.

Ela fez uma pausa. Todas as coisas que nunca deveria dizer. Romina assentiu encorajadora, La Venus tinha uma expressão indecifrável no rosto e Flaca estava mexendo no fogo, que ela reacendeu, agora que as brasas não precisavam estar baixas para cozinhar, com uma vara que mantinha sua absoluta atenção. Malena estava olhando para ela com calma. Era a única que não parecia chocada; seus olhos eram gentis.

— Bom, enfim, da quarta vez, foi só uma mulher. — Paz sentiu seu peito esquentar com as memórias daqueles dias, a fagulha de percepção de que uma nova pessoa estava escondida no andar de baixo, as conversas sussurradas da mãe com amigos perto do rádio estridente para que os vizinhos não pudessem ouvir, caso fossem espiões. Qualquer um poderia ser um espião ou se tornar um, denunciando você por capricho, e ela só conseguiu pegar os sussurros em retalhos e pedaços, "ela chegou aqui por último" e "você sabia que a mulher do padeiro também era" e "não tem pra onde ir, querem todas mortas, não, todos se foram, nem se incomodaram com túmulos". — Eu nunca soube o verdadeiro nome dela. Nós a chamávamos de Puma. Ela ficou no porão. Minha mãe me mandava lá embaixo com pratos de comida. Limpava os pratos dela também, e o... Vocês sabem, o balde dela. Ela não podia subir pra usar o banheiro.

As mulheres assentiram. Contos de se esconder não eram desconhecidos.

La Venus pensou rápido no buraco onde cagou mais cedo naquele dia. A terra que usou para cobrir as fezes. De repente, isso parecia um luxo.

— Começamos conversando um pouco, quando eu descia. Era fácil conversar com ela.

Paz lembrou do jeito como Puma fazia perguntas, entusiasmada, com um olhar tão direto que Paz tinha a sensação bizarra de que não havia nada que não pudesse contar a ela. Que não importava o que sua alma trouxesse à tona ou quão feias suas revelações pudessem parecer aos seus próprios ouvidos, Puma simplesmente as ouviria, fácil, ávida, com um acolhimento inabalável. Isso fazia ela querer contar tudo. Logo que Puma chegou, ela tremia, e Paz levou para ela cobertores e blusões, porque presumiu que estivesse com frio. Mas o tremor continuou até que, um dia, Paz, instintivamente, pegou na mão de Puma. Foi quando a mulher parou, repentinamente imóvel, e olhou-a nos olhos. Seu corpo era quente. A revolução. O calor da revolução na sua mão. Sua mãe dissera que a guerra estava perdida;

a repressão tinha ganhado, estava sentada no Palácio do Governo agora, e isso era o fim. O amor tinha perdido, o medo ganhado. Revolução, morta. E mesmo assim. Aqui estava essa mulher, essa Puma, ainda quente e respirando, como a última sobrevivente de um naufrágio. E havia morte nos olhos dela, dor nos olhos dela, mas algo além disso. Naquela noite, Paz esperou até que sua mãe estivesse dormindo e foi pé ante pé até o porão e se encolheu ao lado de Puma. Nunca saberia exatamente por que fez aquilo. O porão era muito frio, mas o corpo de Puma estava quente. Ela não se atreveu a dormir, pois tinha que estar de volta no andar de cima antes que sua mãe acordasse. Apenas se deitou ao lado de Puma e ouviu sua respiração, lenta de sono. Foi só na terceira noite que a mão de Puma se estendeu na escuridão e procurou a dela, suavemente; quando elas deram as mãos, o gelo derreteu.

Não poderia contar isso com palavras para as mulheres ao redor do fogo. Elas estavam esperando. Ela já lutava contra o silêncio por mais de um minuto, então deu de ombros.

— Ela era minha amiga.

— E mais do que uma amiga?

Paz olhou para longe, na direção do fogo.

— Quando foi isso?

— No verão depois do golpe.

Ficaram em silêncio. Fazendo cálculos nas suas cabeças, repetidamente, como se houvesse um erro de aritmética.

— Você tinha doze anos.

— Quase treze. — Ela roía as unhas. — Sempre pareci mais velha. — Sempre se sentiu mais velha, pensou.

— E ela... — Romina começou, mas não pôde terminar.

La Venus estava com cara de nojo.

— Ela não tinha o direito! Uma criança!

Paz recuou.

— Vai com calma — Flaca disse. — Olha, Anita, a primeira vez que eu... com a Romina... nós éramos jovens também.

— Primero de tudo, vocês duas tinham a mesma idade, não tinham? É completamente diferente. E segundo, você me disse que tinha dezoito!

— Dezessete — Flaca disse. — Sim.

— Isso — La Venus disse com firmeza — é um mundo diferente dos doze anos.

Quase treze, Paz pensou, mas não disse.

— Você deve ter ficado com muito medo — Romina disse.

— Você não sabe — Malena disse.

Romina olhou para ela, surpresa. Havia mais coisas dentro daquela mulher do que ela poderia compreender.

Malena se inclinou para frente e seu rosto entrou na luz do fogo.

— É Paz quem sabe. Se estava com medo ou não. Como foi. Ela é a única que deveríamos ouvir e em quem acreditar.

Romina abriu a boca, fez um som. O fogo crepitou. Ela olhou para La Venus, que parecia surpresa, e depois para Flaca, cuja testa franziu. Nenhuma delas falou nada.

Malena se virou para Paz. Seus olhos eram gentis e ela parecia, naquele momento, mais velha do que todas elas, tão velha, Romina pensou, quanto a própria terra.

— Quer contar pra gente?

Paz engoliu em seco.

— Não tive medo. Não foi assim! Ela era...

Mais uma vez as palavras não vinham e ela não pôde falar. Não tinha jeito de falar. Como falar? O jeito como Puma acariciava seu cabelo, como se ele a deslumbrasse, como se ali estivessem contidos os mistérios da noite e do céu, e aí ela dizia "seu cabelo é mais bonito que o céu noturno. Você é um milagre, Paz, você é tudo". Puma, tão gentil quanto a água em uma piscina, se moldando e remoldando ao seu redor. Quebrada, inteira. Despertar. O silêncio assombrando, cheio de não ditos. "Só se você quiser" era o seu refrão, e sua respiração era a música. *Só se.* Profundo no silêncio. Revolução. *Você quiser.*

— Ela era gentil. Me mostrou o que eu sou.

Por um longo tempo, ninguém falou. O fogo faiscava e murmurava; Flaca botou mais um pedaço de lenha. O carroceiro estava certo, a madeira para fogo era escassa ali, e ela estava contente agora por ter pego o quanto pôde dele. Esperava que o homem da venda tivesse mais para vender no dia seguinte. Estava gastando um ano de economias naquela viagem. E quem se importava? Estar ali com aquelas estrelas e com aquelas mulheres, cercada pelo canto do oceano, um *vsssshhhh,* fortalecia cada palavra e pensamento. Beleza envolta em escuridão. Noite e fogo. A garrafa de uísque começou a circular de novo. Quando chegou a Paz, ela tomou outro gole, e desta vez ninguém a provocou por isso.

O silêncio mudou, engrossou, era uma coisa sumarenta entre elas.

Romina olhava de relance para Paz, tentando absorver sua história. Braba com Puma por usar uma criança — mesmo que Paz dissesse que queria. A revolucionária no porão, uma heroína. Uma abridora de mundos. Mas doze anos. *Doze.* Sua mente parava sempre naquilo, ao pensar em Paz ainda mais vulnerável do que a guria que estava ali diante dela, cheia de espinhas e cravos e fome, uma criança inquieta e errante. Teve que sentar sobre as mãos para não ir até Paz e abraçá-la, porque Paz claramente não queria aquilo e entenderia como condescendência quando, na verdade, era outra coisa, uma necessidade de proteger tão feroz que quase deixava Romina sem ar. Nunca tinha sentido esse tipo de urgência. A ternura de uma leoa com suas crias. Forte o bastante para matar. Amor materno — será que era assim? Poderia ser a coisa secreta dentro dela criando esse sentimento? *Não. Isso não, vai embora — me livra desse pesadelo, céu negro e estrelas e fogo e rochas, e eu darei o meu amor de nunca-serei-mãe para Paz.*

O fogo dançava e se encolhia em línguas brilhantes.

La Venus se aconchegou em Flaca, no seu corpo reconfortante. Flaca era magra e forte, tão forte quanto seu marido, talvez até mais, pois Arnaldo ficava sentado no escritório o dia todo, enquanto Flaca levantava e cortava e carregava coisas. La Venus sentiu como se nunca pudesse parar de querer essa mulher, e a profundeza da sua fome a amedrontava. O resto da sua vida se estendia diante dela, agora cheia desse eu secreto que iria para sempre respirar sob a superfície dos seus dias, não importa o que fizesse ou o que deixasse de fazer. Não era tão simples voltar à vida como ela era depois de rasgá-la. Ela sempre teria sentado nesta praia numa roda de mulheres que viram seu segredo se tornar uma coisa ordinária, uma mulher apoiada em um corpo que ela não deveria amar, mas amava. Ela doía. Mas pelo quê? Por Flaca? Pelo futuro que não teria? E que futuro era esse? Talvez estivesse doendo por Paz, uma garota, e aquela tupamara, que tinha feito uma coisa terrivelmente errada. Não importava o quanto Paz explicasse, nada a convenceria do contrário. Duas mulheres era uma coisa, uma mulher e uma criança era outra. E ainda assim. Paz. Aqui na praia, aos dezesseis anos. Tão nova para saber tanto sobre o que é possível. Sobre mulheres. O quanto a vida dela seria diferente por saber disso antes? Quem ela seria hoje? Sua outra versão seria mais ou menos livre do que esta de agora?

*

Um novo dia, encharcado de sol. As mulheres acordavam lentamente e se dispersavam depois do mate, para o mar, as dunas. Foram nadar, caminhar, explorar as rochas em torno do farol. Malena sentou na praia, remexendo na areia com os dedos, olhando para a água. Romina nadou até depois da arrebentação, onde podia boiar com os olhos fechados. Flaca e La Venus encontraram um vão nas dunas — "um 'decote'", La Venus disse, rindo —, onde transaram nas areias quentes, depois correram para o oceano para aliviar o calor, e depois transaram de novo na água.

Paz ficou sozinha, vagando, incerta sobre o que procurava. Ela precisava de tempo para pensar. Depois da confissão da noite anterior, ela ficou envergonhada, se sentiu exposta, como se essas mulheres fossem suas irmãs e tias, tudo de uma vez. A primeira emoção de chegar ali se acomodava num desconforto estranho, bem debaixo da sua pele. Ela queria escapar — mas escapar do quê? E por quê? Escapar da própria pele? Escapar para um porão e se esconder no escuro, como ela fez por anos, desde que Puma partiu? O escuro vazio debaixo do alçapão tinha se tornado seu refúgio secreto; mas ali era impossível, não havia porão em lugar nenhum naquela porra de cabo, não havia uma árvore sequer atrás da qual se esconder, tudo tinha certa crueza, estava exposto ao vento. Ela caminhou. O movimento a acalmou. Mais uma vez estava sozinha. Como em casa, onde ela era sozinha com uma mãe que não a queria por perto e para quem ela era uma menina incorreta, um incômodo, algo no caminho. Não devia ter contado às novas amigas sobre Puma. Agora estava rasgada e não havia jeito de fazer uma sutura. *Sola*, pensou, *sozinha, so-la*, uma sílaba para casa passo, pé esquerdo *so*, pé direito *la*, passo *so*, passo *la, so, la*, para frente e além. Ficou surpresa por encontrar a venda de El Lobo. Um casebre com cortinas tingidas de preto na porta de entrada. Queriam mesmo ir até lá para pegar suprimentos, mas ainda não o tinham feito; o plano era irem juntas mais tarde.

Ela entrou.

O ar turvo, espesso. Uma longa mesa servia de balcão, atrás do qual um velho chefiava prateleiras pintadas de um azul-claro lascado e esperançoso, forrado com provisões esparsas.

— Bom dia — ele disse. Tinha cabelo branco e era surpreendentemente robusto, como se os anos de trabalho ao ar livre o tivessem enrugado e tonificado ao mesmo tempo, fazendo com que ele pertencesse inteiramente ao sol. Estava parado com a majestosa tranquilidade de um capitão de navio, o velho tipo de navio, pensou Paz, cheio de velas, mastros e corda. Nas mãos, o homem segurava um pedaço de madeira e uma faca de trinchar; havia uma pequena pilha de serragem encaracolada no balcão. Ela se perguntou o que ele estava esculpindo.

— Bom dia — ela respondeu.

— Você é nova.

— Sim.

— Veio com aquele grupo de senhoras?

Senhoras. Ela lutou contra a vontade de retrucar.

— Sim. — Ela pairava incerta, percebendo só então que não tinha trazido dinheiro nem lista de compras. — Você é El Lobo?

Ele assentiu lentamente, observando-a como se ela pudesse ser decifrada, como o vento. Depois voltou para sua escultura.

Paz deu uma olhada nas prateleiras, com seus artigos bem cuidados. Tinta, cola, arroz em um saco de serrapilheira, temperos em potes sem etiqueta, pacotes de erva mate, papel higiênico, tanques que pareciam conter água, duas caixas com pacotes de biscoito de baunilha cobertos de poeira, um montinho de maçãs murchas, um único pé de alface já ficando marrom nas pontas. Ela se perguntou como seria viver ali, tão longe da civilização. Na presença daquele homem, se sentiu transportada para outra época, uma época anterior a telefones e televisões e aviões que levavam os exilados do país, uma época de atemporalidade, onde a vida estava ligada aos ritmos do oceano.

Ele olhou para ela, entretido.

— O quê? — ela perguntou, imediatamente se sentindo grosseira.

— Você parece perdida.

— Eu sei onde estou.

Ele deu de ombros.

— Elas são suas irmãs? Tias?

Paz hesitou. Ela abriu a boca para explicar que eram amigas, mas lhe ocorreu que ela então poderia ter que explicar por que amigas assim estavam viajando juntas sem nenhum homem.

— Somos primas.

Ele esculpia sem responder.

Ela perambulava por ali, tentando não parecer perdida. As moscas se congregavam em torno das maçãs e dos pimentões anêmicos. Um feixe de luz vindo da porta capturava ciscos de poeira. Na parede distante, atrás do balcão, ficava pendurada uma estranha máscara com um nariz comprido de metal, suspensa por uma matriz de ossos amarelos pálidos.

El Lobo seguiu seu olhar.

— Aquilo é uma máscara de oxigênio. Para marinheiros. Minha mulher pendurou-a naqueles ossos anos atrás. Agora ela está morta — ele completou, e ergueu as sobrancelhas como se essa notícia o surpreendesse.

— Que tipo de ossos são?

— Humanos.

Ela recuou.

Ele riu, revelando buracos onde alguns dos seus dentes estiveram.

— Ah, menina. Não. São de um leão-marinho. Eu costumava caçá-los, e focas, mas não tenho mais forças.

— E a máscara?

— É do Tacuarí.

Ela o encarou sem expressão. Soava como uma palavra indígena, uma palavra guarani ou charrua — havia lugares que carregavam nomes indígenas, como a cidade de Tacuarembó ou aquela rua na Cidade Velha de Montevidéu, Ituzaingó —, mas o que elas tinham a ver com máscaras de oxigênio que pareciam saídas de fotos da Segunda Guerra Mundial?

— Você não sabe sobre o Tacuarí?

— Não.

— Ah. Você acabou de chegar aqui.

— Sim.

— Quanto tempo mais vocês ficam?

— Quatro dias.

— Bem, volte aqui e eu conto a história, certo?

Ela fez que sim com a cabeça.

— Quer comprar algo?

— Desculpe. Esqueci de trazer o dinheiro — ela disse, embora não tivesse bem esquecido, era mais que não tinha planejado estar ali.

— Não tem problema. Pegue o que quiser e pode me pagar quando voltar.

— Obrigada.

— Aqui, espere.

Ele passou pela porta atrás do balcão e foi para a sala dos fundos, que, agora ela percebia, devia ser sua casa. Ele voltou com dois bolinhos fritos em um pedaço de papel branco.

— Buñuelos. Minha filha Alicia fez essa manhã. Um presente de boas-vindas pra você.

Ela pegou o pacotinho. Quando era criança, buñuelos eram sua comida preferida, ela às vezes ajudava a mãe a fazer a massa e a misturar o espinafre ou o milho antes de observá-la despejar os montinhos no óleo quente.

— São feitos com algas marinhas.

— Algas marinhas? — Ela nunca tinha ouvido falar de tal coisa, nunca tinha imaginado que algas fossem comida. — Quer dizer que vocês colhem? Do mar?

El Lobo deu uma olhada nela, como se dissesse: "guria doida da cidade, que outro mar seria?".

Alguns minutos depois, ela voltava ao acampamento com os buñuelos, algumas maçãs e um pacote de biscoitos debaixo do braço, pensando no gosto das algas, se suas amigas sentiriam nojo da ideia, se elas provariam tal coisa, se os buñuelos teriam gosto de peixe ou se estariam encharcados de óleo ou cheios de areia. O acampamento estava vazio, ninguém tinha voltado de onde quer que estivesse. Ela largou as coisas e foi para a praia em que todas tinham ido nadar no dia anterior, onde tirou os sapatos e andou pelas ondas até ficar com água pela canela, seus dedos afundando na areia molhada. Então ela parou. Elas estavam lá longe, apenas duas delas, Flaca e La Venus — tinha que ser elas —, as cabeças balançando perto uma da outra, eram elas, sim, eram elas, devia ser, ou poderiam ser, oscilando, ficando perto, não olhe, não olhe, não ouça o que elas dizem, vira Paz, *vira*, e ela o fez, mas não imediatamente, e não sem uma pontada de decepção por não ter ouvido coisa alguma.

No acampamento, ela abriu o papel engordurado e comeu um buñuelo de alga e depois o outro. Eles não tinham nada de gosto de peixe, mais parecia espinafre comum, apenas com um rastro do oceano salgado, como o que ficava no paladar depois de nadar longamente pelas ondas, muito embora fosse bem leve, sutil, uma nota que você teria que procurar na língua.

*

— Você se sente mal porque somos as únicas transando? — La Venus disse, enfiando as mãos nos cabelos de Flaca.

— Por que eu deveria?

— Bem, quer dizer, as outras não estão tendo a mesma coisa. A mesma diversão, sabe? E nós desaparecemos bastante, não é?

— Estamos transando por todas. Fazendo a nossa parte.

— Ahá!

Flaca continuou sua lenta descida com a língua.

La Venus agarrou mais forte os cabelos da sua amante e apertou as coxas em torno da sua cintura, nas dunas onde estavam deitadas. Sempre a surpreendia o modo como Flaca falava, como se o sexo — as coisas que elas faziam — fosse bom, até mesmo virtuoso.

— Faça então.

Era a hora do lusco-fusco, a luz suavizando tudo ao redor delas. O terceiro dia. A terceira joia em um colar de sete. Faltavam apenas quatro dias, ela pensou com tristeza — e ali estavam elas, com a lascívia não dando sinais de desaparecer. Era o oposto: quanto mais tempo passavam naquele lugar extraordinário, mais claramente o desejo delas ressoava, como se fosse um sinal de rádio enviado do coração da selva.

Depois, elas deitaram ofegantes, suando, nas dunas. Um pensamento se derramou sobre La Venus, ofuscantemente brilhante: *isto deve ser amor*. Mas o que significava? Não o amor por Flaca, exatamente, embora fosse um sentimento aceso por ela — essa mulher com mãos de bandido, ágil Flaca, firme Flaca, musculosa Flaca, que fazia seu corpo rugir —, mas não era só isso que a fazia balançar. Tinha algo a mais. No estar com Flaca, na areia, nas ondas, juntando os corpos e se chocando uma contra a outra, ela procurava a própria aniquilação, procurava sua libertação. Flaca *era* liberdade — nunca tinha visto uma pessoa tão livre, ao menos não nos anos do golpe. Começou a pensar que liberdade era uma ideia que pertencia a outros tempos, à época dos sonhos de boemia, quando todos, ou ao menos as pessoas jovens como ela, realmente pensavam que a revolução estava chegando para o Uruguai. Estava se erguendo entre os uruguaios. Mas agora até mesmo os maridos músicos eram burocratas corcundas, de mente fechada, amargos e crivados de medo. Boa esposa. Sem espaço para a liberdade. Um mundo cada vez menor. E agora isto. Esta abertura repentina, esta respiração em frangalhos. Este enorme eu.

Este delicioso eu, que extrapolava a vida, uma deusa: La Venus. Vênus de espuma. Vênus das dunas. Vênus das pernas que se abriam para a língua de uma mulher.

A areia estava esfriando com o dia que se apagava. Flaca fazia carinho nela, murmurando sílabas que não faziam sentido, *ta-tatatata-bue-la-lililila,* uma felicidade estúpida que espelhava a dela.

E se ela pudesse ser La Venus todo o tempo? E se ela pudesse andar pelas ruas da sua própria cidade como a mulher impossível e fulgurante que ela era agora? Ela não queria voltar a ser Anita — não mais. Mesmo que precisasse. Havia uma velha vida lá fora esperando que ela fosse Anita, pessoas que esperavam que ela vivesse dentro daquele nome, pessoas que olhariam para o seu rosto e veriam a velha Anita e nada mais — seu marido, sua mãe, sua irmã, as pessoas do mercado, os conhecidos e os ditos amigos. Mas não importava o que vissem, não importava o que pensassem, aquela Anita era uma casca agora, uma casca quebrada como a de um ovo que eclodiu. Era tarde para voltar. Ela nunca mais seria a mulher que não desejava se abrir para mulheres. Ela tinha que ser Anita, mas Anita era uma mentira. *Então como sobreviver agora?*, ela pensou, em fúria. Se empinou de modo que seus seios preenchessem as mãos de Flaca para que as carícias não parassem. Como sobreviver?

— Meu deus — Flaca disse. — Ainda com fome?
— Sempre. De você, sempre.
— Diga isso e ficaremos aqui pra sempre.

— Que bom.

— Quer ficar aqui pra sempre?

— Sim.

— Ou você... Me quer pra sempre?

— Ah, meu Deus, isso é tão bom.

— Responda a pergunta.

— Cala a boca e não para.

— Não vou parar. — O mundo virou, explodiu. Flaca dentro, Flaca por toda a parte. — Tá vendo?

— Mais.

— Mais dedos?

— Sim.

— Primeiro responde a pergunta.

— Ai, foda-se, eu não consigo me lembrar da pergunta. No que estava pensando?

Ela não conseguia se lembrar da pergunta original, mas sabia que não era naquilo que estava pensando. Ela queria bater seus quadris contra a mão de Flaca, demolir-se contra a solidez daquela mulher. Estava completamente aberta, seu corpo uma costura rompida. Esses atrasos de Flaca podiam levar a orgasmos tão ferozes que ela quase sentia medo.

— Que suas mãos em mim são como comida. E eu não sabia que estava morrendo de fome.

— Ah. — O movimento voltou. — Não precisa mais ficar com fome, minha Vênus.

*

n o quarto dia, Paz voltou ao mercado de El Lobo e ele enfim começou a contar histórias. Isso aconteceu enquanto ele tomava mate e ela levava um tempo insensatamente longo para se debruçar sobre os produtos, ignorando as moscas itinerantes. Ela pensou que ele tinha esquecido sua promessa de contar sobre o Tacuarí. Ela tinha guardado aquela palavra, dando voltas com as sílabas na cabeça, enquanto olhava para o oceano ou passeava sob as estrelas, para não esquecer, Ta-cua-rí, Ta-cua-rí. Começou a pensar se deveria perguntar diretamente, mas não sabia muito como fazer isso sem se intrometer na sensação nebulosa que tinha da loja como um lugar de quietude, de imersão nos ritmos do mar. E então, quando ela estava pegando um pimentão magricela, El Lobo disse:

— Somos conhecidos, você sabe, como uma terra de naufrágios.

— Quem?

— Nós, aqui. Cabo Polonio. Este pequeno dedão de terra cutucando o oceano.

Ele estendeu a cuia para ela.

Ela tomou um gole de mate. O gosto era como se ele tivesse colocado um pouco de yuyos, como ela havia ouvido que algumas pessoas faziam. Alguns diziam que as ervas extras estavam lá pelo sabor, outros diziam que era medicinal ou bruxaria. Ficou pensando qual seria o caso de El Lobo.

— Conquistamos esse nome há muito tempo, nos tempos coloniais, porque as águas aqui são rasas. Traiçoeiras. Afundam muitos navios. Senta, senta.

Ele apontou para um banquinho.

Paz sentou. Ela esperou. Ele não seguiu em frente imediatamente. O tempo era mais lento ali. Tempo, lento e largo, sem pressa, uma calma em que era possível flutuar.

— Tesouro, mercadoria, ossos de marinheiro: está tudo aí, na barriga do oceano que você pode ver por essa porta. Foi se juntando lá por muitas gerações. Na verdade, algumas pessoas acham que o nome Polonio veio do navio naufragado do Capitán Polloni, da Espanha, em 1753. Não fique tão surpresa que eu saiba essas datas. Nós mantemos nossas histórias vivas por aqui. E, sim, há outras versões de como o cabo ganhou esse nome, mas não são as verdadeiras, porque, sabe como é, a mais verdadeira das histórias é sempre aquela que perdura no tempo e que fala mais profundamente com as pessoas.

Sua filha, Alicia, enfiou a cabeça pela porta da sala dos fundos, o que Paz agora sabia que era a sala de estar e a cozinha. Ela tinha a cara redonda, usava uma longa trança, que ia pelas costas, e tinha uma criança pendurada na anca.

— Papá está te obrigando a ouvir as histórias dele?

— Ela quis ouvir, sabe.

Alicia abriu um sorriso largo para Paz.

— A verdade é que ele quer contar. E, realmente, ele sabe todas as histórias deste lugar. Ele guarda pra contar pra todos. — Ela beijou a testa de El Lobo com uma ternura casual que fez Paz ficar vazia por dentro. — Chica, estou fazendo buñuelos, quer alguns?

Paz fez que sim com a cabeça, com água na boca.

— Obrigada. São deliciosos. Eu tenho dinheiro.

— Ah, que bom pra você! Mas não, de jeito nenhum. Você é nossa convidada.

Isso a deixou com vergonha, pensar em tirar do pouco que essa família tinha — eles todos moravam naqueles quartinhos apertados: El Lobo; Alicia; o marido dela, Óscar; e três ou quatro crianças —, mas ela ficou com medo que insistir em pagar pudesse ofendê-los.

— Então — El Lobo disse, enchendo a cuia de novo, enquanto Alicia desaparecia atrás da cortina —, Capitán

Polloni da Espanha. Ele chegou aqui com um navio cheio, mais de trezentos passageiros. Alguns eram padres, vindos para a América para converter os pagãos, para domar uma terra que eles pensavam que precisava ser domada. — Ele fez uma pausa para dar um gole, puxando na bomba. — Tinham mercadoria a bordo. Sem etiqueta. Não era parte do que tinham sido pagos para trazer. Álcool, tabaco, baralho, tudo que, entenda, era estritamente proibido. Bem. A tripulação invadiu a carga secreta e ficou tão bêbada que suas músicas podiam ser ouvidas até pelas estrelas, e havia muitas estrelas, era uma noite clara e negra, não havia motivos para que encalhassem o navio nas rochas. Só há duas razões possíveis para a colisão. Ou foi a maldição dos pagãos, que não queriam ninguém vindo aqui para convertê-los, ou a tripulação estava bêbada.

— Ou os dois?

Ele a olhou lenta e cuidadosamente.

— Bem, é claro. Ou os dois.

Ela estava ouvindo com seus ouvidos e poros abertos. Estava no deque do navio, sob as estrelas, cercada de marinheiros bêbados e suas canções altas e arrastadas. Estava ao lado deles, escalando uma proa quebrada, dentro da água, nas rochas, lutando pela vida. Chegando à costa enlameada e esfolada ou talvez se afogando pelo caminho. E, enquanto isso, os pagãos — os charruas, ou será que aqui teriam sido os guaranis? (ela não sabia) — esperando nas dunas, possivelmente tendo amaldiçoado os padres que os amaldiçoaram, porque não era mesmo verdade que a chegada dos padres fora uma maldição, dependendo do ponto de vista? Ela nunca gostou da igreja, os vestidos engomados, ajoelhar, levantar, sentar e rezar e desculpe pelos meus pecados. Ela nunca poderia ganhar no jogo dos pecados, então tinha parado de tentar, só tomava a comunhão para não brigar com Mamá, que, por sorte, só a levava para a missa algumas vezes ao ano. Naquele momento, absorvendo a história de Polloni, Paz pensou na sua própria casa como uma espécie de navio com uma tripulação solitária, apenas ela e Mamá. Seu pai tinha deixado ela e a mãe quando ela tinha apenas dois anos, foi para São Paulo por um emprego e nunca ligou. Embora enviasse dinheiro, ele nunca respondeu as cartas que ela escrevia quando ainda era jovem demais para saber das coisas. Quando ela e a mãe estavam em casa juntas, a casa tremia e balançava com as mudanças de humor da capitã, como se pudesse virar ou colapsar a qualquer momento e afogá-las na noite sufocante. E não havia destino, nenhum mapa para outro lugar, apenas um terrível vazio que ameaçava ficar à deriva para sempre. Talvez fosse melhor bater, se arrebentar contra as rochas, para que pudesse ao menos chegar a algum lugar, por mais quebrada que estivesse. Ela queria espaço para si mesma, uma vida maior. O tipo de vida que as pessoas no Uruguai não tinham mais — e não apenas não tinham, mas não ousavam mais imaginar. Ela zarparia e navegaria o mar até desembarcar no Brasil, na Venezuela, no Canadá, na França. China. Austrália. Só com tabaco e baralho no porão do seu navio.

— Eles morreram? — ela perguntou.

El Lobo sacudiu a cabeça.

— Toda a tripulação sobreviveu. Essa é a parte doida. A única baixa foi um padre que se diz ter morrido do choque de ter colidido bem no meio de uma autoflagelação, o que se soube apenas porque ele foi encontrado morto no seu quarto com um chicote na mão.

Paz riu.

— Isso é verdade?

— Por que não seria?

Por que seria?, ela pensou, mas não disse. Histórias tendem a ficar mais ricas com o tempo, acumulando detalhes enquanto passam de geração em geração.

— Isso, é claro, faz muito, muito tempo. Desde então, ocorreram muitos naufrágios. Entenda: esse é um lugar rochoso. Pontas afiadas por toda a parte, se você mergulhar para ver. O naufrágio mais recente foi o Tacuarí. Acabou de acontecer, em 1971, então faz, vamos ver... — El Lobo olhou para o teto — Seis anos, sim, isso mesmo, seis anos. Dois marinheiros morreram. O resto nadou para a costa ou remou nos botes de emergência e, na manhã seguinte, todos estavam perto de Valizas, deixando o navio e seus tesouros para trás. O navio ainda está lá longe, dentro da água, perto de Calaveras. Mas está afundando. Lentamente. Um pouquinho a cada ano. As coisas do naufrágio ainda aparecem boiando, chegando na praia.

— Como aquela máscara de oxigênio? — perguntou Paz.

— Como a máscara.

Ela esperou que ele continuasse, mas El Lobo pegou o pedaço de madeira que estava no balcão e esculpiu em silêncio. As histórias tinham acabado. Paz pensou na mulher dele, a mulher morta, que transformou a máscara no centro de uma obra de arte. O toco de madeira estava virando uma boneca, com feições surpreendentemente delicadas. Ela se sentia esquisita, parada no meio da vendinha, e mesmo assim não queria ir embora. O cheiro de fritura dos buñuelos soprava do outro cômodo. A presença de El Lobo a envolvia, a fazia se sentir viva. Ela queria nadar com ele o quanto pudesse. Então começou a limpar a serragem que caía das mãos dele para o balcão. Ele deixou que ela o fizesse, sem tirar os olhos do seu trabalho, como se fizessem isso há anos, como se fosse a coisa mais normal do mundo. Quando ela ousou espiar a máscara de oxigênio, o artefato parecia de algum modo diferente, menos um objeto e mais um rosto, pairando no seu ninho pálido de ossos.

*

Elas se separavam durante o dia, faziam o que queriam e se reuniam ao redor do fogo à noite. Lá, elas cozinhavam, bebiam, comiam, se demoravam, se apegavam umas às outras como se fossem parentes há muito perdidas e de quem logo seriam arrancadas. Confessavam segredos, recontavam as incursões dos seus dias e sonhavam aventuras loucas e absurdas que, sob o brilho crepitante das chamas, quase podiam fingir que eram possíveis.

Na sexta noite, estavam se bicando animadas sobre de quem era a vez de servir o mate quando La Venus disse:

— Hoje vou insistir nisso, Malena: é a sua vez de nos contar mais sobre você.

Malena parecia surpresa. Estava sentada perto do fogo, jogando as espinhas de peixe do seu prato nas chamas.

— Eu?

— Você.

O silêncio recaiu sobre as mulheres. Flaca deu a térmica para Romina, sacudindo os ombros, como quem diz "você ganhou".

— Não tenho muito o que contar — Malena disse.

— Bobagem. — A voz de La Venus era gentil. — Olha, eu não quero te chatear. É só que, bem, todas nós falamos tanto... Por que vocês estão rindo? É verdade! Nós falamos tanto que deveríamos nos lembrar de dar espaço para as pessoas mais quietas.

— Eu sou uma pessoa quieta?

— Você não é?

Malena não respondeu. O fogo bruxuleava e zumbia. Romina serviu água no mate e entregou para ela. Por dentro, Romina estava bêbada de felicidade, porque sentiu o sangue chegar naquela tarde, enquanto andava até a praia para nadar. Nenhum bebê. Nenhuma vida nova. Nenhum laço com os Apenas Três. Ela foi até a água e, uma vez submersa, tirou a parte de baixo do biquíni para que pudesse olhar para a mancha e ver com seus próprios olhos o tão glorioso borrão vermelho; ela poderia emoldurar e pôr na parede e admirar aquilo pelo resto dos seus dias. Depois, sem pensar, ela abriu bem as pernas debaixo d'água e se misturou ao oceano, uma oferenda, um agradecimento, o selar de um pacto indecifrável. E agora, ali estava ela, com essas mulheres, mais bronzeadas dos cinco dias de sol, tão fácil de lidar uma com a outra que chegavam a esquecer que há pouco eram estranhas e que logo teriam que voltar para suas outras vidas, oprimidas.

— Não temos mais muito tempo — ela disse.

— Eu não sei que tipo de pessoa eu sou — Malena finalmente falou. Cruzou as mãos em torno da cuia e olhou para as extravagantes estrelas. — Bem, certo então, vocês vão me obrigar a isso?

— Possivelmente — La Venus sorriu.

— Posso contar uma coisa, acho. Eu vivia num convento.

Romina pensou que tivesse ouvido errado. Todas as mulheres ficaram olhando.

— O quê?

— Eu era noviça.

— Quer dizer — La Venus disse — que você estava se preparando para ser freira?

— Sim.

Silêncio.

— Tá brincando — Flaca disse, por fim.

— Cala a boca, Flaca, pelo amor de Deus — Romina disse. — Não tá vendo que ela não tá brincando?

Flaca tinha mil perguntas, mas se segurou e se ocupou mexendo no fogo com uma vara.

— E por que você foi? — La Venus disse. — Você amava Deus?

— Não. Quer dizer, eu queria amá-Lo. — Malena bebeu o mate, devagar, atentamente, como se a mistura fosse um antídoto para um veneno há tempos engolido. — É uma longa, longa história.

O silêncio passou por elas novamente, salpicado com o murmúrio das chamas.

— O quê... — Flaca começou, mas La Venus a interrompeu, pousando a mão no seu joelho.

— Temos tempo para uma longa história — Romina disse, baixo. — Temos bastante tempo.

Malena parecia estar encolhendo. O fogo piscava e dançava.

— Eu tive que escapar — ela disse, e então um vazio caiu no seu rosto como uma cortina.

— Como era? — Romina perguntou — Estar lá, quero dizer.

Sempre tivera curiosidade sobre conventos, tendo sido criada em um lar judeu e visto freiras somente à distância.

Malena apertou os olhos para as chamas como se estivesse procurando um rosto familiar numa multidão de estranhos.

— Era quieto. Rigoroso. Todo mundo pensa que a vida num convento é sobre se aposentar das coisas, mas, na verdade, você se ocupa com todas as rezas e o trabalho. Depois, por baixo disso, você se vê sozinha, e então, dentro, é silêncio. Você começa a se ouvir de dentro do silêncio. Era reconfortante. Mas também terrível. Se ouvir tanto.

— Por isso você foi embora? — La Venus perguntou.

— Não. Eu fui embora porque não conseguia fazer aquilo. Não conseguia.

— Fazer o quê? Acreditar em Deus?

— Não, isso não.

— A Igreja odeia gente como nós — Flaca disse. Ela nunca tinha dito palavras assim, em voz alta, e elas escaldaram sua língua. — Foi esse o problema?

— Talvez. Não sei — Malena disse. Agarrou um pedaço da saia e começou a mexer na bainha, como se tentasse desamassá-la com os dedos. — Eu não consegui. Era tarde demais.

— O que quer dizer com tarde demais? — La Venus se inclinou para a frente. — Você devia ser bem jovem, não?

— Até as pessoas jovens podem se quebrar — Malena falou.

Paz sentiu aquelas palavras fundo no seu corpo. Não era para menos que aquela mulher a tivesse compreendido, tivesse estado disposta a ver.

Romina serviu outro mate e o passou para Flaca. Ela não conseguia fazer sua mão parar de tremer. Tentou imaginar Malena como uma jovem noviça, machucada por dentro, vai saber por qual motivo — mas não poderia ser tarde demais, poderia? As pessoas jovens poderiam se quebrar, mas será que não poderiam também se curar?

Elas esperaram Malena continuar, mas a cuia seguiu passando devagar pela roda, e ela não falou mais nada.

O sexto dia. Seu último dia inteiro em Polonio. Paz estava a caminho de El Lobo para pegar pimentões e pão para o assado da noite — iriam fazer peixe na brasa e um banquete especial para a sua última noite ao redor do fogo. Romina tinha se deitado para fazer a siesta, e Flaca e La Venus tinham desaparecido nas dunas. Paz esperava que El Lobo estivesse a fim de contar histórias. No caminho, ela viu uma figura solitária ao longe, depois do farol, empoleirada nas rochas. Parecia uma mulher. Ela se aproximou. Malena. Há quanto tempo estava lá? Há quanto tempo ela estava longe do grupo? Tinha passado a vagar sem avisar ninguém durante as tardes. Sua figura se destacava como um recorte humano contra o céu azul. Seu cabelo caía em um rabo de cavalo pelas costas, em um estilo mais relaxado do que o coque com o qual havia chegado, e ainda assim Paz percebeu, naquele momento, que ela nunca tinha visto o cabelo de Malena solto ao vento.

— Posso sentar aqui com você?

Malena se assustou e olhou para cima.

— Tudo bem. — Então ela pareceu amolecer, lembrando-se de algo sobre si mesma ou sobre a jovem diante dela. — Quero dizer, é claro.

Paz sentou na pedra em cima das pernas dobradas. O oceano estava mais calmo que no dia anterior, luxuosamente cobrindo as rochas sob elas, depois se recolhendo e voltando.

Ela não sabia o que dizer. Se esforçou para pensar em algo, então deixou escapar.

— Sente falta do convento?

— Por que a pergunta?

— Eu não sei. Parece outro mundo, outro universo.

— Eu não quero falar sobre o convento.

— Desculpa.

— Não, não é culpa sua. Eu que sou difícil, eu sei. Tenho certeza de que vocês todas já estão cheias de mim e se arrependem de terem me convidado.

— Não! Isso é ridículo — Paz disse, embora estivesse pensando que não tinha sido ela quem tinha convidado as pessoas para estarem ali.

Malena sacudiu a cabeça, seus olhos estavam no horizonte.

— É sério. — Paz se aproximou, de modo que seus ombros se tocassem. — As outras pensam assim também, tenho certeza. Você é necessária aqui.

— De onde você tirou *essa* ideia?

— Não sei. Precisamos de todas. — Ela ficou pensando de onde vinham aquelas palavras. Se podiam se aplicar a ela. — Tem lugar pra todas.

Não como na cidade. Cedo demais, amanhã à noite, todas elas teriam que encarar a cidade novamente: ruas, aperto, paredes finas, pretensão. Pessoas que não conseguiam vê-las. Mesmo em casa.

— Mas eu sou diferente. Não sou como vocês.

— Você acha que eu não me sinto diferente?

Malena se virou e finalmente olhou para Paz.

— Sim. Acho que você deve se sentir.

— Eu sou uma criança para elas, é disso que me chamam, até você. La Venus é casada, Flaca, bem, é Flaca. Somos todas diferentes. Por isso viemos.

— É?

— Não é por isso que você veio?

Malena virou de costas e encarou o horizonte novamente, maxilar travado. Quando encarou Paz de novo, seus olhos estavam úmidos e ela parecia estar prestes a se abrir.

Paz se inclinou para beijá-la nos lábios.

Primeiro beijo desde Puma.

O tempo destilou.

Lábios de pelúcia, surpreendentemente quentes.

Tinha algo em Malena, um redemoinho de profundidade, atraindo-a por uma batida, duas, e então Malena recuou.

— Não — ela disse, e limpou a boca.

Paz não conseguia se mexer. A vergonha escorria dela.

— Ah, meu Deus — ela disse, e depois acrescentou: — Desculpa. — Mesmo que não estivesse arrependida, ou, se estivesse, não sabia do quê.

Isso não é certo.

O que não é certo?, sua mente gritou em resposta. *Beijar você, ou a minha idade, ou duas bocas de mulheres juntas?* Mas sua boca não se abria para dizer nada. Ficou de pé de repente e subiu o rochedo correndo na direção da venda de El Lobo.

*

— **m**e conta sobre os leões-marinhos — disse Paz.

Ela varria o chão com uma vassoura feita manualmente com um monte de gravetos. El Lobo não reclamava mais quando ela pegava a vassoura ou um esfregão para tirar o pó das prateleiras, uma vitória que a agradava.

Ele a observava do balcão.

— Você não vai mesmo embora amanhã.

— Eu vou.

— Que pena.

— É por isso que você tem que me contar a história dos leões-marinhos.

— O que quer saber?

— Você os caçava, certo?

— Todos os dias.

— E as focas?

— Sim.

Ela escorou a vassoura num canto. Não sabia como arrancar as histórias do homem. O melhor jeito, parecia, era esperar, sentar em silêncio até que ele o quebrasse, só que agora ela não tinha tempo sobrando, e o homem ficava tão confortável sem dizer nada que às vezes ele simplesmente não quebrava o silêncio, como se fosse uma coisa preciosa para ser mantida inteira. Isso era novo para ela, esse tipo de silêncio; não era corrosivo, mas quente e sólido, como uma colcha compartilhada numa noite de inverno.

— Era um trabalho difícil — ele disse enfim. — São criaturas muito fortes. Eu perseguia eles até que não tivesse mais força pra continuar. Eles se debatem, sabe, lutam por suas vidas, e matá-los exige força. Não é pros velhos, nem pros de coração fraco. Sabe, as pessoas da cidade não vêm muito aqui, mas, quando vêm, não querem ouvir sobre esse tipo de assunto. Querem olhar as belas ondas, mas não querem saber o que realmente significa viver aqui, o que é preciso pra sobreviver. Não querem ver o sangue na espuma.

Sua mente se encheu de espuma, espuma vermelha, borbulhando na superfície do mar.

— Mas você não é assim.

— Espero que não.

— E é por isso que eu converso com você. E é estranho, hija. — Olhou-a com ternura. — Nunca falei tanto assim com uma pessoa da cidade.

Paz foi juntando um montinho de sujeira com a vassoura. Não sabia bem o que dizer. Pensou fugazmente no seu próprio pai.

— Você tem uma pazinha?

— A gente só varre pra fora da porta. Olha, assim.

Ele saiu de trás do balcão e tomou a vassoura das mãos dela. Ela observou-o varrer a pequena pilha para fora e para a grama. Malena estava lá, em algum lugar, provavelmente rindo dela, talvez contando às outras sobre o beijo para que todas pudessem rir. Ela esperou por El Lobo do lado de dentro. *El Lobo,* pensou. É claro. Não era lobo, como um cão. Era lobo marino, lobo-marinho, foca. Ganhou o nome das criaturas que caçava.

— Eu queria ver o sangue na espuma — ela disse quando ele voltou.

Ele deu um grunhido.

— Verdade — ela disse, tentado deixar de lado a mágoa na voz. — Eu quero ficar aqui.

— Hm. Por quanto tempo?

— Não sei. Talvez pra sempre.

— Pra sempre! O que você faria aqui?

— O que *você* faz aqui?

— Você sabe a resposta. Eu matava leões-marinhos e agora tenho esta venda.

— Vou fazer isso também.

Ele colocou a vassoura num canto e voltou para o balcão.

— Polonio não precisa de outra venda. Não tem quase ninguém aqui pra comprar.

— Eu vou abrir um restaurante.
— Rá, rá!
— O quê?
— Aqui não é a grande Montevidéu.
— Não há nada pra mim em Montevidéu.
Ele parou e olhou para ela, impaciente.
— Por que está dizendo isso? Você não tem família?
Ela deu de ombros.
— Tem a minha mãe.
— Escola?
— Que se dane a escola!
Ele riu. De novo, ela ficou assustada com os vãos onde uma vez estiveram seus dentes. Ela riu com ele desta vez, surpresa por El Lobo não ter dado uma lição sobre a importância da escola, como os adultos sempre faziam.
— Você ainda não viu as tempestades de Polonio no inverno — ele disse.
— Eu amo tempestades.
— Ouça, hija, estou feliz que goste daqui. Mas você enlouqueceria se ficasse.
— Acho que não.
Eles se olharam por um bom tempo. A expressão dele mudava, ficava mais pensativa. El Lobo ficou analisando o rosto dela, como se buscando respostas para uma pergunta não formulada.
— Bem — ele disse —, eu posso conseguir uma coisa pra você.
— Que tipo de coisa?
— Um lugar pra você chamar de casa.

*

As mulheres prepararam um banquete para a última noite, com o luxo da madeira extra que Flaca e La Venus tinham passado a tarde juntando para que elas pudessem ter fogo por bastante tempo e realmente celebrar — o que parecia questionável para La Venus, e ela bem o disse: o que se tem para comemorar por terem que ir embora?

— O fato — Flaca disse — de ter conseguido chegar aqui.

Romina comprara um balde cheio de peixes de Óscar, o pescador que morava atrás da venda de El Lobo com a mulher, Alicia, o pai dela, El Lobo, e as crianças, Lili, Ester e Javier. Conforme a noite chegava, elas foram acendendo velas, e cada uma segurava a lanterna para a outra enquanto o peixe era aberto na faca e salgado. Todas pareciam felizes, saciadas depois do dia todo fora, sal nos cabelos, terra sob as unhas, mesmo que Flaca achasse que tinha detectado um vestígio de tristeza por baixo de tudo, com tudo acabando, por ser a última noite delas. Ir embora era doloroso. Mas era isso que ela queria, não era? Um aprofundamento de conexões, uma semana de alegria? A viagem fora mais bem-sucedida do que ela jamais tinha sonhado ser possível. Pensou que poderiam se aliviar um pouco das pressões da cidade, talvez fazer amizades, mas não sabia que elas poderiam vir a sentir mais do que amizade, algo maior, uma espécie de família alternativa, costurada pelo fato de que todas tinham sido rasgadas do tecido do mundo aceitável. Ela enfiou os dedos mais fundo no corpo escorregadio do peixe. Sim, tinham que voltar à cidade, à monotonia dela e ao medo, à pequenez do céu, mas não queria pensar sobre a cidade naquele momento. Tudo estaria lá para elas amanhã. Fique aqui, no momento, nestas rochas, sob esse céu índigo, na sagrada profana comunhão que não tinha nome e, mesmo assim, significava mais para ela do que qualquer coisa na vida.

Fizeram peixe na brasa, junto com pimentões e algumas berinjelas, tudo servido com azeite de oliva e um pão recém-assado por Alicia. Já era quase meia-noite quando elas finalmente se juntaram para comer, a lua alta sobre elas num rebanho de estrelas.

Uma quietude caiu sobre elas.

— Eu não quero voltar — Romina disse, por fim.

Ninguém ousou responder. O oceano espumava sua canção ao longe.

— Não aguento mais — Romina continuou. — E mesmo assim tenho que suportar. Nós todas temos.

— A cidade? — Flaca perguntou.

— A ditadura — Romina disse, mais alto do que queria.

A palavra *ditadura* pairou entre elas, por sobre o fogo, esgueirando-se ao redor dele, obscura e sem peso. Ninguém nunca usava essa palavra na cidade. Muitas pessoas nem pensavam mais nela, ou assim parecia, olhando de fora. Mesmo ali, em Polonio, longe da civilização e dos seus espiões, ninguém tinha pronunciado ou ouvido a palavra.

— Você quer dizer El Proceso — La Venus se aventurou. O Processo. O termo do regime para toques de recolher, sequestros, censura, buscas, vigilância, interrogatórios, regras, decretos, todas as mudanças que impuseram à nação, como se uma palavra pudesse higienizar os horrores.

— Eu quero dizer a ditadura — Romina falou. O sangue escorrendo entre suas pernas a encorajou. *Eles tomaram tanto,* o sangue cantarolou, *mas não seu ventre e nem sua voz.* — Por que não podemos chamar uma coisa pelo nome? Você acha que é algum tipo de "processo", como as etapas envolvidas no conserto de carros ou na cura do couro? O desaparecimento do meu irmão, o... o que aconteceu comigo? O fato de eu nunca conseguir um emprego como professora se for classificada como cidadã B ou C, uma ameaça à nação, o que provavelmente sou, ou se me ouvirem criticando o Estado ou mesmo for acusada disso? Meu irmão e eu fomos presos, é o suficiente para ameaçar minha carreira. E se o governo ficasse sabendo de tudo o que acabei de dizer... Esquece, não posso dizer nada disso na cidade, é impossível, todas vocês sabem, é por isso que estão me olhando como se eu fosse louca, mas querem saber? Estou dizendo isso porque amanhã à noite não poderei, estaremos todas de volta às nossas jaulas.

Ela ficou em silêncio. Flaca se moveu para mexer nas brasas. Gentilmente, colocou mais uma tora de lenha. Agora que a comida estava toda assada, o fogo poderia subir de novo para seu aquecimento e prazer.

— Eu fico pensando quanto tempo vai durar — La Venus disse. — Sempre procuro pistas de que o regime está ruindo, de que no mês que vem ou no ano que vem tudo voltará ao normal.

— Não existe um normal para se voltar — Romina disse.

— Ah, para, Romina — Flaca disse —, não precisa ser rude. La Venus está só mantendo a esperança, isso é errado? Todas nós precisamos de esperança, não?

— Precisamos sobreviver, Flaca. Se esperança é o que vai te levar adiante, então tudo bem. Mas eu não posso ficar segurando a respiração até o ar acabar.

— Por que não? — Malena perguntou.

Romina ficou olhando para ela e amoleceu. Malena era uma alma gentil, com todas suas camadas de esconderijos e seus desvios; ela se eriçava quando alguém chegava muito perto e, ainda assim, quando sentia que alguém precisava dela, ajudava sem pensar duas vezes.

— Olha, me desculpe se chateei vocês, qualquer uma de vocês. Não quero ser negativa. Esta é a nossa festa de despedida, a nossa celebração. É fácil ver por que evitamos o tópico até agora.

— Tá tudo bem — La Venus disse, esticando a mão para tocar o joelho de Romina. — Eu é que sinto muito. Sou meio burra pra essas coisas, é verdade.

— Você não é burra, Venus! — Flaca disse.

— Meu marido me chama de burra o tempo todo.

— O seu marido é um idiota!

— Basta, vocês duas — Romina disse, embora amasse o olhar terno que as duas trocavam, como se um olhar entre duas mulheres pudesse derrubar os insultos de um homem.

— Mas olha, Romina, de verdade, eu quero saber a sua resposta pra pergunta da Malena — La Venus disse. — E aposto que as outras também.

— Ah, é claro — Flaca disse. — É claro que eu quero saber. Mas eu vou precisar de uma porrada a mais de uísque.

Uma garrafa recém-aberta começou a rodar e, quando chegou em Romina, ela deu um golaço e limpou a boca com a manga.

— Tudo bem. Duas razões. Primeira, porque alguns pesadelos duram a vida toda, e é isso mesmo. Vejam o que Trujillo fez com a República Dominicana. Vejam o Paraguai. Alguns ditadores seguram as rédeas pra sempre. Eu sei que nós, uruguaios, pensamos que não poderia acontecer com a gente, que somos um país diferente, mas adivinha? Foi por isso que não vimos o golpe acontecer! Segunda: mesmo se isso terminar antes de termos, digamos, cinquenta anos, não dá pra apertar um botão e milagrosamente voltar pra 1973. Mesmo se todos os presos políticos forem soltos, se todos os exilados voltarem, o que faremos com eles? O que eles vão fazer das suas vidas? Teríamos que começar a fazer um balanço das ruínas, do que está quebrado no nosso país, e nem tudo será sol e arco-íris. É aí que nosso trabalho vai começar.

Ela ficou quieta.

Flaca assobiou

— Assim disse a profeta.

— Cala a boca — disse Romina.

— Não, estou falando sério. Você é tipo o João, o... sei lá como chamavam ele.

— Ou a Cassandra — Malena disse. — Ela realmente viu tudo.

— E os troianos não acreditaram nela — Romina disse.

Malena deu uma olhada tão intensa que era quase faminta.

— Bem, aí está.

— Uma coisa está clara — La Venus disse. — Quando tudo acontecer, não importa o quão velhas e grisalhas estejamos, faremos de você nossa presidenta.

Risos eclodiram.

— Você já está bêbada — Romina disse.

— Estou! Mas é verdade! Você é o que nós vamos precisar! É sério, você tem que pelo menos se tornar uma senadora, não é?

— Ah, tudo bem — Romina disse. — E eu também vou fazer unicórnios voarem até a Lua.

— Eu poderia voar de unicórnio — La Venus disse.

— Vou arranjar um pra você, meu anjo — Flaca afirmou.

La Venus abriu um sorriso radiante.

— Eu sabia que você faria isso.

— Sabe de uma coisa? — Flaca disse. — Vamos encher a cara como se não houvesse amanhã, como se toda a realidade estivesse aqui, nesta praia.

— Pra nunca mais voltar?

— Pra nunca mais voltar.

— Eu não quero morrer — Romina disse.

Um prazer se espalhou no seu peito quando ela percebeu que, naquele momento, isso era verdade. Estava ali, naquela pedra perto da praia, manchando de vermelho o pano entre as pernas, as queimaduras de cigarro quase desbotadas dos seus membros, seus ouvidos cheios de oceano e mulheres, e ela queria viver.

— Nem eu — disse Malena, com um tom na voz que pareceu de surpresa.

— Não estou falando de morrer. — Flaca acendeu um cigarro. — Estou falando de viver para sempre neste momento.

— E como faremos isso? — Romina pegou o maço de cigarros. — Bruxaria?

Flaca sorriu.

— Estou dentro.

— Eu também — Paz disse.

— As bruxas de Cabo Polonio! — Romina disse.

— Já sinto como se uma parte minha estará aqui pra sempre — La Venus contemplou. — Nunca me senti tão viva na vida.

— Todas sabemos por que isso é verdade! — Romina levantou o frasco do uísque.

— Não, de verdade...

— Eu também sinto — disse Malena, esticando as mãos espalmadas em direção às brasas. — É como se uma parte de mim nunca fosse embora.

— Na verdade — disse Paz —, tenho algumas novidades. Sobre uma bruxaria que poderia manter uma parte de nós aqui.

Flaca soprou a fumaça e encarou Paz.

— Chica, o que é? Desembucha.

Uma vez que ela começou a falar, as palavras foram caindo, em cascata, umas por cima das outras.

— Eu fui ver o El Lobo hoje, e vocês não vão acreditar, o sobrinho dele tem uma casa vazia, uma cabana, na verdade, sabem, de pescador, aqui em Cabo Polonio, fica a uma caminhadinha da venda. Ele morava lá, o sobrinho, com a esposa e a filha, mas a filha tem asma e não é bom pra ela pegar tanta friagem, ela estava sofrendo, a saúde dela, quer dizer, então, eles se mudaram para Castilhos, aquela cidade que vimos no mapa perto daqui, lembram? Lá tem farmácia e estradas para chegar ao hospital, se eles tiverem que ir. Eles querem vender o lugar, mas não anunciaram ainda nem nada, querem vender sem contrato, só com acordo verbal.

Ela ficou quieta e as mulheres saborearam os pensamentos que passavam nas suas cabeças.

— Como é que vamos comprar uma casa? — Romina disse. — Minha família mal consegue comprar carne.

— Calma, Romina, estamos apenas conversando — Flaca disse. — Aqui, toma mais um gole de uísque, relaxa.

— Vai pro inferno.

Romina pegou a garrafinha alegremente e bebeu.

— De que tamanho é a cabana? — La Venus perguntou.

— Minúscula — Paz disse. — Mas quem se importa? — Ela pegou a garrafinha quando passou na roda e saboreou o líquido, que desceu queimando sua garganta. — É um cômodo pra tudo, camas, cozinha, sabem como é. E sabe-se lá como é o banheiro. Mas El Lobo disse que nos recomendaria.

— Parece perfeito — disse Flaca.

— Exceto que não podemos comprar — disse Romina.

— Por que você tem que estragar nossa diversão?

— Só estou dizendo–

— Sempre quis ver uma casa de pescador por dentro — La Venus disse. — Vocês não?

— É claro — disse Romina. — Mas eu não posso comprar uma.

— Por que não? — disse La Venus.

— Você está bêbada! — Romina apontou um dedo para o céu, como se para enfatizar o seu ponto.

— Não tão bêbada. Me passa o uísque.

— Tudo bem, tudo bem. Mas a casa–

— O que tem a casa? — La Venus se inclinou de um jeito sedutor. — Você não quer ela?

— Ei, ei — Flaca disse, puxando-a de volta. — Calma aí.

— Meu amor, só estou perguntando pra nossa amiga se ela quer uma casa.

— Fazendo desse jeito, ela vai querer qualquer casa.

— Eu nem vi a casa! — Romina disse.

— Sim, você já viu — Paz disse. — É aquela com paredes marrom-escuras que fica antes daquela árvore solitária no caminho para a venda do El Lobo.

— Como eu vou saber qual é?

— Eu acho que sei qual é — Malena disse, pensativa.

— A verdadeira questão — La Venus disse — é por que comprar uma casa no fim do mundo.

— Porque seria nossa — Paz disse. — Você não vê? Teríamos sempre um lugar para sermos livres.

Aquilo calou todas por um tempo. O fogo faiscou, zuniu. A luz do farol varreu por cima delas, as abandonou, voltou a iluminá-las. As mulheres olhavam para as chamas, umas para as outras.

— Vamos lá ver — Flaca disse.

— Vamos! — disse La Venus.

— Por que não? — disse Malena. — Talvez ela tenha algo pra nos dizer.

As outras olharam para ela, surpresas. Malena, a sensata, a reservada, a ex-freira, sugerindo que elas ouvissem uma casa?

— Agora? — Romina disse.

— Agora, boluda! Quando seria?

Levaram apenas uma lanterna. Tropeçaram pela escuridão, bêbadas, cheias de peixe e pão e luz das estrelas e animação uma da outra. A terra reluzia escura sob seus pés. Malena caminhou para perto de Paz.

— Podemos conversar?

Paz encolheu os ombros, mas diminuiu o passo para andar com Malena.

— Escuta. Sobre hoje.

— Esquece — disse Paz.

— Eu só queria dizer... Você não é o problema. Eu sou o problema. Estou apavorada e não sei o que isso tudo significa pra mim.

Aquilo surpreendeu Paz, a crueza da confissão, talvez impulsionada pelo uísque.

— Significa o que quisermos. Esse é ponto.

— Ah, é? Então temos alguns dias pra tomar ar fresco e nadar na praia, declarando o tipo de mulher que somos, e depois? Temos que voltar pra cidade. Temos que ser boas e comportadas.

— Eu pensei que você sempre fosse boa e comportadas.
Malena bufou.
— Tem bastante coisa que você não sabe sobre mim.
— Tenho certeza de que isso é verdade.
Um passo quieto, outro, e mais outro.
— E se não pudermos mais ser as mesmas na cidade — Malena continuou —, o que você acha que vai acontecer com a gente?
— Ficaremos bem.
— Como sabe?
— Temos umas às outras.
Malena soltou uma espécie de latido que poderia ter sido um riso.
— Você é demais, Paz.
— É sério.
— Eu sei. Mas eu nunca vou ficar bem.
— Você não sabe.
— O jeito como você fala... Às vezes eu esqueço o quão nova você é.
Paz rangeu os dentes.
— Não sou uma criança.
— Eu não disse que você é uma criança. Sei muito bem que não é. Quando eu tinha a sua idade... — Malena parou, fixou o olhar nas costas das amigas com a escuridão à frente.
— O quê? Quando você tinha a minha idade o quê?
Paz estava desesperadamente curiosa e parecia à beira de uma revelação. Malena aos dezesseis. Uma noviça no convento? Ou?
— Nada.
Tinha se fechado novamente. Era chocante como Malena era boa em se fechar, em trancar sua mente para as outras.

Parecia uma habilidade útil; Paz não poderia culpá-la, exatamente. Conforme iam caminhando, ela rebobinava as palavras de Malena na sua cabeça: *eu nunca ficarei bem, nunca ficarei bem, bem*.

— Eu te admiro, Paz. — Um brilho de prazer, surpresa.
— Quero ser sua amiga.

Um tapa. Rejeição. Doeu, porque o que ela tinha feito com Malena tinha sido uma primeira vez, uma tentativa de ser ousada como Flaca, embora, quando parou para pensar sobre, não tinha certeza se ela tinha uma queda por Malena por causa de quem ela era ou se era simplesmente porque ela estava lá. Não que Malena não fosse bonita: ela tinha feições delicadas e olhos nos quais você poderia se perder. Mas estava tão ferida, com seu coque e pernas fechadas, que Paz não a teria notado se ela não estivesse nessa praia, com essas mulheres, sinalizando conexão com essa tribo. Talvez a primazia não fosse seu verdadeiro eu. Talvez ela estivesse encontrando o caminho para seu verdadeiro eu, assim como Paz. Ela sentiu um desejo profundo, embora não soubesse pelo quê.

— Claro, Malena. Sempre seremos amigas.

A cabana espreitava, parecendo preta na noite.

— É essa?
— Eu acho que sim.

Era comprida e estreita, com um telhado tão inclinado que parecia um pedaço da lua. A porta ficava no centro de uma parede comprida, e havia uma janela de um lado, desprovida de vidro. Um toldo pendia da porta da frente e formava uma varandinha.

— Exótica — La Venus disse.
— Um sonho — disse Flaca.

Assim parecia a Paz também, lembrando-a das cabanas humildes dos contos de fadas onde as mulheres dos pescadores tinham seus desejos realizados por peixes míticos que imploravam por mais um dia de vida.

— Uma ruína — Romina disse.

— Vai precisar de um pouco de trabalho — La Venus admitiu. — O telhado parece deixar a chuva entrar.

— Nada que nós não possamos fazer — Flaca disse.

— Quem é esse *nós*?

— Você, minha rainha, minha Vênus, não vai erguer um dedo.

La Venus sorriu e se aproximou da porta.

Romina foi para perto dela, para impedi-la ou para segui-la, não tinha certeza.

— O que está fazendo?

— Bem, não tem ninguém em casa, certo?

A porta não estava trancada.

Uma por uma, elas entraram.

Não havia mobília, exceto por uma mesa estreita na área que deveria ser a cozinha, a julgar pela pilha de vasilhas de metal e o buraco para cozinhar cavado à velha moda camponesa. Um chão de terra batida. Três janelas, nenhuma delas com vidro. Gretas nas paredes, largas o suficiente para deixar o vento passar. Um telhado esburacado se estendia sobre um espaço retangular.

Ficaram juntas naquele espaço vazio. O facho de luz do farol atravessou uma janela e varreu por sobre elas, um manto de luz, seguido pelo manto de escuridão mais profundo.

*

no dia seguinte, de ressaca, tontas de alegria pelos seus sete dias, elas arrumaram as coisas e partiram de Polonio a pé. Primeiro pararam na venda de El Lobo para dizer adeus. Alicia e seus filhos apareceram também, e as mulheres aceitaram um mate e ficaram por ali, conversando e brincando com as crianças — Javier, o mais novo, que tinha quatro anos, trouxe os ossos de foca que usava como soldadinhos de brinquedo e deflagrou uma pequena guerra no chão com Flaca, cujo exército logo perdeu —, até Alicia alertar que deveriam ir se quisessem pegar o último ônibus para a cidade na parada da rodovia. Se despediram com a promessa de voltar — "e estaremos prontos pra vocês", El Lobo disse, com um olhar terno para Paz, que ela guardou nas profundezas da sua mente —, e então tomaram a longa e ampla praia ao norte, Calaveras, batizada com o nome de caveiras porque, uma vez, aquela praia havia estado crivada delas. As mulheres ficaram em silêncio enquanto caminhavam, cada uma abrigando seus próprios pensamentos turbulentos, a areia um baque úmido sob seus pés. Ao lado delas, as ondas do mar cantavam uma música rica, acenando para que ficassem, mas elas seguiram em frente. No final da praia comprida, antes de começarem as dunas, elas se viraram para olhar para trás uma última vez. Ali, atrás delas, a baixa encosta de Polonio e a majestosa curva do oceano. Ali, o farol, seu corpo alto como um dedo erguido, *ssshhhhh*, sobre os lábios fechados do horizonte.

3
Dentro da loucura

Primeiro, ela não suportava tomar banho de chuveiro. Por quatro dias, La Venus limpou seus sovacos com um pano, mas manteve o resto do seu corpo sujo de Cabo Polonio, sua película ainda nela, envolvendo ela, sussurrando contra sua pele. Ela não conseguia suportar a ideia de perder os últimos grãos de areia do meio dos dedos dos pés, do meio das pernas. Sua mãe ligava, "por que não vem para o chá?", e suas irmãs e cunhadas diziam "venha, onde você está?", mas ela não poderia vê-las até tomar banho, então as manteve afastadas. Fingia que poderia retardar o tempo, como se o cheiro do seu próprio suor pudesse manter o sonho intacto.

Nada disso funcionou. Seu corpo clamava por limpeza. Não adiantava tentar se segurar nos rastros da praia, da liberdade; o cheiro do oceano foi logo dominado pelo seu próprio odor; o suor adornava sua pele e gradualmente a deixava mais suave novamente, os grãos de areia escorregando para o esquecimento. Arnaldo não tinha notado — ou, se tinha, não disse nada. Ele falava tão pouco ultimamente. O quão pequenas suas vidas tinham se tornado, confinadas por medos que ninguém verbalizava.

A questão era como viver na cidade sem se deixar ser esmagada por ela.

A questão era como viver na cidade e ponto.

Era uma ingrata e sabia disso. Ambos estavam vivos. Nenhum deles tinha sido preso desde o golpe. Arnaldo tinha trabalho. Ele odiava o trabalho, mas tinha um. Processava a papelada no Ministério da Educação e da Cultura, um emprego que ele tinha desde que se casaram, há cinco anos. Naquele tempo, ele tinha ficado animado com as possibilidades: ele, um músico com grandes sonhos — "o John Lennon do Uruguai, é assim que vão me chamar, espera só" —, estava sendo pago para trabalhar num escritório da cultura do governo, ajudando a decidir os destinos dos artistas. Aqueles foram dias inebriantes, de cabelos compridos, calças boca de sino. Arnaldo era seu homem boêmio. Ela pôde escolher seu homem entre todos os tipos, alinhados para, com prazer, lamber o chão onde ela pisava: empresários de meia-idade com os bolsos cheios, jovens médicos iniciando suas carreiras, filhos de ex-senadores com apartamentos de praia chamativos em Punta del Este, poetas fervorosos, filósofos brilhantes, estudantes de direito com línguas de ouro. Ela escolheu Arnaldo porque ele parecia encarnar uma vida boêmia. Ele se parecia um pouco com o Mick Jagger e falava como se todos os seus sonhos já fossem verdade. Ele fazia você querer repetir as suas palavras, porque elas tinham um gosto bom pra danar, porque elas soavam como mel na boca. Quando ela estava com ele, o mundo ficava maior. Ela se tornou a namorada de um rock star e então, muito rápido, a esposa de um rock star. Mas, depois do golpe, não demorou muito para que o rock star se tornasse o Incrível Burocrata Encolhido, menor e menor a cada semana. Ele engolia a raiva e a decepção, as trazia para casa em pacotes apertados que espalhavam sua infelicidade no lar. Ele parou de tocar. Parou de rir sem malícia. O sexo era seu único consolo, sua recompensa esperada após um longo dia de tédio, de medo e de fazer as vontades do regime. Ela era seu remédio, a dose de uísque feita para afogar suas mágoas. Ele a bebeu amargamente. Depois, ele adormecia e ela se deitava no gosto azedo que ficava, sua amargura alojada sob a pele.

Agora ela tinha sido estragada por Cabo Polonio, por aqueles grandes sopros de ar do oceano. Seus pulmões expandiram. Seu apartamento não dava a ela espaço para respirar. Não tinha espaço para La Venus, para a mulher úmida que possuía cada centímetro do seu corpo, desejado e explodindo de desejo. Luminoso. Vistoso. O que fora aquele pensamento lá nas dunas? De que Anita era uma mentira, uma casca quebrada. Como poderia caber novamente naquela mentira, naquele velho eu no qual ela não acreditava mais? E, mesmo assim, ela tinha que caber. Então, ela se levantou e — como se nunca tivesse estado nas dunas de areia, como se não houvesse dunas na face da terra — preparou um mate e um pão torrado para o café da manhã do marido, sorrindo para este quando ele tropeçou para dentro da cozinha, brilhante, automaticamente, como se ela fosse uma máquina programada para esticar a boca ao menor sinal dele. Quando isso tinha começado? Era novo ou ela simplesmente não tinha notado antes? Isso a enojava. Ela enojava a si mesma. Uma casca quebrada. Ela tinha que partir. Ela não podia partir. Ridículo! Perderia tudo: o respeito dos pais, suas velhas amigas — todas casadas, mulheres que nunca, nem em um milhão de anos, seriam pegas prensadas contra uma rocha em Cabo Polonio — a casa dela, a habilidade de comprar roupas novas e ter uma conta na venda, na padaria, no açougue — talvez não no açougue. Ela poderia andar um pouco mais, até o açougue de Flaca. Flaca certamente daria carne a ela. Flaca daria a ela muitas coisas. Ela certamente daria. Mas Flaca morava com os pais, ela era tão jovem, toda aquela presunção tornava fácil esquecer que ela tinha só vinte e um anos, jovem demais para lidar com o peso de como uma mulher casada poderia sobreviver sem seu marido.

Tinha mais uma coisa que ela perderia: a chance de ter um filho. Ela tinha sofrido um aborto uma vez, e foi a tristeza mais intensa da sua vida. Deixar o marido para ir ser La Venus, deusa de um submundo onde mulheres transavam com mulheres, significaria deixar para trás a chance de ser mãe. Por toda a sua vida, ela desejou a sensação da gravidez, a completude disso, e todos os bebês que já tinha pegado no colo a faziam ansiar por ter o seu próprio. Ela poderia desistir disso? Apenas a esterilidade aguardava La Venus; a esterilidade e o sexo e a vida real.

Medo de partir. Medo de ficar.

Ela pairava no ar entre medos.

No quinto dia, ela tomou banho e esfregou a pele até ficar vermelha e em carne viva, depois se maquiou meticulosamente e colocou uma blusa limpa, elegante e sem decote. Sem distrações. Quando seu marido chegou em casa, ela estava esperando por ele na mesa da cozinha com um mate pronto. Ela o observou beber e esperou pelo ronco das últimas gotas antes de falar.

— Não quero mais transar com você.

Ele a encarou por um momento, como se ela de repente tivesse começado a falar tcheco.

— Qual é o seu problema?

— Problema nenhum.

— O que eu fiz? Se fiz alguma coisa, você tem que me dizer.
— Não é isso.
— Alguma coisa que eu não fiz? — A voz dele ficou manhosa. — Alguma coisa que você... Queira?
— Não.
A mandíbula dele travou.
— Tem outro homem, então.
— Arnaldo, calma.
— Quem é ele?
— Não tem homem nenhum.
— Mentirosa.
— É verdade.
— Então por que você–
— Por favor — ela disse, calma. — Não torne isso difícil.
— Difícil? — ele disse. — Eu?

Ela tentou tocar sua mão. Ele se retraiu, se levantou de pronto da mesa e saiu.

Naquela noite, ele tentou tocá-la na escuridão, e ela afastou sua mão. Ele se virou de costas para ela e foi dormir. Ela pensou que tinha ganhado seu espaço. Mas na noite seguinte ele tentou novamente, e quando ela tentou afastar sua mão, ele voltou com mais força. Ela espalmou as mãos no seu peito, mas ele não cedeu.

— Não seja estúpida, Anita.
— Já passamos por isso.
— Ah, porra. Ou você me fala o nome dele ou para de ser infantil.

Não estou sendo infantil, ela quis dizer, *é bem o oposto disso,* mas a mão dele estava lá novamente, bem como o resto dele, sobre ela, e de repente a exaustão a venceu e ela se perguntou se valia a pena a luta, já que suas tentativas de empurrá-lo não estavam funcionando, ele era mais forte do que ela, não adiantava, ele a tinha prendido e faria o que quisesse e talvez ele estivesse certo e ela era mesmo estúpida, ele era o marido dela, afinal de contas, ela pertencia a ele, e ele não tinha tido outro dia terrível numa série de dias sombrios e terríveis? Qual era o problema dela, diga, qual é o seu problema, estúpida Anita?

*

As ruas eram zonas hostis, repletas de lembretes da tortura. Romina se encolhia com quase qualquer coisa, e isso a envergonhava. Todas as pessoas que foram torturadas por meses a fio, e ela tremia assim só por causa de três dias? Mesmo assim, aquilo crescia nela, insistente. Às vezes, parecia que as pessoas viam por dentro dela, podiam ler o que tinha acontecido pela cara dela e pela sua postura corporal. Outras vezes, ela pensava que lia a tortura naqueles ao seu redor: foi por isso que o vendedor do quiosque nunca mais olhou ninguém nos olhos, ou por que o vizinho da esquina varreu a varanda brutalmente, como se ela tivesse cruzado uma linha e precisasse ser punida? Poderia ser qualquer um que passasse por ela na rua, na verdade. Como saber quem mais escondia essas mesmas feridas? Certamente aqueles que nunca tinham encontrado la máquina ainda viviam com medo dela, não? Quem não tinha ouvido falar disso? Talvez todos escondessem feridas, não importava o que tinha ou não acontecido a eles; talvez fossem todos parte do mesmo vasto e machucado corpo na forma de uma nação. Um corpo tateando pela mais ínfima das ilusões de segurança.

Ela nunca teria pensado nisso antes de Polonio. Para onde o seu pragmatismo tinha ido? Tinha passado sete dias num sonho, numa paisagem de beleza, de refúgio, do impossível, e tinha ficado relaxada demais, tinha sangrado alegremente no oceano, e sido descuidada a ponto de falar da ditadura — usando essa mesma palavra, ainda por cima — em alto e bom som, ao ar livre! Agora temia a si mesma. Temia ter perdido a resistência que precisava para estar na cidade.

Baixou a cabeça para estudar. História. O período colonial. Os tratados heroicos e as batalhas de Artigas. Artigas foi um libertador, mas os generais permitiam que estivesse nos seus livros de história censurados, ainda o louvavam como herói, não tinham derrubado uma única estátua do homem. Como podia? O tomavam como um general do exército, como eles, seu predecessor, que fez este país que agora eles tinham que administrar às custas do povo. Mentirosos. As histórias deles eram mentira. Mas ela estudou. Ela memorizou. Por quê? Porque ela era uma traidora? Foi isso que ela pensou primeiro, nos anos iniciais da universidade, que estava traindo seu irmão comunista desaparecido nas prisões desses mesmos generais, que estava traindo seus vizinhos e o povo do seu país e seus próprios ideais, e ela sentido tinha vergonha de vomitar as mentiras deles de volta em ensaios e provas. Ela se achava uma pessoa de mente fechada, como um rato, correndo pelo labirinto da junta, forçada a seguir suas ordens. Mas agora ela via as coisas de modo diferente. Foi sua prisão que fez isso ou os dias na praia? A prisão mostrou a ela que não importava o quanto mantivesse sua cabeça baixa e obedecesse, eles poderiam prendê-la ou agredi-la quando quisessem. A praia, no entanto, tinha mostrado a ela que um outro tipo de ar ainda existia no mundo. Você tinha que chegar aos limites da realidade para respirar aquele ar; não era fácil de encontrá-lo; mas se você o encontrasse, respirar ainda era possível.

— Você anda muito quieta — sua mãe disse, enquanto ela recolhia os pratos sujos do jantar, embora ela tivesse evitado perguntar o que se passava na cabeça da filha.

— São as provas.

Foi a primeira coisa que conseguiu pensar. Ela andava curvada sobre seus livros na mesa da cozinha, fazendo ocasionais anotações, na esperança de que pudesse fazer sua mãe pensar que estava concentrada. Mas sua mãe não era boba.

— Aqui, Mamá, eu ajudo com a louça.

— Não, estude, senão você vai ficar acordada até tarde, e você precisa descansar.

Era o maior presente que ela podia dar à filha, Romina sabia: sua bênção para não lavar as panelas e pratos e se ocupar com atividades de estudo depois do jantar, como se fosse um marido ou um filho. Ao longo dos anos, elas se acostumaram a dividir a pequena cozinha em silêncio, uma estuda, a outra cozinha. Era generoso da parte da mãe, mas às vezes Romina se perguntava se ela só fazia isso porque Felipe tinha desaparecido e não havia um filho para mimar, e depois se sentia culpada pelo seu cinismo.

— Não, Mamá, você é que deveria descansar.

— Estou bem — Mamá disse, mas deixou Romina assumir a pia sem protestos.

Elas começaram a trabalhar em silêncio, lado a lado, Romina lavando, Mamá secando, um antigo ritual de mãe e filha que certamente remontava aos dias do Êxodo, os pratos lavados na escravidão sob o jugo do faraó até a famosa noite em que o povo judeu partiu às pressas e provavelmente deixou pilhas de panelas e frigideiras sujas para os egípcios se virarem sozinhos. Pessach era o feriado favorito de Romina, pois estava associado a uma história de libertação, que era mais fascinante agora do que nunca, e parada ali, lavando a louça ao lado de Mamá, com as ondas de Polonio ainda frescas na sua mente, Romina pensou naquela grande escapada que ela herdara e pensou: *e se...*

Vamos, termine o pensamento.

Ela pensou com fúria, de novo, *e se...?*

Espuma de sabão fazendo bolhas, circulando, penetrando na pele das suas mãos.

E se ela perdesse o medo?

E se ela pudesse ser corajosa?

Prisões como a que aconteceu com ela foram pensadas para paralisar, apavorar as pessoas para que obedecessem o governo, para que nada mais acontecesse. Mas agora ela via como o que eles faziam — as punições, no caso dela, por nenhum crime conhecido ou declarado — poderia ter o efeito oposto.

Porque, se isso podia acontecer quando se estava de cabeça baixa, como um ratinho, então ela tinha descoberto o segredo deles: *a obediência não te protege.*

Nesse caso, por que se preocupar em obedecer?

Por que não resistir?

Ela esfregava com força uma panela teimosamente suja.

Havia uma razão.

Seus pais.

Romina deu uma olhada para a mãe, que estava secando cuidadosamente uma panela. Ela era pequena, uma mulher compacta que usava um lenço sobre o cabelo enquanto fazia o serviço de casa — que tomava praticamente todo o seu dia —, à moda do seu antigo país. Ela tinha uma alma bondosa e era profundamente reservada, o que fazia Romina se perguntar se ela simplesmente não tinha desejos ou se os escondia tão bem, os subsumia tão completamente pela família, que se tornavam invisíveis a olho nu. Ela sofria sem reclamar, sua mãe, o que fazia Romina se sentir pior por querer coisas para si. Especialmente agora. Com Felipe desaparecido, tudo caía sobre Romina. Construir uma vida. Fazê-los se orgulhar. Tapar o buraco que ele deixou. Sua vida não era só sua: pertencia aos pais, que lhe deram tudo, o que, na verdade, tinha começado antes dela nascer, quando seus pais fugiram da Ucrânia, ou ainda antes disso, quando seus avós fugiram dos massacres na Rússia. A avó de Romina fora a única sobrevivente de uma família de seis pessoas, quando, num domingo de Páscoa, uma multidão cristã celebrou a ressurreição do seu Salvador aterrorizando o bairro judeu. Eles queimaram a casa da sua família, embora ninguém soubesse exatamente como as mortes aconteceram, se os pais, irmãos e irmãs da abuela tinham sido esfaqueados, ou se tinham atirado neles, ou se foram queimados vivos, pois ela nunca contou os detalhes. Ela, Romina, apenas sabia que sua sobrevivência tinha resultado na sua chegada ali, no Uruguai, onde ela e Felipe haviam nascido como uma nova geração de esperança, o ápice de todo aquele sofrimento e sacrifício. E isso sempre foi motivo suficiente para ela ficar presa no seu labirinto. Até agora. Até Polonio.

— Mamá — ela disse, e o som da sua voz surpreendeu as duas.

— Sí, Romina? — Sua mãe enrijeceu as costas, mas não se virou ou parou de secar o prato que segurava nas mãos. — O que foi?

Não aguento mais isso. Por que não resistir? Além disso, eu nunca vou amar um homem.

Nenhuma chance de ser compreendida. E não tinha nenhum direito.

— Esquece — Romina disse. — Não é nada.

*

Paz voltou para Montevidéu com um jorro de coragem. Sua mãe pareceu não notar nada de diferente, envolvida que estava com seu namorado, um viúvo vinte anos mais velho que ela com um apartamento no sexto andar de um prédio chique com porteiro e sacadas para o rio. O namorado trabalhava para o governo, fazendo o quê, Paz não sabia, embora ela imaginasse que ele não sabia nada do passado de Mamá e sua simpatia por ajudar lutadores da guerrilha. Mamá raramente ficava em casa. Ainda era verão; faltavam semanas para começarem as aulas. Paz dormia a manhã toda, descansava em casa a tarde toda, depois saía para caminhar pelo bairro, tomada por fantasias sexuais com as jovens mulheres — e algumas não tão jovens — pelas quais ela passava. Estava acesa. Seu corpo era um emaranhado de chamas. Só caminhar aliviava a dor, então ela caminhava: na Rambla, o passeio sinuoso pela costa; pela artéria principal da Avenida 18 de Julio, lotada de lojas e quiosques e mesas de cafés apinhadas nas calçadas; pela Cidade Velha, com seus prédios ornamentados e cansativos e suas ruas estreitas enfiadas umas nas outras como segredos calçados; pelas plazas, cujas estátuas de vários heróis se vestiam de merda de pombos com um ar de resignação. Ela caminhava até que a escuridão a empurrasse de volta para casa, porque, embora não houvesse mais um toque de recolher, as noites não eram seguras, policiais e soldados rondavam as ruas e, se eles te parassem, pediriam seus documentos e questionariam onde estava indo e por que e qualquer coisa a mais que escolhessem fazer seria encoberto pela noite. Dentro de casa, ela lia a noite toda, pegando livros das prateleiras da mãe, Júlio Verne, Cervantes, Shakespeare, Homero, Juan Carlos Onetti, Juana de Ibarbourou, Sor Juana Inés de la Cruz, Dante Alighieri, os livros que ela conseguiu manter sob o jugo da ditadura. Ela sentia muita falta dos outros livros que a mãe tinha queimado na parrilla na noite seguinte ao golpe: Benedetti, Galeano, Cristina Peri Rossi, Cortázar e até mesmo Dostoiévski e Tolstói, todos os russos definitivamente tiveram que se ir, já que qualquer nome russo soava como Comunismo. Chamas alaranjadas lamberam as páginas, fizeram elas se dobrarem e escurecerem e desaparecerem. Como as chamas consumiam rápido as coisas. Como sua mãe chorou quando seus livros murcharam e viraram fumaça. Era um choro silencioso, completamente imóvel, um rosto de pedra manchado de lágrimas.

— É tão rápido — Mamá disse, por fim.

Paz, doze anos, observava, sem ousar dizer palavra.

— O fogo — Mamá completou, como se explicasse tudo.

Ela estava bonita na luz flamejante. E triste. Uma mulher linda e triste. Pela primeira vez na vida, Paz olhou para o rosto da mãe e a viu jovem. *Eu era tão jovem quando tive você*, ela sempre dizia a Paz, *ainda tinha meu futuro pela frente quando você veio.*

— Antes que você se dê conta — Mamá disse às chamas, ou para o interior delas —, tudo some.

Mamá foi para a cama, naquela noite, sem fazer comida, e Paz comeu bolacha Maria com doce de leite no jantar, sozinha na cozinha.

Desde então, ela sentia como se o fogo aceso naquela churrasqueira ainda possuísse, de algum modo, os fantasmas daqueles livros, que as brasas que elas usavam para assar carne lentamente reluziam com a luz de palavras desaparecidas. Mamá não fazia muito churrasco, mas, quando fazia, Paz mastigava seu chorizo ou seus pimentões bem devagar, imaginando que estivesse assimilando frases perdidas junto com a comida.

Agora os livros na casa eram poucos, mais limitados. Para compensar, Paz tinha desenvolvido o hábito de recomeçar um livro no momento que o terminava. Como se uma história fosse um círculo, com seu fim secretamente embutido nas suas linhas iniciais. Como se um livro fosse um cinto longo e solto, com o primeiro capítulo na fivela e a última página na ponta final, uma coisa estendida e flexível que ela podia dobrar e enrolar na cintura da sua mente, curvada, apertada, sólida o suficiente para ficar ali. Finais se metamorfoseavam em começos e novos significados eram revelados. Rei Lear, se levantando dos mortos, era arrogante de novo, reunindo suas três filhas, respondendo às traições, retornando para mais. Dante, depois de ver tudo, volta à beira do Inferno e ainda assim sente sua atração. Dom Quixote morre e logo se torna — o que mais? — ele mesmo naquela biblioteca onde caiu dentro de livros e se inspirou a fazer seu elmo absurdo, como se sua loucura fosse também uma espécie de chegada ao céu. O tempo era um loop, e as pessoas estavam presas dentro dele, encurraladas por destinos inevitáveis, seus futuros atados ao seu passado. Mas isso era verdade? E qual era o destino inevitável *dela*? "Você enlouqueceria se ficasse", El Lobo tinha dito. "Você ainda não viu as tempestades de inverno". Ele poderia estar certo, mas os heróis dos livros nunca davam atenção a tais avisos. O inconsequente Dante só seguiu andando para a beira do submundo, não foi? Determinado a seguir seu desejo, de ver o que tinha lá, e que se dane o preço da jornada.

Suas caminhadas se tornaram mais longas. Ela nunca tinha certeza do que mais temia, encontrar Mamá com seu namorado viúvo, estar sozinha com Mamá ou estar sozinha em casa. Todas as possibilidades tinham seus próprios espinhos. Suas caminhadas começaram a levá-la ao açougue de Flaca, primeiro com a desculpa de comprar um pouco de carne, depois só para se demorar e estar com ela. Era reconfortante estar perto de Flaca. Isso a fazia se sentir mais ela mesma, como se houvesse espaço para quem ela era na sua própria pele.

— Me dá alguma coisa pra fazer — ela disse, um dia.

— Desculpa — Flaca puxou uma bandeja de cortes de carne para limpá-los. — Não temos dinheiro pra contratar alguém.

— Eu não quero dinheiro. Eu só quero ajudar.

— Rá!

— É sério. Estou entediada, quero fazer alguma coisa.

— Você não tem dever de casa?

— É chato e posso fazer de olhos fechados.

E assim ela começou a trabalhar, algumas tardes por semana, ao lado de Flaca, se fazendo útil no que podia. Ela separava as notas de dinheiro, fazia pequenas tarefas, aprendeu a cortar carne em cubos corretos para ensopados, moer certos cortes para molhos, retirar a gordura dos outros cortes para que eles pudessem ser vendidos como carnes magras. Quando entrou março, com o fim do verão e um novo ano escolar, ela continuou a ir duas vezes por semana para ajudar, vestindo um avental sujo de sangue por cima do uniforme escolar. Com o tempo, conforme elas trabalhavam lado a lado, ela ouviu a história de como Flaca começou a administrar o açougue quatro dias por semana. Ela começara a ajudar atrás do balcão quando tinha cinco anos de idade, observando seu pai de perto e brincando de açougueira, forjando tanto suas facas quanto sua falsa carne com papelão e papel. O pai dela tivera apenas filhas, e ficava entristecido por não poder um dia passar seu açougue adiante para um filho, como o pai dele tinha feito. As irmãs mais velhas de Flaca se casaram com homens que não mostravam nenhum interesse em se tornarem açougueiros, para os respeitáveis vizinhos do Parque Rodó. Seu pai tentou fazê-los mudar de ideia, mas não conseguiu. Então ele ensinou à filha mais nova as artes do açougue, um aprendizado que Flaca sempre quis ter. Ela já tinha trabalhado no caixa e carregando coisas para ele quando suas costas doíam, o que acontecia com cada vez mais frequência, e agora, pelos três últimos anos, era ela quem fazia todas as tarefas que ele fazia, dando a ele dias de descanso.

Tudo isso fascinava Paz, a ideia de ter um pai que ensinasse a ela seu sangrento e nobre ofício, e a própria ideia de ter um pai. Os pais de Flaca, que às vezes iam ao açougue, eram sempre carinhosos com ela. Eles eram robustos, com rostos gentis e cansados e mais velhos do que Paz esperava que fossem, algo como sessenta e poucos anos. Flaca havia sido a última filha, concebida quando sua mãe achava que sua idade fértil tinha acabado; o oposto, pensou Paz, da sua própria mãe, que teve um bebê antes de ter a chance de se ver como uma mulher.

Ela não perguntou de La Venus, não querendo ser bisbilhoteira, mas percebeu o jeito como Flaca se iluminava quando falava sobre ela, e como, em outros dias, ficava tensa com qualquer menção a sua namorada. Havia claramente altos e baixos entre elas. Paz ficava atenta a qualquer migalha de informação, querendo memorizar esse jeito de ser. Até o detalhe mais mundano do relacionamento delas gritava pelo status de milagre, *duas mulheres*!

O outono deu lugar aos ventos frios do inverno, mordendo Paz no pescoço.

— Como está Romina? — ela perguntou um dia, enquanto uma tempestade de agosto saraivava as janelas do açougue. Ela via as outras com menos frequência do que via Flaca, e ainda ficava com vergonha de ligar para elas do nada. Elas todas tinham se afundado na suas vidas citadinas, tinham se tornado mulheres com coisas sérias acontecendo, e ela era uma adolescente com pouco em comum com elas, ao menos na superfície, onde o mundo poderia ver. O açougue era seu vínculo com Polonio, sua prova mundana de que nem tudo tinha sido um sonho.

— Ela está bem, eu acho. Falei com ela na noite passada e, sabe o que mais? Você não vai acreditar, ela me perguntou sobre a cabana.

— Que cabana?

— Tá brincando? *A* cabana! *Nossa* cabana. A de que você nos falou, a que nós vimos na última noite. Ela estava toda animada, dizendo que tinha sonhado com isso uma noite, que estávamos todas lá. Ela acha que deveríamos comprá-la. Todas nós, juntas. É esquisito, porque Romina é uma das pessoas mais prudentes que eu já conheci, mas ela está presa nessa ideia louca.

— O que tem de louco nisso?

Flaca bufou.

— Não é pra ser engraçado.

— Desculpe, Paz. Eu levo você a sério. Levo mesmo.

Parecia que ela ia dizer algo mais, mas uma cliente entrou e elas rapidamente descontinuaram a conversa. Paz embrulhou a carne pedida pela senhora enquanto Flaca cobrou e contou o troco. *Aquela ideia louca.* Aquela mesma. Ela não tinha dinheiro, nadinha. Deixariam ela de fora? Teriam a casa no fim do mundo sem ela?

Quando a cliente saiu, Flaca pegou um cigarro e Paz corajosamente pegou o maço do balcão.

— Você não deveria fumar — Flaca disse, sem entusiasmo.

— Eu não deveria fazer um monte de coisas.

Flaca se concentrou na chama do fósforo até acender seu cigarro.

— Bom argumento — disse, e acendeu o cigarro de Paz com a mesma chama.

Elas ficaram quietas por um tempo, soprando fumaça, observando-a desaparecer.

— Eu ainda tenho o número que El Lobo me deu — Paz disse. — Da venda em Castilhos que pode mandar recado pra ele. Eu poderia ligar e dizer que queremos saber se a casa ainda está disponível e qual é o preço.

— Então você não acha que é algo louco.

Não era uma pergunta.

— Você acha?

Flaca olhou para o teto.

— Não sei, mas talvez essa não seja a pergunta certa. — Ela baixou a voz, como se os censores pudessem ouvi-la, como se a vigilância do governo pudesse se preocupar em espionar duas jovens num açougue. — Talvez louco e impossível sejam duas coisas diferentes.

*

Levou quase duas semanas para Paz confirmar com o homem da venda, responsável por mandar mensagens para Polonio quando o carroceiro levava suprimentos, que a casa ainda estava disponível. Assim que souberam, Flaca chamou as quatro amigas na casa dela. Elas se encontraram no fim da tarde para que tivessem bastante tempo para conversar e se dispersar antes que a noite caísse completamente, antes que transeuntes se tornassem mais vulneráveis aos homens de uniforme. Flaca exigiu que chegassem exatamente na hora, em intervalos contados — 17h30, 17h38, 17h48, 17h55 — para evitar dar na vista de que havia um encontro de cinco ou mais, o que, como elas não tinham permissão, poderia incitar um vizinho nervoso ou vingativo a denunciá-las. Antes do golpe, a vida no Uruguai nunca se apegava ao relógio; você chegava quando chegava, e o melhor momento para se juntar à festa era aquele quando você atravessasse a atemporalidade e chegasse à porta. Não era mais assim. A lei marcial gera tempo marcial. Você se torna preciso para ficar dentro dos limites de segurança, ou melhor, o que você finge ser limites de segurança, já que esses parâmetros podem parar de funcionar a qualquer momento.

Quando todas elas tinham chegado, Flaca pegou o mate fresco que havia preparado, junto com uma térmica de água quente, e as conduziu para o quarto. Seus pais acenaram de maneira simpática da poltrona e da cadeira de balanço onde se sentavam para assistir as notícias, que eram tão horríveis quanto insossas, como sempre, tagarelando sobre o heroico regime, os malignos soviéticos, a maligna Cuba, o heroico futebol, as pessoas do campo juntas no interior de Durazno para agradecer o governo por sua grande generosidade e inteligência arquitetônica na nova ponte na região.

O quarto de Flaca era esparsamente decorado. Nada pendurado nas paredes acinzentadas, exceto uma única fotografia da Plaza Matriz, no coração da Cidade Velha de Montevidéu, com homens da virada do século caminhando pela catedral de fraque e cartola. Era uma imagem em sépia, em uma moldura rústica de madeira que a própria Flaca tinha feito.

Paz achava que não havia nada no quarto que sugerisse que Flaca era o tipo de mulher que ela era, nem um vestígio, nem um traço.

Romina imaginava se ela seria capaz de pisar naquele quarto sem o afã dos velhos dias, as tardes de lascívia silenciosa e de prazer animal, mesmo que não tivesse mais desejo por Flaca.

La Venus se sentiu levemente sufocada por estar no pequeno quarto com tantas mulheres; parecia errado, obsceno, compartilhar esse espaço que tinha se tornado seu segredo íntimo.

Malena entrou por último e ficou em pé, escorada na parede, brincando com a tira da sua bolsa.

Flaca fechou a porta do quarto, e o som da televisão foi abafado. Suas quatro amigas a encararam com expectativa. Ela fez um gesto para a cama, tão grandioso quanto pôde, como se estivesse oferecendo algum tipo de trono coletivo.

Romina, La Venus e Malena se sentaram na beirada da cama, enquanto Paz afundou-se de pernas cruzadas no chão. Flaca ficou em pé, encarando-as, e foi então que percebeu que não tinham estado juntas desde a viagem a Polonio. Esse encontro era como um retorno, e isso a fez se sentir de algum modo completa, acesa, como se um zumbido de eletricidade circulasse entre elas.

— Bem — Flaca disse —, vocês sabem por que nós estamos aqui.

Elas ficaram olhando para Flaca.

— Queremos a casa em Polonio. Ou seja, uma casa no paraíso.

As mulheres assentiram.

— Uma casa que não podemos bancar e ainda assim parece destinada a ser nossa.

Ela esperou que alguém protestasse, fizesse uma piada, mas ninguém se manifestou; ao invés disso, o silêncio assentou ao redor delas, como maré alta.

— Parece irracional gastar um dinheiro que não temos numa choupana cheia de buracos a um dia de viagem daqui. Não apenas isso, parece impossível. E talvez seja. Mas nada disso significa que não devemos tentar. Quebrar o molde. Soltar as rédeas. É assim que coisas grandiosas acontecem.

Elas a encaravam, absortas, como se um protótipo feminino e cortador de carne do Che Guevara tivesse aparecido no meio delas. Ela se sentiu extasiada, como se pudesse falar qualquer coisa depois daquilo e elas a seguiriam, para a selva, para a revolução, para a loucura. A sensação correu por dentro dela e depois desapareceu, fazendo-a se sentir vazia e exposta. *Aquela ideia louca*. O que pensariam dela? E se ela as decepcionasse e perdesse as únicas amigas que tinha? Não conseguia suportar a ideia. Ela foi adiante.

— Tudo bem, então aqui está a minha ideia. Cada uma de nós dá o que tem, o que pode. Nós juntamos tudo e vemos quanto mais falta. Mas aqui está a jogada, e nessa parte eu insisto: não importa quanto cada uma vai dar, todas temos direitos iguais. Todas nós teremos partes iguais desse lugar ou ninguém terá.

Alguma coisa apertou o coração de Paz, como se ele fosse um trapo molhado, ela não conseguia respirar. Não tinha dinheiro. E isso. Ser incluída. Ser carregada. Ser abraçada.

— Mirá vos — Romina disse. — Aqueles encontros comunistas te fizeram bem, no fim das contas.

Flaca fez uma mesura solene, aceitando o elogio.

— Então quem concorda com esses termos?

— Eu concordo — Romina disse.

— Eu concordo — Malena disse.

— Por que não? — La Venus sorriu.

— Eu concordo — Paz disse, mas mal podia ouvir a própria voz.

— Tudo bem, eu também, então é isso. Próxima pergunta: quanto cada uma tem?

Elas se revezaram respondendo a pergunta.

La Venus tinha um pouco de dinheiro que poderia dar.

— Não muito — ela disse. — Lamento, mas é o máximo que posso tirar sem que ele note.

Romina tinha um pote cheio de notas e moedas do trabalho como tutora particular de algumas crianças. Ela tinha contado o dinheiro antes do encontro e disse a elas a quantia. Flaca tinha uma pequena economia advinda do seu trabalho no açougue. Paz não tinha nada, absolutamente nada, mas sabia que poderia pedir à mãe dinheiro para ir ao cinema e ganharia o suficiente para os ingressos e uma pizza com fainá, e também poderia abrir mão do seu passe de ônibus mensal e ir a pé para a escola enquanto fosse necessário.

— Digamos que por quatro semanas — Flaca disse —, só para termos um número.

Paz fez um cálculo mental furioso e disse a elas sua irrisória quantia, com as bochechas queimando de vergonha.

Foi Malena quem, para a surpresa de todas, ofereceu a maior quantia, sem explicação.

Flaca anotou todos os valores em um papel e depois os somou a lápis, conferindo o cálculo. Elas tinham dois terços dos fundos que precisavam para comprar a casa, uma soma muito menor do que o custo de uma casa em Montevidéu, mas, ainda assim, para elas, fora de alcance. Depois de anunciar a soma, elas se sentaram em silêncio por um tempo. As vozes abafadas da televisão batiam, com sua insistência tediosa, na porta.

— Era uma ideia tão bonita — Romina disse, em voz baixa.

— Cala a boca — disse Flaca.

Romina olhou-a com ternura. Flaca, sua Flaca, que sonhava com novas maneiras de ser e as perseguia, quem primeiro virou seu mundo de cabeça para baixo. Era uma das coisas que Romina amava nela, essa habilidade infinita de enxergar um lugar para si mesma no mundo, e que se dane o fracasso do mundo em retribuir o favor. Romina ralhava com ela por isso, mas, naquele momento, viu que isso também movimentava outras coisas nela: inveja e uma necessidade de proteger.

— Não acabou — Flaca insistiu. — Tem que dar certo.

Nada tem que dar certo, Romina pensou, mas não disse nada. Tudo e qualquer coisa poderia ser quebrado.

— Mi amor — La Venus disse, gentil —, todas nós fizemos o que podíamos.

— Eu consigo o resto — disse Malena.

Todas elas se viraram e a encararam. Malena estava empoleirada na beirada da cama, costas retas, joelhos juntos sob uma saia lápis que vestia para trabalhar. Seu cabelo estava preso em um coque, domado e brilhoso de pomada.

— Como? — disse Romina.

— Deixa eu adivinhar — disse La Venus, aliviada ao pensar que uma delas tinha meios escondidos. — Vai pedir aos seus pais?

— Não — Malena retrucou, e sua veemência pegou todas de surpresa. — Eu não tenho pais.

Sons abafados da televisão latejavam pela porta do quarto.

— Quer dizer, eu tenho — disse Malena —, mas faz anos que não temos contato. Eles não fazem parte da minha vida e nem farão.

Como você pode ter certeza disso? Romina quis dizer, mas a expressão de Malena soava tão vulnerável que ela manteve a boca fechada.

— Sinto muito — La Venus disse. — Minha mãe também não me entende.

Malena estudava a fotografia da Plaza Matriz como se os homens de cartola tivessem roubado algo dela e escondido num bolso que ela estava determinada a encontrar.

Flaca não conseguia imaginar uma vida sem seus pais. Sua alma doía por Malena, mas isso parecia ser a coisa errada a se dizer.

— Qual é o seu plano então?

— Isso não importa. — Malena olhou-a, depois voltou-se novamente para a fotografia. — Posso fazer isso. E eu quero mesmo. A única questão é que vai levar um tempo.

— Quanto tempo? — disse Flaca.

— Não sei. Digamos, dois meses.

— Eu posso ficar outro mês sem meu passe de ônibus — Paz disse.

— E eu posso dar um gás nas aulas particulares — disse Romina.

La Venus deu de ombros.

— Uns pesos a mais do meu marido aqui e ali... Ele não vai notar.

— Tudo bem — Flaca disse. — Temos um plano, então. Vamos juntar o que temos e todas nós economizamos e juntamos pesos de onde pudermos. E vamos torcer para que a casa espere por nós.

*

A casa esperou. Malena apareceu com uma quantia adicional bastante significativa, e o resto das mulheres trouxe frutos de bolsos matrimoniais, alunos extras, ônibus não pegos e refeições ocasionalmente puladas. Três meses e treze dias depois do encontro, no sol quente de dezembro, Flaca subiu a costa até Castilhos e trocou uma caixa de pesos pela escritura da casa. Todos os cinco nomes constavam na papelada, em ordem alfabética.

Elas comemoraram com cervejas num café de esquina, um jogo de futebol retumbando na televisão acima das suas cabeças. Nunca tinham se reunido num lugar público da cidade, e primeiro elas ficaram tensas e usavam códigos, se referindo à casa como *igreja*, porque foi a primeira coisa que veio à mente de Flaca, "em breve iremos pra igreja", "na última vez que fomos à igreja". Homens de meia-idade se debruçavam sobre suas bebidas e suas torradas na mesa perto delas, e primeiro eles as cobiçaram e pareciam estar prestes a ir até elas para iniciar uma conversa, mas foram domados com uns poucos olhares severos. Não eram ameaças, no fim das contas, pareciam apenas homens tristes com o ar de acabados pela vida, através dos anos, pelo Processo. As mulheres brindaram e se revezaram para olhar com alegria para o papel que Flaca passava sorrateiramente, como um comunicado de guerrilha. Era uma coisa que elas nunca tinham visto ou sequer ouvido falar antes: a escritura de uma casa, cheia de nomes de mulheres e apenas nomes de mulheres.

A visão do papel animou Romina, apesar de também machucá-la por saber que essa vitória não significava nada para os seus pais.

— Você gastou suas economias numa cabana de pescador — sua mãe dissera, mais atônita do que irritada —, e você tem que dividi-la com outras pessoas que mal conhece?

Romina tentou explicar que conhecia essas mulheres, que eram de fato boas amigas, mas se viu tendo que evitar muitos detalhes, pois isso poderia levantar suspeitas, fosse de uma organização subversiva ou da verdade, e qual delas seria pior? Ela não sabia.

— Hija — seu pai dissera com tristeza —, quando você vai pensar no seu futuro?

Por *futuro* ele queria dizer, é claro, marido e filhos, já que seus estudos iam bem e ela já era quase uma professora completamente treinada. Ela os tinha decepcionado. A ciência do seu fracasso a machucava. Mas ali estava ela, mesmo assim, segurando uma escritura, um pedaço de papel com o nome dela, e, embora isso parecesse bobo para seus pais, significava mais para ela do que qualquer certidão de casamento ou futuro bebê ou mesmo trabalho de professora jamais poderia significar.

La Venus estava inquieta enquanto segurava sua cerveja. No inverno, com as fortes chuvas, seu apartamento parecia uma prisão. Só de pensar no seu leito matrimonial ficava enjoada. Ele tinha se tornado um lugar onde ela desaparecia de si mesma, e essa cabana na praia era boa e tal e, sim, ela tinha ficado animada com tudo junto com as outras, mas ela não poderia viver lá todo o tempo, poderia? O que ela comeria, de onde seu dinheiro viria? Como essa escritura de uma cabana longínqua a salvaria da sua própria vida?

— No que você está pensando? — Flaca disse. — Onde você está? Não está feliz?

— Claro. Claro que estou. — La Venus fez seu melhor para sorrir. — Só preciso sair da cidade.

— Bem — Romina disse —, isso pode acontecer logo.

— Quando iremos? — Malena disse.

Elas bateram suas agendas de compromissos. O Natal estava chegando, com seus jantares de família na noite sufocante, os fogos de artifício do bairro. Era melhor esperar até que tudo isso terminasse.

— Janeiro — disse Flaca.

As outras concordaram. A escola terminaria para Romina e Paz, o açougue e o escritório de Malena fechariam para as férias de verão, e todas poderiam ir juntas. Isso também permitiria que ficassem por mais tempo — uma semana, talvez mais —, e poderiam começar a consertar as paredes e fazer listas do que mais fariam para transformar a casa num lar.

— Pode levar anos pra darmos um jeito nela — disse Romina.

— Quem se importa? — disse Flaca. — Nós temos anos.

Isso animou Romina, e ela estava a ponto de responder quando sentiu uma espécie de formigamento. Ela se virou. Um dos homens de uma mesa próxima estava em pé acima delas, perto demais, um sorriso de escárnio no rosto que ela supôs que pretendia ser de simpatia.

— Sobre o que as senhoritas estão conversando?

— Nada — Romina disse rápido.

— Nada que te interessa — disse Flaca.

O homem olhou para Flaca e sua expressão se tornou hostil. Era um homem alto e meio careca, com muita papada.

— Você nem é uma senhorita.

Todos os homens agora estavam olhando, os que estavam meio caídos sobre as mesas e os garçons atrás do bar. Ninguém falou nada. O homem puxou uma cadeira de perto e sentou entre Malena e Paz.

Romina sentiu Flaca ficar tensa ao seu lado. Se ela perdesse a calma, não deixaria ninguém mais segura.

— Senhor — ela disse, o mais tranquila possível —, essa é a nossa mesa.

— É um lugar público, não é? E está faltando uma coisa aqui nesta mesa. Não tem linguiça.

Ele riu, depois olhou ao redor procurando aprovação para sua piada. O garçom riu enquanto limpava o balcão com um pano.

Flaca saltou da cadeira.

Romina puxou alguns pesos da bolsa e colocou na mesa.

— Vamos.

As mulheres se atrapalharam com as notas, começaram a levantar. Paz sentiu uma pontada de tristeza ao deixar sua cerveja para trás — depois de todos aqueles meses de economia, uma bebida em um café era um grande luxo e ela esperava aproveitar até a última gota. Ela deu um gole longo e guloso enquanto colocava umas moedas na mesa com a outra mão.

Romina estava segurando o braço de Flaca para acalmá-la ou impedi-la ou talvez as duas coisas.

O homem estava olhando Malena de perto agora. A mão dele pousou no seu ombro.

— Eu conheço você de algum lugar, não é?

Malena foi rígida.

— Não.

— Você me parece familiar.

Os dedos dele acariciaram seu ombro, movendo-se devagar pelo seu pescoço.

— Você parece, sim! Já sei! Quantas de vocês são putas?

Pânico se espalhou pelo rosto de Malena. Flaca nunca a viu com tanto medo. Ela cerrou os punhos.

— Tira as mãos de cima dela.

— Aquela ali não é — ele desdenhou Flaca. — Não pode. Ela nunca ganharia um centavo.

— Estamos de saída — Romina disse e virou Flaca, conduzindo-a até a porta, aliviada ao sentir as outras se movendo com ela.

Do lado de fora, o sol se abateu sobre elas. Caminharam juntas, num passo ligeiro, com os corações batendo rápido em cada peito. O café as soltou com nada mais do que uma onda de risadas no seu encalço. Chegaram a uma praça com bancos vazios, mas não pararam de andar. Flaca virou na direção do rio, e elas a seguiram.

— Malditos — disse Flaca.

— Você não fez nada — Romina disse, tentando tranquilizá-la o máximo possível.

— Eu sei que não fiz nada!

— Malena — La Venus disse —, você está bem?

— Estou bem.

— Ele não tinha o direito.

— Eu disse que estou bem.

Ela não parecia bem; estava tremendo; mas era evidente que Malena tinha se retraído, animal caçado, preparado para morder a mão que se aproximasse.

Elas andaram em silêncio por uma quadra, duas.

Em pânico, Romina pensou na escritura da casa — ela a tinha em mãos, e depois o quê? O próprio tempo tinha se tornado um borrão —, mas então viu que Flaca segurava o grande envelope pardo que havia trazido.

— A escritura?

— Está aqui — Flaca disse.

— Graças a Deus.

Elas fizeram silêncio de novo até chegarem no rio, na Rambla, o passeio calçado que abraçava a costa da cidade. Elas se permitiram sentar no murinho baixo que dava para a água. Se alguém incomodasse, seria fácil levantar e sair andando.

O Rio da Prata oferecia seus minúsculos fragmentos de luz.

Tinha sido um erro, Flaca pensou, se encontrarem em um café. Ela era uma idiota. Estava tão tomada pela excitação da sua vitória que se esquecera do bom senso, se esquecera de onde vivia, onde viviam, do que eram.

— Alguém se lembra — Romina disse — do que estávamos falando quando fomos interrompidas?

— Eu lembro — disse Paz. — Estávamos falando sobre como poderia levar anos para arrumarmos a nossa casa. E como poderíamos fazer isso. — Ela lembrava das palavras exatas, pois, naquele momento, as palavras tinham feito suas mãos coçarem de excitação. Em alguns dias terminaria o ensino médio, e aquele marco parecia nada, uma estupidez, comparado a isso. — Flaca, você disse "temos anos".

Flaca bufou. Sua garganta estava seca. Ela queria dizer algo com brio para restaurar o clima de exuberância, mas não conseguiu. Aquele homem a tinha deixado à flor da pele, e ela se odiava por isso.

— Enquanto isso — Romina disse —, podemos ir, não importa em que estado está. Podemos sair desta cidade.

— Eu dormiria de bom grado no chão — disse Paz.

— Eu também — disse Malena, com uma força que surpreendeu a todas.

Mechas tinham escapado do seu coque e pela primeira vez ela não tinha feito nenhum esforço para prendê-las de volta. Era quase, Paz pensou, como se o homem tivesse soltado algo de dentro dela, uma raiva indômita. Por quanto tempo esteve ali, esperando o momento certo?

— Levaremos cobertores, como fizemos da última vez, e faremos nossos próprios ninhos, que vamos construir pouco a pouco até serem o que quisermos que sejam.

Flaca se expandiu por dentro, se acendeu de novo. Era a imagem dos anos seguintes que a alimentava, não tanto os cobertores e as cadeiras que elas encontrariam para a cabana, mas o fato em si de ter um espaço para amar e o desejo de amá-lo.

Romina olhou com ironia para Malena.

— Você não está se tornando uma otimista, agora, não é?

— Talvez.

Romina ficou mexida com os olhos grandes e escuros de Malena, com a beleza deles, a selvageria neles.

— Ítaca.

— O quê?

— É definitivamente Ítaca.

Malena pareceu perplexa, depois sorriu quando lembrou.

— Do que vocês duas estão falando? — La Venus disse.

— Uma daquelas coisas literárias da Romina — Flaca disse.

— Eu adoro coisas literárias — disse Paz, na esperança de que Romina explicasse.

Mas Romina apenas cutucou o braço de Malena, brincalhona, e os olhos desta se ampliaram no que poderia ser surpresa, prazer ou alarme.

*

Elas chegaram em Polonio tarde, numa sexta-feira, depois do ano-novo, quando já era 1979. Andaram pelas dunas, no lusco-fusco crescente, ansiosas para chegar antes de perderem toda a luz e arriscarem se perder no caminho. Quando chegaram na cabana, suas pernas doíam e suas cabeças giravam de exaustão, mas a animação de estar na cabana delas — a cabana delas! — tornou impossível que dormissem logo. Flaca acendeu cinco velas e colocou-as no centro do chão nu, vazio. As cinco mulheres se sentaram de pernas cruzadas em um círculo ao redor das chamas e observaram as sombras umas das outras saltarem e se enrolarem nas paredes escuras. Do lado de fora, as ondas luziam com uma canção. A cidade já se soltava delas. *Lar*, pensaram, em maravilhamento, admiração, dúvida e deleite. Lar. Uma garrafa de uísque rodou entre elas algumas vezes, e depois elas apagaram as velas, espalharam seus cobertores no chão e foram dormir, num círculo acidental, o facho de luz do farol pulsando sobre elas.

Na manhã seguinte, durante o mate, elas olharam com mais cuidado seus arredores. As paredes estavam arranhadas e esburacadas, e por esses buracos a chuva entraria no inverno — "e no verão também", destacou Flaca, "lembremos que esta área litorânea vê todo tipo de tempestade" —, então elas deveriam ser consertadas, e a latrina não era mais que um balde num pequeno cubículo atrás de uma porta de bambu, mas era um começo decente, uma cabana sólida, delas.

— É um palácio — disse Romina.

Malena riu, mas parou quando viu a mágoa no rosto de Romina.

— Eu pensei que você estivesse brincando — Malena disse.

— Eu não estava.

Romina falava sério. Era um palácio, porque cada centímetro dele pertencia a elas, e porque dentro daquelas quatro paredes elas poderiam ser qualquer pessoa ou coisa que quisessem. Serem elas mesmas. Ela nunca vivera num lugar assim antes; a liberdade a deixava tonta. Era estranho, ela pensou, como se podia viver uma vida inteira em uma casa definida por pessoas que te amam e cuidam de você e compartilham da mesma ancestralidade e ainda assim não te veem completamente, pessoas a quem você protege se escondendo. Por mais que ela amasse seus pais, sua casa sempre foi um lugar para se esconder, até agora. Ela abriu a boca para tentar dizer isso a Malena, mas então parou, faltavam palavras.

Malena tocou o braço de Romina. Comunicação suficiente.

Cada uma delas tinha levado um prato para começar a cozinha, bem como um garfo, uma ou duas facas, uma xícara. Era tudo o que precisavam por ora — isso e a terra e o oceano. Elas arrumaram esses itens em duas prateleiras no canto onde era a cozinha e depois gentilmente se dispersaram para a manhã. Flaca investigou os buracos nas paredes e começou a tampá-los com o gesso que tinha comprado na cidade. Malena, Romina e La Venus foram dar uma caminhada à procura de conchas para decorar os peitoris e madeira flutuante para fazer prateleiras. Eles se banhariam no oceano ao longo do caminho. Paz, enquanto isso, foi até El Lobo para comprar pão e conversar um pouco. Ele ficou visivelmente feliz ao vê-la.

— Eu disse que voltaria — ela disse, e depois começou a tirar o pó das mercadorias.

Javier entrou correndo, tinha o rosto mais magro e o cabelo mais comprido do que da última vez, e estava animado para mostrar a ela uma ponta de flecha indígena que tinha descoberto nas dunas. Costumava haver muitas delas, disse El Lobo, quando ele chegou a Polonio ainda menino, mais ou menos da idade de Javier, com os pais, que procuravam trabalho desesperadamente e encontraram oportunidades no comércio local de leões-marinhos e focas. Eles chegaram em uma carroça com todos os seus pertences enrolados numa trouxa de cobertores. Ele ainda se lembrava da tremedeira e do barulho da carroça, das trouxas sob suas costas, do calor, da mão úmida e quente da sua mãe em volta da sua. Naqueles primeiros anos, muitas vezes ele encontrava pontas de flecha espalhadas pela terra, até que, quando era adolescente, um grupo de homens veio da cidade e as recolheu para um museu em Montevidéu, talvez Paz as tivesse visto?

Paz não tinha.

— Bem, então onde as colocaram, se estudantes como você não aprendem sobre isso?

— Eu não sei. Não aprendemos nada na escola.

Aprendiam apenas mentiras, mentiras idiotas aprovadas pelo governo, e ela começou a odiar os dias de aula.

— Eu teria gostado de ir para a escola. — El Lobo deu uma olhada para o seu neto, que estava num canto. — Na sua idade, eu estava lá fora em barcos de caça com meu pai.

Ela se sentiu uma idiota. Ingrata.

— Sinto muito.

— Não sinta. Alicia é ótima com os pequenos, eles vão aprender mais do que eu aprendi. E, de todo modo, eu adorava caçar. Era um trabalho duro, mas não há nada como a força daqueles corpos, a coisa que acontece dentro de você quando você está lutando contra uma grande criatura como aquela no fim da vida dela.

Sangue na espuma, ela pensou.

— Eu quero lutar com criaturas! — disse Javier.

— Uma coisa de cada vez — disse El Lobo, o que pareceu satisfazer o menino.

— Eu disse a você que viveria em Polonio um dia — Paz deixou escapar.

El Lobo sorriu.

— E aqui está você.

Ela esperou que ele dissesse "não vivendo aqui, não de verdade", mas ele não disse.

— O que as pessoas falam da gente?

Ele olhou para cima, pensativo. Estava entalhando novamente, e ela ficou fascinada, pois ele conseguia continuar esculpindo com precisão olhando para outro lugar.

— É incomum, é claro, um grupo de primas numa cabana de pescador.

Ela não respirou.

— Mas, é claro, não é um problema.

Sentiu seus músculos relaxarem. Talvez ninguém soubesse. Talvez tudo estivesse bem. Ela ouvia o som da faca de El Lobo, o raspar macio da madeira, e percebeu que seus gestos acompanhavam o som baixo e constante das ondas do mar, um único ritmo, areia e água, lâmina e madeira. Ele fazia de propósito? Ou fazia sem pensar, tendo vivido por tanto tempo neste lugar oceânico que a música dele se infiltrara em tudo? Ele parecia viver como se os ritmos militares não pudessem alcançá-lo. Como se não existissem, ou, pelo menos, estivessem abafados pelas ondas por todos os lados.

— Sabe, eu tenho uma ideia para conectar você mais profundamente com este lugar.

— Outra ideia?

— Sim.

Ela sentiu uma pontada de esperança.

— A primeira funcionou bem.

— Nós podemos começar um negócio. Juntos.

— O quê? — Paz riu. — Depois de dizer que você não conseguia me imaginar morando aqui.

— Bem, eu não consigo. Isso é verdade. Mas não é disso que estou falando. Você ainda moraria na cidade, mas venderia pele de foca lá, para fazer aqueles casacos que as senhoras chiques da cidade adoram usar. Eu juntaria as peles aqui e você as levaria para Montevidéu, onde há muitos compradores.

— Já não tem um comércio de peles?

— Bah, é o governo que administra. Os caçadores não ganham quase nada. Isso seria — Ele se inclinou para frente e apertou os olhos —, por baixo dos panos. Dividiríamos os lucros. Você ficaria com trinta por cento de tudo.

Por que não cinquenta? Paz se perguntou, porém o pensamento foi passageiro e ela não ousou falar nada. A ideia toda era ridícula, de qualquer maneira. Ela tinha acabado de terminar o ensino médio no mês anterior, com pouca cerimônia, e no final do verão ela estaria começando a universidade, estudando literatura, o que tinha escolhido porque era sua única paixão que não tinha nada a ver com a escola. Era o que ela deveria fazer: continuar estudando. Onde isso a levaria, ela não sabia. Ainda assim... Ela? Uma contrabandista? A última coisa de que precisava era um trabalho ilegal. Ela se perguntava o quão arriscado seria. El Lobo não parecia preocupado. Mas, ainda assim, mesmo que fosse seguro, como ela iria transportar aquelas peles — amontoadas no ônibus? O volume, o peso, o cheiro — tudo isso já a enojava. Suas fantasias de liberdade nunca se pareceram ou cheiraram a cadáveres de animais. Mas como eram suas fantasias? Abertas. Nebulosas. Sem sinal de como ganhar a vida, aquela coisa essencial e impossível. Ela não era como suas colegas, com sonhos de se tornarem médica ou professora ou esposa de um homem rico. Suas ambições eram viver e ser livre. Como ganhar a vida não era uma parte clara do sonho, enquanto se casar por dinheiro — a ambição de muitas gurias de cabelos sedosos — estava fora de questão (ela preferia morrer). Seu objetivo de vida era o mesmo da primeira vez que esteve ali: seguir o exemplo de Flaca. Mas Flaca tinha pais que pareciam gostar dela, mesmo que vissem faíscas de quem ela era de verdade, e mais, eles tinham um comércio que ela podia administrar, um trabalho com o qual ela podia contar. Paz não tinha nada daquilo. Nem uma família-que-gosta-de-você, nem um comércio familiar.

— Eu não sei — ela disse.

— Não é pra você, esqueça. — El Lobo abanou a mão, como se estivesse espantando a ideia. — Em todo caso, me diga, você e as gurias vão celebrar sua nova casa? O Velho Carlitos tem alguns cordeiros, sabe, ele pode carnear um pra vocês.

Ele começou a falar sobre os cordeiros de Carlitos, a melhor carne do litoral de Rocha, e Paz deixou a coisa do comércio de peles para lá, embora isso continuasse serpenteando pela mente dela, lento, sinuoso, enrolando-se numa ponta escura do pensamento.

*

As amigas ficaram animadas com o cordeiro e a ideia de celebrar a nova casa, todas menos La Venus, que disse que era muita carne, um cordeiro inteiro ou mesmo meio cordeiro, elas não tinham como pagar, o que fariam com tanta comida? Flaca sugeriu que elas convidassem os moradores para tomarem parte da abundância.

— São nossos novos vizinhos, afinal de contas. E assim será uma festa de verdade.

— Mas não queremos vizinhos por perto — La Venus disse.

— Eles vão ficar por perto, não importa o que fizermos — disse Romina.

— Exatamente — disse Flaca. — Seria uma demonstração de hospitalidade.

— É um preço excelente o que o Velho Carlitos vai nos fazer — Paz disse.

Romina fez que sim com a cabeça, mas La Venus disse:

— O objetivo de vir pra cá é ter espaço pra nós.

— Venus, querida — disse Flaca. — Eles chegaram aqui primeiro. É o lar deles.

— E daí?

Flaca se encolheu com a rispidez do seu tom. Esse era um lado da sua namorada que a irritava, o lado que poderia facilmente ignorar homens que eram trabalhadores, pessoas honestas que trabalhavam do amanhecer ao anoitecer. *E daí?* Como se homens humildes com rostos ásperos não fossem dignos de gentilezas. Homens humildes com rostos ásperos como o do seu pai. Ela era filha de um açougueiro; compartilhar carne era uma linguagem de comunidade, uma maneira de aprofundar raízes em um lugar.

— E daí que devemos ser hospitaleiras.

— Não quero ser hospitaleira.

La Venus estava contando as horas para escapar do marido, da proximidade constante de homens que sempre queriam algo dela e passavam do elogio à raiva com uma velocidade vertiginosa se não conseguissem o que procuravam, ou se conseguissem mas ainda se sentissem uns merdas por dentro, porque era isso, não era? Esses machos predando e rondando, numa tentativa de aliviar seus próprios sentimentos de merda, um projeto sem a porra de um fim.

— Mas não vai mesmo — dissera Arnaldo, quando ela lhe contou que ia sair por alguns dias, recusando a permissão, embora ela não tivesse pedido.

Ela não tocou mais no assunto e saiu enquanto ele estava no trabalho. Deixou um bilhete na mesa da cozinha, mas não havia número de telefone para dar. Ela já temia o que a esperava quando voltasse para casa. Tudo o que ela queria eram alguns malditos dias em que não tivesse que atender os homens, e agora Flaca estava tentando convidar homens estranhos para a fogueira delas.

— Venus — disse Flaca —, não seja tão egoísta.

La Venus olhou para Flaca com raiva, e Paz deu um passo para trás, na direção da parede.

— Ouçam — Malena falou. — Vamos todas manter a calma. Deve haver um jeito de todas nós conseguirmos o que queremos.

— E qual é? — Romina perguntou. Ela não conseguia imaginar uma saída.

— Podemos comprar a carne e dar a festa, mas em algum lugar que não a nossa casa. — Malena olhava firme ao redor do cômodo, encarando cada uma delas. — Paz, você não falou em um pescador que tem um bar?

Paz fez que sim.

— Benito. — Ela tinha escutado histórias sobre Benito, um sobrevivente do naufrágio do Tacuarí que decidiu ficar onde o destino o havia lançado e agora pescava de dia e administrava seu bar à noite. E seus sonhos com tempestades antes que elas chegassem à praia e com metal retorcido levado à costa lhe deram a reputação local de profeta do tempo. Não parecia o momento, porém, para todos esses detalhes. — O bar se chama Rusty Anchor.

— Bem, então — Malena disse —, e se perguntássemos ao Benito se ele poderia fazer a nossa parrilla no Rusty Anchor? — Ela olhou para Flaca. — Isso satisfaria a sua necessidade de hospitalidade?

Flaca sacudiu os ombros.

— Claro. Acho eu.

Não era a mesma coisa, mas ela queria que o problema desaparecesse.

Malena se virou para La Venus.

— E você? Isso satisfaria a sua necessidade de se sentir segura?

La Venus piscou para lutar contra algumas lágrimas.

Segura? Flaca pensou. Essa briga era sobre segurança? E, se sim, como Malena sabia? O quão profundamente Malena enxergava? De repente, pareceu a Flaca que Malena escondia um oceano dentro dela, profundezas nunca reveladas, cheias de coisas escorregadias e despertas.

— Sim — disse La Venus.

Uma hora depois, tudo estava arranjado, e naquela noite elas se reuniram no Rusty Anchor, que era, afinal, uma pequena sala construída ao lado da cabana do dono, com espaço extra do lado de fora, salpicado de bancos e mesinhas baixas feitas de madeira flutuante e peças recuperadas do naufrágio do Tacuarí. A novidade se espalhou entre os moradores de Cabo Polonio e eles chegaram, sete ou oito homens e duas mulheres, entre elas Alicia, crianças a tiracolo, brincando no chão, enquanto Flaca cuidava da parrilla e amigavelmente afastava as tentativas dos homens de tomar conta da churrasqueira. Começaram a beber bem antes do jantar, e continuaram até tarde da noite. Um pescador trouxe um violão, outro virou um caixote de cabeça para baixo para fazer de tambor, sambas invadiram o ar, porque não estavam tão longe assim da fronteira com o Brasil, e logo as canções inspiraram danças e as novas mulheres de Polonio dançaram com pescadores e umas com as outras sob as estrelas, mulheres dançando juntas, uma coisa inocente, comum o bastante para passar sem levantar suspeitas, e ninguém desrespeitou ninguém e La Venus parecia feliz e relaxada e sem perturbações, ela dançou, todo mundo dançou, todo mundo parecia feliz, cheios de carne macia assada com perfeição sobre as brasas no estilo uruguaio e vinho e grapa destilada localmente e as boas-vindas pareciam tranquilas e completas até Flaca finalmente, às duas da manhã, perceber o que estava faltando. O faroleiro não tinha vindo. Ela não o tinha conhecido antes, mas esperava que ele tivesse se considerado convidado; ele também fazia parte do lugar. Estava doente? Era muito recluso? Ela foi perguntar a Benito.

— Foi embora — ele respondeu.
— Foi embora? O que você quer dizer?
Como poderia haver um farol sem um faroleiro?
— O governo o substituiu — Benito disse e fechou a cara.
— Você não gostou do novo faroleiro?
— Novos faroleiros, no plural. Toda uma tropa está vindo.
— Tropa... Você quer dizer... — Ela olhou para o farol. Sua luz lenta de repente pareceu pulsar como uma ameaça.
— Não quer dizer soldados, né?

Benito fez que sim com a cabeça, com um ar de indiferença ou talvez de resignação. Tempestades, soldados, eles vão e vem, o que se pode fazer a não ser resistir ao que se precisa resistir e tomar uma grapa ou duas no caminho?

— Quantos?
— Como vamos saber?
— Eles ainda não estão aqui?
— Por enquanto só um. Mais deles estão a caminho.
— Quando eles chegam?

Benito deu de ombros.

Flaca se afastou e sentou num banco num canto da festa. Ela observou suas amigas dançando, ainda sorrindo. Deu uma olhada geral na festa. Seu refúgio, já invadido. Todas as suas economias e o dinheiro surrupiado jogados em uma cabana, em um sonho de santuário, enquanto o regime já se movia pela estrada. De repente, se sentiu exausta, mais vazia do que jamais se sentira na vida.

— Que diabos aconteceu com você?

Era Paz, com a mão no seu ombro.

— Nada.

— Mentira.

— Aqui não. Eu te conto depois.

Então Paz esperou enquanto a festa se desfazia, enquanto pescadores desapareciam na direção das suas casas bem antes do amanhecer, porque tinham apenas um tempinho antes dos seus barcos zarparem para o mar, havia peixe para pegar e bocas para alimentar, e as mulheres seguiram suas lanternas para encontrar o caminho de casa. Quando estavam de volta dentro da cabana, no instante em que a porta se fechou atrás delas, Paz disse:

— Desembucha, Flaca.

Desembucha o quê? — disse Romina.

— Alguma coisa tá errada.

Romina olhou para Flaca, procurando no rosto dela uma negação.

— Pelo amor de Deus — disse La Venus —, o que está acontecendo?

— Vamos sentar — disse Flaca.

Elas se ajeitaram nos pelegos que tinham comprado naquele mesmo dia do Velho Carlitos. Cobertor, colchão e assento, tudo numa coisa só.

E Flaca contou a elas.

Enquanto ela falava, as outras iam ficando imóveis. Malena ficou olhando para uma mancha na parede, como se ela contivesse hieróglifos secretos. Os olhos de Romina se fecharam contra o mundo. Paz sentiu sua mandíbula travar do jeito que acontecia na escola quando ela via meninos se aproximando e se preparava para uma briga.

— Não consigo acreditar — La Venus disse. — Chegamos tão perto.

— Como assim *perto?* — disse Flaca. — Estamos aqui.

— Sim, bem, e os soldados também — disse Romina. — Ou chegarão a qualquer momento.

La Venus levantou, foi até sua bolsa e pegou uma camisola. Virou de costas para o grupo e se trocou. Suas mãos tremiam enquanto ela tirava a roupa.

— Acabamos de comprar este lugar e agora ele está perdido.

— Não! Não está. Como pode dizer isso?

— Porque é verdade, Flaca. Não é mais seguro.

— Ela está certa — disse Malena, com tristeza. — Os soldados estão a caminho.

— E daí? Isso não é algo que já estamos acostumadas a essa altura?

Isso silenciou o grupo. O oceano cantava, inalterado. De repente, a cabana pareceu em ruínas para Romina. Não era um palácio, só uma choupana acabada no meio do nada, vulnerável a tempestades.

— Pensei... Pensei que isso aqui era o nosso refúgio. — La Venus estava de volta no círculo, escovando o longo cabelo. Os mamilos ficavam visíveis pela seda da camisola. — Nossa fuga. — Ela conseguia ouvir a voz do marido, *estúpida Anita*.

Paz sentia seu mundo colapsar — o refúgio delas já estava perdido, todo um sonho de uma tribo secreta prestes a morrer —, mas a visão dos mamilos de La Venus a distraiu, desviou seus pensamentos, criou espaço para outra coisa. Uma onda de prazer. Uma onda de esperança.

— Ainda é a nossa fuga — ela disse. — Eu também não gosto dos soldados, mas a Flaca está certa, todas nós sabemos uma coisa ou outra sobre como lidar com eles.

Flaca olhou para ela com gratidão.

Paz fechou os dois punhos contra o pelego.

— Podemos brigar com eles se for necessário.

— Não vamos ter que brigar com eles — Flaca disse. — Ouçam todas. Isso aqui ainda é nosso maldito refúgio. Sabem por quê? Porque é a nossa casa. E aqueles filhos da puta não vão tirar isso da gente.

— Eu espero que você esteja certa — disse Romina.

E então Flaca fez uma coisa que surpreendeu todas: engatinhou até Romina por cima dos pelegos e a envolveu nos seus braços. Paz, observando do outro lado do círculo, esperava que Romina ficasse dura e resistisse — afinal, quando Romina não estava resistindo? Quando ela relaxava a tensão? Ao invés disso, Romina pareceu derreter-se contra Flaca, como uma criança amedrontada, embalada, emitindo um pequeno som entre um zumbido e um gemido.

— Você vai ver, querida — disse Flaca. — Você vai ver.

4
O sonho da mulher

Voltaram para lá três meses mais tarde, durante os feriados de outono, naquele último trecho de sol confiável antes que os dias encolhessem devagar em direção ao frio. Desta vez, elas ostentaram uma carroça para levá-las pelas dunas, e a brisa encheu seus cabelos e arrepiou suas peles enquanto viajavam pela areia.

— Vamos combinar uma coisa — Flaca disse na cidade, logo antes de embarcarem no ônibus. — Não falarmos sobre o farol pelos menos no primeiro dia.

Todas concordaram, embora Romina estivesse relutante e tenha apenas sacudido os ombros. "Farol", neste caso, era um código para "soldados". Elas podiam muito bem não falar sobre eles, ela pensou, mas os soldados não eram fantasmas; eles não desapareceriam só porque não pensariam neles.

Ainda na viagem de ida, ela ficou contente com o pacto que tinham feito e entendeu a lógica — a clássica lógica de Flaca — de mudar de assunto para poderem ficar imersas no momento, no entorno, para que as dunas se tornassem tão reais quanto tropas distantes e iminentes, a areia palpável, mutável, moldada pelo vento, seus montes pesados como colinas, maiores e mais velhos do que seus pensamentos ou problemas, um bálsamo para a mente.

Assim que elas descarregaram suas mochilas e malas da carroça, Paz correu na frente, determinada a ser a primeira a passar pela porta. De volta. Viva de novo. Cercada pelo pequeno cômodo escuro, ela se sentia grande por dentro, capaz de enfrentar o mundo.

La Venus entrou atrás dela e respirou fundo.

— Mmmmmhm. Nada como o cheiro de mofo pra fazer você se sentir em casa.

Paz não tinha notado o cheiro.

— Não está tão ruim.

La Venus franziu o nariz em descrença.

— De todo modo — Romina disse, bem atrás delas —, não é nada que uma pequena limpeza não possa consertar.

— O que é isso? — Flaca estava no batente da porta, com o cigarro pendurado nos lábios. — Acabamos de chegar no paraíso e já estamos falando de trabalho?

— É o *nosso* paraíso, sua paleta — Romina disse, atravessando a cozinha e passando um dedo pela mesa estreita que elas usavam como balcão. — É nosso trabalho deixá-lo bonito. Ou o quê, você achou que tínhamos comprado um palacete cheio de empregados?

— Eu não me importaria com os empregados — La Venus disse, pensando em Olga, que ia duas vezes por semana ao seu apartamento em Montevidéu e se certificava de que o lugar ficasse um brinco em questão de horas. É claro que, se ela deixasse seu marido, não haveria Olga ou compras no mercado ou nada disso.

— Falou como uma verdadeira senhora burguesa — Flaca retrucou.

Todas congelaram. Ninguém disse uma palavra. Malena estava baixando sua pesada sacola, mas a ergueu de volta para o ombro, como se de repente tivesse medo do chão.

Romina sentiu o impulso de dizer algo — "ai!", talvez —,

mas segurou a língua. A tensão era palpável entre aquelas duas desde que tinham saído da cidade. Flaca parecia ter se passado, mas era melhor não intervir. Romina começou a desfazer as malas, uns poucos trapos para limpeza, depois lembrou que não havia água. Flaca era a que conhecia a bomba.

— Como é que é? — La Venus disse. — Quem é a burguesa?

Flaca amassou a bituca do seu cigarro no batente da porta.

— Do que você está falando?

— Você é uma puritana, tão ruim quanto qualquer uma delas.

Puritana?, Paz pensou. *Flaca, uma puritana?* Ela não conseguia imaginar uma coisa daquelas. Ela não deveria estar encarando tanto — Romina estava remexendo na sua bolsa, Malena tinha deslizado para fora —, mas não podia evitar. Elas formavam uma espécie de família tecida de refugos, como uma colcha de retalhos, feita de tiras de tecido que ninguém queria. Elas queriam umas às outras. Tinham que ficar enredadas. Não podiam se desgastar.

— Puta merda, Venus, não foi isso que eu–

— Tem certeza que não? — A voz de La Venus estava subindo, firme. — O que era, então?

— Precisamos de água potável — Romina anunciou dramaticamente. — E pão, se Alicia assou algum hoje. Paz, você vem comigo?

Paz queria ouvir a discussão, cada palavra dela, mas sabia que havia apenas uma resposta certa.

— É claro.

Do lado de fora, Malena se juntou a elas, e as três deixaram o casal na cabana e se dirigiram à venda do El Lobo. Em uma bifurcação no caminho de terra, Romina virou na direção do mar.

— El Lobo é pro outro lado — Paz disse.

— Eu sei — disse Romina —, mas você não está morrendo de vontade de ver o mar?

— Pois *eu* estou — disse Malena.

Romina deu uma olhada em Malena. Ela não tinha falado nada desde que chegaram. O anseio na sua voz era palpável. Malena sempre parecia tão serena, seguindo o fluxo do grupo, se segurando, em silêncio, até que subitamente algo explodia dela. Nesse caso, desejo. Pela praia. O que mais Malena desejava? O que mais ela não estava dizendo?

— Bem, aí está. E, de qualquer forma, provavelmente é bom dar àquelas duas algum tempo pra brigar.

— E talvez começarem a se acalmar — disse Malena.

— Quem sabe — disse Romina.

— O que que elas têm? — Paz perguntou.

— Você não sabe?

Paz balançou a cabeça, se irritando ao pensar que as outras sabiam antes dela, que ela estava sendo tratada como a irmã menor, a bebê da família, mantida no escuro.

— La Venus está apaixonada por outra pessoa. Não é qualquer pessoa, é uma cantora famosa — Romina sorriu. — E Flaca está louca de ciúmes.

— Ela fez isso com a Flaca?

— Primeiro de tudo, nós não sabemos o quanto La Venus fez até agora. — Romina riu. — Segundo, se ela *fez* algo, ela não fez nada com a Flaca.

— O que é exatamente o problema — Malena acrescentou, rindo.

O divertimento delas incomodou Paz. Ela não era uma criança.

— Não foi isso que eu quis dizer!

— Eu sei o que você quis dizer — Romina disse. — Mas é o seguinte: isso nunca aconteceu com a Flaca antes. Acho que eu não deveria achar isso tão engraçado. Não tem ninguém no mundo que eu ame mais que a Flaca.

Paz ouviu as frases silenciosas que vieram depois daquela. *Nem os meus pais. Nem o meu irmão preso.*

— Mas vê-la sentir o gosto do seu próprio veneno, bem, é interessante.

— Ela te traiu — Malena disse, pensativa.

Romina deu de ombros.

— Não vou negar. Não que eu me importe. É uma história antiga. Mas pode fazer bem pra ela saber o outro lado.

— Mas elas vão durar, não vão? Elas vão continuar juntas? — Paz perguntou.

Ela imaginava Flaca e La Venus ainda encantadas uma pela outra, velhinhas enrugadas de bengala. Lado a lado em um banco de parque. Só elas. Sem homem. De mãos dadas como irmãs idosas. Escondendo-se à vista de todos.

— O que isso significa, "durar"? — Romina estava andando rápido agora. — Não dá pra pensar em algo assim pra pessoas como nós.

— Por que não?

— Não temos coisas que duram. Não temos *para sempre*, não temos futuro, nada de noiva com véu e grinalda e toda aquela baboseira.

— Eu sei de tudo isso — Paz disse, na defensiva. — Obviamente. Mas não podemos, ou melhor, não poderíamos...
— Ela se esforçou para formar o pensamento. Não queria soar como uma idiota. Tinha algo a ver com trilhar o próprio caminho de "para sempres", fora do mundo noiva-e-véu e talvez fora do mundo real como um todo, mas que sentido

isso fazia quando, hoje em dia, até mesmo as velhinhas mais doces e dignas do seu bairro viviam com medo? Ela não queria mais pensar. Ansiava pelo oceano, seu sal e som, a ruptura com a gravidade. Talvez Romina estivesse certa: talvez carregar o momento presente com pensamentos de um futuro que não existia e não poderia existir o tornasse vão. Ela olhou para Malena, que não disse palavra alguma. Às vezes, nas conversas, ela ficava tão quieta que se poderia quase esquecer que ela estava lá. Mas ela estava ouvindo, não estava? — O que você acha, Malena?

Malena levou tanto tempo para responder que Paz pensou que ela talvez não tivesse ouvido.

— Eu acho que o futuro não pertence a nós. Eu acho que *para sempre* é um conceito estranho. Não dá pra confiar. O que eu sei é que Flaca e La Venus se amam profundamente, e isso é algo que tive o privilégio de ver.

Isso levantou mil perguntas para Paz, mas ela não sabia por onde começar, então não disse nada. Chegaram na praia. Pés na areia, se aproximando das ondas, que estavam baixas, quase lânguidas, se aproximando delas e retornando a um corpo de azul infinito. Paz pensou em todas as criaturas debaixo daquela superfície calma, seus corpos escorregadios, o modo como deviam escorregar e deslizar por corais, correntes e naufrágios cracados pelos anos. Ela tentou imaginar os leões-marinhos, as focas, seu volume majestoso enquanto nadavam, acasalavam e alimentavam seus filhotes. Mamíferos marinhos; do oceano, e também não. Poderiam os bebês mamar debaixo d'água?

— Ssshh — Romina sussurrou. — Eles estão aqui.

Paz não tinha a menor ideia do que ela estava falando. Ela começou a se virar.

— Não olhem. — Romina manteve sua voz baixa: — Não ao mesmo tempo. Primeiro você, Paz, depois Malena.

Paz olhou devagar, virou para a esquerda e viu a praia vazia. Para a direita. Três silhuetas, não, quatro, nas rochas, decalcadas onde a praia fazia uma curva, sentadas na última parte de areia. Homens. Soube pelas posturas, a maneira arrogante de se estirarem. E os uniformes. Verde manchado e bege. Ela se voltou para a água. Soldados.

— Você pode olhar agora, Malena.

— Não quero. — A voz de Malena foi tensa. — Melhor irmos embora.

— Temos que ir? — Paz disse. — Só porque eles estão aqui? É a nossa praia também!

— Não é a nossa praia. É sempre a praia deles. Cada grão de areia neste maldito país é deles, punto. — Romina empurrou para trás uma mecha de cabelo que tinha escapado da borrachinha para se torcer ao vento. — Ainda assim, isso não significa que temos que ir embora.

— Só estou dizendo — Malena falou — que podemos ir, se quisermos.

Paz se deu conta de que ela não estava sugerindo que fossem embora por ela, mas por Romina, para proteger a amiga. A amiga delas que tinha sido pega. Romina pareceu pensar a mesma coisa. Ela olhou para Malena e depois para a areia.

— Eu não sei o que quero — ela disse.

Ficaram ali, hesitantes, escutando as ondas.

— Quero quebrá-los em pedacinhos.

Uma onda se ergueu. Baixou. Outra se ergueu, mais poderosa do que a anterior.

— O que estão fazendo agora? — A voz de Romina estava bem baixa.

Paz olhou de volta para eles. Um deles parecia estar olhando na direção das mulheres, apontando, mas não tinha se levantado. Seus companheiros começaram a rir, depois passaram algo entre eles, uma garrafa, um livro — não, estavam colocando na boca, e *qual é seu problema, Paz? Você realmente acha que esses caras compartilhariam um livro?* Queimando. Todas aquelas páginas queimando debaixo da grelha, no carvão quente.

— Eles não vão vir aqui — ela disse. — Acho que não vêm.

— Vamos caminhar — Romina disse.

Foram na direção oposta à dos soldados. A areia escorregava e afundava em torno dos seus pés.

— Não é que eu queira matar eles — Romina disse, depois parou.

— Tudo bem — Malena falou — se você quiser.

Romina respirou fundo. Que coisa, abrir a boca com soldados bem ali naquela distância e *querer quebrá-los em pedaços*. Quantos deles havia no quartel de Polonio? A praia estaria sempre infestada deles? Ela tinha suas dúvidas sobre voltar, tinha presumido que a presença dos soldados a deixaria paralisada pelo medo. E, no entanto, ela se sentiu estranhamente expandida ao vê-los na praia, em tamanho humano, visíveis, mas fora do alcance da voz, enquanto ela dizia coisas proibidas em voz alta.

— Quer dizer, eu os mataria. Se eu tivesse que matar para nos proteger, para libertar o país. Mas isso não é o que eu quero. O que eu quero é tomar de volta o nosso poder. O que eu quero quebrar de verdade é o... — Ela parou, deu um passo, dois, mesmo aqui, mesmo agora, com o vento nas costas e as ondas ao seu lado, ela não poderia dizer a palavra *ditadura* em voz alta com eles tão perto. — O Processo.

— Sim — Malena disse, gentil. — Eu entendo.

Entende? Ela consegue entender? Romina pensou, mas não perguntou, distraída como estava pelo desejo de falar.

— Eu quero me envolver de novo — ela disse. — Sabe, com a resistência. Tenho pensado nisso há algum tempo já.

Seu irmão veio à mente, atrás das grades havia seis anos. Se ela o visse de novo, ele estaria inteiro ou em pedaços? Orgulhoso dela ou envergonhado?

— Então por que não se envolveu? — disse Malena.

— Meus pais. Com o meu irmão desaparecido agora, ou talvez pra sempre, eu sou a única que sobrou. Eles não aguentariam me perder, e parece injusto fazer isso com eles.

Elas tinham quase chegado ao fim da praia. Andaram em silêncio por um tempo.

— O que vocês acham? — disse Romina, envergonhada pela nudez da sua própria voz. Paz provavelmente a encorajaria a fazer o que queria, afinal, ela era jovem e ainda não tinha aprendido completamente a pesar os riscos das coisas. Mas foi Malena, a sólida e confiável Malena, quem a surpreendeu respondendo primeiro.

— Sabe o que eu acho? — A voz de Malena era puro aço. — Você não deve sua vida aos seus pais.

— Eles deram duro, sabe — disse Romina. — Minha avó sobreviveu a massacres, e ela–

— Sua vida não pertence a eles — disse Malena. — Seja como for.

Romina encarou-a. Ali estava outra vez o brilho da paixão na voz de Malena. Ali estava uma mulher capaz de grande calma e também de fogo. Uma mulher que não falava com seus próprios pais, uma circunstância que ela, Romina, achava difícil de imaginar. Ela começou a formar uma ideia sobre como você não poderia mitigar um massacre com "seja como for"; não tinha como fugir dessas histórias ou do modo como elas se alastravam por dentro da sua pele, ela não compreendia, não poderia compreender — mas então foi interrompida pelos olhos de Malena. Estavam bem abertos, líquidos, cheios de não ditos, cheios de mistério, e ela podia olhar para eles o dia todo, percebeu, mergulhar naquela escuridão e ficar enrolada nela, envolvida, refeita. Gostava de Malena, mas nunca a tinha visto como alguém sensual, principalmente porque não lhe ocorreu considerar isso. Ela não se sentia atraída por ninguém desde o tempo dos Apenas Três, e a ideia de ter uma namorada fazia seu estômago apertar —certamente ela nunca tinha se perguntado como Malena pareceria sentindo prazer, no seu prazer puro, se seus lábios se abririam, se suas costas se arqueariam, se suas pálpebras se fechariam ou se ela olharia com os olhos bem abertos, que ideia, pois Malena ainda estava olhando para ela agora.

Paz tossiu.

As duas se viraram para a menina, que estava parada a alguns passos delas, parecendo um pouco taciturna.

— Eu vou até o El Lobo.

— Eu vou também — disse Romina rápido.

Paz deu de ombros.

— Eu também — disse Malena. — Precisaremos do maior número possível de mãos.

*

Quando as outras partiram, Flaca começou a andar de um lado para o outro na cabana, à procura de palavras que não vinham.

— Quer parar? — La Venus disse. — Está me deixando nervosa com essa caminhada toda. Parece um bicho no zoológico.

— Você quer *me* dizer o que fazer — Flaca disse — com o *meu* corpo?

La Venus ergueu as mãos.

— Desculpe, minha tigresa, caminhe à vontade.

Flaca sabia que ela tinha dito aquilo com leveza, como uma forma de quebrar a tensão, e *minha tigresa* afundou na sua pele como um mel. Mas ela não estava disposta a admitir. Não para essa nova Venus, a que foi pega no feitiço de Ariella Ocampo. Que erro, tê-la levado ao concerto no Teatro Solís. O que ela estava pensando? Que uma noite na cidade reacenderia a faísca entre elas? Há muito tempo estavam se encontrando furtivamente, sempre em lugares escondidos, e ela podia sentir o interesse de La Venus diminuindo, ver o olhar distante nos seus olhos quando ela vestia de novo suas roupas, pronta para ir para casa.

— Eu tenho que deixá-lo — ela tinha dito a Flaca. — Não aguento mais. Eu me encolho quando ele me toca, não consigo esconder, e ele nem se importa.

Flaca sentia raiva ao pensar nisso. As mãos se fechavam em punhos. Ela queria socar esse marido que ela nunca tinha visto, moer ele na porrada.

— Não deixa ele tocar em você. Ele não tem o direito.

Mas La Venus só engolia em seco e dizia:

— Não é verdade, Flaca. Você não sabe nada sobre casamento.

E então Flaca ficava irritada. É claro que sabia. Ela tinha visto o casamento da mãe, das irmãs, observado o modo como os dias delas giravam em torno dos homens, o modo como isso funcionava, um código que ela sempre soube que evitaria para sua própria vida. Quem queria aquilo? Qual era o objetivo? Não valia a pena ter um homem e nem importava o quanto as pessoas tirassem sarro de você por não ter um. Ela nunca entenderia o apelo do casamento, a alegria ruborizada das suas irmãs quando o dia do casamento se aproximava e mandavam a costureira ajeitar o vestido de noiva da mãe para caber nos seus próprios corpos, "um dia faremos isso por você, Flaca", sua irmã Clara dissera, "teremos que apertar bem mais nesses seus quadris de nada" — rindo gentilmente —, mas isso foi há anos, quando sua família ainda parecia acreditar que poderia haver um marido em algum lugar no seu futuro. Maridos. As pessoas são bem malucas de acreditarem que lavar cuecas e cozinhar e ouvir reclamações chatas para o resto da vida as faria feliz. E, ainda assim, ela tinha que admitir que sua irmã, Clara, parecia feliz com Ernesto, e que a própria mãe de Flaca parecia feliz; ela era uma mulher tímida, mas Papá a fazia florescer, rindo das piadas dele e o provocando como uma jovem estudante. Flaca nunca poderia imaginar Papá tocando Mamá forçosamente. Eles flertavam, ela batia na mão dele quando ele vinha por trás dela na pia da cozinha, mas ela obviamente gostava daquilo, era uma dança de dois corpos felizes, envelhecendo lado a lado. Esse Arnaldo, esse marido de Venus, era outro tipo de homem. Flaca não conseguia suportar pensar nele perto dela. Ele não tinha o direito. Não merecia. Incapaz de estancar a fonte da dor da sua amante, ela procurou por um bálsamo para amenizá-la, apenas uma distração. Esse concerto, uma noite de tango e ópera impetuosamente misturados, parecia um bom antídoto. Foi assunto na cidade, o concerto, ou assim pareceu pelos pôsteres fora do grande Teatro Solís, que era a única medida de cultura que Flaca conhecia. Era a primeira vez que comprava ingressos para um concerto no Solís. O teatro de ópera da nação. Seus pais só tinham ido lá uma vez, quando estavam recém-casados, e sua mãe ainda falava sobre isso como a coisa mais romântica que seu homem tinha feito. O açougueiro e a mulher do açougueiro, no Teatro Solís, cercados por cortinas voluptuosas e elaborados afrescos; Flaca conseguia imaginá-los vestidos com suas melhores roupas, deslumbrados e um pouco intimidados. Agora era a vez dela. A filha do açougueiro. Ela podia ser culta. Ela podia ser um cavalheiro, um caballero. Ou uma *caballera* (que palavra, que não palavra!). Se alguém as visse saindo juntas e avisasse o marido de La Venus, ela poderia dizer que saiu para ver um musical com uma amiga. Nada fora do comum, nada proibido. O único problema era que Flaca teria que usar um vestido. Ela não usava vestido há sete anos. Pegou um emprestado com sua irmã, Clara — a do meio, quatro anos mais velha que Flaca, sempre a mais compreensiva —, que riu alegremente enquanto vasculhava seu armário.

— O quê, Flaca, agora você quer ser culta? Eu vou te afogar em babadinhos, chica.

Depois de terem concordado em um vestido mais sério, com linhas simples e de um verde limão que tinha sido moda há uns dez anos, quando a moda ainda chegava naquela cidade, Clara perguntou:

— Quem você está tentando impressionar?

Falou com gentileza. Clara sabia. Não tudo, mas o bastante. Flaca sempre sentiu isso; ali estava a prova. Ainda assim, ela não disse palavra sobre o assunto, apenas respondeu à pergunta com os olhos. Tinha um vestido, tinha ingressos, fingiriam por uma única maldita noite que não havia nada de errado com este país ou com suas casas, e sim, ela sabia o que Romina diria, "claro, por que não ir ouvir ópera enquanto prisioneiros políticos apodrecem?", mas o que mais havia para se fazer? Os prisioneiros não sofreriam tendo ou não ópera? La Venus estava linda naquela noite, reluzindo num vestido azul elétrico. Era a cor dela. Toda cor era a cor dela. Flaca entrou no Teatro Solís sentindo-se o rei do universo, ao lado da mulher que roubava o olhar de cada homem por quem passava. *E eu. Ela tira a roupa pra mim. A pessoa que ela quer sou eu.* Os lugares estavam a apenas quatro fileiras do palco. O concerto começou, e Ariella Ocampo entrou no palco. Ela não era o que Flaca esperava, embora tivesse visto os pôsteres de uma mulher elegante de lábios vermelhos do lado de fora, e a mulher no palco diante dela tinha a mesma elegância e os mesmos lábios. Agora estava usando um vestido verde reluzente que fez Flaca pensar em sereias. Ela parecia mais jovem do que na fotografia, quase vulnerável, e por um momento Flaca sentiu medo por ela, embora não soubesse bem por quê. Mas então Ariella cantou. O tempo parou. O tempo se alongou, aberto pela música. Pela voz de Ariella. Ela cantava uma ária que deslizava para um tango clássico e voltava para a ópera em uma única linha melódica. A orquestra a seguia como um rebanho de ovelhas, como se sua voz fosse um cajado, apontando o caminho, abrindo-o. Flaca nunca tinha ouvido nada parecido. Não que ela soubesse qualquer coisa sobre música, mas podia sentir que a plateia mais culta ao seu redor estava igualmente fascinada e maravilhada. Elas não estavam, naquele momento, presas na jaula de um país; elas transcendiam, no alto, dançando no ar com o som. Som que era delas e não era, próximo e estrangeiro, alto e baixo, ópera e tango, escorregando um no outro, feitos um só. E então, na quarta música, o olhar de Ariella encontrou o de La Venus e ficou ali por um minuto que pareceu eterno. Ela deslizava por sua melodia como se acariciasse as curvas de La Venus. Flaca sentiu o corpo da sua amante acender ao seu lado. Todo o grande hall tinha desaparecido, deixando apenas as duas, a cantora e a bela, suspensas no espaço. A música as alçou juntas para um estrato melódico que só elas podiam alcançar, juntas, trêmulas, no alto de uma fita tensa de som, e então Ariella parou no meio da música e olhou rápido para Flaca, um, dois, como se para avaliar o tipo de companhia que a Mulher do Azul Elétrico mantinha e o que isso significava sobre ela — como se dissesse "então ela também é uma de nós". Mas Ariella? Ariella Ocampo? Uma mulher como *aquela*? Não podia ser. Entretanto, ali estava, o olhar sutil, pousando por um instante, reconhecível somente por aquelas que sabem. A cantora era uma *cantora* — a cantora, uma *cantora!* —, e a piada era tão ridícula que Flaca quase riu alto. Ela mordeu a língua para segurar o riso. Os olhos de Ariella já estavam em outro lugar, e não voltaram. Flaca deu um suspiro de alívio que durou apenas até o interlúdio, quando um lanterninha trouxe um bilhete para La Venus.

— O que é isso? — Flaca perguntou. — O que diz?

La Venus se recusou a mostrar, e elas passaram o resto do tempo do concerto tensas. Flaca ficava esperando que a cantora olhasse para La Venus de novo, como se a desafiasse, pronta para uma defesa fervorosa, mas não aconteceu. Ariella Ocampo, régia no seu manto de música, uma rainha. No ônibus para casa, La Venus finalmente cedeu e mostrou o bilhete. Nada além de números. Um número de telefone. Sem palavras.

— Mas você não vai ligar, vai? — Flaca deixou escapar, imediatamente envergonhada pela própria petulância.

— Claro que não — disse La Venus, sem olhar para ela. Mas ela ligou.

— Não é justo — Flaca dizia agora, olhando pela janela para o oceano — que você não me conte o que aconteceu quando você foi à casa dela.

La Venus olhou para ela com algo que parecia pena.

— Pensei que nós fôssemos mulheres livres. Sem dono. Não foi isso que você falou? Escolher ficar junto com alguém porque queremos, não porque alguém disse pra ficar. Amor livre, como os hippies, só que melhor, porque estamos livres de homens. Desafiando os grilhões do casamento. São as suas palavras, Flaca.

— Eu sei o que eu disse. E não somos casadas. — Obviamente. Que coisa idiota de se falar. — Mas... — Ela procurava as palavras certas. Que direito ela tinha de ficar com ciúmes? Quantas vezes deixou sua atenção e até mesmo suas mãos se desviarem, quando deveria estar com outra mulher, quando a mulher com quem deveria estar era tão dedicada? Ela sempre pensou que uma das coisas boas de ser uma *invertida*, uma brecha da natureza, uma mulher feita para mulheres, era que ela poderia viver além do casamento. Não ser propriedade de ninguém. Seguir suas próprias urgências e as verdades que brotavam do seu corpo.

O problema era que seu corpo queria La Venus. De forma faminta, verdadeira e sem fim.

— Você poderia ter me dito que ia na casa dela.

— Eu tenho que te falar sobre todo lugar que eu vou?

— É diferente.

— Por quê? Foi uma festa. Não posso ir numa festa sem

te contar? Pelo amor de Deus, agora você está parecendo o Arnaldo.

Flaca ficou olhando para ela. *Você não me convidou*, ela pensou, mas não disse nada. Quando La Venus contou a ela que tinha ido a uma festa na casa de Ariella Ocampo, ela não acreditou. Embora festas não fossem mais contra a lei, o processo de permissão para reuniões de mais de cinco pessoas era tão oneroso e as pessoas estavam tão cautelosas que grandes reuniões eram raras, e ela ansiava pela liberdade de um apartamento cheio de corpos, bebidas, música, risadas, como os aniversários costumavam ser, nos aniversários de todos: seus pais, suas irmãs, suas sobrinhas e sobrinhos, tias-avós, bisavós, todas ocasiões para bolo e pebetes e uísque e tangos e violões. Mas foi preciso apenas um pouco de investigação para saber que era verdade: Ariella Ocampo dava festas na sua antiga mansão, em El Prado, onde ela podia faceiramente fazer sua arte e não preocupar sua linda testa com como pagar as malditas contas toda maldita semana, porque ela era rica, não pela arte, mas pela família na qual tinha nascido. Deve ser bom, as festas eram boas, diziam. Incrivelmente, o regime parecia fechar os olhos para isso. O problema com essas festas era que, a menos que você morasse ali mesmo, no bairro, era melhor ficar até de manhã para evitar as patrulhas noturnas. O que levou Flaca à pergunta com a resposta óbvia que ela ainda não ousara fazer:

— Você ficou a noite toda lá?

— Flaca. Consegue ouvir o que está dizendo?

— Por que você não responde?

La Venus se virou de costas.

— A maior parte das pessoas fica. É uma festa longa, e é mais seguro dispersar depois que o sol nasce.

— Então o que você ficou fazendo depois, até o sol nascer?

— Você quer os detalhes, Flaca? O que eu comi, o que eu bebi, que horas eu mijei?

Flaca sentiu algo dentro dela se esfarelar. Olhou pela outra janela, para o caminho de terra que levava à praia e a faixa azul além, e teve dificuldade para respirar.

— Flaca?

— Só me diz que não quer mais ver ela.

O silêncio se tornou enorme entre elas, cobrindo o distante canto das ondas.

Flaca pensou naquelas ondas, no jeito que se beijaram na areia, tantas vezes, sempre voltando para as mesmas carícias. Mas era mesmo verdade? Cada onda não era composta de águas diferentes, ou a mesma água é que fazia combinações infinitas? Dois beijos eram sempre os mesmos? Ela nunca quisera tão intensamente que uma coisa se mantivesse a mesma. Foi estúpida. Pensou que La Venus era uma descoberta sua, uma dona de casa que trouxe para o Outro Lado, o lado invisível, onde mulheres assumiam suas alegrias escondidas. Ela se comparava com o marido da sua amante e se deleitava no seu triunfo. Era melhor do que ele, dava à mulher dele mais prazer, estava ganhando. Estava tão satisfeita consigo mesma que não imaginou que algo assim poderia acontecer, uma rival bem aqui do Outro Lado, uma rica e glamourosa rival, com casa própria, dinheiro, fama, festas proibidas, todas as coisas que Flaca não tinha. E beleza. Do tipo feminino, que arrebatava no palco. Flaca tinha abandonado a feminilidade anos atrás, afastando-se dela, alívio e movimento, sem olhar para trás. Não tinha qualquer vontade de voltar. Sempre havia mulheres que se sentiriam atraídas por ela do jeito que ela era, angular, magra, impetuosa. Ganhou o apelido de Flaca no início da adolescência, quando as outras meninas cresciam nos quadris e nos seios e ela seguia reta e esguia, e ela o abraçou com bom humor e uma espécie de orgulho. E ainda assim. Ainda assim, pensando em La Venus com aquela maldita estrela da ópera, Flaca de repente se sentiu feia, disforme e pequena de novo, apedrejada por garotos mais velhos na volta para casa. Ela podia sentir as pedras na sua pele, ouvir suas vozes cruéis e metálicas nos seus ouvidos.

— Não posso — disse La Venus.

*

Paz, Romina e Malena voltaram de El Lobo com os mantimentos que tinham saído para pegar mais três grandes pedaços de papelão e um balde de tinta verde.

— O que é tudo isso? — La Venus perguntou, entretida e também aliviada com a volta das amigas, a mudança de assunto.

— Vamos fazer placas — Paz disse — É do El Lobo, um presente de boas-vindas. A tinta é sobra das prateleiras da venda dele, que, aliás, agora estão adoráveis, vocês vão ver.

La Venus sorriu para Paz. A garota era capaz de tirar tanta alegria de papelão e um balde de tinta. Quanto tempo isso duraria nela, em tempos como aqueles? Ela era tão jovem. Mas não descuidada — ninguém mais era.

— Que tipo de placas?

— Paz ainda não nos contou — Romina disse. — É tudo muito misterioso.

— Não, não é — Paz disse. — Vamos fazer uma placa para a nossa casa, com um nome, como as pessoas chiques fazem nas casas de praia chiques.

Ela olhou para as outras para ver suas reações, para Flaca, que estava na porta dos fundos, fumando um cigarro e roendo as unhas. Ela não parecia estar escutando.

— Mas qual é o nome? — Malena disse.

— É isso que teremos que descobrir — disse Paz.

Ela hesitou por um momento. Tinha imaginado aquilo um pouco diferente, as cinco mulheres em um círculo, do jeito que elas sentavam à noite, só que, dessa vez, em torno de um pincel afundado na tinta verde, fazendo aquilo juntas. Olhou para Flaca de novo, mas Flaca não olhava para ela.

— Que tal Paraíso? — disse Malena.

— Barraco — disse Romina.

Malena lançou a ela um olhar de falso ultraje.

— O quê?!

Romina riu.

Paz pegou o pincel, mergulhou na tinta verde e começou a escrever.

— Continuem.

— A Concha — La Venus disse.

— O Casebre.

— O Palácio.

— A Igreja.

— O Templo.

— A Caverna.

— O Navio.

— A Proa.

— Liberdade.

— O Fim do Mundo.

— A Fogueira.

— O Fogo.

— A Voz.

— A Canção.
— O Sonho.

Paz pintava furiosamente palavras sobre o papelão, se esforçando para acompanhar os nomes.

— O Sonho do Pescador.
— O Sonho da Mulher.
— Sim!
— O Sonhos da Língua.
— Agora sim — Flaca disse, do outro lado da casa, e Paz sentiu uma pontada de alegria ao vê-la retornar para elas, o círculo completo de novo.
— O Sonho dos Dois Dedos da sua Mão Direita...
— Ah, para, por que não três?
— Você está corada!
— *Você* que está!
— Os Cinco Dedos de...
— O Sonho da Mão Direita.
— O Sonho da Mão Esquerda.
— Esquerda?
— Sou canhota!
— A Boceta. Os Quadris.
— Os Quadris Felizes...
— A Boceta Feliz...
— Chicas, chicas!
— É isso! "Chicas, Chicas" é um nome perfeito.
— Ah, é claro. Porque *isso* não vai chamar atenção.

La Venus fez um gesto na direção do pincel.

— Posso fazer um pouco?

Paz entregou o pincel para ela.

— É seu.

La Venus pintou em torno das palavras por um tempo.

As outras observavam. Nomes em letras cursivas, nomes em letras de forma, gritos e sussurros, flechas e espirais. Vinhas revoltas em verde.

— Uau! — Paz exclamou. — Você nunca nos disse que sabia pintar assim.

La Venus coçou a nuca.

— Ainda não tenho certeza.

— Mas vocês sabem que não podemos pendurar isso — Romina disse. — Nunca.

— Nós temos que pendurar! — disse Paz. — É a nossa casa.

Romina só olhou para ela.

— Vai além disso.

— Na verdade — Malena disse —, *é* isso. Por ser a nossa casa, temos que ser mais cuidadosas do que qualquer outra pessoa.

— Podemos pendurar aqui dentro — Paz disse, em dúvida.

— Eu tenho uma ideia — La Venus disse, e pegou o pincel novamente. Ela pintou por cima do amontoado de palavras, pincelando verde por cima delas, afogando-as em espirais de cor.

Paz deu um gemido de decepção.

— Espere — La Venus disse. — Não terminei.

Enquanto a tinta secava, ela recortou letras do papelão que tinha sobrado. Colocou as letras sobre a superfície verde com redemoinhos. L-A-P-R-O-A. La Proa. A Proa.

La Venus olhou para Paz, que ainda estava amuada.

— Todas as outras palavras ainda estão aí embaixo, Paz. Lembre-se disso.

Flaca tinha trazido um martelo e pregos da cidade, e elas os usaram para pendurar a placa à direita da porta da frente. Nas horas que se seguiram, Paz dava olhadas furtivas para a placa sempre que podia, observando o jeito como o verde mudava na luz do sol, primeiro mais claro, depois afundando dentro de sombreados profundos que a faziam pensar em bruxas e suas poções antigas e espessas.

Essa era a cor da placa naquela noite, quando os caminhões militares passaram.

Recém-chegados do mundo civilizado.

Um, dois, três, em fila, passando bem em frente à casa delas, mesmo que não existissem estradas ali, nenhuma estrada em lugar algum em Polonio, somente areia aberta e terra nas quais esses caminhões prensaram longos rastros contínuos conforme passavam.

Romina estava sentada do lado de fora para fugir do calor preso no interior da casa. Ela não olhou diretamente para os caminhões e tentou fingir que eles não estavam cortando sua mente ao meio, não estavam pressionando seu corpo conforme as rodas prensavam a terra, o som dos motores deles como o ronco baixo do carro em que ela foi levada para a cela onde... Não seja estúpida, Romina, volte para o momento presente, não é aí que você está, olhe para o oceano lá embaixo, eles não são donos do mar, veja como é azul e infinito, preencha seus olhos.

Paz estava fazendo uma parada de mão sem motivo aparente, exceto pelo fato de gostar de fazer parada de mão e ninguém a impedir. Ela observou o caminhão passar, de cabeça para baixo. Suas rodas viradas para cima fizeram ela pensar em besouros caídos de costas, agitando suas patas atarracadas no ar.

La Venus entrou assim que viu os caminhões vindo — estava usando um biquíni e uma saia longa e nada mais — e os observou pela janela da cozinha. Viu soldados nos caminhões cobertos, soldados com olhos por todos os lados, procurando corpos femininos. E os encontrando.

Os caminhões foram em direção ao lusco-fusco, pelo campo, rumo ao farol, até que finalmente desapareceram depois de uma curva.

— Paz — La Venus chamou pela janela.
— O quê?
— Você deveria entrar.
— Não quero. Está quente.
— É mais seguro aqui.
— Ah, pelo amor de Deus. Eles já foram!
— Todas nós deveríamos entrar — Malena disse.
— E o quê? — disse Paz. — Ficar de tocaia pelo tempo que os soldados estejam aqui?

Flaca chegou, carregando uns gravetos finos que juntou para uma fogueira. Não ia ter muito fogo essa noite, mas ao menos tinham as velas. As outras contaram a ela sobre os caminhões, mas Flaca já sabia pelas marcas nos espaços abertos na frente da cabana delas. Elas debateram sobre o que fazer a respeito do fogo naquela noite, e sobre o jantar. Não deveriam chamar atenção. Não deveriam abrir mão dos seus direitos. Não havia direitos. Aquilo não deveria ser verdade. Não importava o que deveria ou não ser verdade. Elas não poderiam continuar daquele jeito para sempre. Não era para sempre, essa noite de novos caminhões, mas um tempo em que deveriam tomar precauções extras. Tinham planejado assar algo. Não importava. Importava. Não tinham lenha para o fogo, de qualquer forma. Poderiam cozinhar dentro de casa, no fogo de chão. Poderiam acender velas e se sentar ao redor delas, dentro de casa. Estariam juntas. Estariam bem.

Com a mudança de planos para o jantar, Flaca e La Venus foram até El Lobo pegar uns ingredientes adicionais. Pareciam estar demorando demais, Romina pensou. Talvez estivessem resolvendo as coisas entre elas. Isso deu a ela esperança, depois pavor. E se, ao resolverem as coisas, tentassem ter um tempinho privado nas rochas? Não tinha como saber por onde esses soldados poderiam vagar depois do expediente ou o que fariam se descobrissem duas mulheres entrelaçadas. *Malditos*, ela pensou. *Flaca, volte aqui, porra*.

Paz escapuliu para fora. Estava presa há tempo suficiente. O que poderia acontecer com ela? Ela ficaria bem ali naquele banco, com as costas coladas na cabana que era dela, que era dela com as outras, seu nome na escritura, muito obrigada. Ali estava ela, a duas semanas de completar dezoito anos, sentada na porta da sua casa própria, como uma rainha. Ninguém nas suas aulas na universidade jamais imaginaria isso, nem os professores, nem os colegas que a ignoravam de olho nas gurias de batom brilhoso. Ela olhou a paisagem, agora tingida nas reminiscências do crepúsculo. Uma beleza com a qual ela nunca poderia se acostumar, nunca queria se acostumar, embora desejasse conhecê-la em todas as luzes e humores.

Uma figura estava se aproximando, vinda da direção do farol. Uma figura larga; não era Flaca nem Venus, mas também não era um soldado. Era difícil divisar as coisas naquela luz diminuta, então foi só quando a figura já estava bem perto de Paz que ela viu que era uma mulher, uma senhora, uma velha, vestida com pérolas e maquiagem e um casaco de pele que era ridículo naquela noite de calor outonal. Imediatamente, Paz decidiu que essa mulher era rica e boba, o tipo de mulher que traria um casaco de pele caro para uma praia rústica e distante e insistiria em usá-lo apenas para mostrar que podia, o calor que se lixasse. A Mulher de Peles estava olhando para ela agora, para Paz, no seu banquinho, vestindo trajes de banho e uma saia curta. Parecia estar esperando que a cumprimentassem, ou algo mais, uma mostra de deferência, como se ela, Paz, fosse parte da ralé e a Mulher de Peles, uma rainha que passava por ali. *Não sou da ralé*, Paz pensou, e então lhe veio à mente que talvez fosse. O proletariado com seus barracos. *Bem*, ela pensou, *é o meu barraco e de mais ninguém*. A Mulher de Peles ainda a encarava. Paz encarava de volta sem sorrir.

— Sente-se direito — a Mulher de Peles disparou.

— Perdão?

— Feche as pernas e sente-se como uma dama.

Paz ficou tensa. Não tinha percebido que seus joelhos não estavam juntos, que estava sentada com as pernas relaxadas e bem separadas, abertas do jeito que fazia sua mãe repreendê-la desde que se conhecia por gente.

A Mulher de Peles olhava fixamente para Paz, como se ela fosse um cãozinho mal treinado.

— Não me ouviu?

— Não existe nenhuma lei contra se sentar assim.

A cara da Mulher de Peles mudou, e Paz sentiu o primeiro golpe de medo. Deveria juntar os joelhos e se desculpar, pensou. *Isso aqui ainda é o Uruguai*. Mas seu corpo não se movia.

— Onde está sua mãe? — A Mulher de Peles perguntou.

Romina estava na soleira da porta agora. Há quanto tempo estava ali?

— Señora, sinto muito. A criança sente muito também.

— Você? — A Mulher de Peles olhava, em dúvida. — Você é a mãe?

— Não, sou a prima dela. Essa menina está sob os meus cuidados e ela sente muito. Não é, María?

O medo cortou mais fundo. Romina achou por bem esconder seu nome. Ela só faria isso se sentisse alguma ameaça. Mas talvez Romina, com seu passado, sua prisão, seu irmão preso, estivesse propensa a ler o perigo quando ele não estava lá. Todos esses adultos com suas reações de medo a tudo, a todos, faziam parte da jaula, não faziam? Isso deixava Paz com vontade de gritar.

Ela não respondeu, e o silêncio ficou ensurdecedor.

A expressão da Mulher de Peles endureceu.

— Ela sente muito — Romina disse.

A Mulher de Peles olhou direto para as pernas de Paz, depois para o seu rosto e então se virou e andou pelo caminho sem dizer outra palavra. Ela desapareceu rapidamente, se juntando à escuridão.

Paz sentiu uma onda de triunfo.

— Que merda você estava pensado?! — Romina chiou.

— Ah, pelo amor de Deus, se acalme.

— Paz, aquela mulher veio com os soldados.

— Você a viu?

— Não, mas...

— Então você não sabe.

— Pense, guria. Com quem mais ela estaria? Com El Lobo?

— Não tem *como* aquela mulher ser uma soldada.

— Ela não tem que ser uma soldada para destruir você.

— Dá pra parar de se preocupar? Você não é minha mãe!

O olhar no rosto de Paz era tão feroz, naquele momento, que Romina deixou o assunto para lá.

Paz entrou braba em casa e, quando Romina a seguiu, a viu no canto de dormir, debruçada sobre um livro.

— Você está bem? — Era Malena, ao lado de Romina.
— Sim. Não. Não sei.

Romina se escorou no balcão. O que elas estavam fazendo naquela praia? Fugindo? Bela fuga! Pelo menos na cidade você poderia temer soldados e cagar confortavelmente ao mesmo tempo. Não havia nem uma cozinha decente ali, as facas não estavam limpas, não havia telefone, nem mesmo um grampeado no qual você pudesse falar em código, apenas o oceano para onde correr — e de que lado estava o oceano?

Que tipo de pergunta era aquela?

Um soluço quase escapou de Romina. Ela segurou. Não. Se ela começasse, poderia não parar.

— Vamos limpar isso aqui.

Limpar sempre a acalmava e, na hora em que Flaca e La Venus voltaram, ela já estava respirando normalmente de novo, capaz de tornar o incidente da Mulher de Peles uma boa história. Ela persuadiu Paz a contar junto com ela, uma espécie de pacificação entre as duas, e, enquanto elas interpunham detalhes uma na história da outra — dentro de casa, com a porta fechada, Romina se certificou disso —, as outras caíam na gargalhada.

— Queria ter visto a cara dela! — La Venus gritou.

Paz parecia satisfeita e orgulhosa, a heroína da noite.

Romina sentiu uma onda de alívio ao ver o prazer de La Venus e Flaca, sua total falta de preocupação. Talvez ela estivesse exagerando mesmo. Ou talvez aquelas duas tivessem encontrado um momento nas rochas e estivessem muito cheias de brilho para se lembrar da necessidade de ter medo. O sexo pode fazer isso com você — o sexo e Polonio; ambos podiam encher você de beleza, deixar você bêbada dela, desprender você da feiura que impregnava o mundo e alçar você às alturas, até se esquecer que ainda é uma mortal em um mundo quebrado.

— Sente-se como uma dama! — Flaca cacarejou. — Ah, se a pobre senhora soubesse.

*

Foi umas duas horas e meia depois, enquanto as amigas estavam cortando cebolas e batatas para o jantar, que uma batida veio da porta. Persistente. Forte.

Elas todas se olharam.

— Sim? — Flaca disse, ficando em pé, mas, antes que pudesse chegar à porta, os soldados a atravessaram sem qualquer esforço, porque ela não estava nem trancada. *Qual é o problema com a gente*, Flaca pensou, *que chegamos a sonhar que nunca precisaríamos de uma fechadura?*

O soldado alto no meio deles percorreu o cômodo com os olhos, depois parou seu olhar em Paz.

— Ela.

Aconteceu rápido demais para que qualquer uma os impedisse. Três soldados cercaram Paz, agarraram seus braços e a arrastaram pela porta, ignorando seus berros de protesto. Flaca estava nas costas de um dos soldados, tentando tirá-lo de cima da sua amiga, porque eles não podiam levá-la. Paz gritava. O lugar estava vermelho.

— Para — Romina chiou de algum lugar a mundos de distância. — Para, Flaca.

Eu?, Flaca pensou. *Ela está tentando me parar?*

— Eles não podem. Vocês não podem!

Outro soldado foi até Flaca e lhe deu um soco na cara. Vermelho, mais vermelho, salpicado de branco.

— Senhores, por favor, pra onde estão levando ela? — Romina disse de novo, mais alto agora, implorando.

Os homens não responderam.

E então foram embora, tão repentinamente quanto tinham chegado, deixando um único soldado cuidando da porta.

Paz se foi.

O mundo girou.

As quatro mulheres se olharam.

Flaca colocou as mãos no rosto para senti-lo. Molhado. Inchado. Naquele momento, ela entendeu que seu amor por Paz tinha se tornado uma força feroz — tão feroz quanto seu amor por Romina, tão feroz quanto qualquer coisa que jamais sentiu na sua vida — e que faria qualquer coisa para salvar a menina do perigo.

Mas e se fosse tarde demais.

Não poderia ser tarde demais.

— As canções — Malena sussurrou.

Do que ela estava falando? Flaca ficou olhando para ela sem entender.

— Essas.

Malena pegou a pilha de papéis que estavam debaixo do monte de conchas que Paz tinha juntado na praia naquele dia. Velhas canções, dos anos 60, dos tempos de antes. Paz as tinha encontrado entre papéis da sua mãe e trazido para que as mulheres vissem, talvez até cantassem, curiosas relíquias da uma época distante, raras sobreviventes do fogo e dos ataques que se seguiram ao golpe. Canções de libertação. Canções boêmias. Canções que poderiam te matar.

Romina se mexeu para ajudar Malena a juntar as partituras de vários cantos e os sacos onde estavam escondidas, pensando em como ela tinha feito aquilo, como Malena conseguia pensar tão calma numa hora como aquela. Malena calma. Malena estável. Malena reservada-mas-no-controle-das-coisas. É claro, a primeira coisa a se fazer depois de uma prisão era varrer o espaço à procura de evidências de subversão, ou qualquer coisa que os soldados poderiam considerar evidência de subversão, e destruir. Como ela não tinha pensado nisso imediatamente? O que tinha de errado com ela?

Elas não se atreveram a esperar o tempo que levaria para acender o fogo de chão, então mergulharam as páginas na chama de uma vela e assistiram queimar num balde de metal.

Palavras viraram chama, depois cinzas.

Foi Malena que pegou a faca primeiro e voltou a cortar coisas. La Venus logo a acompanhou, embora suas mãos tremessem. Ninguém falava. Flaca começou o fogo de chão e Romina dobrava e desdobrava suas roupas, pensando freneticamente, um plano, um plano, elas tinham que ter um plano.

O cozido ficou bom, mas ninguém tinha fome. Elas tentaram comer. Ainda tinham as tigelas no colo quando bateram na porta. Outro soldado entrou, segurando uma prancheta.

— Carteira de identidade — ele disse.

As mulheres foram até suas mochilas para pegá-las. Os pensamentos de Romina voavam. Eles não tinham pedido suas carteiras de identidade imediatamente — levaram uma hora para fazer o que levaria segundos na cidade. Eram desorganizados, despreparados. Um ponto fraco. Como usá-lo? Tinha que haver um jeito.

— Senhor — Flaca disse, depois que o soldado tinha finalmente anotado seus nomes e números de identificação —, se pudesse nos dizer onde está nossa amiga.

— Então ela *não* é prima de vocês?

— Eu-

— Ela é minha prima — Romina disse, dando um passo para frente. Tinham que alinhar a história delas, senão... — As outras são nossas amigas.

— E o que estão fazendo aqui?

— Tirando férias.

O soldado olhou para Romina, deixou o olhar viajar para cima e para baixo pelo seu corpo.

Ela se forçou a olhar para ele, parecer dócil, parecer nada.

— Ela não fez por querer — Flaca disse. — É só uma guria.

— Uma guria que insultou a esposa do Ministro do Interior.

Romina ficou gelada ao lembrar do rosto rígido da Mulher de Peles. A esposa do Ministro do Interior. Era pior do que ela pensava.

— Minha prima vai ficar contente em se desculpar.

O olhar do soldado se desviou para Malena, depois para La Venus, onde permaneceu, cru, faminto.

— Onde estão seus maridos?

Flaca enterrou suas unhas nas palmas das mãos para não dar um soco nele.

— Em Montevidéu, senhor — La Venus ronronou com uma voz sedutora, a voz que tinha usado por anos para fazer os homens caírem de joelhos, uma voz que contradizia o medo que atravessava sua espinha e que ela esperava que pudesse ajudar a salvar Paz, que domasse esse homem, embora o tiro também pudesse sair pela culatra se ele entendesse aquilo como uma razão para voltar e estuprar ela. Mas valia a pena o risco. Se ele quisesse estuprar ela, afinal de contas, ele encontraria um motivo, não importava qual.

Romina se admirou com o gênio da construção gramatical de La Venus. Ela tinha dito a verdade: seu marido *estava* em Montevidéu. Mas tinha dado a impressão de que todas elas tinham maridos que se importavam com onde elas estavam, fazendo-as mais respeitáveis.

— Estaremos conduzindo uma investigação minuciosa — o soldado finalmente disse, com os olhos ainda em La Venus. — Vocês fiquem dentro de casa.

Ele saiu, mas seus passos não o conduziram para longe da porta, então Flaca pediu às amigas que ficassem quietas e levou um copo até a porta, para ouvi-lo falar com o soldado a postos do lado de fora.

— Tem um cigarro?

Movimento. Um suspiro.

— Obrigada. — Uma pausa. — Gurias loucas. Ou são drogadas ou são tupamaros. Só temos que descobrir qual.

Duas horas depois, logo depois da uma da manhã, os interrogatórios começaram.

*

— Ela é sobrinha de um general importante — Romina disse.

Estava sentada à frente de dois soldados, o alto, que tinha entrado na casa antes, e um outro, de olhos verdes e bonitos. *Ele deve odiar seus olhos*, ela pensou. *A beleza não ajuda em nada um soldado.*

Estavam em uma casinha de pescador que tinha sido esvaziada para os interrogatórios. Apenas ela e eles. Separe seus suspeitos. Veja se as histórias batem, veja se uma delas vai ceder à pressão.

Os soldados mantiveram as caras neutras e olharam um para o outro. O alto hesitou novamente antes de falar.

— E qual é o nome desse general?

— Ela não nos conta.

— Mas vocês são primas.

— Sim. É do lado do pai dela, não é o mesmo lado da família de que estou, sabe, ela é muito modesta, uma guria inocente. Uma vez, na verdade, quando estávamos–

— Limite-se a responder as minhas questões.

— Sim, senhor.

Ela tinha pesado a mão. Deveria recuar. Mas, ainda assim, sua estratégia poderia funcionar. Se eles investigassem a alegação e descobrissem que era falsa, poderia haver represálias, mas se ela mantivesse a história vaga, poderia conseguir plantar uma semente de dúvida. Uma semente era uma semente, por menor que fosse. E ali não era Montevidéu, onde as máquinas de tortura bem lubrificadas esperavam novos corpos para consumir. Eles não tinham um plano claro. Tinham mandado embora um pobre homem, tropeçando nas suas roupas de cama, para usar esta cabana — os lençóis estavam enrolados e embolados no único palete estreito — porque, por algum motivo, eles não quiseram levar suas suspeitas para o quartel. Provavelmente nem sabiam onde prender Paz. Com quem ela estava? Com os soldados? Com as tropas do farol? Com a polícia local? Não havia como descobrir — perguntar só os irritaria —, mas, de qualquer forma, eles não estariam esperando uma prisioneira como ela e, se estavam menos preparados, poderiam ser menos cruéis.

Ou mais cruéis.

— Então você não sabe o nome do tio dela?

— Não, senhor. Mas ela falou dele com grande admiração. Brevemente. Ela o ama. Ele presta um grande serviço ao nosso país.

O policial deu outra boa e longa olhada nela, procurando, ela achava, sinceridade ou sarcasmo. *Faz de conta que é verdade*. Sua garganta estava seca, seu peito oco e frio.

— Sua identidade.

Que estúpido. Ele já tinha visto. Estava enrolando? Ela entregou a identidade novamente, tremendo.

Foi o Olhos Bonitos que a acompanhou de volta à cabana depois, e, no caminho, ele pôs a mão na sua lombar, como se para guiá-la, como se ela não soubesse o caminho para sua maldita casa, como se ela não fosse notar quando a mão dele descia até sua bunda, e ela fingiu exatamente isso, que não estava acontecendo, que estava simplesmente andando sob o céu estrelado para um lugar que ela adorava sem uma mão na sua bunda e as memórias da cela e dos Apenas Três emergindo de dentro dela e ela as empurrando de volta.

Ainda as empurrava quando entrou de novo pela porta.

— Agora você. — Olhos Bonitos fez um gesto na direção de La Venus, que se levantou e o seguiu.

Ela tinha dado o seu melhor para cobrir seu corpo com um xale. *E ainda assim caminhava majestosa*, pensou Flaca; ela não conseguia evitar. Era uma rainha o tempo todo. Por um segundo, Flaca vislumbrou uma imagem de La Venus indo embora não com um soldado, mas com Ariella, com a reluzente Ariella ao seu lado, tão majestosa quanto ela, e então a vergonha a inundou por ter um pensamento tão mesquinho em um momento como aquele.

Ela se virou para Romina, tentou ler seu rosto.

— E então? Como foi?

Romina deu de ombros. De repente se sentiu enjoada. Baixou a voz e sussurrou.

— Contei a eles sobre o tio de Paz.

— O q–

— O que é general, um poderoso general, cujo nome não nos lembramos.

Flaca levou um segundo para entender.

— Você é uma gênia.

— Ssshhhh.

— O que mais eles–

— Não posso, Flaca. Me deixa.

Romina foi para os fundos da cabana, onde os soldados não tinham colocado um guarda. Ela não conseguiria lidar com Flaca agora, com suas invasões, sua ânsia, ela não fazia por mal, mas o que ela sabia das coisas? O que qualquer uma delas sabia? Nunca estiveram dentro da máquina. Seu estômago empedrou. Ela sentou no chão, com as costas contra a parede, e deixou que o som do oceano a alcançasse e a envolvesse. Eles a cercaram, os homens, os Apenas Três, especialmente o que veio na primeira noite, ele a envolveu completamente com o cheiro do seu suor, e pesava tanto sobre seu corpo que ela pensou que suas costelas iam quebrar, ela estava quase quebrando debaixo dele e ele não se importou, não importava, ela não importava para o homem a cercando, ela poderia se afogar na sua carne e ele simplesmente continuaria, não, isso não poderia acontecer com Paz, o pensamento a fez querer arrancar sua pele. Ela se encolheu quando sentiu um movimento atrás de si. Um vulto fez companhia para ela no chão. Malena. Respirando fundo, e só então Romina se deu conta de como a sua respiração estava descompassada. Sua respiração se acalmou, ralentando ao ritmo da respiração de Malena. Para o seu alívio intenso, Malena não fez qualquer tentativa de conversa. Apenas se sentou. Sua presença era uma coisa na qual ela podia se apoiar. Um silêncio. Um conforto. Uma calma.

Flaca as viu da janela. Dois vultos na noite, imóveis, não de frente um para o outro, e ainda assim de alguma forma ligados pelo silêncio. Dois vultos em casa em um silêncio compartilhado. Por que não tinha visto antes? O que as duas poderiam ser? Parecia óbvio agora, e mesmo assim a ideia nunca tinha passado pela sua cabeça. Talvez porque ambas pareciam ser tão fechadas, cada uma à sua maneira, Romina se esquivando da sua prisão e do que havia acontecido naqueles dias, assim como de qualquer outra coisa (a prisão do seu irmão, a decepção dos seus pais) que apontasse na direção da dor, enquanto Malena era tão quieta que quase se podia esquecer da sua presença. Ela era uma boa ouvinte. Uma mulher que mantinha as coisas organizadas, nos seus lugares. Mas talvez não fosse tão simples. Talvez ela engolisse as histórias da sua vida e as empurrasse goela abaixo, para fora da vista, para sobreviver, e talvez fosse por isso que as outras vissem tão pouco do seu mundo interior, que, na verdade, poderia ser tão vasto quanto o de qualquer um. Como duas mulheres daquelas podiam criar um vínculo? E como elas poderiam...? Quem atiçaria o fogo, arrancaria a calcinha ou a contornaria? Parecia improvável, quase risível. No entanto, ali estavam. Depois de parecer certo que Romina havia renunciado à paixão para sempre, deixado para trás na cela sombria onde a mantiveram — depois de tudo isso, ali estavam elas. E no ar carregado entre aquelas duas, na forma como seus corpos pareciam sintonizar um com o outro sem se tocar, na forma pacífica e alerta com que se sentaram por um tempão — em tudo isso Flaca podia ver que a coisa entre elas, diferentemente do caso em que ela mesma se encontrava, tinha o poder de ser duradouro.

*

A cela era pequena e fedida. Bosta de rato fazia uma crosta no palete no chão. Paz ficou de pé contra a grade por um longo tempo, um tempo que se estendeu sem fim, antes de se sentar no palete, olhos abertos na escuridão. Ela não conseguia dormir. Dormir era uma coisa fundamentada no impossível. A noite se estendia longa e morta ao redor dela. Havia mais uma cela além da dela, vazia. Estava sozinha, exceto pelo guarda cujos roncos ocasionalmente vinham do corredor escuro.

Tinha sido levada de Polonio, vendada, algemada com as mãos para trás, como se tivesse alguma chance de escapar de três soldados armados em um caminhão — e agora estava em outro lugar, de volta à civilização, o que ela sabia pela única lâmpada elétrica de fraca intensidade do lado de fora da sua cela.

Não lhe disseram nada.

Tinha de urinar, mas não havia banheiro na cela e não se atreveu a acordar o guarda. Ela ainda não tinha sido espancada, não tinha sido violada e não queria dar motivo. Segura. Segura o xixi, segura, segura tudo.

A manhã veio, e com ela a visita do guarda, com um prato de pão seco e um copo d'água. Ele empurrou tudo pela grade sem uma palavra.

— Com licença, senhor.

Ele se virou para ela.

— Posso, por favor, usar o banheiro?

Ele a algemou antes de conduzi-la pelo corredor, como se ela tivesse para onde fugir, como se ela, e não ele, fosse a pessoa mais perigosa naquela cadeia. Ela se limpou o melhor que pôde, ao mesmo tempo aliviada por ter feito xixi e mortificada pelo guarda que a observava e, ainda assim, enquanto ele a conduzia de volta e a trancava novamente, ela pensou: *E mesmo assim ele não me estuprou*. Por que não? Não era assim que funcionava? Estavam esperando por algo? E se estavam, o que era? Todos os músculos do seu corpo ficaram tensos, esperando pelo sinal. Ela lutaria como uma fera. Ela não lutaria. Ela deixaria que fizessem o que queriam, mas se recusaria a emitir qualquer som. Ela os mataria. Ela imploraria para que pegassem leve. Ela daria qualquer coisa a eles, desde que não a cortassem. Haveria facas? Ela não suportava a ideia de facas. Não suportava a ideia de–

Pare. Tente comer.

Ela deu uma mordida no pão, não pôde engolir, cuspiu. Água. Tépida, mas boa, uma volta à vida enquanto descia. Ela não se atreveu a dar mais do que três goles, com a intenção de adiar posteriores idas ao banheiro.

As horas se passaram.

Seus pensamentos davam voltas e voltas, uma roda descarrilhada. Ela mesma descarrilhada, pensou mais de uma vez, enquanto lutava para reinar sobre si mesma. O guarda escutava rádio no fim do corredor, se arrastando até a porta de vez em quando. Vozes lá fora, palavras indecifráveis. Ela manteria a cabeça baixa e não faria perguntas, não desafiaria o destino. Teria sorte se saísse dali. Talvez nunca saísse dali.

Milhares de pessoas não tinham saído dali. O seu futuro se torcia de maneira horrível, impossível de ser reconhecido.

Tentou não pensar.

Pensou no oceano.

Seu rugido, suas boas-vindas. Os olhos zelosos de El Lobo.

Desejou a máscara de oxigênio de El Lobo, imaginou arrancá-la do seu ninho de ossos, colocando-a sobre seu rosto. Apenas esse pensamento estabilizou sua respiração.

Era quase o pôr do sol quando o guarda veio, tirou-a da cela e a levou para um pequeno escritório com uma única mesa marrom, atrás da qual estava um homem com ar de autoridade.

— Sente-se — o homem disse.

Ela sentou.

O homem assentiu para o guarda, que saiu e fechou a porta atrás de si.

— Então — o homem disse —, você é Paz.

Ela fez que sim com a cabeça.

— E você tem dezoito anos, hm?

Ela ainda não tinha dezoito, mas sabia que não deveria corrigi-lo.

— Jovem e idiota.

Ela não poderia discutir com esse homem. Mordeu a língua para se impedir de falar.

— Que diabos estava fazendo em uma praia deserta com aquelas mulheres?

— Só estava tentando... — me divertir, ela quase disse, mas aquelas palavras pareciam perigosas. Deixou-as de lado. — Tentando apreciar a natureza.

Ele olhou para ela.

— Aham. A natureza, é?

Ele olhava como se pudesse furá-la de fora a fora só com o olhar. Não era muito alto, mas robusto e de ombros largos; ela poderia brigar para segurá-lo por alguns segundos, talvez, mas não por muito tempo. Ele tinha uma pança e o rosto espremido de dono de venda de esquina ranzinza. Parecia estar avaliando-a, e ela tentou, com toda a sua força, parecer feia. Todas aquelas noites no banheiro de casa, olhando para o espelho, se sentindo feia, com a cara errada, angulosa demais, maxilar largo demais para uma guria; tentou conjurar aquelas vezes, conjurar toda aquela feiura para o seu corpo, para dentro da sua pele, como um escudo.

— Você não deveria ficar longe da sua família — ele disse. — Muito menos com tipos como aquelas mulheres.

— Sim, senhor — ela disse, e imediatamente foi inundada pela vergonha e pelo repúdio.

— Você pode se meter em encrenca. — Ele a estudou de novo. — E você não quer isso, é claro.

— Não, senhor. — Ela tinha nojo de si. Patética. Rastejando pela sua vida.

Ele a olhou em silêncio por um longo tempo e sua expressão ficou estranha, quase intrigada, embora ela não pudesse nem imaginar o porquê. Finalmente, ele disse:

— Tem alguma coisa que você gostaria de me contar?

Ele não tinha dito a ela por que estava ali, embora ela imaginasse que tinha a ver com a Mulher de Peles, com ter respondido, com a recusa de uma adolescente a se sentar com as pernas fechadas. Ele também não tinha dito a ela onde estavam, em que cidade, por quanto tempo planejavam mantê-la ali, nem mesmo seu próprio nome. Ela poderia perguntar, mas ele não tinha dado margem a perguntas, e tudo que passou pela sua mente parecia perigoso.

— Não, senhor.

Ele bateu na mesa e o guarda voltou e a levou de volta para a cela. Ele abriu a porta e, assim que ela entrou, ele passou a mão de leve nos seus seios. Ela ficou rígida. *Começou*, mas então a porta bateu e ele se foi.

Pelo resto da noite, ela esperou, de punhos cerrados, que ele viesse, mas ele não veio, e na manhã seguinte foi um outro guarda que trouxe o pão velho e ficou olhando enquanto ela se virava para se limpar no banheiro. Esse guarda se limitou a passar a mão na bunda dela e, no dia seguinte, esfregar a ereção dele contra ela, mas Paz fingiu não notar e quase quis rir daquelas pessoas da roça. Eles claramente não eram treinados, não estavam acostumados com presos políticos. Não sabiam o que estava acontecendo na cidade? E então o riso ficou preso na sua garganta, o veneno mais triste da face da Terra.

*

na manhã do quarto dia, o guarda do primeiro dia tinha voltado, e, para sua surpresa, depois do café da manhã e do banheiro, ele a levou algemada para a porta da frente. Dois homens estavam lá fora. Estavam à paisana, e mesmo assim ela sabia quem eram pelas caras. Eram dois dos homens que a levaram da Proa. Soldados. O pânico a invadiu.

— Você vem com a gente — um dos soldados disse.
— Pra onde estão me levando?
— Pra onde você acha? — o segundo soldado disse.

Ela não sabia o que pensar, mas logo as algemas foram removidas e ela se afastava da pequena cadeia que, agora sabia, pela placa do lado de fora, que era a minúscula delegacia da cidade de Castilhos. Andaram até a rodovia e para fora da cidade, andaram pelo que pareceu horas, até chegarem num ponto de ônibus isolado e pararem. Ela não se atreveu a perguntar o que estavam esperando, se um ônibus ou a chegada de algum pesadelo. Havia um único banco e ninguém nele, mas os soldados ficaram de pé, fumando cigarros e não falando nada, então ela não sentou, não que quisesse, seu corpo doía das noites no palete e pela falta de comida, e a abóboda celeste acima da sua cabeça já era o suficiente para se embebedar, o céu, o céu, ele sempre foi tão implacavelmente belo?

Um ônibus chegou e os soldados a levaram para dentro e para o fundo, onde se sentaram na longa fileira de assentos, um de cada lado dela. Foram em silêncio. Pela janela, ela observava a paisagem borrada e tremida. Campos e árvores e taperas pequenas com crianças nuas e roupas penduradas como bandeiras do desespero. Parecia a estrada para Montevidéu, o que deu alguma esperança a ela, embora também a tenha ferido não voltar a Polonio para avisar as amigas que estava tudo bem.

Quando uma mulher subiu no ônibus, numa parada, para vender empanadas de um cesto, os soldados compraram oito e deram duas para ela. Estavam frescas, um maná comparado ao que tinha comido na prisão.

— Obrigada — ela disse, e depois se sentiu humilhada pelo ato. Agradecer seus captores!

Mas eles poderiam ter escolhido não a alimentar.

Esses soldados, cujos superiores não tinham nem carro para transportar prisioneiros.

Provincianos, patéticos — mas ela era grata. Estava mais segura no ônibus do que em um carro.

Estava certa sobre estar indo para a cidade. Gradualmente, com o passar das horas de viagem, o ônibus começou a ficar cheio. Quando chegaram na periferia de Montevidéu, estava lotado, todos os assentos perto dela estavam tomados e, embora primeiro tivesse ficado com medo de repugnar os outros com seu cheiro — ela não tinha tomado banho em quatro dias —, logo percebeu que ninguém notava. Ninguém via. Lá estava ela, uma prisioneira flanqueada por soldados à paisana, e ela parecia tão livre e normal quanto qualquer um. *A essência da ditadura*, pensou. No ônibus, na rua, em casa, não importava o quão ordinária você parecesse, você estava em uma jaula.

*

Os soldados desceram do ônibus no centro e a conduziram até a cadeia da cidade, onde a deixaram sem cerimônia em uma cela com uma outra mulher e saíram sem dizer uma palavra.

Paz os observou pelas barras enquanto se afastavam. O medo cravou as unhas nela.

— O que você fez?

Era sua colega de cela, mais uma guria do que uma mulher, e uma prostituta, pela blusa curta e maquiagem carregada. Ela estava sentada com a cabeça inclinada, esperando uma resposta.

Paz hesitou por um momento.

— Retruquei para uma senhora rica.

A garota riu. Foi uma risada surpresa.

— Só isso? Retrucou?

Paz deu de ombros.

— Ela não te pagou?

— Não — Paz disse, antes que entendesse completamente a pergunta.

Quando entendeu, sua mente se rebelou. Paga? Por uma mulher? Foi isso que ela pensou? Essa guria já tinha feito isso? Então ela sabia o que fazer, estava disposta a... E fez... E se...

— O que você disse? — A guria tinha a cara honesta agora, curiosa. — Quando você retrucou.

— Nada de mais — Paz deu uma boa olhada para ela. Tinha uma cara fina e um cabelo preto e volumoso. Tinham quase a mesma altura e idade. Era bonita, Paz percebeu, e de repente os olhares uma para a outra adquiriam mais uma camada, algo denso. A guria encarando-a tão francamente. Paz desviou o olhar, depois voltou. A guria parecia estar procurando por algo. Havia algo de avidez nos seus olhos, o que era? Paz não conseguia respirar. E então acabou, o rosto da guria se fechou, se tornou um muro de exaustão. Sem dizer mais nada, ela se deitou no seu palete e fechou os olhos.

Sono intermitente naquela noite, no chão.

Na manhã seguinte, um guarda chegou à porta da cela e fez sinal para ela sair.

Ele a empurrou por um corredor em direção à entrada da frente.

Ali, no saguão, estava sua mãe.

O olhar no seu rosto era pior do que todos os soldados juntos.

*

A ida de ônibus para casa foi de um silêncio mortal. Em casa, sua mãe foi direto para a cozinha e colocou a chaleira para ferver, depois ficou ali parada, rígida. Paz ficou na porta da cozinha, hesitante. Ela tinha que falar, mas não sabia por onde começar.

O silêncio as envolveu com suas asas escuras. Ela não conseguia aguentar. Ansiava por um banho, roupas limpas, uma cama de verdade. Essas coisas a ajudariam a espairecer. Ela se virou para sair.

— Fique onde está — sua mãe disse, com uma voz que Paz não reconheceu.

Paz esperou.

— Como você pôde? Não sabe de nada? Não te ensinei nada?

Uma dor gelada se espalhou pelo seu corpo. Nos dias de guerrilheiras escondidas, Mamá sempre se preocupou com o bem-estar delas, com o que deviam ter sofrido atrás das grades; se foram machucadas, mereciam um médico e era um crime que não pudessem ser levadas em segurança para ver um. Agora ela não parecia se importar com o que tinha acontecido com Paz. Nem tinha verificado os braços da filha em busca de hematomas.

— Eu não sabia que isso iria acontecer. Nós estávamos só–

— Só agindo estupidamente. *Em tempos como esses.*

— É você quem esconde subversivos em casa!

— Baixa. A. Sua. Voz! — Cada palavra cuspida com um chiado baixo.

Os vizinhos.

— Desculpe.

Uma pontada de culpa. E se aquele rompante tivesse custado a segurança da sua mãe? Paz ficou quente de vergonha, mas a vergonha se transformou em raiva de novo, porque mesmo agora ela era o problema, era ela, Paz, que sempre era o problema, como se ela não fosse uma guria, mas uma barreira que impedia a mãe de ter uma vida, e mesmo agora era sua voz alta que era o problema e não os soldados que vagavam por toda parte, a Mulher de Peles e seu despeito, as mãos e mais mãos e a cadeia fria e medo e Puma, e Puma, o jeito — pensamento enredado, ela mal conseguia segui-lo — que a mãe tinha protegido Puma sem reparar na criança?

Sua mãe estava olhando para ela tão brutalmente quanto antes, embora sua mandíbula tivesse se soltado levemente. Ela respirou fundo e apoiou as mãos no balcão, como se para se firmar.

— Resistência é uma coisa. Agir de modo estúpido é outra. Não te ensinei nada?

— Obviamente não.

— Como você se atreve?!

— Bem, você não ensinou!

— Que ingrata!

— Isso de novo.

— Como se atreve?

— Você já disse isso.

— Você é um desastre.

— *Você* é o desastre!

Mamá deu um tapa no seu rosto.

Elas ficaram olhando uma para a outra em fúria e surpresa. Levou alguns instantes para que o rosto de Paz começasse a arder.

— Por que você me teve — ela disse —, se nunca me quis?

Mas então, enquanto sua mãe tapava a boca com a mão e tentava impedir as lágrimas, a resposta entrou como uma facada na sua mente.

Mamá era jovem quando casou com o pai de Paz, dezoito anos antes, e Paz nasceu seis meses e meio depois disso, essa discrepância temporal sempre encoberta na versão oficial. Mas às vezes a história silenciosa é a real. Um aborto podia matar você. A gravidez, encurralar, mas pelo menos você tinha uma chance maior de permanecer viva. Ela teve Paz porque tinha que ter. E agora ali estava ela, ainda jovem, ainda bonita, sem marido, tentando viver sua vida com uma filha difícil no caminho.

Mamá virou de costas, a mão ainda sobre a boca. Paz tentou dizer algo, mas Mamá marchou para fora da cozinha e Paz não conseguiu se mexer, só ouvir os passos e a porta do quarto bater.

A chaleira ficou soltando vapor quente por um bom tempo antes de Paz tirá-la do fogo.

*

na tarde seguinte, antes da sua mãe voltar para casa do trabalho, Paz fez suas malas e foi andando até a casa de Flaca. Quando Flaca a viu na soleira da porta, soltou um som de lamento diferente de tudo que Paz tinha ouvido antes, e então ela foi esmagada pelos braços da amiga.

— Você voltou.

Seus olhos ardiam. A ferocidade do abraço de Flaca acordou o vazio dentro dela e o preencheu, fez com que ela se sentisse pequena, de tal maneira que se afundou naquilo, aliviada por ser pequena, aliviada pelo abraço, apesar de todos os protestos constantes de que ela não era uma chiquilina, uma criança.

— Posso ficar com você?

— O que você precisar. Entra.

Em uma hora, Flaca tinha arrumado uma cama no chão do quarto, insistindo que seria ela a dormir lá, enquanto

Paz ficaria com a cama, e desdenhando das tentativas de protesto de Paz, dizendo:

— Não tem problema, de verdade, você pode ficar o quanto quiser.

Aquelas palavras inundaram Paz de gratidão, mesmo que fosse claro como a água que ela certamente não pudesse ficar o quanto queria — que naquele instante era para sempre. Os pais de Flaca eram gentis e generosos, sorrindo para ela durante o jantar, como se ela tivesse sempre estado ali na mesa deles, se servindo de milanesas, encorajando-a a comer mais, "coma mais, tem muito", mimando ela, mas sem perguntar nada sobre o porquê dela estar dormindo na casa deles. Eram o oposto de Mamá, mais velhos e mais acomodados, roliços e com o coração grande, avós já, com o ar de um velho casal humilde feliz por ver sua família viva e bem, o que, devido às circunstâncias, era muito para se pedir ao destino. E eles amavam Flaca. Ela cuidava deles, lavava a louça enquanto eles caíam no sono vendo tevê, lembrava a mãe de tomar seus remédios. *Ela cuida deles*, pensou Paz, *assim como, em Polonio, cuida de nós*.

Naquela noite, depois do jantar e depois de uma ligação para Romina, durante a qual ela e Paz mais choraram do que conversaram, Paz e Flaca se ajeitaram para dormir e apagaram a luz.

— Então — Flaca disse, fazendo barulho sob os lençóis. — Você está bem?

— Eu acho que sim.

Mais barulho.

— Quer dizer, sim. Não aconteceu nada comigo.

Não pareceu muito preciso chamar aqueles dias de *nada* — era o terror da incerteza do momento seguinte que dilacerava mais — e, no entanto, ela sabia que, em comparação ao que acontecia na maioria das prisões, era bem isso que eles eram.

Flaca expirou longa e lentamente.

— Que bom. E a sua mãe?

— Eu não quero falar sobre ela. Ainda não.

— Tudo bem.

— Me conta o que aconteceu em Polonio.

Então Flaca contou como as coisas tinham acontecido na Proa depois que Paz fora levada, a longa vigília, os interrogatórios e a aposta de Romina para proteger Paz, a lorota que tinha contado aos policiais sobre o poderoso tio da guria presa, contando com a comunicação ruim com a capital para manter a história em pé. E tinha funcionado, Paz pensou, se lembrando dos guardas, o homem no escritório, seu autocontrole. A estratégia de Romina a tinha mantido a salvo. Tinham ficado mais dois dias, Flaca disse, durante os quais ficou claro que Paz não estava mais em Polonio e que a melhor aposta para encontrá-la era voltar à cidade. Romina esteve dando telefonemas para redes secretas que ela não nomearia na esperança de encontrar Paz.

— Agora ela pode descansar — Flaca disse. — Ela vem te ver amanhã.

Enquanto isso, no dia seguinte ao seu retorno de Polonio, La Venus tinha batido na majestosa porta de carvalho da casa da cantora Ariella Ocampo, em El Prado, e lá fora recebida de braços abertos. Não que Flaca tenha visto os braços abertos ou o que os braços tinham feito assim que a porta se fechou, mas podia imaginar, ela certamente podia, não que quisesse, ela passava a maior parte do seu tempo acordada tentando fazer o contrário. Tinha perdido La

Venus. Tinham terminado. Mas havia boas notícias também. Romina e Malena. Elas iam ser algo. Podia ser que ainda não reconhecessem isso, mas Flaca tinha percebido.

— Também notei — Paz disse, pensando na tarde na praia.

— Eu acho que farão bem uma à outra.

— Mas e a situação com La Venus?

— O que você quer dizer?

— O que isso significa pro resto de nós?

— Foi a gente que terminou, não vocês.

— Mesmo assim. — Paz tentou organizar os pensamentos. O mundo agora deslizava e se movia sob seus pés. Ela não podia suportar o pensamento dessa tribo improvisada se separando logo depois de se formar. Era tudo para ela. Ela não tinha mais ninguém, mais nada.

— Mesmo assim o quê? — Flaca retrucou, parecendo incomodada.

— Bem, nós somos um grupo, não somos? — Paz queria dizer *uma família*, mas não se atreveu. — Temos até a casa.

— Então você acha que ela vai deixar o grupo? Ou que eu vou expulsá-la?

— Espero que não.

Embora tivessem comprado a casa juntas, em partes iguais, parecia a ela que, se havia alguém que tinha o poder de determinar quem ficava ou quem saía da casa, era Flaca. Foi Flaca, afinal de contas, que as tinha levado até ali, Flaca, a Pilota, que as tinha reunido e realizado o sonho.

— Eu não sei, Paz, eu não sei mesmo. Eu não sei como todas nós podemos ficar juntas lá de novo.

— Pra sempre?

— Não consigo pensar em "sempre". Mal consigo pensar sobre hoje. Quer dizer, se ela levasse a Ariella, que pesadelo!

— Flaca tentou rir, mas o som saiu meio estrangulado. — Nunca determinamos regras sobre quem poderíamos levar. É a casa de nós todas, eu sei. Mas não nos planejamos pra algo assim.

— Não planejamos nada.

— Ah, Paz, isso aí não, e quanto ao–

— É isso que faz A Proa ser tão maravilhosa. Não foi um plano. Foi um sonho que trouxemos para a Terra.

Flaca riu.

— Não sabia que você era poeta.

— Não sou.

— Não tenha tanta certeza. Isso pode ser útil um dia, sabe. Com as mulheres.

— Anotado.

Não, de verdade!

— Sim, de verdade. Estou fazendo anotações de todos os seus conselhos com as mulheres, Flaca.

— Você vai ser *tremenda*.

Elas riram, e Paz sentiu uma descarga de alegria pela primeira vez desde sua prisão.

— Olha — Flaca disse, num tom sério —, sobre La Venus. Ainda é a casa dela, eu sei. Eu espero que seja bom o bastante para você.

Paz ficou encarando o escuro.

— Por que não?

— Agora, e você? Você vai pra aula amanhã?

— Merda, não sei. Eu tenho que ir?

— Não sou sua mãe.

— E graças a Deus por isso.

— O que está tentando dizer?

— Desculpa. Você seria uma ótima mãe.

Flaca fungou.

— Não, de verdade. — A ideia de uma mãe que fosse parecida com Flaca fez Paz sentir dor por todo o corpo. Ser vista, espelhada, desde o começo da vida, na pessoa que te deu a vida? Era mais do que poderia imaginar. — É que eu estou um pouco cansada de mães agora.

— Ela sabe onde você está?

— Não.

— Paz.

— Ela não se importa.

— É claro que ela se importa. Ela é a sua *mãe*.

— Nem todas as mães se importam.

— Dê tempo ao tempo, Paz.

— Eu dei tempo. Eu não posso viver com ela, Flaca. Eu não posso, nem agora, nem nunca mais.

— Então o que vai fazer?

Para isso Paz não tinha resposta.

*

O que fazer: ela não tinha a menor ideia.

Por dias ela queimou como uma coisa acesa, determinada, dolorida.

Ela não iria para casa.

Ela não iria.

Ela preferiria andar pelas ruas com as damas da noite do que voltar para casa. Só a ideia desse trabalho, abrir os zíperes dos homens, fazia seu estômago se revirar. Sem contar que, com as rondas noturnas, esse trabalho tinha se tornado mais perigoso do que nunca.

Ainda assim, estava claro: sair de casa significava não estudar mais. Não se tivesse contas a pagar.

Ela ligou para a mãe da sala da casa de Flaca, com Flaca sentada numa cadeira de balanço ao seu lado, segurando sua mão. Ela disse que estava segura e sua mãe pareceu indiferente, ou talvez ainda estivesse braba, ou com medo de falar em uma ligação vigiada, mas, de todo modo, ela disse pouco e não perguntou nenhuma informação a mais do que Paz deu. A ligação foi curta. Ela não foi à aula; ao invés disso, ficou vagando pela cidade, caminhando pelos parques malcuidados, pelas ruas cinzas, pela Rambla, com a brisa soprando por cima da água, como a respiração de uma enorme alma solitária. Caminhou até o anoitecer, depois se esgueirou até a casa de Flaca e ajudou a mãe de Flaca a estender a roupa e a fazer o jantar. A mãe de Flaca era uma mulher pequena, surpreendentemente ágil, com um papo terno o bastante para apaziguar suas agruras e dores. *Ela me deixaria ficar*, Paz se deu conta. *Ela não me botaria para fora*. Ela provavelmente até sabia, a essa altura, o que a Flaca era, embora nunca tivessem trocado uma palavra sequer sobre isso, e mesmo assim ela continuava fazendo barulho com suas panelas e frigideiras e fofocas, enquanto a mãe de Paz tinha ficado fria sem nem saber sobre o cerne do crime da filha.

À noite, ela teve um sono irregular, juntando pedaços do seu futuro na sua mente como vidro estilhaçado.

Na décima manhã, ela se levantou e arrumou sua mochila, e às sete horas estava na rodoviária, esperando o ônibus das sete e quinze que descia para a costa.

*

Quando chegou em Polonio, antes de fazer o que tinha ido fazer, Paz foi até a cabana delas pela primeira vez. A placa pintada ainda estava pendurada acima da porta, dizia A PROA, com todos aqueles nomes enterrados em redemoinhos de tinta. Ela abriu a porta e ficou aliviada ao ver que dentro ainda parecia a mesma. Quase como se os soldados nunca tivessem vindo.

Mas tinham.

Ela sentou bem no centro do chão. Respirou fundo. O cheiro de mofo era um conforto. Qualquer coisa pode ser um conforto se tem cheiro de casa. Era o seu aniversário de dezoito anos, e tudo que ela queria era estar ali. O ar era denso com a luz da tarde. O suor se grudava no seu corpo depois da longa caminhada nas dunas, sobre as quais cada passo fora um encantamento, *eu vou, eu vou*. Ela iria o quê? Viver. Sobreviver. Fazer o que tinha que fazer. Pertencer. O que isso significava? Como pertencer? Como você pode ser de um lugar e, ao mesmo tempo, não se sentir seguro lá? Como você pode ser de um lugar quando soldados podem te tirar de lá a qualquer momento? Pensamentos idiotas. Ela deveria saber das coisas. Não tinha outro tipo de lugar, não naquele maldito país. Não tinha um centímetro que não estivesse ao alcance dos soldados. E então. Ela tentou pensar. E então. E então ela tinha duas escolhas: ou não pertenceria a lugar nenhum — lugar nenhum no mundo, porque deixar o Uruguai, se fosse possível, significava ser uma estrangeira para sempre — ou ela poderia reclamar um espaço e exigir que fosse sua casa, do jeito que se exige água de um deserto, suco de uma pedra — e por que não ali? Naquele lugar selvagem. Naquela casa. Onde Flaca e La Venus tinham brigado, onde Romina e Malena tinham silenciosamente conectado suas mentes — ela tinha sentido as duas fazerem isso —, onde ela mesma tinha pegado um papelão e pintado dezenas de nomes extravagantes, bobos, imponentes. Onde suas amigas sabiam o que ela era e a amavam por isso. Onde Flaca tinha levado um soco por ela. Onde as cinco tinham rido e sussurrado enquanto velas queimavam e a garrafa de uísque lentamente diminuía seu peso. Naquela casa. E também na terra debaixo dela. Uma terra mais antiga do que os soldados, do que os generais, do que suas esposas. Mais antiga até do que o próprio nome do país e suas fronteiras. Ela tentou buscar com sua consciência, sob o chão de terra batida, as camadas de areia e rocha abaixo de tudo. Se ela pudesse alcançar a terra diretamente, será que o espírito da própria terra encontraria o seu? Poderiam emaranhar suas raízes e reclamar uma à outra? Os soldados não tinham tomado aquele lugar dela. Ela fora arrancada daquela casa, machucada e arrastada, e, no entanto, ao retornar, ela não sentia medo. Somente uma maré subindo dentro dela, um broto teimoso tentando crescer. *Aqui,* ela pensou, feroz. *Aqui*. Ficou sentada por um longo tempo.

*

Quando ela entrou na venda, El Lobo olhou para ela com alegria, mas sem qualquer demonstração de surpresa.

— Bem-vinda de volta. — Depois a sondou com os olhos. — Eu sabia que você voltaria pra nós.

Ela esperou que ele dissesse algo mais, que mencionasse sua prisão diretamente ou perguntasse se ela estava bem, mas, para seu alívio, ele não fez nada disso. Seu olhar era terno, mas ele não sorriu.

As histórias de naufrágio que ele tinha contado a ela rodopiavam no ar, rajadas invisíveis, sustentando partículas de poeira no ar.

Ela estava de pé na soleira da porta, tentando parecer mais alta.

— Me conta mais sobre o comércio de peles.

PARTE DOIS
1980–1987

5
Voos

Liberdade. Reluzir com ela. Ariella pela manhã, ornada de sol. Ariella à noite, radiante, rindo alto, como se nada importasse, como se a polícia não pudesse fazer nada com ela ou, se podia, ela não se importava, vão para o inferno, estava viva e riria quando quisesse. Mesmo agora, com nove meses de relacionamento, La Venus sentia seu mundo se expandir na presença de Ariella. Ela queria expandir do jeito que essa mulher fazia, desvendar o código, o segredo. Ser essa coisa impossível: uma mulher, em tempos como aqueles, que dizia e fazia o que queria.

Um milagre vivo.

E uma artista. Uma verdadeira artista. Não como Arnaldo, que costumava falar de palcos futuros e fama, mas uma artista de verdade, que vivia para criar. Viver na sua órbita era viver dentro da arte.

O bastante para se embebedar nela.

E, nos últimos nove meses, tinha feito isso.

*

A primeira noite em que viu Ariella, na ópera, chegou em casa e ficou acordada ao lado de Arnaldo com o bilhete amassado na mão. Ela já tinha memorizado o número, mesmo assim, não conseguia soltar o papel. Ele ficou amassado e quente e úmido na palma da sua mão. Ela ligaria. Ela nunca ligaria. De manhã, Arnaldo estendeu a mão para tocá-la sem nem abrir os olhos e fodeu ela antes de sair da cama, como às vezes gostava de fazer. Melhor que café, costumava dizer quando eles se davam bem, quando ele ainda conferia sua disposição antes de ter o que queria. Viviam num impasse, agora, com a recusa dela em mostrar sinais de prazer falsos ou verdadeiros, e a insistência amarga dele, tornada ainda mais aguda pela sua recusa. "Pelo amor de Deus, é como transar com um pedaço de trapo", ele tinha dito a ela numa manhã, e ela sentiu a emoção da vitória, seguida pela vergonha: era a isso que sua vida tinha sido reduzida? O triunfo de ter se tornado uma transa ruim? Ela pensou em Flaca, paciente, ávida por dar prazer, na alegria de se estar com ela, embora houvesse um peso crescente no tempo que ficavam juntas; Flaca era jovem e pobre, dependente dos seus humildes pais trabalhadores; ela poderia sustentar o prazer de La Venus, mas não seu desespero crescente. Agora, naquela manhã, na manhã depois da ópera, ela ficou na cama ouvindo o chiado do banho de Arnaldo e olhando para o bilhete amassado na mesa de cabeceira. Ariella irradiava. Surgia com prumo e mistério. Ela sustentava toda uma enorme plateia de pessoas sob seu controle, *e fixou seu feixe de luz em mim.*

Ela se forçou a esperar três dias para ligar. Estava acostumada a ser perseguida, não podia deixar sua fome transparecer. Ariella atendeu depois do terceiro toque. A ligação foi curta, tão curta que a cantora nem perguntou seu nome.

— Vou dar uma festa no sábado — ela disse. — Venha.

Uma festa. Ela tinha ouvido mal? O convite tinha sido menos uma pergunta e mais uma afirmação, uma suposição.

Aquilo incomodou La Venus — o fato de que essa mulher a tivesse comandado a estar presente, que o convite não era só para ela, mas para sabe-se lá quantas outras, e o que aquilo significava, de todo modo, uma festa? Quem ainda dava festas? Então ela pensou em não ir, mas, no fim, no sábado apareceu na porta daquela mansão em El Prado, penteada e reluzente. Uma mulher em um vestido preto abriu a porta quando ela bateu, e depois se foi pelo corredor sem se apresentar. Ela seguiu a mulher até uma sala maior, iluminada por um lustre à moda antiga, do tipo que pessoas ricas compravam na virada do século, inebriadas pela chegada da luz elétrica. Havia talvez umas duas dúzias de pessoas indo e vindo e rindo, e, no centro de tudo, estava Ariella, luminosa em um vestido amarelo e — La Venus não conseguia respirar — com uma gravata vermelha pendendo do seu pescoço. Ninguém parecia reagir àquela transgressão, à mistura de masculino e feminino. A gravata pendurada longa e fina, como uma chama. La Venus ficou meio escondida na área dos drinques, determinada a não perseguir aquela estranha mulher, aquela cantora luminosa e enlouquecedora. Por que ela tinha vindo? Iria embora. A qualquer momento iria embora.

Mas não foi, e duas horas mais tarde ela estava seguindo Ariella para o andar de cima. O calor da festa esmaeceu quando a porta do quarto se fechou atrás delas. Ariella não acendeu a luz. La Venus ficou em pé, esperou e, quando as mãos da cantora tocaram seu corpo, se surpreendeu pela sua certeza, pelo quão claramente elas queriam, o quanto pareciam saber.

Ariella não era como Flaca. Era toda curvas e toda mulher. Mas não era tímida. La Venus sentiu as pernas bambas quando o zíper nas suas costas se abriu nas mãos de Ariella. A cantora as despiu dos dois vestidos, e seu jeito era tão solene quanto eficiente, como uma sacerdotisa preparando o templo para um antigo ritual. Vestidos dobrados cuidadosamente nas cadeiras, ela voltou, e seus corpos se prensaram um contra o outro. La Venus sentiu a familiar sensação de derretimento, do seu corpo perdendo suas fronteiras e definições, do prazer transformando-a em um líquido que poderia ser vertido no líquido de uma mulher, mas ela também sentiu algo a mais, a vertigem pura de recomeçar uma vida nova, de tremer pouco antes de demolir sua casa por completo.

Depois, elas ficaram deitadas sob a luz de velas — quando que foram acesas? —, e Ariella disse:

— Eu ainda não sei o seu nome.

— Me chamam de La Venus.

— Minha Vênus. — Ariella acariciou sua pele. — Enviada pelos deuses. Você vai ser a minha musa.

Isso ficou com La Venus por toda aquela última viagem a Polonio, onde ela tinha brigado com Flaca e onde elas tinham perdido Paz, quase a perdido completamente. Ela pensou nisso durante toda a viagem de ônibus para a cidade e durante toda sua primeira noite em casa, que ela passou ainda tremendo de medo pelo desaparecimento da amiga, mãos trêmulas enquanto preparava o jantar para o marido, que não perguntou nada sobre a viagem, mas que depois, na cama, empurrou a cabeça dela contra sua virilha, um pagamento pelos dias de ausência. *Enviada pelos deuses,* ela pensou, enquanto ele se esfregava na cara dela. No dia seguinte, ela se levantou, arrumou a mochila novamente com roupas limpas, uns poucos livros de que gostava e fotografias.

Talvez ela não me deixe entrar, pensou, no ônibus para a casa de Ariella. *Ela vai rir de mim. Ou talvez ela me abrigue por algumas horas e depois me mande de volta pro meu marido.*

Ela chegou e bateu à porta. Suas mãos tremiam.

Ariella abriu a porta e olhou para ela por um longo minuto, com uma expressão indecifrável no rosto.

La Venus segurou a respiração. A mochila enterrava sua alça no ombro dela. Ela não se sentia uma musa, mas uma mendiga, sua fome desnudada. Isso a envergonhava. A excitava.

Ariella deixou um sorriso sutil escapar, o sorriso de uma gênia, o sorriso de uma ladra.

Ela abriu bem a porta e deu um passo para trás, deixando La Venus entrar.

O resto foi fácil. Ela conhecia os horários de Arnaldo como as batidas do seu coração. Enquanto ele estava fora do apartamento, ela voltou e pegou o que pôde carregar, se limitando às suas coisas mais preciosas, deixando os móveis. A maior parte tinha vindo da casa dos seus pais e sogros, então quem ia querer? Podiam ficar com suas luminárias simplórias e mesas de centro submissas. Ela deixou um bilhete no balcão da cozinha explicando a situação em frases elípticas, que, depois de percorrer as limitações metafísicas de um casamento como o deles, acabaram chegando ao cerne da questão: *e não vou voltar.*

Mais tarde, ela enfrentou o horror da mãe ao telefone, a incompreensão da irmã e do irmão, o desprezo da cunhada.

— Mas por quê, Anita? — Sua mãe gemeu, arrastando as vogais das palavras como se para dissecá-las. — O que Arnaldo fez? Ele bateu em você?

— Mamá, não, ele não me bateu.

— Então qual é o problema?

— Não é sobre o que ele fez, mas sobre o que eu quero.

— O que você quer! Você se casou com ele! Você insistiu nele ao invés do Beto, do Miguel, daquele outro menino com uma grande estância no Norte, Artigas ou sei lá onde.

— Era em Durazno.

— Tá bem, que seja. O ponto é esse, você já fez o que queria.

— Mudou.

— O que mudou?

— O que eu queria.

A mãe dela suspirou, um som pesado, carregado.

— Anita. Você quer ficar sozinha para o resto da sua vida? É isso que você quer, viver com uma solteirona?

— Acontece que ela é uma artista de sucesso.

— Mas por que lá? Por que não vem para cá?

Exatamente por causa disso, La Venus pensou, mas não disse.

— Me dá o seu telefone.

La Venus ficou em silêncio.

A voz da sua mãe, agora fria e suspeita:

— E o seu endereço.

Arnaldo. Mamá poderia dar as informações para Arnaldo.

— Hija.

Não poderia lidar com a mãe ligando em horas estranhas, a qualquer hora. Ou aparecendo na sua porta.

— Desculpe, Mamá. Não se preocupe. Eu ligo pra você.

— Que tipo de lugar é esse? O que você fez, se mudou para um bordel?

— Não. — *Algo pior para os seus padrões.* — De verdade, Mamá, estou bem.

A linha cuspiu estática no seu ouvido.

— Você ao menos vai vir para o almoço de domingo?

— É claro que sim, Mamá. Em breve.

— Em breve quando? Semana que vem! Vou estar esperando.

Ela queria ir, mas acordou naquele domingo com um mau pressentimento pesando no seu peito. Ela não tinha certeza se poderia suportar as presunçosas irmã e cunhada, seus sermões e sua pena. O que diria para elas? Não havia nada que pudesse dizer. E ainda assim elas exigiriam respostas.

— Apenas ligue pra elas e fale que você está com dor de cabeça — Ariella disse. — É o que eu faço.

Ela ligou, e tentava se desculpar quando ouviu uma voz muito familiar no fundo.

— Mamá. Quem é?

— Quem é o quê?

— Arnaldo está aí? Você o convidou, sabendo que eu iria?

— Ay, Anita, vocês precisam conversar. Não está certo você não nos dar seu número de telefone, quer dizer, você está louca, bem louca, e estamos preocupados com vo-

Ela desligou. Um calor percorreu seu corpo. Sentiu uma urgência em correr. Era estranho: tinha vivido com Arnaldo o tempo todo, até o aturado quando as coisas azedaram, mas agora que ela tinha tomado alguma distância e começado a dormir numa cama livre do peso dele, até pensar nele a fazia sentir o pânico tomando seu corpo. Não fazia sentido. "Você está louca". Talvez estivesse mesmo.

Dali em diante, apenas ligava para mãe em horários aleatórios, esporadicamente, e nunca aos domingos, desligando ao primeiro sinal de um sermão.

Sem problemas. Ela não estava sozinha. Tinha suas amigas de Polonio (todas menos Flaca). E tinha Ariella; estava navegando os mares de Ariella.

Aquela mulher era uma artista em todos os sentidos. Criava para si algo novo todos os dias e todas as noites lânguidas. Parecia que tinha encontrado uma maneira de viver além da divisão masculino/feminino, não tanto um cruzamento, mas mais um desprezo completo. Ela colocava pitadas de roupas masculinas nos seus trajes, usando uma gravata sobre uma blusa de babados, um paletó masculino com pulseiras de prata que tilintavam impetuosamente enquanto ela falava, um chapéu fedora com um vestido de lantejoulas e um boá de plumas. Ela só fazia aquilo em casa, nunca fora, e não apenas para festas; frequentemente, quando ninguém visitava, Ariella trocava de roupa duas ou três vezes ao longo do dia, adicionando e removendo ferozmente peças que empurravam e fundiam os limites de gênero, suas roupas expressando sua inquietação, sua mente criativa frenética. Seus humores mudavam com mais frequência do que suas roupas. Ela brilhava, estourava, cismava, ardia. Ela vivia fora das regras do mundo. Recebia a presença de La Venus como se ela sempre tivesse estado na casa, sempre tivesse feito parte da sua esfera. Naqueles primeiros dias, elas passaram muitas noites acordadas, à luz de velas (Ariella acreditava que nenhuma luz possuía tanto poder quanto a chama natural), fazendo amor e conversando. Ariella contou a ela sobre suas viagens, como se sentia presa no Uruguai, seu desejo de deixar o país, de respirar ares estrangeiros de novo e preenchê-los com sua música. Ela tinha ido para o exterior pela primeira vez aos dezenove anos, com uma bolsa para uma escola chamada Juilliard, em Nova Iorque. A terra dos ianques a tinha encantado: as pessoas lá agiam como se tivessem nascido para fazer coisas grandes. A cidade cantarolara e rugira ao seu entorno, uma música viva. Ela ficou amiga de músicos, dançarinos, pintores, poetas, atores; ela ia a festas em que conversa e arte e drogas e sedução se misturavam em uma coisa singular e brilhante. Foi em Nova Iorque que ela foi para a cama com uma mulher pela primeira vez, uma cantora de jazz, nascida no estado sulista do Alabama, que tocava em clubes no Harlem e a levou para casa para uma noite radiante que seria a medida da paixão pelo resto da vida de Ariella. Seu nome era Harriet. Ela cantava para deixar as estrelas com inveja. Sua voz podia derreter muros de pedra. Ariella tinha ido para o Harlem com um pequeno grupo de colegas estudantes, entre eles um barítono que estava tentando levá-la para a cama há semanas, em vão. No Harlem, ela sentiu que tinha cruzado para outra dimensão, como o Barrio Sur e o Palermo da sua cidade natal, só que não era nada como aquelas vizinhanças, não era igual a nada no mundo. Harriet brilhava no palco, sua postura régia, cercada por uma banda que mantinha seu som no ar como se dissesse: nossa música, nossa batida, nossa voz, e até mesmo o mais arrogante dos garotos brancos da Juilliard foram forçados a manter um silêncio relutante pelo poder da música. Harriet viu Ariella do palco e encontrou seus olhos pelo tempo de um longo suspiro da canção. Ariella sabia que tinha sido reivindicada, que faria qualquer coisa para ficar dentro daquele olhar. Quando seus colegas deixaram o clube, Ariella ficou, apesar dos seus protestos. O quarto alugado de Harriet ficava a oito quarteirões de distância. Depois, elas fumaram cigarros e Ariella respondeu a perguntas com seu inglês tênue: cantava ópera, era estudante, seu país se chamava Uruguai.

— Vocês têm sua própria música? No Uruguai?
— Sim, é claro.
— Que tipo de música?

— Temos a murga. O tango. O candombe. O candombe é de pessoas negras, como você.

Harriet ergueu as sobrancelhas e não disse nada por um bom tempo.

— E essas pessoas negras do seu país — disse, finalmente —, elas nunca vêm para Juilliard.

— Não sei — Ariella disse, se sentindo estúpida imediatamente, porque provavelmente aquilo não era uma pergunta, e também porque o que ela tinha acabado de falar não era verdade. Ela sabia. As pessoas negras que ela conhecia pessoalmente, no seu país, eram faxineiras na casa dos seus pais. Tinham menos chance de chegar em Juilliard do que na Lua.

— E você. Você não canta música uruguaia.

— Não.

— Por que não? Espera, deixa eu adivinhar. Você também não sabe a resposta.

Não disse nada naquele momento, porque, Venus, eu era muito boba, eu ainda não entendia nada, mas a conversa ficou em mim por anos, e mais tarde deu origem ao meu trabalho mais importante. Começou ali, bem ali, com uma mulher que ficou marcada para sempre na minha mente, não fique com ciúmes agora, Venus, estou apenas contando a história real para que você saiba, uma mulher que redefiniu o mundo para mim, mas que se fechou para mim enquanto eu ainda estava deitada ao seu lado, nua. Escapei do seu quarto na escuridão. Nunca mais voltei ao Harlem. Ela não tinha me dado seu número de telefone, não tinha me pedido para ligar ou voltar. Tinha algo de severo nos seus olhos depois que eu disse *Juilliard,* algo dolorido, a dor se instalou entre nós como um muro, e era grande demais para ser transposto. Nunca houve um lugar para ela, para sua música, em Juilliard, como nós duas sabíamos. Aqui eu via todos os ianques como aqueles que estavam no topo, aqueles com poder, e eu, do meu pobre país latino-americano, mas com Harriet as peças tinham se reorganizado. Bem. Depois daquilo, houve amantes, mas não muitas, eu estava ocupada com aulas e lições e apresentações, horas e horas de trabalho, sabe, a vida da artista. Eu tinha pouquíssima notícia de casa, referências esporádicas ao descontentamento crescente da minha mãe em ligações de longa distância, mas o Uruguai nunca estava nos jornais, exceto em 1970, quando os tupamaros sequestraram aquele ianque, Dan Mitrione, tinha que ver no que transformaram ele, um herói, um mártir, e nenhuma palavra sobre como ele tinha vindo a Montevidéu para treinar torturadores. Ah, não me olhe assim, eu posso dizer isso aqui, os vizinhos não conseguem nos ouvir e, de todo modo, estão dormindo. Então, quando terminei os meus estudos, em 1972, eu tive que partir, porque meu visto tinha vencido. Encontrei um trabalho no Chile, na Ópera Nacional, e eu queria continuar conhecendo o mundo, então lá fui eu para Santiago. Foi lá que eu comecei a me apresentar, no meu tempo vago, com uma trupe local de tango — a semente da pergunta de Harriet começava a dar seus primeiros frutos —, e juntos nós embarcamos em experimentos com fusão. Ópera e tango, misturando seus corpos, como duas mulheres fazendo sexo. Você sabe. Como nós fazemos. Como se séculos de regras não existissem. Como se sexo fosse algo novo — como se o som fosse algo novo. Era muito excitante. Tudo era excitante no Chile. Allende era o presidente, os socialistas tinham ganhado, e, é claro, a economia estava uma bagunça, a direita estava furiosa, ficando mais violenta a cada dia, mas ainda parecia que estávamos num navio glorioso, indo em direção ao sol nascente ou algo assim, embora, claro, nós sabemos o que realmente aconteceu. 1973, foi isso que aconteceu. Primeiro o Uruguai caiu, então o Chile, três meses depois. Pinochet subiu ao poder, e foi isso. Metade da minha banda de tango desapareceu. Tive sorte de escapar; poderiam ter me levado também. Eu tentei pegar um avião para a Argentina, já que lá ainda não era uma ditadura — meu Deus, aqueles pobres chilenos e uruguaios que fugiram para Buenos Aires para se refugiar! Quantos deles sumiram sem deixar rastro! E eu poderia ter sido um deles —, mas eu só tive permissão para voltar à minha própria nação. E agora estou presa aqui, forçada a fazer a minha arte nesta prisão de país, onde você não pode fazer uma apresentação sem preencher diversos formulários e submetê-los para a aprovação da polícia, onde você não pode andar pelas ruas à noite, onde você tem que cuidar o que diz e todo mundo parece estar sempre voltando de um funeral.

La Venus se remexeu sob o lençol. Ela achava que as liberdades eram bem maiores daquele lado da cidade. As pessoas que ela conhecia, as pessoas que ela conheceu antes de Ariella, todas moravam em apartamentos ou pequenas casinhas atarracadas que compartilhavam paredes de cozinha e sons noturnos, sempre se sabia quando os vizinhos brigavam ou riam (raramente) ou, às vezes, sucumbiam aos prazeres do corpo. Em bairros como aqueles, as pessoas cuidavam o que diziam e mantinham suas vozes baixas, as cortinas fechadas. Ali, na majestosa vizinhança de El Prado, com suas ruas limpas e arborizadas, parecia que o Processo não tocava tão profundamente nas vidas das pessoas. Os vizinhos ficavam distantes e reservados, acomodados nas suas grandes casas.

Na terra dos ricos, havia mais privacidade, menos vigilância. Menos patamares em que os vizinhos pudessem espiar a porta do seu apartamento, ouvir passos perdidos, escutar música proibida ou conversas através de paredes finas.

Ainda assim, havia precauções. Visitantes ficavam até que o sol se erguesse e as rondas noturnas terminassem. Então Ariella servia jantar e café da manhã, com vários drinques entre os dois. No meio da noite, os artistas se juntavam numa névoa de fumaça de cigarro para conversar, discutir e cantar, fazer sons com suas vozes que se teciam estranhamente em tecidos musicais que La Venus não achava que fossem possíveis. Sons sinuosos, agudos, preguiçosos, mordazes, doloridos, sensuais. Às vezes parecia que inventavam conforme iam, enquanto outras vezes, melodias clássicas — Puccini, Piazzolla, tangos da Velha Guarda, canções folclóricas das cidades fronteiriças de Salto e Paysandú — atravessavam a sala enfumaçada. Casais desapareciam pelos cantos da casa, dentro dos quartos no segundo andar, dos banheiros com luzes apagadas, da garagem escura que costumava ser um estábulo antigamente, quando cavalos ainda moviam o mundo. A casa era como uma grandiosa e velha dama, seu vestido cheio de vincos, bolsos, segredos pegajosos e lisos.

La Venus ficou surpresa ao ouvir Ariella falar do Uruguai como um lugar de aprisionamento, como causa de sofrimento. Os seus pais eram os donos da mansão e pagavam pela manutenção, bem como pela governanta que morava lá, Sonia, uma jovem negra para quem Ariella dava instruções sem olhar nos olhos e sem dizer "por favor" ou "obrigada", o que deixava La Venus inquieta toda vez e a fazia pensar em Harriet mandando Ariella para fora da sua cama e para dentro da fria Nova Iorque. Sonia era doce e nunca se incomodava, ou nunca demonstrava incômodo, até dava um jeito de ser graciosa nos seus movimentos enquanto preparava as refeições e arrumava as camas e lavava as roupas e cuidava do menino pequeno.

Porque havia um menino pequeno. Outra surpresa. La Venus deu de cara com ele, no segundo dia, brincando com um trenzinho na sala. Seu nome era Mario e ele tinha três anos. Ele sorriu para ela com tanta simpatia e ternura que a pegou desprevenida. Seus sobrinhos ou sobrinhas nunca tinham luzido daquele jeito para ela. Ela sentiu uma velha dor se erguer no fundo do seu ventre, uma fome surda pelo que ela não podia ter, e ela via a bagunça sangrenta no vaso sanitário novamente, os riachos escorrendo pela sua perna, seu fracasso em manter a vida dentro de si. Mas e se ela tivesse conseguido ficar grávida anos antes? Onde estaria agora? Depois, ela soube que Mario fora concebido acidentalmente, com um certo "guitarrista hippie" sem nome, nas palavras de Ariella, que estava passando pela cidade em uma turnê, de um país europeu que ela se negava a identificar. Ela tinha achado o guitarrista interessante e bonito, e deixou que ele a mantivesse aquecida por algumas noites não dormidas, embora ela gostasse mais de mulheres do que de homens. Isso também fascinava La Venus, que uma mulher que amava mulheres também podia sentir prazer com um homem. Então não era tudo ou nada. Ela não teve certeza até então. Todas as suas amigas de Polonio pareciam ter largado dos homens completamente, e quando estavam na praia bêbadas de uísque e estrelas, até mesmo caçoavam da ideia. Ela ficava quieta quando isso acontecia. Não era assim que as coisas eram para ela, e La Venus acabou sentindo como se tivesse algo de errado com ela, porque gostava de ficar com o marido, ao menos nos primeiros dias, quando as coisas ainda estavam boas entre eles.

Mario era um menino ativo, de temperamento doce e curioso. La Venus via os dias se alongarem diante de si, sem nada para fazer. Começou a brincar com Mario, durante o dia, primeiro para se entreter, e depois para contribuir com o serviço da casa. Ariella tinha seus ensaios e apresentações, pouquíssimo tempo para o menino, e Sonia tinha suas mãos cheias, ocupadas com cozinhar, lavar e limpar. Embora nunca reclamasse em voz alta, era claramente um alívio para ela que La Venus a ajudasse com a criança. Enquanto isso, cuidar do menino deu a La Venus uma forma de ser útil, de preencher seus dias. Ela aprendeu a limpar bunda, fazer lanches, contar histórias bobas o bastante para manter a atenção de Mario. Ela começou a desejar estar com o menino. Seus membros eram roliços e mais macios que pétalas. Uma vez, quando ele correu para os braços dela, ela viu asas abertas saindo dos seus ombros delicados, asas brancas, como as de um anjo, o anjo que ela tinha perdido anos antes no vaso sanitário. E se fosse ele, se o espírito que uma vez esteve dentro dela tivesse retornado nesse menino? Pegou-o nos braços e ousou pensar que era verdade. Para o seu aniversário de quatro anos, ela fez um barco com caixotes de frutas, pintou de azul e branco e acrescentou uma vela feita de um lençol velho amarrado num cabo de vassoura lascado. Era grande o bastante para que ambos se amontoassem ali dentro e velejassem para longe, para os sonhos dele, para onde quisessem ir.

— Venu! — ele gritava — Venu! Vem ver! — E sua voz alta e pura não partia seu coração exatamente, mas o derretia, o deixava mole, expandido, ameaçando transbordar do corpo.

*

Ela convidava suas amigas de Polonio para as festas delas; todas, exceto Flaca, é claro — ela nunca viria. Levaria tempo, não é? Para que elas fossem amigas de novo?

— Não se preocupe com ela — Ariella murmurava na pálida luz do amanhecer, depois que os últimos convidados finalmente iam embora —, ela só está com ciúmes, vai superar.

Mas as outras. Todas vieram juntas uma vez: Romina, Malena e Paz. Romina e Malena nunca saíam uma do lado da outra, permanecendo na periferia do evento. La Venus se aproximou delas no momento em que Romina estava ouvindo um homem barbudo, um pintor, relembrando apaixonadamente a Paris da sua juventude.

— Nenhum de nós vai mais a Paris — lamentou.

A cara de Romina estava tensa.

— Há muitos uruguaios em Paris — ela disse. — Agora, mais do que nunca.

O homem tossiu.

— Ah. Claro que há. Mas não estou falando de exilados. — Ele colocou a palavra no ar cuidadosamente, como se estivesse orgulhoso da sua ousadia. — Eu quero dizer artistas. Les Deux Magots e aquilo tudo.

— Muitos dos nossos exilados são artistas. Escritores. Foram publi–

— Certamente, é claro. Sim. Bem, em todo caso, se você pudesse ver o Louvre, a Notre Dame, você nunca mais seria a mesma. Tenho certeza de que concordaria com isso.

Seus olhos estavam perdidos agora, vagando.

— Ah! Venus! A própria deusa!

La Venus sorriu.

— Tem mais sangria na cozinha.

— Aham! Já vou buscar. Se me dão licença, senhoras.

Ele fez uma mesura exagerada e se foi.

La Venus se virou para as amigas.

— Estão se divertindo?

Romina olhou para Malena e elas compartilharam um olhar. Ao se tornarem um casal, pareciam ter forjado uma intimidade que sustentava ambas.

— Aquele homem. Tão ignorante.

La Venus assentiu. Romina tinha se envolvido com um círculo secreto de dissidentes que contrabandeavam escritos para dentro do país: cartas, ensaios e clipagens de jornais de exilados uruguaios denunciando, no exterior, abusos aos direitos humanos no país. Aparentemente, longe das fronteiras da nação, havia editores que escutavam, leitores que se importavam. Tudo parecia insanamente perigoso para La Venus. Por que se arriscar pelo impossível? Como essas palavras mudariam qualquer coisa ali, onde as autoridades tinham as rédeas? E então havia o trabalho político direto de Romina em solo nacional; ela não tinha certeza dos detalhes, mas tinha ouvido os rumores de novas redes subversivas brotando e organizando atos contra o regime. Mas o que isso mudaria, todos esses encontros e contrabando de palavras? Só a segurança daqueles que os faziam. Ela desejava que sua amiga voltasse a si, mas não se atrevia a dizer isso a ela, pois sabia que era a última coisa que Romina queria ouvir.

— Lamento — disse —, mas ao menos se pode falar sobre essas coisas aqui.

— Suponho que sim.

— Quer dizer, essas festas são um tipo de oásis, não? Como a nossa Polonio.

Romina engoliu o resto do vinho.

— Não. Não é nada como a nossa Polonio.

La Venus tentou esconder sua irritação. O que havia nela que necessitava tanto da aprovação dessas amigas? Foram para Polonio sem ela, estavam indo em breve. Ela deveria ir algum dia. Era a casa dela também. Não se atreveria a levar Ariella — pareceria uma invasão e, de todo modo, Ariella ficaria horrorizada com o espaço apertado, o chão de terra, o balde para tomar banho —, mas ela poderia ir sozinha. E mesmo assim, não foi. Sentia falta de Polonio, mas não conseguia encontrar dentro de si a vontade de ir sozinha.

Malena esticou a mão para acariciar as costas de Romina. Sem palavras, apenas o toque, mas Romina pareceu se acalmar e florescer com a mão da sua amada. Eram boas uma para a outra, La Venus não podia negar. Pareciam ter uma linguagem secreta que se escondia nas entrelinhas, sempre se conectando, uma sempre escutando a outra. Por mais que estar com Ariella a acendesse por dentro, La Venus sabia que sua amante nunca na vida passaria uma festa inteira ao lado dela, do jeito que essas duas mulheres ficavam. Ariella se movia pela sala, esvoaçante, absorvendo a atenção de todos. Ela se sentia gloriosa com isso. Romina e Malena não ficavam agarradas uma à outra exatamente, mas se mantinham próximas, como se estivessem absortas em uma conversa invisível e constante que ninguém mais podia ouvir.

Com Paz, todavia, era outra história. Ela mergulhou na festa sem hesitar. Lá estava ela agora, conversando com um casal de jovens mulheres que La Venus nunca tinha visto. Desde que tinha se mudado da casa da mãe, Paz tinha desabrochado. Contrabandeava pele de foca de Polonio para a cidade, e parecia ter se tornado adepta a gerenciar todas as relações de negócios com homens. Alugava um quarto em Cordón, de um casal cujo único filho tinha vinte e quatro anos e estava há muito preso. Para Paz, essas festas, trancada a noite toda com artistas bêbados ficando cada vez mais bêbados, eram uma oportunidade de ouro. La Venus percebia pelo modo como ela escaneava a sala. Parecia mais velha do que era, aparentando ter pelo menos uns vinte anos, embora na realidade tivesse apenas dezoito, sem amarras no mundo. Por enquanto, parecia combinar com ela. Paz ia acabar em algum canto com uma daquelas jovens antes que a noite terminasse, isso estava claro pela maneira como se inclinavam para ela, como girassóis prontos para pegar sol.

Mesmo estando há meses juntas, La Venus ainda sentia excitação por estar com Ariella, por entrar em um quarto com ela. As duas faziam cabeças virar; juntas, prendiam a atenção de uma sala e a carregavam com elas, reivindicavam-na. Na cama, Ariella era exigente, precisa. Havia noites em que ela sussurrava no ouvido de La Venus o número de orgasmos que queria dar a ela naquela noite. "Seis," ronronava, e sua palavra era lei, mesmo se La Venus estivesse saciada depois do quarto, ou mesmo cansada, querendo apenas um ninho para adormecer. E ela não conseguia fingir, como fazia às vezes com Arnaldo, por conveniência ou diplomacia. Aqui, não havia subterfúgios. Em outras noites, Ariella exigia ser atendida. Era ela que queria os orgasmos, e eles tinham que ser vastos, vigorosos, nada contava, apenas a chama. Excitação. Excitação, exceto que, de manhã cedo, era La Venus quem se levantava quando Mario chorava, era ela quem fazia o seu café da manhã, iniciava o dia dele, sem importar o quão tarde sua Mami a tivesse mantido acordada na noite anterior, porque agora ela era essa pessoa, a principal pessoa de Mario, aquela por quem ele chamava ao acordar, para quem ele corria quando arranhava o joelho. Às vezes, de manhã, enquanto Mario brincava e Ariella dormia e La Venus cambaleava preparando o mate, ela pensava que a luxúria da sua amante poderia matá-la. Depois ela acendia um cigarro e dizia a si mesma que havia jeitos piores para se morrer. Estava sendo ridícula. Ela estava, afinal de contas, vivendo um sonho.

— E por quanto tempo você espera viver às custas dessa dona rica? — sua mãe perguntou ao telefone um dia.

— Não estou vivendo às custas dela. Eu contribuo. Eu ajudo a cuidar do filho dela.

La Venus tentou esconder a impaciência da voz. Já tinham falado sobre aquilo antes e, ainda assim, a mãe insistia na questão, como se a repetição pudesse espremer uma resposta diferente.

— Que ela teve fora dos laços matrimoniais. Quer dizer, francamente, Anita. *O que* você está fazendo da sua vida? Sendo babá? Como se você fosse uma adolescente ou uma empregada. Você acha que te criei pra isso?

— Mamá. Isso *não* é o que eu sou.

— Então o que você é?

Ela não podia responder.

— Ay, hija. Para onde está indo a sua vida?

Ela não fazia ideia. Não estava pensando no futuro. Não havia futuro naquele país miserável, muito menos para mulheres como ela. Se contentaria com viver no agora.

*

— Olha isso — Ariella disse um dia, no almoço, colocando uma carta sobre o mármore. — Estou caindo fora.

La Venus leu a carta uma vez, depois uma segunda vez. Era um convite para ir ao Brasil, timbrada com o nome de uma universidade no Rio de Janeiro. Uma bolsa. Artistas visitantes. Dois anos de duração. A data de início era dali três meses.

Ariella a observava de perto.

— Você não está feliz por mim?

— É claro que estou feliz. — La Venus tentou soar como se fosse real. Deixou a voz mais leve, empurrou a comida pelo prato. — Você merece. Você é brilhante. A maior gênia do Uruguai.

Ariella bufou.

— Isso não quer dizer muito.

La Venus sentiu uma fisgada. Seu país podia ser pequeno e *provinciano*, como Ariella às vezes dizia, mas ainda assim era o seu país e ela não tinha outro.

— Quer dizer, todas as grandes mentes já se foram agora, não foram? Para o exílio. Tenho estado tão sozinha aqui — Ariella disse enquanto olhava pela janela.

La Venus sentiu um nó subir por dentro dela, duro como um punho.

Ariella a olhou.

— Ah, não desse jeito. Você tem sido maravilhosa, é claro. Uma deliciosa companhia. — Sorriu e acariciou a mão de La Venus. — Mas eu ainda preciso de mais. As coisas estão abertas no Rio de Janeiro para os artistas. Há mais aceitação de gêneros mistos. A fusão é o futuro. Não apenas para a arte, mas para toda a cultura, toda a vida. A arte é o lugar onde as mudanças iniciam e depois, antes que você perceba, estão por toda parte. — La Venus fez que sim, embora não tivesse a menor ideia do que Ariella estava dizendo. — É claro que isso só funciona se os artistas podem sobreviver. Olha todos os exilados, todos os *desaparecidos*. Olha o Victor Jara. Sabe que eu cantei com ele no Chile algumas vezes, antes do golpe? Um homem bom. Um homem brilhante. Eles o mataram do nada.

Em momentos como aquele, Ariella parecia um tipo diferente de ser, memorável, reluzindo bem ali, na mesa da cozinha com o brilho sobre-humano da fama, da história, uma aura que ungia qualquer mortal que tivesse a permissão de se aproximar.

Ariella olhava para longe e La Venus pensou que ela estivesse perdida nas suas memórias do Chile, do golpe. Mas aí ela disse:

— Vem comigo.

— Pra onde?

— Pro Brasil.

— Eu?

— Quem mais? Tem mais alguém aqui?

Victor Jara, La Venus pensou, mas não disse nada. Ariella não acreditava em fantasmas.

— Eu quero você comigo.

Ela engoliu aquelas palavras na sua mente, tentou saboreá-las enquanto desciam.

— Eu não posso deixar o país. Eu só conseguiria um visto de turista. Não sou eu quem tem uma bolsa.

— A gente dá um jeito. — Ariella pensou por um momento, depois sorriu. — Eu coloco você na minha candidatura. Você pode vir como a minha babá.

Aquilo a incomodou. Qual palavra era o espinho mais afiado? *Babá* ou *minha*? Ela não se sentia a babá de Mario. Ele começou a chamá-la de Mamá. Ela nunca o corrigiu. Ainda não havia acontecido na frente de Ariella, e não tinha como dizer como ela reagiria.

— Vamos lá. O mundo é bem maior que o Uruguai. Não quer viver? Sonhar? Ver mais do mundo?

La Venus estendeu a mão para o maço de cigarros na mesa, tirou dois e os acendeu. Entregou um para Ariella, sem olhar nos seus olhos. É claro que ela queria viver, sonhar. Mas a vida de quem? Os sonhos de quem? Estava sendo sensível demais. Ariella era liberdade, aventura. Mas, mesmo assim, alguma coisa dentro de La Venus galopava e luzia, indômita, resistindo aos arreios dos planos de outra pessoa. Brasil. Rio. Uma cidade vasta, cravejada de montanhas, gritando de luz. Praias engolindo o sol. Pensou em Polonio, no modo como o oceano ali a envolvia, a fazia sentir por instantes vertiginosos que o mundo poderia um dia ser inteiro. Era o mesmo Atlântico, beijando o Rio. Era violento lá pelo que tinha ouvido falar; havia pobreza; a ditadura brasileira era mais antiga, mais consolidada do que a do Uruguai. Mas, talvez, em uma cidade maior, também houvesse mais espaço para se perder, para respirar. Teria que aprender português. Teria que se lançar em novas correntes. O mundo parecia se abrir diante dela, se desenrolando como uma bandeira bem amarrada, e ela sabia que só havia uma resposta possível.

*

O Rio da Prata se estendia diante delas, águas amplas e marrons até o horizonte. As lajes da Rambla se desenrolavam sob os pés delas, um passeio sinuoso ao longo da costa. Romina e Malena faziam esse passeio todos os sábados à tarde com seu mate, sua única concessão ao lazer. Tinham convidado La Venus para se juntar a elas antes, mas ela estava sempre ocupada com Mario. Os sábados eram dias de ensaio para Ariella. Hoje, no entanto, ela havia deixado Mario com Sonia. Ele reclamou e ergueu os braços na direção dela, e, por um segundo, ela pensou em trazê-lo consigo, mas queria ter um momento seu com suas amigas. Ela não tinha muito tempo mais. Não tinha contado a elas ainda.

— Eu sempre esqueço como a Rambla é bonita — La Venus disse. — É como ficar olhando para o mar.

— Me acalma — Romina disse.

— Embora seja uma pena que não possamos ver Buenos Aires daqui. Uma cidade tão bonita.

— Não toda — Malena disse, ríspida. — É feia também.

— Eu não sabia que você já tinha ido lá — La Venus disse. Ainda tinha muita coisa que ela não sabia sobre Malena. Ela apoiava, ela acalmava, ela realizava atos generosos que davam tanto aos outros, mas que ao mesmo tempo podiam servir a outro propósito, pensou La Venus, uma espécie de prestidigitação emocional para impedir que as pessoas percebessem o que ela não compartilhava sobre si mesma. Antigamente, La Venus tentava atrair Malena, com pouco sucesso. Mesmo agora ela sentia que havia contracorrentes dentro da sua amiga que ela nunca veria ou entenderia.

— Quando foi isso?

— Há muito tempo.

Continuaram caminhando. Romina deu uma olhada para Malena e passou a cuia para ela como se ali estivesse contido um segredo que só elas poderiam degustar. Ela estava começando a conhecer a linguagem corporal de Malena — estava pronta para ser lida, se você soubesse como olhar —, e agora via o esforço para manter as memórias afastadas. Coisas ruins aconteceram com Malena em Buenos Aires. Romina não sabia de tudo, apenas de parte da história. Começou a escapar numa noite, quando elas estavam juntas, nuas depois de fazer amor, discutindo sobre a ideia de morarem juntas, uma coisa que Malena queria e Romina sabia que não podia, não quando seus pais precisavam dela, quando seu irmão ainda estava na prisão sabe-se Deus por quanto tempo e ela, Romina, era tudo o que eles tinham. "Mas você não deve nada a eles", Malena tinha dito, ao que Romina respondeu "Eu devo tudo a eles". Malena ficou quieta, e aquilo poderia ter sido o fim do assunto, mas então Romina disse:

— Você quase nunca fala dos teus pais.

— E daí? — Malena disse.

Romina tateou para encontrar as palavras certas. Para ela, parecia bizarro, incompreensível, que Malena vivesse na mesma cidade que os pais, mas não falasse com eles há anos. Não poderia ser algo bom para ela; ela tinha que estar sofrendo. Tinha tentado abordar o assunto antes, tentou sugerir a ideia de uma reconciliação, mas sempre encontrava uma parede de silêncio. Se ela soubesse mais do que tinha acontecido, talvez pudesse encontrar a abertura, por menor que fosse, por onde ajudaria sua amante a se reconectar com sua família.

— Como eu posso te conhecer a fundo se não sei da sua família?

— Eu não sou a minha família.

Romina fez menção de contestar aquilo — seus pais há muitos anos tinham aprendido um provérbio italiano, "aquele que não sabe de onde veio não sabe para onde vai", e repetiam com tanta frequência que para ela parecia lei —, mas então ela viu a dor luzente nos olhos de Malena e esticou o braço para acariciar seu rosto e costas e quadris e qualquer parte que a recebesse, que naquela noite foram todas.

Depois, nuas na cama, Malena se virou para Romina e começou a falar. Cabeça no peito de Romina, rosto escondido. Seus pais tinham mandado ela embora de casa quando ela tinha catorze anos, disse. Para consertá-la, disse. Para um lugar que era um pesadelo. Até hoje ela se perguntava como sabiam da existência de tal lugar. Aconteceu depois que seus pais a encontraram com a vizinha, *se tocando*, Malena disse, e sobre isso Romina tinha mil perguntas, mas não enunciou nenhuma, chocada. Todo esse tempo, ela pensou que Malena, quando se conheceram, era a reprimida, a que não sabia de si, a que tinha medo de olhar para dentro e ver o que era. Era assim que todas a viam. Como uma mulher reservada, séria, que deveria ser tirada de trás da sua casca. Mas talvez ela tivesse rompido a casca muito antes. Tinha feito aos catorze uma coisa que a própria Romina nunca teria sonhado fazer nessa idade. Tocado uma vizinha. Como? Onde? A vizinha gostou? Foi Malena — seria possível — quem começou? Até onde foram antes de serem descobertas? Será que Romina era a primeira de Malena ou não era? Essa Malena, que contou às suas amigas sobre o convento, mas não sobre a vizinha. Esse enigma vivo. Ela se calou e ouviu. Malena continuou. A vizinha fugiu, abotoando a blusa enquanto corria. Seu nome era Belén. Malena tinha pavor de pensar que sua mãe ligaria para a mãe de Belén. Havia uma ternura na sua voz quando dizia aquele nome, *Belén,* que Romina nunca tinha ouvido. Mamá não ligou para a mãe de Belén, e com isso Malena deu um suspiro de alívio, pensando que seu pior medo tinha sido evitado. Mas acabou que ela ainda tinha muito que aprender sobre o medo. Três noites depois, ela estava num barco para Buenos Aires com sua mãe, que não disse a ela onde estavam indo ou o que as esperava do outro lado do rio, que não disse quase nada a ela pelas quase onze horas de travessia das águas. Pensou que talvez fossem visitar seu tio, ir ao teatro, começar a fingir que nada tinha acontecido, porque sua mãe era uma especialista em fingimento. Mas não foi o que aconteceu.

— Ao invés disso — Malena falou — eu fiquei presa por quatro meses.

— Numa prisão?

— Numa clínica.

— Ah — Romina disse, e um alívio lavou seu corpo. A palavra *clínica* associada a *Buenos Aires* evocava a coisa mais longínqua de uma prisão: metal polido, jalecos de laboratório impecáveis, enfermeiras atendendo todas as suas necessidades, médicos sofisticados cuidando de cada cutícula, copos de cristal para água a apenas um toque de sino de distância. Coisas que sua própria família nunca poderia pagar. — Uma clínica. Entendo.

— Não. — Malena se afastou. — Você não entende. Você não entende nada.

Qual era o problema dela? O que ela, Romina, tinha feito de errado?

— Mas eu quero entender.

Malena não disse nada.

Romina tentou tocar nela.

— Pare. — Malena se desvencilhou, um novo gume na sua voz. — Esquece.

— Malena, por favor. Me conta o resto da história.

— Não tem resto da história. Estou cansada, quero dormir.

E foi isso. Romina decidiu não trazer o assunto à tona de novo, decidiu esperar até que Malena fizesse isso, mas ela nunca fez. Ela não tinha gostado da clínica, nem desejado estar lá. Os médicos deviam desprezá-la pelo que tinha feito com a vizinha e não foram nada compreensivos. O que era um luxo para uns era um pesadelo para outros. Nenhuma prisão é igual à outra, nem todas têm grades, ela deveria ter sido mais mente aberta, lidaria melhor com o assunto da próxima vez. Agora ali estavam, passeando pela Rambla com o nome *Buenos Aires* pairando no ar. Ela pôs sua mão nas costas de Malena, como se para deixar que o toque falasse por ela, e Malena pausou e se apoiou em Romina por um momento antes de passar de volta a cuia.

La Venus, observando-as, sentiu uma pontada de inveja. Era tão palpável o elo entre aquelas duas que parecia quase sólido, uma coisa que se podia agarrar e puxar. Ela queria aquilo. Ela tinha aquilo. Pensou que talvez tivesse aquilo. Tenho? E se não tenho, pelo amor de Deus, o que estou a ponto de fazer? Espantou o pensamento para longe.

— Eu fui pra Buenos Aires uma vez — La Venus disse. — Quando criança. Eu achei maravilhoso. Expandiu meus horizontes, sair do país. — Ela pausou, puxou o ar. — Que é o que vou fazer agora.

— Você vai sair do país? — Romina olhou para ela com uma surpresa genuína.

— Sim.

— Pra onde?

— Brasil.

Romina baixou a voz.

— Como?

— Vou pegar um visto de trabalho através da Ariella. Ela ganhou uma bolsa e vai me incluir na candidatura, como babá.

Romina a encarou por um longo período.

— Como a babá dela.

La Venus lutou contra uma rajada de irritação. Não dissera *dela*.

— Você não pode estar falando sério.

— Bem, do que mais ela poderia me chamar, de marido?

Romina e Malena riram.

La Venus sentiu seu rosto aquecer.

— E então? O que mais poderíamos fazer?

— Ela vai te pagar?

— Tecnicamente, sim. Quer dizer, ela colocou um salário na candidatura. Mas é claro que aquele dinheiro vai mesmo pras compras e pra todos nós. Sabem, pra viver.

— Hm.

La Venus mexia nas mãos, inquieta. Ela não tinha certeza do que esperar. Imaginou suas amigas fazendo uma enxurrada de perguntas, mas, ao invés disso, elas ficaram quietas, e ela descobriu que tudo o que queria era mudar de assunto.

— E vocês? Como estão?

Romina ficou olhando a água.

— Tudo certo.

— Conta pra ela — Malena disse. — Sobre o Felipe.

— Felipe? Seu irmão?

Romina fez que sim, os olhos parados no rio.

— Eu fui ver ele.

— Você conseguiu entrar?

— Sim. Nossos pedidos foram aceitos enfim, vai saber por quê. Nada mudou com a gente, mas fomos negados tantas vezes que a última coisa que faríamos agora seria reclamar.

La Venus assentiu com a cabeça. As autoridades eram assim: instáveis, aleatórias. Ariella tinha histórias de músicos que submeteram documentos para permissões de concertos e as tiveram aprovadas só para a aprovação ser revogada dez minutos antes da apresentação, sem qualquer explicação, como se a permissão e a revogação fossem também um tipo de açoite. Você aceitava o que recebia, não reclamava e não podia confiar que amanhã ainda teria algo.

— Como foi?

Romina não respondeu. Ela não sabia se seria um dia capaz de descrever a experiência com palavras. Ela e seus pais ficaram atordoados quando receberam a notícia. Mamá lera a carta oficial em voz alta três vezes em uma única noite, depois entregou-a para Papá, que sequer olhou, apenas deixou-a pendurada na sua mão por um momento antes de deixá-la cair no chão. Para Papá, Felipe ainda era o filho rebelde que tinha traído a família ao se juntar ao Partido Comunista sem nem pensar no que tal escolha poderia fazer com aqueles que o amavam. Como se a ruína da vida de Felipe tivesse acontecido por suas próprias mãos. Será que Papá era mesmo tão anticomunista, ou ele acreditava nisso porque era, de algum modo, mais fácil pensar que Felipe tinha sabotado a própria vida do que pensar que tudo aquilo tinha sido feito *com* eles? Felipe. Felipe delicado, míope, dos grandes sonhos e andar esguio, que ficava acordado lendo até tarde e nunca ia à padaria sem trazer um doce folhado para sua irmã. Romina tinha contado os dias, as horas, até o primeiro dia de visita, depois pegou o ônibus para o bairro de Punta Carretas com a mãe do lado, olhando reto para frente. Seu pai decidiu não ir na noite da véspera. Seus pais brigaram por isso, no quarto, noite adentro, e ele não apareceu para o café. Agora Mamá se agarrava na sua bolsa como se fosse um bote salva-vidas. Romina se vestira conservadoramente, caso isso ajudasse a apaziguar os guardas, mas, na real, não houve problema quando chegaram, somente uma longa e tensa espera em uma sala sem graça com paredes de vidro até a metade que continham apenas um buraco redondo. Felipe entrou, algemado, e o guarda o empurrou para um banco na frente do vidro. Ele se curvou na direção do buraco no vidro, o lugar por onde podiam falar. Ela o encarou. Ele estava irreconhecível, um fantasma do seu eu passado, um homem que estava velho e cansado muito antes de chegar a sua hora — e o que ela esperava? Foram sete anos. Brutalidades inomináveis.

— Como você está? — sua mãe perguntou, uma pergunta idiota que ficou pairando no ar entre eles, impossível de revogar ou apagar.

Felipe olhou para as duas por um bom tempo, sem sorrir, tristeza crua nos olhos.

— Feliz de ver vocês — ele disse.

O resto da visita foi preenchida com palavras vazias sobre o tempo, o bairro, palavras cuidadosas, tudo calculado para levantar zero suspeitas entre os guardas. Não eram as palavras que importavam. Era como bebiam uns dos outros com os olhos. A barreira de vidro entre eles parecia derreter com todos aqueles olhares. Ele ainda estava ali. Ele existia em uma dimensão alternativa, escondida do mundo ordinário, mas ele estava ali. As cicatrizes da tortura não eram visíveis na sua pele, mas podiam ser vistas nos seus olhos. Romina saiu do Penal de Libertad, naquele dia, mais determinada do que nunca a lutar contra o governo, trabalhar pelos direitos humanos. Ela não poderia parar, nem pela sua própria segurança, nem pela segurança dos seus pais. Quem era ela para desistir quando Felipe ainda estava lá dentro?

— Foi horrível — ela disse a La Venus. — Foi um alívio. Um bom e terrível despertar. Não consigo descrever com palavras.

La Venus fez que sim com a cabeça, pegou o mate, bebeu.

Na outra vez que Romina foi visitar Felipe, ambos estavam um pouco mais preparados.

— Estou com coceira na testa, na frente — ele disse e então repetiu as palavras mais devagar, olhos desviando para os guardas para ter certeza que não estavam prestando atenção.

Ela queria estender a mão para coçar a testa dele, seu irmão algemado, e teria feito aquilo se não significasse colocar em risco futuras visitas. Só mais tarde, no ônibus de volta para casa, ocorreu a ela que ele poderia estar falando em código. Testa. Frente. *Frente*. A Frente Ampla, o partido de esquerda formado por uma coalizão entre comunistas, guerrilheiros tupamaros, socialistas e muitos outros. Se a Frente era a coceira, o que aquilo significava? Ou ela o incomodava ou estava na sua mente e ele apoiava seus esforços, queria que ela soubesse. Qual era? Naquela noite, enquanto ela lavava a louça do jantar e seus pais murmuravam no outro cômodo, ela se convenceu de que a palavra "coceira" significava que Felipe estava incomodado com a Frente, não apoiava seus esforços de resistência crescentes ou seu líder preso, suspeitava dessa mistura toda de facções em uma coisa só. Mas então, no dia seguinte, ela acordou certa de que o oposto era verdade. Ele era pró-Frente. Estava com eles. "Coceira" significava que pensava neles. Ele assistia o desdobramento do submundo se organizando por canais secretos de informação e queria apoiar como podia. Seria possível que ele tivesse mesmo ouvido sobre o envolvimento dela? Estaria ele dizendo que estava orgulhoso dela (uma centelha de quentura)? Ou ele estaria tentando perguntar a ela indiretamente se ela estava envolvida? Estava profundamente envolvida. A cada dia mergulhava mais fundo. Contrabandeava artigos de outros países para Montevidéu para que a resistência uruguaia pudesse saber o que os exilados estavam publicando além-mar, como os abusos aos direitos humanos aqui estavam sendo diminuídos. Esperava horas no porto por navios nos quais um único marinheiro carregava o contrabando, o carregamento secreto de palavras, o qual ele entregava a ela em um pacote de amendoins ou de peixe fedorento, entre as camadas de jornal. Agora havia um plebiscito chegando, em novembro, quando a população uruguaia seria solicitada a votar em uma nova constituição autoritária para sua nação, tornando lei a perseguição aos "subversivos" e dando ao Conselho Nacional de Segurança poderes sobre qualquer outro governo civil futuro — tudo coisa que o regime já estava fazendo, mas agora procurando legitimar através da lei. O relatório estrangeiro de direitos humanos tinha contribuído para pressioná-los, ela tinha certeza disso. É claro que não tinha saído nos jornais ali, mas estava por toda parte nos artigos de comunicados e na clipagem dos jornais internacionais que os exilados enviavam e que ela ajudava a fazer entrar no país: um grupo chamado Anistia Internacional tinha nominado o Uruguai como a nação com mais presos políticos per capta do mundo. E então os generais queriam sair dos holofotes, demonstrando um mandato que vinha do povo. No Chile, Pinochet tentava a mesma manobra. O terror cria a submissão. Os eleitores tinham medo. Se a medida passasse, os horrores iriam além. Mas e se pudessem vencer nas urnas? E se pudessem derrotar o regime? Era isso que a mantinha acordada à noite e se arriscando na entrega de comunicações dos exilados para líderes da esquerda local. Se obtivessem sucesso onde o Chile tinha fracassado, pegar esse voto e virá-lo para jogar de volta na cara dos generais, flexionar o músculo do povo na direção ouvida pelo mundo — e depois o quê?

Ela olhou para La Venus, que estava sentada, ouvindo, absorvendo seu silêncio sem perguntar nada mais.

— Eu não sei onde tudo isso vai parar — disse Romina.

— Onde o que vai parar?

— Tudo isso. O pesadelo. Podemos nunca mais ter o nosso país de volta, mas, mesmo se tivermos, depois o quê? Como restauramos o que foi quebrado? Se você estilhaça um prato, ele nunca mais vai ficar inteiro.

— Um país não é um prato — disse La Venus.

— Talvez não. Mas pode ser quebrado. Pode passar de uma coisa grande para muitos caquinhos.

— Não é a mesma coisa. Eles podem voltar a se juntar.

— Como você sabe disso? Todos os exilados vão voltar? A tortura vai se reverter?

— Não — disse La Venus —, mas a tortura acaba. Ou *pode* acabar. Quando isso acontecer, as pessoas vão poder se curar.

— Como você sabe que isso é verdade? Perguntou a quem foi torturado?

— Romina — La Venus disse —, eu estou do seu lado.

Romina suspirou.

— Eu sei. Mas todo esse tempo estivemos vivendo nos nossos cantos, pensando nas pessoas atrás das grades, temendo o pior. Entrar foi como ver uma minúscula rachadura no dique. Só um vazamento muito pequeno, mas que é o bastante para se afogar. É pior do que eu temia, mas também mais ordinário, de um jeito que eu não podia compreender. Não sei se estou fazendo sentido.

— Você está fazendo sentido — Malena disse, e La Venus se maravilhou com a ternura na sua voz.

Romina pegou a cuia de volta de La Venus e a encheu.

— Só Deus sabe o que vai acontecer quando o dique vier abaixo, se é que virá.

— Virá sim — disse La Venus.

— Como você sabe disso? — Romina disse, surpresa com a fúria na própria voz. — Não vai acontecer sozinho. Só com pessoas o bastante para pressionar e pressionar e pressionar.

La Venus a olhou nos olhos, depois desviou o olhar.

— Eu espero, é claro — Romina disse mais baixo, para as palavras serem encobertas pelo vento. — Esse é o sonho, certo? Prisioneiros libertados, exilados voltando pra casa. É só que, agora que vi o Felipe, percebi que a história não vai acabar ali.

La Venus deixou seu olhar pairar no horizonte. Era um dia de céu azul, enganosamente calmo.

— Espero que não esteja braba comigo. Por partir.

— Sabe o que mais? Que se dane isso. Nós todas temos que resolver como vamos passar por isso.

La Venus arranhou as pedras da muretinha do passeio. Todas as pessoas que sentaram ali antes dela. Todos aqueles que agora tinham se lançado no mundo e poderiam nunca mais voltar para casa.

— Sentimos a sua falta no mês passado. Em Polonio.

— Como está La Proa?

— Do mesmo jeito — disse Romina.

— Melhor — disse Malena. — Paz vai sempre e fica fazendo reparos. Ela fechou os buracos das paredes e do teto. Disse que quer poder ir lá no inverno.

La Venus sorriu com a boca fechada. Desejava a casa de Polonio, e ela era sua também — mas ela não se atrevia a ir, mesmo agora. Não poderia levar Ariella, pois ela nunca compreenderia, não poderia ir enquanto Flaca estivesse lá e se recusava a ir sozinha, dizendo a si mesma que eram os desconfortos rústicos que a dissuadiam, mesmo que, na verdade, fosse outra coisa — o que poderia ouvir de dentro de si mesma enquanto estivesse sozinha em La Proa, o que La Proa poderia dizer à sua mente solitária. De todo modo, ela fazia parte de outro mundo agora, o mundo de Ariella. Se perguntava a que mundo pertencia. Ficou pensando em por que aquela pergunta era tão dolorida.

— Eu adoraria ver Polonio no inverno. Aquelas tempestades lendárias.

— Estamos planejando ir em julho — Malena disse.

— Talvez um dia eu veja, quando voltar — La Venus disse, pensando enquanto falava que não tinha a menor ideia de quando isso seria.

— Vai ter bastante praia pra você, de todo modo, lá onde você vai — Romina disse. — Copacabana. Ipanema. E nunca faz frio lá, ouvi dizer que se pode nadar o ano todo.

Disse aquilo como uma gentileza. Para facilitar o voo da sua amiga. Mas La Venus soube, naquele momento, que não haveria Polonio no Brasil. Não havia Polonio em lugar nenhum, a não ser no Uruguai. De repente, queria o seu pequeno e monótono país. País taciturno. País quebrado. Terra dos cansados. Terra de oceano frio, de margens escondidas, de um rio liso e lamacento se estendendo até a borda do céu.

Ficaram quietas com seu mate depois daquilo, olhando para a água, cada uma observando seu próprio fantasma no horizonte.

6
A visão

Nos dois anos seguintes, La Proa desabrochou.

Novas rachaduras apareceram nas paredes, deixando o vento entrar, depois foram enterradas sob camadas de gesso. Balde, corda e roldana apareceram no banheiro, um chuveiro caseiro, com furos no fundo do balde através do qual a água poderia pingar, salpicar, se derramar.

A cozinha estava repleta de facas, colheres e panelas da cidade, agrupadas caoticamente pelas prateleiras, como refugiadas.

A pilha de roupa de cama ficava mais alta a cada estação que passava.

Prateleiras brotavam ao longo das paredes internas, ripas de madeira presas a marteladas suportando livros, fósforos, velas, conchas apanhadas na praia, pesos amassados, pedras pintadas, gravetos pintados, mais livros.

A sujeira engrossava nos cantos e pelo chão perto do fogão. Uma limpeza profunda tinha descascado suas camadas para que elas pudessem gentilmente se acumular de novo.

A mobília se reproduzia aos poucos: uma mesa começou com uma tábua sobre quatro pilhas de tijolos, depois se tornou um tronco de madeira flutuante encontrado na praia e arrastado para casa, cortado, primeiro colocado sobre os tijolos, até que começaram a tentar martelar umas pernas nela e também a lixar os nós e as elevações para que se tornasse uma superfície mais plana. Nunca se tornou completamente plana. Ao invés disso, todas aprenderam como equilibrar copos e pratos em cima da paisagem enrugada da mesa de Polonio, e, embora houvesse derramamentos, embora tigelas titubeassem, a mesa permaneceu, a mesa certa para elas, atarracada nas quatro pernas baixinhas, viva com seus padrões, tão estranha quanto bonita.

Paz era quem ia com mais frequência. Os negócios a levavam para Polonio ao menos uma vez por mês — para conferir os mantimentos, organizar o transporte, discutir a contagem da estação das focas e calcular peles com El Lobo e tirar dele algumas velhas histórias, se ele estivesse disposto a conversar, se possível uma história de velhos naufrágios que parecia luzir com novos detalhes a cada vez —, e ela sempre tentava chegar mais cedo do que precisava para que pudesse passar um tempo na casa. O trabalho a trazia, mas ela não ia a Polonio só por isso. Ela ia para ficar sozinha. Ela ia para ouvir. Ela ia para se soltar. Andava pelas dunas e chegava suada ou com frio ou molhada da chuva, dependendo da estação, e depois se sentava dentro de casa em silêncio por um bom tempo. Ela caminhava pela praia por horas, o bastante para que o fogo dentro dela amainasse para um nível suportável, o bastante para que a cidade e a estrada se apagassem da sua mente e o oceano a preenchesse, a lavasse por completo. Não houve mais visitas do Ministro do Interior e da sua esposa, e, quanto aos soldados do farol, eles a deixavam em paz. Sabiam quem ela era, ela ficava quieta, eles não se importavam. Os guardas mudavam constantemente, parecia, ou talvez eles apenas não tivessem rosto para ela, eram intercambiáveis, e esse era o problema de soldados, não era? Serem todos como o sol: não se podia olhar diretamente por muito tempo. Era um alívio estar longe da cidade e da sua mãe, com quem agora ela falava ao telefone ao menos uma vez por semana e encontrava ocasionalmente para um chá em um dos cafés do centro da cidade, na Avenida 18 de Julio, para conversas curtas que a deixavam no limite e faziam seu peito arder ao mesmo tempo. Mamá era zelosa com esses chás, e se sentia aliviada que Paz tinha forjado uma vida para si que já não requeria muito dela.

Essas viagens solo eram também um alívio para Paz por estar longe da suas amigas. Elas a amavam e ela as amava, mas, às vezes, elas eram muito como tias, se intrometendo na sua vida, como se, ao fazer isso, pudessem consertar os furos e os rasgos dos seus próprios passados, olhando para ela através do prisma do seu pudor. Até Flaca a repreendeu, uma vez, por ter duas namoradas ao mesmo tempo — Flaca! Logo ela! Às vezes, Paz achava que tinha sido um erro contar a elas sobre Puma, anos atrás, quando foram a Polonio pela primeira vez. Elas nunca entenderam (embora, para falar a verdade, às vezes ela própria não entendia totalmente). Havia coisas sobre ela que as amigas nunca veriam por completo. Era assim. O mundo era assim. Mesmo amada, você não era completamente vista.

Somente o oceano — o Atlântico, as ondas selvagens desimpedidas de El Polonio — podia vê-la por inteiro. Ou, ao menos, envolvê-la. Uma completude sem comparação.

Então ela vinha para reparar as coisas, consertar o telhado, fazer um chuveiro com uma corda e um balde, pregar madeira, construía a casa e a amava com suas mãos o melhor que podia, sempre pensando em como a tinham comprado, sua patética contribuição, a menor das cinco. Agora que tinha renda própria, tinha até tentado pagar as amigas de volta, mas elas não queriam nem saber. "Foi o que combinamos", Flaca diria, e fim de papo. Então tinha isso: seus reparos, seu trabalho, o suor e os músculos das suas mãos melhorando a casa. Seu modo de pagar.

Ela sempre seria a mais nova das amigas, a chiquilina, muito embora agora fosse uma mulher adulta de vinte e um anos. Às vezes, ficava chocada ao se olhar no espelho. Se sentia ao mesmo tempo mais jovem e mais velha do que era, uma criatura estranha, fora do seu tempo. Diferente de qualquer outra mulher de vinte e um anos que conhecia. Uma ex-universitária que sabia passagens de Cervantes de cor. Uma leitora ávida com braços musculosos de trabalhadora. Uma mulher que com frequência cheirava a focas carneadas, mesmo que passasse horas se esfregando na banheira depois das suas aquisições, determinada a se livrar da catinga, mas não era tão fácil, ela agora sabia, o cheiro do seu trabalho tinha um jeito de se estabelecer na pele. Como o do pai de Flaca, que sempre tinha um cheiro de carne crua com ele, como se o açougue tivesse infiltrado no seu corpo — assim era para os homens trabalhadores, para o chão de fábrica, para homens da terra, como ela, mulher da terra, do mar, cheirando a trabalho de homem.

Há quase três anos que se sustentava sozinha, com um trabalho de homem, pagando por um quarto todo dela em um apartamento de um casal cujo filho estava preso no Penal de Libertad; ela dormia no quarto do filho, o quarto do preso, e juntava pesos como se cada nota fosse um bilhete para a liberdade. Trabalhava duro por cada trocadinho, conduzindo peles do fim do mundo até a capital. Em cada etapa da viagem — a reunião na casa de El Lobo, a carroça puxada a cavalo nas dunas, o caminhão alugado de uma fazenda nos arredores de Castilhos, a fábrica de roupas no bairro judeu de Montevidéu — havia um homem com quem interagia. Ela retirava a feminilidade da sua aparência o quanto podia para que a levassem a sério. Cabelo lambido para trás num rabo de cavalo, como uma estrela do rock ou do futebol. Calças, suéter largo. Cara amarrada — não antipática, pois isso também tinha seus malefícios, mas só o tanto preciso de mandíbula definida para os homens se resignarem à sua taxa e às suas regras e silenciosamente agradecerem suas estrelas da sorte por sua própria filha não ter acabado *daquele jeito*. Ela não poderia entrar no mundo dos homens — não que ela quisesse ser um homem, o que ela queria era o poder deles —, mas poderia, percebeu, contornar suas bordas como uma espécie de não guria, como um fracasso de guria, uma no-meio-do-caminho, e esse papel lhe dava uma chance maior de conseguir respeito do que garotas bonitas jamais conseguiriam, e ela nunca tinha sido uma garota bonita mesmo, nem perto, então ela o tomou para si. Foi levando. Canalizou sua ferocidade na matemática, no rápido desenrolar das contas. Esse tanto para você, esse tanto para você, e não, isso é suficiente, ou você quer que eu chame outro motorista da próxima vez? E toda a ginga que ela aprendeu no trabalho era o que a fazia subir pelas saias das mulheres também. Era preciso se comportar como se soubesse de todas as coisas e não precisasse de uma maldita alma. Levou meses de prática, pensando, ensaiando sozinha na frente de um espelho, para se aproximar de uma mulher pela primeira vez. Foi em um bar do bairro judeu, depois de entregar um carregamento de peles. Era o seu primeiro ano de comércio. Tinha o bolso cheio de notas suadas e se sentia eufórica, odiando ter que ir para casa, para o seu quartinho quieto com o som da televisão do velho casal pulsando pelas paredes. E então ela se esquivou para dentro de um bar, o tipo de lugarzinho de bairro perfeito para tomar uma cerveja e comer uma linguiça fresca saída da churrasqueira, com casais em algumas mesas, uns grupos maiores, sem crianças, sem mulheres sozinhas. Sentou-se em uma mesa no canto e se curvou sobre sua cerveja, pensando que, a qualquer momento, iria para casa, e então sentiu olhos sobre ela. Uma mulher. Parecia ter trinta e poucos anos, maquiagem carregada, vestido vermelho que parecia feito em casa. O homem com quem ela estava era muito mais velho e estava falando com outros homens na mesa, discutindo estrondosamente, ignorando-a. Os olhos da mulher eram de um castanho profundo, ela era rechonchuda e tinha um ar sensual e uma fome evidente no rosto, o que fazia dela certamente a mulher mais bonita de Montevidéu. Paz olhou de volta e se obrigou a segurar o olhar da mulher como se tivesse feito aquilo uma centena de vezes. Os homens estavam rindo agora, ainda sem prestar atenção. Para eles, Paz era apenas uma pobre garota num canto. Mas a mulher ainda a olhava. Paz levantou e foi até o banheiro. No caminho, roçou na mesa e deu uma olhada rápida para baixo, como quem diz "venha". Quando ela chegou nos fundos, ficou desconsertada, pois o banheiro não era mais do que um cômodo minúsculo ao lado da cozinha. Sem privacidade nenhuma, embora nem o garçom, nem o cozinheiro parecessem ter notado que ela tinha deslizado porta adentro. Suava, quente e nervosa. Esperaria cinco minutos e depois iria embora. O que estava fazendo? O que estava pensando, o que — então a mulher apareceu no pequeno banheiro e, sem uma palavra sequer, desligou a luz e trancou a porta. Escuro. Pernas e braços.

Suor, corpo. Ela tão perto, esperando, e Paz por um breve instante apavorada que ela perdesse essa chance, porque estava embasbacada demais para se mover, mas enfim se moveu, e a boca da mulher era tudo, era alegria na sua própria boca, sua pele um bálsamo para a ponta dos seus dedos, sua respiração distinta enquanto seguiam em absoluto silêncio, não podia haver som, nem palavras, apenas toque e ritmo, e, como tinham pouco tempo, Paz ergueu a mulher para cima da pequena pia como se fosse um trono, e ali, bem ali, coxas abertas como as coxas de uma rainha, exigindo adoração com um gesto ao qual Paz obedeceu, pensando e respirando *adoração*, derramando aquela palavra nas suas mãos.

Acabou rápido. A mulher gozou forte na palma da mão de Paz. Paz teria gostado de fazer mais, muito mais, dedos ainda enclausurados no calor, mas não havia tempo, e as duas sabiam disso. A mulher se agarrou no pescoço de Paz por alguns momentos enquanto a cozinha retinia e ressoava bem ali na porta, e então se afastou, acendeu a luz e arrumou rápido seu cabelo na frente do espelho.

— Como é o seu nome? — Paz sussurrou, mas a mulher apenas sorriu, não para Paz, mas para o seu próprio reflexo, depois se foi.

Desde então, passou a ter mais prática. Aprendeu a descarrilhar uma mulher, aprendeu que se podia fazer isso em qualquer lugar. Em padarias, no ônibus, na rua. Era tudo uma questão de olhar. Ele não podia ser desafiador, tinha que segurar tudo, perguntas e respostas. Fazer promessas que as mulheres desejassem que você cumprisse. Mas o olhar tinha que ser equilibrado, temperado, longo o bastante para deixar tudo claro, mas breve o bastante para que, se você lesse uma mulher erroneamente, ela pudesse dizer a si mesma que claro que não era o que ela pensou, que ela tinha inventado, que você era uma garota simpática que talvez a tenha confundido com alguém. Sem falar, tudo poderia ser perguntado e entendido, e você poderia ficar a salvo das autoridades, porque não haveria nada para os espiões relatarem, nenhuma razão para o governo te recategorizar de A para B quanto ao perigo para a sociedade, ou de B para C. Mantenha a boca fechada e os olhos vivos. Mantenha seu corpo desperto e você saberá.

Encontrar mulheres não era o problema.

O problema era que elas nunca ficavam.

Ela se lembrava do que Romina disse, anos antes, quando Flaca e La Venus ainda estavam juntas, sobre como não existia tal coisa como durar, nada de futuro, nada de para sempre para pessoas como elas. Romina, de todas as pessoas, estava firme com Malena por quase três anos. Elas quase pareciam um casal casado mesmo, de tão fundidas que eram. O que ela teria a dizer agora?

Não que Paz sempre quisesse que as mulheres ficassem por ali. Algumas conexões eram boas para uma noite, uma semana, umas poucas aventuras. Houve mulheres cuja depressão ou necessidade frenética a tinham esmagado, mulheres que esperavam que Paz lhes desse não apenas prazer, mas também as salvasse de um casamento infeliz ou de um pai dominador — mais do que ela poderia fazer. Depois houve as mulheres que não queriam abandonar sua miséria, para quem Paz era como uma garrafa de uísque que poderia ajudar a se aquecer por um tempo e esquecer. Houve mulheres cujos nomes ela nunca soube, a quem ela amou em arbustos de parques e banheiros de cafés e quartos de hotéis baratos quando tinha dinheiro. Houve mulheres que ela conheceu, que se derramaram em confissões enquanto estavam nuas nas camas dos seus maridos (Paz não se atrevia a usar seu próprio quarto na casa do velho casal; eles estavam sempre em casa e não sabiam de nada, tinham passado por muita coisa quando perderam seu filho para o regime, então ela mantinha a sua vida sexual fora da casa deles). Não importava quem fosse a mulher, e não importava o lugar nem as circunstâncias, Paz sempre adorava o sexo. Entre as pernas de uma mulher, estava em casa. Viva. Como se fosse o único membro de uma seita oculta e esquecida, uma devota perseguida sem igreja para rezar, os corpos das mulheres eram a igreja, o lugar da consagração. Ou era da profanação? O que era esse rito no qual mergulhava em mulheres até que implorassem por misericórdia ou chorassem com uma alegria selvagem? Algumas das mulheres — não todas — davam algo em troca, mas em nenhum lugar havia prazer mais intenso do que quando dava prazer. Rito estranho. Crente solitária. Cosmicamente sozinha, exceto quando se lembrava de Flaca e das outras, sua tribo de Polonio, as cinco, um círculo do possível.

Muitas das mulheres tinham homens nas suas vidas, maridos ou namorados ou amantes.

— Você é a traição perfeita — uma dona de casa disse a ela, nua, acariciando seu cabelo. — Você não pode me engravidar nem me passar sífilis. É um sonho.

Paz ficou pensando em quantas mulheres se sentiam daquele jeito com ela. A traição perfeita. Segura. Mais segura do que um homem — não mais séria. Seria possível que algumas delas não fossem realmente cantoras? (E o que fazia uma cantora real?) Ou será que escolheram enterrar o que eram para manter suas vidas intactas? Ela não se importava. Disse a si mesma que não se importava. Por um tempo, acreditou.

Então, quando tinha vinte anos, conheceu Mónica. A selvagem Mónica, a gargalhante Mónica, solteira e sem amarras com homem algum, uma alegre secretária num escritório do centro de dia, uma boa filha à noite, exceto quando saía com Paz, demolindo sua virtude. O sexo com Mónica era como se lançar em um vulcão. Mónica foi a primeira guria que Paz levou para Polonio, uma vez com o grupo, que a acolheu, e antes, apenas as duas, por três dias de luz nua.

— Eu amo este lugar — Mónica tinha dito, mexendo nos pelos pubianos de Paz. — É mágico.

Paz riu.

— Você nem viu nada.

— Eu vi.

— Nem saímos da Proa.

— Vamos sair já, já.

— Você fica dizendo isso.

— Você fica tornando isso impossível.

— Ah, então a culpa é minha?

— Óbvio.

— Sua flor inocente.

Mónica abriu bem os olhos numa galhofa de eu-que--sou-tão-pura que sempre fazia Paz arder de tesão, mesmo agora, depois de horas transando.

— Em segundo lugar: a Proa *é* Polonio. Por que eu tenho que sair?

— Bem, tem a pequena questão do oceano...

— Que eu posso muito bem ouvir daqui. E até sentir o gosto.

— É?

— Bem aqui.

— Mmmmmm.

— Vou te mostrar.

— Mostra.

Cinco meses, elas duraram, e Paz não esteve com ninguém mais, começara a imaginar Mónica como sua última mulher, para sempre ela. Que idiota foi ter pensado assim, ter criado esperança.

No fim, Mónica não sabia o que queria.

Ou talvez fosse pior do que isso: ela sabia exatamente o que queria e envolvia filhos, um anel no dedo, um homem que ela pudesse levar para casa, para o seu Papá.

— Ele quer casar comigo — foi tudo que ela falou ao telefone sobre o novo homem na sua vida.

Paz leu as entrelinhas: sua amante não queria uma vida de esconderijos, uma vida presa a uma ex-universitária que cheirava a pele de foca e nunca poderia ser apresentada para a família. Nunca poderia formar uma família com ela. O ouro do anel, a aprovação de Papá, mais importante do que o amor.

Flaca tentou confortá-la.

— Para algumas mulheres, isso é o seu verdadeiro desejo. O que querem mais do que tudo. Ter bebês, um homem. Ser uma esposa. Você tem que aceitar.

— Não consigo aceitar — Paz disse.

— Pensa assim. — Flaca entregou a cuia de mate; estavam na Rambla, empoleiradas na mureta, e o rio se estendia amplo e liso diante delas, azul, sem ondulações à vista. — Alguém precisa continuar a humanidade, certo?

— Pra quê?

— Ah, para, Paz. Relaxa.

— Talvez as cantoras devessem começar a ter bebês.

— Bah!

— Você disse pra eu relaxar.

— Touché.

— É que é tudo tão idiota. Um véu branco pra fingir que você é pura, um homem pra trucidar seu sobrenome com o dele. — Paz entregou a cuia de volta para Flaca e observou ela encher. — Daí ela pode agir como a nobres, a mulher casada, que fez as coisas certas, quando na verdade está vivendo uma mentira.

— Como você sabe que é uma mentira pra ela?

Paz olhou para Flaca, firme.

— Você sabe exatamente como.

Flaca riu e bebeu seu mate.

— Sua Don Juana.

— Ela sempre esteve com homens, sabe. Ela disse que era melhor comigo do que com todos eles.

— Todas dizem isso.

— Notei.

As duas riram.

Paz ficou séria.

— Você acha que elas falam sério?

Flaca entregou a cuia de mate, cheia de novo, depois acendeu um cigarro e deu uma longa tragada antes de responder.

— A maior parte. Sim.

— E as outras?

— As outras dizem a mesma coisa para todas as suas amantes.

— Bem, Mónica não é uma dessas.

— Eu acredito em você.

Paz pegou o maço de cigarros de Flaca e acendeu um para si. Essas mulheres, tendo o melhor sexo das suas vidas e ainda assim correndo de volta para os homens. O que os homens estavam fazendo? O que tinham que ela não tinha? Um pau, claro, mas, dado o histórico, o que mais? Véus. Alianças. Esperma para fazer bebês. Era isso? Era isso, Mónica?

Flaca parecia estar lendo seus pensamentos. Pegou o mate novamente e derramou água quente nas folhas.

— É o poder — ela disse, gentil. — Elas querem o poder de estarem seguras e serem aceitas. Ter a vida liberta da vergonha.

— E os homens dão isso a elas.

— Exatamente.

E nós não podemos dar. Nós não temos essas coisas sequer para nós, então não podemos dar a elas.

— Às vezes, eu acho que seria diferente — sussurrou Paz — sem o Processo.

Afinal, foi ele que cobriu toda a nação de medo, de modo que, para algumas mulheres, o custo de viverem verdadeiramente podia parecer insuportável.

— Talvez. Não sei. — Flaca não olhou ao seu redor, e não tinha ninguém por perto, mas seu corpo ficou tenso e ela parecia estar calculando cada palavra. — O silêncio estava aqui antes, não é?

— Eu não saberia.

— Certo. Eu esqueço que você é nova. Antes... Disso.

Isso. O golpe.

— Algumas coisas eram diferentes, mas outras não.

Paz tomou todo o mate, depois observou Flaca tomar o dela e tomou outra rodada. Elas sentaram e observaram o rio beijar a costa.

— Foda-se a Mónica de qualquer forma. — Flaca disse. — Vai haver outras mulheres.

E sobre isso, assim como muitas coisas, Flaca estava certa.

*

Romina sentia o vento no seu cabelo enquanto a carroça ia pelas dunas de areia. Malena estava ao seu lado, Flaca logo atrás com sua namorada Cristi. Estavam indo a Polonio para celebrar o calor da primavera; já era o meio de outubro e o céu se enchia de um claro calor azul. Paz já estava na casa, pois estava preparando umas coisas, e elas se encontrariam lá.

Malena. Ternura aberta. Uma tranquilidade entre elas que ultrapassava as palavras. Seus corpos não estavam se tocando, mas agora estavam próximas do lugar onde podiam dar as mãos, deixar as máscaras cair, se conectarem sem fingimento. Tinha se tornado mais difícil com o passar dos anos, a mentira constante. Ainda que fosse normal para irmãs e primas, ocasionalmente, andarem de braços dados, e algumas cantoras, ela sabia, se aproveitarem dessa vantagem para tocar suas amadas em público, Romina não se atrevia, com medo de que seu corpo a traísse com sua fala secreta. Seu toque que não era o de uma irmã; como fazer seu corpo mentir? Romina se enervava com isso mais do que Malena, talvez porque ela precisava do toque dela para estabilizá-la como uma âncora. Mão no cotovelo, cabeça no ombro, pés no colo, coxas se encostando num sofá e ela estava em casa. Não era tesão, exatamente, não na maioria das vezes, e, na verdade, esse toque íntimo raramente levava, hoje em dia, a sexo, preocupada que Romina estava com organização, com o estado do país, com a longa e lenta derrubada política à qual devotava sua alma. Era algo mais gentil do que tesão e mais essencial: uma conexão tão instintiva que quase parecia uma extensão de si mesma. E precisava dela. Quanto mais trabalhava, mais precisava dessa mulher que a recebia com ouvidos pacientes e mãos firmes, raramente pedindo algo em troca, como se amar Romina, apoiar Romina fosse seu melhor sustento. Era gentil da parte dela. Malena era tão gentil. Era um presente grande demais para retribuir, e Romina era grata por isso, embora às vezes temesse que, independentemente do que fizesse, ela nunca seria grata o suficiente. E outras vezes, pior, a gratidão fracassava e ela se encontrava irritada, cheia de ser a egoísta, aquela com necessidades, aquela que decidia tudo, porque Malena nunca tinha opinião sobre o que fazer para o jantar ou se caminhariam para leste ou oeste pelo rio, "Qualquer lado", Malena dizia, "eu não me importo, sem problemas, o que você quiser", e às vezes Romina queria gritar "Será que você pode escolher uma vez? Sempre tem que ser eu? Você está viva ou o quê?". E então ela prontamente se enchia de vergonha. Ter uma mulher que era uma santa, que dava tudo por ela, e não ser grata — qual era o problema dela?

— Por que você me dá tanto? — Romina perguntou uma vez.

Malena sorriu e disse:

— Porque eu quero.

E então Romina aceitava novamente esse jeito de Malena, esse doar-se, que era o seu jeito próprio de expressar amor ou de incentivar a resistência, talvez, ajudando a sustentar uma das suas líderes. Qual motivo era mais poderoso? Resistência ou amor? Malena nunca disse e Romina não perguntou e, com o passar dos anos, esse jeito delas de ser começou a parecer inevitável, pelo menos na maioria das vezes, tão natural quanto o vínculo entre o solo e a árvore, um baixo e imóvel, o outro tentando alcançar o céu.

E que anos cheios foram. A resistência estava ganhando força. A oposição ao regime ainda era apenas um sussurro, mas era um sussurro forte, coletivo, insistente, um zunido crescente como o de uma onda. Foi o plebiscito, há dois anos, que tinha mudado tudo — aquele primeiro voto do povo, para o qual ela organizara comunicações pela Frente Ampla, todas secretas, pois o partido ainda era ilegal. As pessoas tinham conseguido. Tinham votado NÃO. NÃO à nova constituição do regime, NÃO a eles tomarem mais poder, NÃO à petulante tentativa deles de tentarem parecer legítimos aos outros ao redor do mundo. E não só isso, o voto tinha vindo com força, 57% votaram NÃO. Por semanas, depois daquilo, ela andava pelas ruas apaixonada por metade das pessoas com quem cruzava — até mais da metade! — pela sua bravura e disposição de arriscarem a vida ao votar contra aqueles que tinham o poder de esmagá-los, ou que pelo menos afirmavam tê-lo, afinal, o que era poder, o que era esmagar, quem eram aqueles homens sem rosto no topo daquela coisa sinistra conhecida como governo? Ela não era a única que se sentia assim. A nação estava tomada de coragem. Depois do voto daquele novembro de 1980, mais da metade das pessoas ouviu sua voz e finalmente soube que não estavam sozinhas. A oposição esteve por tanto tempo em silêncio — se você não quisesse desaparecer, se não quisesse ser torturado, você calava a boca e não falava do governo, ponto —, e essa forma de discurso, esse voto, foi a primeira melodia trêmula a entrar naquele silêncio público, como um pássaro no amanhecer. As pessoas se cumprimentavam mais na rua. O senhor da mercearia começou a olhar para ela ao pesar seus tomates, dando ênfase ao seu "um belo dia mesmo, não?" com um brilho passageiro nos olhos. Encontros clandestinos cresciam em tamanho. E havia os caceroleos. Sua célula ajudara a começar as coisas, a espalhar a palavra. Uma vez por mês, às oito da noite, exatamente, as pessoas começavam a bater panela nas cozinhas de Montevidéu. Primeiro, seus pais ouviram o clamor, mas não se juntaram a ele nem disseram qualquer palavra sobre, embora a expressão de Mamá tivesse se tornado distante e incrédula até a vizinhança finalmente se aquietar. Mas conforme os caceroleos cresciam, uma batida forte o suficiente para sacudir a terra, até mesmo sua mãe se juntou a eles, de modo que agora elas ficavam juntas na janela aberta da cozinha e batiam panelas e frigideiras; em mais de uma ocasião, Mamá quebrou colheres de pau contra o metal, e depois continuou batendo, Romina pegando a metade da colher que voou e usando-a para fazer mais barulho, porque uma colher quebrada também pode gritar, ah, sim, como pode. Às vezes, Mamá chorava enquanto batia, mas nunca falava. Papá desaparecia no quarto antes do protesto começar, sem se juntar, mas também sem impedir. Romina ansiava por essas noites agora, por estar ao lado da sua mãe enquanto lançavam lamentos percussivos noite adentro.

O governo, de sua parte, respondeu ao voto como se respondesse a um tapa. Ela se preparou para ataques ao povo, uma série de prisões, repressão, mas parecia que os homens no Palácio Presidencial estavam em um caos, ocupados demais se defendendo da pressão internacional e confusos com o próximo passo. As prisões diminuíram. Os presídios estavam cheios, os centros secretos de detenção esgotados para funcionar, talvez, Romina considerava, tentando não pensar nos Apenas Três e onde estavam, o que essa falta de carne fresca significava para os seus prospectos, será que estavam sem trabalho agora, sem mulheres nuas para estuprar, forçados a virar suas armas contra suas esposas, contra suas filhas? Ela pensava demais nas filhas deles, rezava para que não tivessem nenhuma. Desejava poder se libertar de pensar sobre eles para sempre, poder parar de tentar encontrar seus rostos nos ônibus e em cafés de esquinas — em pânico o tempo todo, porque não teria como ter certeza, tendo visto muito pouco dos seus rostos e sendo a memória uma traidora da mente —, e desejava que pudesse parar de sonhar com eles, como sombras se curvando sobre ela, pesadas, sem ar, sufocantes. Ela acordava suada, mas nunca falava sobre isso, pois era uma das mulheres que tinha sofrido menos, pois foram apenas três e somente por duas noites, uma noite com um, uma noite com três, duas noites, ao invés de centenas, uma aritmética irrisória da dor, e então quem era ela para falar sobre isso quando sua experiência foi uma fração comparada ao que outras mulheres tinham sofrido, ainda estavam sofrendo? Não era nada, um cisco no olho, esses Apenas Três. Cala a boca, Romina, supere. Os sonhos eram uma vergonha. A única pessoa para quem contou foi Malena, que a abraçou e a confortou, ouviu-a, mas deu a ela a bondade de não dizer nada.

Enquanto isso, o novo relaxamento do governo significava que ela poderia dar aulas. Ela foi classificada como cidadã B, o que tornava impossível dar aulas em uma escola pública, mas ela conseguiu encontrar uma vaga numa escola particular. Ela dava aula de história para crianças de onze e doze anos da maneira mais cuidadosa, seca e mentirosa que o regime queria que ela fizesse. Era doloroso distorcer a história, mas ela dizia a si mesma que essa falsa superfície a deixaria fazer seu trabalho real depois, à noite — o trabalho que daria a essas crianças o tipo de país em que elas poderiam ter esperança de um futuro decente. *Isso é por vocês também,* ela gritava para eles silenciosamente quando começava seus relatos monótonos sobre a perfeição higienizada do Uruguai. Seus estudantes perdiam o brilho, faziam anotações robóticas, olhavam pela janela ou desafiadoramente para ela. Seu grito silencioso não os alcançava, e ainda bem. Ela tinha seu salário e seu trabalho secreto. Quase o suficiente para aliviar sua consciência pelas mentiras com que alimentava seus alunos.

Ela se derramava na resistência. Estavam ganhando tração. Em alguns dias, ela pensava que não viveria muito mais, que cada dia que não era capturada era um milagre. Em outros, pensava vislumbrar a liberdade da nação bem na esquina, era só um grande empurrão coletivo. Havia outra eleição a caminho, em novembro de 1982 — no mês que vem! — para que os partidos políticos pudessem escolher seus líderes internos, um grande passo, visto que os partidos tinham sido proibidos de operar por tantos anos depois do golpe — e ela ousava ter a esperança de que aquilo abriria as coisas, embora, com todas as facções ferozes na esquerda, também pudesse fragmentá-los e destruí-los. De qualquer maneira, estava determinada a continuar forçando, determinada a seguir.

Ela também voltou a reconhecer Felipe, com visitas lentas e pacientes ao Penal de Libertad. Seu pai ainda não ia, mas ela e sua mãe se alternavam nos dias de visita. Ela começou a perceber, por sinais sutis, que ele estava bem. Que as visitas davam a ele combustível. Um dia, no entanto, ele disse, do nada:

— Você ainda não é casada?

Ela agarrou a perna da mesa, fora da vista dele. Por que perguntar isso se já sabia a resposta?

— Não.
— Algum pretendente?
— Não.
— Romina, tenho certeza de que vai encontrar alguém.
— Estou bem do jeito que estou.
Então, ele ficou sério.
— Nossos pais precisam de netos, hermana, e — Ele olhou ao redor de si, como um gesto — eu é que não posso prover. Eu preciso que seja você.
Ela mordeu a língua.
— Pensa nisso. Nosso sobrenome pode nunca ser passado a diante.
O homem estava na prisão, tinha sofrido o que ela nunca sofreria, então seja legal, ela pensou, mas deixou escapar, de qualquer jeito:
— Se meus bebês não teriam o nosso nome de todo jeito, o que isso importa?
— Qual é o seu problema? Eu nunca disse isso. Só estou dizendo... Nossos pobres pais, tente fazê-los felizes.
— Eu faço tudo o que posso para deixá-los felizes.
Ele desviou os olhos para a parede vazia e rachada por um momento antes de responder.
— Você deve isso a eles.
Seu tom duro a surpreendeu. Ele não cederia. Ela o encarou e ele a encarou de volta e, por um momento, não eram mais prisioneiro e visita, mas irmão mais velho e irmã mais nova, ele explicando a ela como o mundo funcionava, ela dobrando suas cuecas e meias enquanto ele explicava, ela tirando seu prato da mesa depois do jantar enquanto ele se afastava para relaxar ou para estudar ou para assistir televisão enquanto ela esfregava e varria e limpava.

— É a minha vida — ela disse, e imediatamente se afogou em uma enchente de culpa por ter dito aquilo. Era ela quem estava lá fora, quem tinha uma vida, enquanto ele... A dor no rosto dele mostrava que estava pensando a mesma coisa.

Mostrou as palmas das mãos, um homem sob ataque.

— Calma. Eu não–

— O tempo acabou — disse o guarda.

No ônibus de volta para casa, ela queimava de raiva e vergonha, um emaranhado quente que não podia ser desfeito. Naquela noite, bateu na porta de Malena sem avisar e elas ficaram juntas a noite toda pela primeira vez, em um hotel barato, onde ficaram agarradas uma à outra num quarto anônimo vazio que não pertencia a nenhuma delas, com tamanha paixão que fez Romina não pensar por alguns momentos brilhantes sobre pertença, sobre a necessidade de pertencer.

— Vem morar comigo — Malena sussurrou no seu ouvido quando amanheceu. — Poderíamos arranjar um apartamentinho. Nós duas, agora que você está dando aulas, podemos dar conta.

— Eu não posso. Você sabe que eu não posso.

— Você pode. Nós podemos. Não consigo suportar o fato de você acordar sozinha.

Ela desejava poder dizer sim. Desejava. Mas já era ruim ficar fora durante a noite sem pedir permissão aos pais, sem deixar um bilhete ou se atrever a ligar por medo de que eles a dissuadiriam desse punhado de liberdade. Eles deviam estar preocupados. Não importava que as rondas noturnas estivessem se afrouxando naqueles dias — seus pais se preocupavam. Os massacres estavam muito próximos do passado da sua mãe para que ela se sentisse segura na rua com uma filha numa cidade como aquela, que engoliu cada um dos seus filhos em momentos diferentes e nunca devolveu um deles. Como ela poderia abandonar seus pais? Filhas não se mudavam até que tivessem um marido. Ela nunca teria um marido. *Tente fazê-los felizes*. Estava os decepcionando. Eles precisavam dela. Ela era tudo o que tinha sobrado para eles, com Felipe longe. A tristeza da sua mãe era um rio onde ela nadava todos os dias, cuidando das suas correntes como se pudesse dar forma a elas, e não o contrário. Era escuro lá dentro, cheio de formas de vida, algumas estrangeiras, algumas tremendamente familiares. Não, ela não poderia partir. Ela nunca poderia ser como Malena, que alugara um quartinho na casa de um casal de velhos, que tinha cortado seus laços com os próprios pais, algo que nunca deixou de surpreender Romina, bem como desorientá-la, já que Malena ainda não tinha partilhado os detalhes sobre seu afastamento. Houve conflito. Não tinham concordado sobre alguma coisa. Bem, que cantora tinha pais com quem podia concordar? Como aquilo poderia ser uma razão para romper com os próprios pais? Tinha que ter mais coisa, mais buracos na narrativa. Ela desejava saber toda a topografia, mas Malena sempre mudava de assunto com destreza, como se passasse mel com uma faca.

Malena. Malena coberta de mel. Romina se ajustou no assento para que olhassem na mesma direção quando a carroça virou em direção à praia, o farol de Polonio e as poucas cabanas finalmente à vista. Ela não poderia ir morar com Malena por razões que Malena se recusava a compreender e, mesmo com toda a harmonia entre elas, isso tinha se tornado uma discussão recorrente, sempre ali, abaixo da superfície, uma falha que era despertada ao menor toque, ficando ainda mais dolorosa pelo fato de Romina estar argumentando contra seus próprios desejos. É claro que ela gostaria de voltar para casa todas as noites, para uma esfera privada que ela — que elas — pudessem preencher com seus verdadeiros eus. Um luxo quase obsceno. O que fariam com tanto espaço para honestidade? Elas já transavam com menos frequência do que no início, mas sempre que o faziam, o poder terno do ato se derramava novamente, lembrando do caminho, como água no rastro da gravidade. O sexo das duas era oceânico, acolhedor, aberto, nunca forçado. Malena esperava por um sinal antes de começar qualquer coisa, mesmo se os sinais desaparecessem por semanas. O que às vezes acontecia. Ela nunca sabia exatamente por quê; não era necessariamente quando os Apenas Três entravam nos seus sonhos ou quando ela sentia mais medo do futuro. Não havia um padrão. Marés erráticas. Os sinais sumiam e apareciam de novo, impelidos por forças que Romina não sabia explicar. Só mais tarde, quando seus corpos se fundiam, é que sentia a fome de Malena sob a superfície, esperando, quieta, como uma criatura inadequada para a caça. Era o suficiente e um alívio para Romina. Parecia, às vezes, que esse era o único jeito do mundo ser refeito como os heróis haviam sonhado: uma mulher segura outra mulher e ela, por sua vez, levanta o mundo.

*

Chegaram em La Proa e encontraram Paz fumando um cigarro na porta, esperando por elas, de biquíni e calção. Ficara descarada daquele jeito, Paz, vestindo o que quisesse enquanto estava em Polonio. O deleite iluminou seu rosto quando as viu.

— Como foi a viagem? — perguntou.

— Longa. — Flaca lhe deu um beijo, depois entrou para guardar sua mochila. — Essa é a Cristi.

Paz sorriu.

— Cristi, olá. Bem-vinda à Proa.

Cristi sorriu, parecendo aliviada com a recepção calorosa. Tinha a beleza de um pássaro e parecia doce, embora também parecesse nervosa — talvez porque era sua primeira vez se juntando *àquele tipo* de mulher, além de duas, e não havia um manual do que esperar.

— Como foi seu primeiro dia? — Flaca acendeu dois cigarros e deu um para Cristi. — O que fez?

— Consertei outra rachadura no teto — disse Paz.

— Excelente.

Romina e Malena entraram, e logo o grupo estava rindo escandalosamente e falando junto de uma só vez e colocando seus trajes de banho e indo em direção à água.

O oceano as recebeu com gula, acariciando a pele delas com línguas pálidas.

Flaca e Cristi nadaram para as rochas — *sua jogada clássica*, pensou Paz, se lembrando da primeira vez. Como tinha ficado atordoada de ouvir ela e La Venus lá, fazendo amor. Como aquilo a tinha mudado por dentro, fechado a porta da normalidade e aberto um caminho para a vida que tinha agora. Como era jovem naquela época; que sorte encontrar esse lugar, essas companhias, como Alice encontrando um país diferente ao entrar na toca do coelho. Sem aquela virada do destino, quem sabe onde estaria agora? Na universidade, talvez. Ainda vivendo com a mãe? Noiva de algum cara? Sua cabeça doía ao pensar naquilo. Romina e Malena, enquanto isso, boiavam e se balançavam lado a lado, perto o suficiente para estarem se tocando debaixo d'água, embora fosse impossível dizer se estavam ou não. Os casais estavam sendo casais. Ela estava sozinha. Ela não pensaria em Mónica. Maldita era por pensar em Mónica. Água. Profundidade salgada. *Arredores vastos e úmidos, me abracem, me levem, me vejam,* ela pensou com estranheza, pois o oceano não tinha olhos — ou tinha milhões? — e ela sentiu, nas ondas exuberantes, que o oceano a via.

Naquela noite, fizeram um banquete sob as estrelas.

Entraram num ritmo reconfortante, uma cortando, uma descascando, uma limpando o peixe, uma fazendo o fogo, preparando a refeição do jeito que, Paz pensou, outras famílias deveriam fazer nas suas férias de verão. Uma sensação de conforto a tomou. Segurança ou saciedade ou conexão ou alguma mistura pura dessas coisas. Quando criança, ela ouvia outras crianças falarem sobre suas férias em família no litoral, em um dos muitos apartamentos de frente para o mar ou cabanas que se espraiavam até a fronteira com o Brasil, de simples a brilhantes, e parecia que todo mundo ia para a praia no verão. Mesmo antes da ditadura ter lançado pessoas para o exílio, Montevidéu era uma cidade fantasma do Natal ao Carnaval. Mas Paz nunca teve uma família grande com quem tivesse essa experiência. Eram sempre somente ela e a mãe e elas geralmente apenas pegavam o ônibus para a praia urbana em Pocitos, e era isso. Quando tiraram férias de verão, antes do golpe, foram apenas elas duas para a casa emprestada da sua prima, ou as duas mais um namorado do momento, para quem Mamá dava toda sua atenção, nada como isso, a alegria simples de cozinhar juntas, de sentir o sol e o sal na pele e pessoas ao seu lado que te queriam ali, comida sob suas mãos e uma barriga ansiosa, os prazeres animais da tribo.

Naquela noite, em volta do fogo, elas conversaram sobre suas vidas, como nos velhos tempos, indo mais fundo do que podiam na cidade. Paz contou histórias das suas aventuras com vendedores e carroceiros, peripécias que faziam suas amigas rir. Flaca contou a elas sobre sua mãe, que tinha ficado doente, embora ninguém soubesse do quê, e tinha ficado acamada. Flaca agora se responsabilizava por todas as tarefas de casa, cuidava da mãe e administrava o açougue. Seu pai ajudava, é claro, mas ele também estava cansado. Às vezes, quando Flaca se levantava à noite para atender a mãe, ela ficava sentada por um tempão depois que a mãe dormia, segurando sua mão, olhando para o escuro.

— Sinto muito — disse Malena. — De verdade, Flaca. Sua mãe é uma pessoa maravilhosa.

Flaca sorriu para ela através do fogo e pensou por um instante se Malena estava pensando na sua própria mãe, com quem ela não falava por razões que nunca foram realmente explicadas. Doía nela ouvir sobre outras mães? Ela procurou dor no rosto de Malena, mas não encontrou nenhum traço. Ficava com vergonha de falar da sua mãe na frente da amiga, do jeito que um glutão poderia se envergonhar de se fartar diante de um esfomeado. Mesmo assim, se Malena algum dia sentiu uma pontada quando o assunto surgiu, ela nunca demonstrou. Ela era bondade. Era conforto. Confortava suas amigas nos términos, cuidava da sua amada depois de longos dias de trabalho, respondia as cartas de La Venus vindas do Brasil com mais paciência do que qualquer uma. Sempre ouvia as outras e mesmo assim mal falava da sua vida além de Romina. Ela tinha uma vida para além de Romina? Será que queria ter uma ou ficar nadando nas correntezas da sua amada era mais do que suficiente? E o que era aquela agitação sob suas camadas de calma? Tristeza? Ódio de si mesma? Pesar? Um senso de derrota de muito tempo antes? Talvez um misto de todas aquelas coisas ou algo diferente que Flaca não sabia dizer, só podia sentir pulsando lá no fundo de Malena e nunca ver ou alcançar, porque Malena não queria que ela visse, ela se irritava se tentassem, ficava tensa como um cachorro de rua ferido e se fechava e afastava você. Isso exasperava Flaca, às vezes. Era o tipo de exasperação que você só sente com uma irmã, com alguém que você ama totalmente. Ela se virou para Romina.

— Me diz, chica, como vai a revolução?

— Nada mal.

— Sério mesmo?

— Sim. — Romina deixou a cabeça pender para trás para encarar as estrelas. Que alívio poder falar disso ali. Os soldados estavam no quartel do farol, cuidando das suas próprias vidas ou das dos outros, mas não das delas. O som do oceano, sssshhhh, sssssshhhhh, estava operando a sua mágica no corpo dela, abrindo-a novamente, profundamente. — Eu acho que essas eleições podem nos ajudar de verdade daqui pra frente.

— Você está envolvida com aquilo? — Cristi perguntou, sem esconder sua surpresa.

— Romina — Flaca disse, abanando o ar com a mão — está envolvida em tudo.

O fogo faiscou e zuniu.

— Admiro você — Cristi disse.

Romina deu de ombros.

— É o que eu tenho que fazer.

— Eu soube que há uma controvérsia — Cristi continuou — sobre como votar.

— Também soube — disse Flaca. — O que devemos fazer?

Romina encarou o fogo e lançou sua melhor explicação. Foi mais comprida e mais enrolada do que ela queria. Não tinha nada de simples na situação: a junta militar tinha decidido permitir aos partidos políticos fazer suas próprias eleições internas, escolhendo líderes, embora não se soubesse ainda se esses líderes teriam algum poder ou se seria meramente simbólico, um circo para o público. Além disso, somente os dois partidos velhos poderiam participar. Os Blancos e os Colorados. A Frente Ampla, de esquerda, um novo terceiro partido, ainda era ilegal, junto com todas as outras facções menores da esquerda. Eles não tinham permissão para fazer uma votação, nem para existir. Resultou que a esquerda estava ferozmente dividida. O que fazer? Apoiar os líderes antiditadura de um partido moderado, porque eles estavam legalmente autorizados a concorrer e porque isso lhes dava uma pequena chance de um dia derrubar o regime? Ou apresentar cédulas em branco em protesto contra a exclusão da Frente Ampla, mantendo seus valores e dando força à verdadeira esquerda?

Os debates seguiam noite adentro, nos seus encontros nos fundos de lavanderias abandonadas, em porões abafados, em sapatarias entulhadas. Os encontros a exauriam e irritavam. Havia ex-tupamaros, políticos de esquerda, socialistas, comunistas, todos trabalhando juntos em níveis que teriam sido impossíveis antes do golpe. Eles sempre brigavam uns com os outros, mas agora eram a Frente Ampla, uma coalizão que punha as diferenças de lado para vencer, para manter a menor das esperanças de superar a grande fera diante deles. Ou trabalhavam juntos, ou estavam perdidos. Romina se surpreendia, muitas vezes, que todas essas pessoas pudessem se reunir em uma sala. A coalizão nem sempre funcionava. Caía, subia, desmoronava de novo. E agora, essa eleição partidária era a maior prova que a Frente unida enfrentava. Aquilo ameaçava dividir as pessoas.

Ela mesma balançava entre argumentos: enquanto ouvia os apelos de ambos os lados, às vezes era a favor do voto em branco — Frente Ampla ou nada, forçar pela revolução, sustentar nossos valores e não deixar aqueles monstros ditarem as regras —, outras vezes ela acreditava em apoiar um candidato dos Blanco, apoiar *qualquer* candidato disposto a lutar contra o regime que tinha roubado a democracia, qualquer candidato que tivesse uma chance de vencer e salvá-los do pior futuro possível, um futuro de eterno governo militar.

— Olhem o Paraguai — um homem disse. — A mão de ferro de Stroessner por vinte e oito anos e segue a contagem. Podemos realmente arriscar essa chance de acabar com o pesadelo?

E ela pensava *sim, é o que devemos fazer*.

Então um outro homem se intrometia:

— Mas se trairmos os princípios da nossa Frente, nossa visão, perdemos tudo.

E ela era atraída pelas suas palavras.

Já não perdemos tudo?

Vai e volta, balançando, nadando.

Os líderes da Frente inclusive entravam na conversa, em cartas contrabandeadas das prisões onde estavam detidos. Suas palavras circulavam pelo subsolo e atiçaram os ânimos. Uma noite, Romina ouviu a leitura de uma carta que argumentava pelo voto em um candidato viável e ela por fim escolheu um lado. Não era traição; era estratégia.

Era a melhor chance que tinham, portanto, a coisa certa a se fazer. Nem todos concordavam com isso. As facções continuavam brigando. O papel de Romina era frequentemente o de intermediária; onde as conversas acabavam e a tensão crescia, ela era uma facilitadora, estabelecia a paz, procurava acordos. Muitas vezes aquilo a esgotava, mas mesmo assim ela o fazia, porque podia. Ela conseguia ver todos os lados, negociar, acalmar nervos desgastados e egos frágeis. Ela era, percebeu, menos puritana e mais pragmática: se importava menos com o Comunismo e mais com o fim daquele pesadelo, menos com as palavras dos mortos (Marx, Guevara) e mais com as necessidades dos vivos. Ela tinha sido poupada de seguir na prisão, e era isso o que podia fazer com sua culpa por ter sofrido tão pouco quando seu irmão e milhares de outros passavam por um sofrimento sem fim.

— Então é assim que você vai votar? — Paz disse, cutucando as brasas com um graveto. — No candidato dos Blanco?

— No dos Blanco. Ele tem a melhor chance de derrotar os apoiadores do regime, e é só isso que importa.

— É isso que eu vou fazer, então — Paz disse. Era sua primeira vez votando, e a ideia a exaltava e amedrontava ao mesmo tempo.

— Eu também — disse Flaca.

A garrafa de uísque passou na roda.

— E o que faremos — Flaca disse — se der certo mesmo?

— Como assim?

— Quero dizer, se, no fim, um dia, voltarmos à democracia? Um presidente, um parlamento, tudo isso? Os jornais censurados vão voltar? Os exilados? Os presos vão ser libertados?

Paz pensou em todos os livros que sua mãe tinha queimado e que nunca poderiam retornar, embora por um momento tenha imaginado eles ressurgindo na churrasqueira no pátio, espantando as chamas com suas asas de papel.

— São essas as perguntas — disse Romina.

— Que perguntas?

— As que não sabemos responder.

— Podemos somente ter esperança, suponho — Flaca disse.

— Vamos libertar os presos — Malena disse. — Eles têm que ser libertados. Por que um novo governo ia querer mantê-los? E os exilados vão voltar. Eles já querem voltar pra casa, dá pra ver claramente nas cartas e nos ensaios que a Romina contrabandeia na clandestinidade.

— *Nós* contrabandeamos — Romina disse. — Você me ajuda.

Malena deu de ombros, mas pareceu satisfeita.

— Mas aqui ainda vai ser casa pra eles? — Paz disse. — Pros exilados?

— Claro que vai — Cristi disse, alegre.

Ela era um pouco mais nova que Flaca, tinha vinte e poucos, e cozinhava no restaurante dos pais. Aquele era o seu primeiro relacionamento com uma mulher, dissera mais cedo, com a alegria e o orgulho de uma jardineira apontando sua primeira leva de bons tomates.

— Não tenho tanta certeza — Romina disse. — As cartas deles não parecem demonstrar tanta saudade de casa quanto tinham. Talvez tenham feito novos lares.

— Não é a mesma coisa — disse Flaca. — Eles nunca vão estar tão em casa na Espanha, no México, na França, na Suécia, na Austrália, ou seja lá onde estejam, quanto no Uruguai.

— Nós estamos em casa no Uruguai?

As mulheres olharam para Romina em silêncio por alguns instantes, enquanto o oceano derramava sua música líquida ao redor delas.

— Eu estou — disse Flaca.

— Mais do que em qualquer outro lugar — disse Paz.

— Eu não — disse Romina, e pegou a garrafa que estava abandonada ao seu lado.

— Eu estou — disse Cristi, embora parecesse incerta.

— Eu não sei o que é isso, casa — disse Malena.

Romina passou o uísque de volta para a roda sem beber. O gole de Malena foi longo e profundo. Ela nunca bebia tanto, mas agora parecia que era a primeira a pegar a garrafa, a que a secava e buscava uma próxima. Romina lutou contra o impulso de impedi-la, de fazer com que pegasse leve. Por que aquilo a incomodava? Era uma necessidade de controle? "Relaxa", Malena dissera na única vez que tocaram no assunto. Talvez devesse.

Talvez La Venus volte — Paz disse. — Tenho saudades dela.

Ficaram em silêncio por um momento.

Flaca deu um gole no uísque e limpou a boca na manga.

— Eu também.

As amigas olharam para ela.

— Você? — disse Romina.

— Sim — disse Flaca. — Eu. — Tentou não reparar no modo como Cristi ficou tesa ao seu lado. A vivaz e encantadora Cristi, uma mulher com uma brisa primaveril. Cristi sabia que La Venus tinha sido uma amante, embora não que tivesse sido a segunda mulher a partir o coração de Flaca. Aquelas eram palavras que Flaca nunca tinha dito em voz alta. Ela nunca as admitiria a ninguém. — Não posso sentir saudades de uma amiga?

— Vamos cantar uma música — Paz disse e, quando suas vozes se ergueram, ela ousou imaginar La Venus com elas, sua voz soprano potente, subindo junto com o som delas, o círculo completo de novo, enfim.

*

A estratégia de voto valeu a pena. No mês seguinte, um número suficiente de pessoas de esquerda se uniu ao candidato antirregime para que ele ganhasse o apoio do seu partido em uma vitória esmagadora, derrotando os oponentes que eram fantoches dos generais. Era só uma primária para eleições gerais que poderiam nunca acontecer de verdade, mas ainda assim o povo torcia o nariz para o governo de novo. Romina se sentiu eufórica por dias, como se as ruas tivessem se transformado em nuvens e ela estivesse andando no céu, um céu que se elevava acima do seu país sórdido, um céu onde as coisas eram leves, possíveis. Cinco dias após a votação, ela recebeu uma surpresa. Estava em casa fritando milanesas para o jantar, Mamá fazendo purê de batata ao seu lado, quando o telefone tocou. Ela atendeu no segundo toque.

— Alô?

— Romina.

Ela esperou por reflexo. Pessoas que não diziam quem eram poderiam ser perigosas.

— Sou eu.

Levou um instante para ela compreender.

— Venus?

— Quem mais seria?

Romina ficou com a respiração presa na garganta. La Venus nunca ligava do Brasil, exceto no seu aniversário. Ligações internacionais eram exorbitantemente caras, bem como intensamente vigiadas.

— A ligação está tão nítida.
— É porque estou aqui.
— Aqui onde?
— Em Montevidéu.
— O quê?!
— Acabei de voltar. Foi tudo repentino.

A palavra "repentino" fez Romina ficar tensa. Afinal de contas, o Brasil era uma ditadura também.

— Você está... Bem?
— Sim. Eu acho que sim. Quer dizer... Se você quer dizer... Estou bem.

Na pausa que se seguiu, Romina ouviu sua mãe no fim do corredor, empilhando pratos no armário, blem blem.

— Eu explico quando puder. Como você está?
— Bem. Quer dizer. Você sabe.
— Eu sei. Ou talvez eu não saiba. Pensei tanto em vocês.
— Nós achávamos que você estava se divertindo no Rio.

Silêncio.

— Onde você está agora?
— Na casa da minha mãe.

Não com Ariella, então. Ela ficou imaginando o que tinha acontecido, e esperou por mais detalhes, mas não vieram. Não pressionou.

— Sentimos a sua falta.
— Estou morrendo de vontade de ir para Polonio.
— Nós estamos indo na semana que vem.
— Ah!
— Sim, pro ano-novo.
— Nós? Quem é "nós"?
— Todas nós. Eu, Malena, Paz, Flaca. — *E provavelmente mais duas namoradas*, ela pensou, embora tenha se segu-

rado para não falar, pois nunca tinha certeza, até o último minuto, sobre quem Paz e Flaca levariam.

La Venus suspirou.

— Suponho que Flaca não vai me querer lá.

— Não tenha tanta certeza. Você devia falar com ela.

— Você acha? — A esperança estava nua e crua na voz de La Venus.

— Com certeza. Muita coisa mudou desde que você partiu, sabe.

— Não duvido. Certo. Eu vou tentar. — Pausa. — Romina?

— Sim?

— Você e Malena... Vocês ainda estão...

— Cantando? — Romina podia ouvir Mamá ainda batendo a louça, embora com menor frequência, talvez tentando ouvir pistas esparsas da vida da filha. Manteve a voz neutra. — Ah, sim.

A risada rouca de La Venus encheu seu ouvido.

— Bem, que bênção que você faz ela cantar. O que é a vida sem a música?

*

Uma semana depois, estavam de volta dentro da Proa, as cinco juntas de novo, com duas namoradas a reboque: Flaca tinha trazido Cristi, e Paz, uma nova garota que se chamava Yolanda. A pilha de cobertores se erguia alta e abundante, a cozinha tinha sido construída com um balcão e prateleiras que se projetavam das paredes para guardar xícaras, grãos e temperos. estavam repletas de coisas penduradas, pequenas pinturas e conchas, e cada tesouro tinha valor sentimental, sem dúvida, uma história dentro de cada objeto da qual La Venus não estava a par, e ela sentiu uma punhalada de tristeza por toda a vida que tinha perdido. Mesmo assim, era a mesma cabana, a mesma sala, as mesmas mulheres. Sua família. Seu povo. Mais do que ela compreendia. Se preparou para um estranhamento com Flaca, mas, assim que se viram na rodoviária de Montevidéu, houve, para surpresa das duas, apenas alegria, como a de irmãs que tinham crescido tão próximas que as brigas eram facilmente esquecidas. Elas riram e passaram o mate uma à outra na longa viagem de ônibus a partir da cidade. Já tinham perguntado a ela diversas vezes sobre o Brasil, mas ela insistia em guardar a versão longa para quando todas estivessem juntas na Proa, quando houvesse tempo e espaço e liberdade, quando o ar poderia se abrir para todas elas. E agora elas estavam ali, ar aberto. Da última vez que estiveram todas juntas naquela sala ao mesmo tempo, ela se deu conta, Paz fora arrastada por soldados. Fazia três anos agora. A presença delas ali naquela sala de novo, as cinco, as cinco originais, que tinham fundado aquele lugar e feito dele o lugar delas, parecia naquele instante ter o poder de restaurá-las, desfazer a violência daquela noite como nós em uma tapeçaria pela metade, na qual cada uma delas era um fio, tramando implacavelmente no tempo, lutando contra os limites do tear, tornando-se mais fortes cada vez que encontravam uma maneira de se entrelaçar. Uma tapeçaria de cinco cores. Ela não acreditava mais em Deus, não acreditava no seu país e mal tinha certeza se acreditava na bondade fundamental da alma humana, mas ela poderia acreditar naquilo, no poder cintilante que elas geravam coletivamente por estarem despertas e juntas naquela sala.

— Deveríamos comprar camas, um dia desses — Paz disse, olhando timidamente para Yolanda, temendo sua decepção pelo espaço apertado, embora tenha tentado prepará-la de antemão.

— Camas! — Flaca disse. — O que somos? Rainhas?

— Eu acho que está perfeito — Yolanda disse baixo, olhando para Paz de um jeito que fez com que La Venus, que observava, olhasse para o lado com as bochechas coradas. Paz tinha crescido, era uma mulher, capaz de inspirar aquele tipo de olhar. Yolanda parecia tão reservada, recatada até, no ônibus para o litoral, que La Venus não achou que fosse possível. Mas era bem assim, ela se lembrava. As coisas estavam apertadas aqui, mais do que no Brasil, onde as cidades eram muito maiores e o desejo era uma coisa mais comum de se ver no rosto de uma mulher. Toda a coisa de Montevidéu, de esconder e empurrar para baixo dos panos, significava que, quando você chegasse num lugar como esse, um lugar além da sua imaginação, além das correntes da vida cotidiana, o por baixo dos panos poderia explodir com força vulcânica. Esconder-se ou fazia o tesão se extinguir ou o fazia queimar ainda mais ferozmente se ele sobrevivesse.

À tarde, as mulheres se dispersaram para um delicioso mergulho e uma ida ao El Lobo para dar oi e pegar suprimentos. El Lobo foi caloroso como sempre e seus netos estavam surpreendentemente altos: as meninas eram pré-adolescentes agora, e Javier, aos dez anos, era um menino esguio e pensativo que amava ler. Paz levava livros da cidade para emprestar a ele, e trouxe uma pilha agora para trocar pelos que tinha deixado antes, enquanto a mãe dele, Alicia, insistiu em preparar seus famosos buñuelos de algas para que levassem para a Proa, embora eles não tenham chegado quentinhos lá, porque Paz e Yolanda fizeram um grande desvio de rota entre as pedras e se perderam no corpo uma da outra no caminho para casa.

Mais tarde, naquela noite, uma vez que todas estavam juntas na cozinha para cortar e temperar e se animar com a preparação do jantar e que a cuia do mate tinha começado a fazer uma volta preguiçosa, Flaca disse:

— Certo, Venus, chica. Você queria esperar até que todas nós estivéssemos juntas. Aqui estamos.

— É isso aí — Romina disse. — Estamos esperando a sua história.

— Mas por que eu? Todas nós temos histórias.

— Você esteve fora. Temos que nos atualizar sobre a sua vida.

— Eu tenho que me atualizar sobre as de vocês também, de todas vocês.

— Você vai fazer isso, você vai.

La Venus respirou fundo, cortou uma batata ao meio e começou. Tinha sido bom no começo, contou a elas, a vida no Rio, no seu apartamento no alto, de frente para Copacabana, aquela praia de tirar o fôlego, mais comprida e maior do que ela imaginava que uma praia poderia ser, sempre cheia de gente deitada ao sol, construindo castelos de areia, nadando, batucando, vendendo coco verde, do qual se podia beber. Com frequência, assistia as pessoas por horas, da sacada, brincando com Mario, mantendo a casa arrumada para a volta de Ariella. Esta estava quase sempre fora, da manhã até bem tarde da noite, ensaiando, se encontrando com seus colegas artistas, se apresentando. As noites eram luminosas e vivas. A música se derramava de todas as direções, de tambores e rádios e cantores de samba nas ruas, mas também do rugir dos carros e do galope dos cavalos puxando carroças, da gritaria e das brigas e das risadas dos grupos de passantes.

Ela tentou contar às amigas sobre a beleza da cidade, suas montanhas chocantes, que se erguiam íngremes e verdes contra o céu, grudadas nas ruas lotadas, o que fazia parecer que toda a vida humana estava em apenas uma faixa de ruído entre dois gigantes, oceano e montanha, azul e verde. A estátua do Cristo Redentor pairava sobre tudo, de uma altura distante, os braços abertos como se para abraçar até os cantos mais sórdidos do mundo. E sim, havia uma ditadura lá também, mas não a reprimiu da mesma forma, talvez porque o tamanho do país deixasse você ser mais anônima, ou talvez porque ela e Ariella fossem estrangeiras ricas e, por isso, flutuassem acima do terror, como nuvens humanas. Ela temia, embora não dissesse em voz alta, que nunca seria capaz de traduzir a cidade em palavras para elas, que nem mesmo uma fotografia conseguiria captar o espírito daquele lugar e o que era estar dentro dele, ser parte dele, toda aquela imponência, todas aquelas cores vívidas, todos aqueles sons a plenos pulmões. Ela nunca seria capaz de expressar aquilo completamente. Carregava tanto clamor dentro de si. E o que fazer com ele? Como ser? Por que a vida punha tanta coisa dentro de uma mulher e depois a mantinha confinada à pequenez? Mas ela não podia dizer aquilo. Sua vida não parecia pequena para suas amigas, não é, quando tinha acabado de viver numa excitante cidade estrangeira e foi capaz de retornar, enquanto todas elas ficaram presas no seu pequeno país quebrado, enquanto rebanhos de exilados ficaram trancados para fora da sua casa. Então, ao invés disso, ela disse que a cidade era bonita e que ela amava passar tempo com Mario no apartamento e levá-lo para a praia enquanto Ariella ensaiava, e que no início havia babás que cuidavam do menino enquanto La Venus e Ariella saíam para festas, apresentações, peças. Reuniões boêmias em salões à luz de velas. Soirées refinadas de frente para a praia de Ipanema. Elas entravam juntas, vestidas impecavelmente, e causavam sensação. "Aposto que sim", suas amigas murmuraram em apreciação, sem traços de inveja, e o sentimento delas estarem *junto* com ela, viajando de volta por aquelas noites, afrouxou algo dentro dela. Parou de cortar e deixou Malena tomar o lugar dela, sentou num dos bancos que tinham feito, deixou Flaca acender um cigarro para ela. Tomou fôlego e continuou.

Aquele clima do início não durou. Logo Ariella estava deixando cla sozinha nas festas e rindo e conversando em rodinhas apertadas de pessoas, seus fãs adorados. Mais de uma vez ela os via beijando-a, na boca, no pescoço. Em casa, elas brigavam.

— Você me abandonou — ela dizia para Ariella — com todos aqueles homens velhos rondando. Eles não me deixavam em paz e onde você estava?

— Relaxa — Ariella dizia —, você não é minha carcereira.

— Eu não gosto de ficar sozinha em festas — La Venus dizia —, cercada de uma língua que eu só entendo pela metade.

— Então não venha — dizia Ariella, e depois daquilo ela saía sozinha ou na companhia de outros, amigos que tinha feito através da bolsa e do seu grupo musical. Ela era uma estrela ali, afinal de contas, enquanto Venus não era nada além de uma agregada com belas tetas e um nome excitante.

Era isso que parecia às vezes. Ariella teve outras amantes. Ela não anunciava, mas também não escondia. Havia músicas, uma bailarina, a mulher de um diplomata alemão. "Você não é minha carcereira" era sua fala padrão. Ela estava ali no Rio para ser ela mesma, para criar, para brilhar. La Venus estava ali para ser sua musa, sua ajudante, sua amante, quando desejada — e o sexo ainda era maravilhoso, o que só deixava tudo mais complicado, ela dizia agora, apagando o cigarro e acendendo outro —, e, o mais importante, para ser a babá de Mario, que raramente via sua mãe e tinha se acostumado a não ter a atenção dela mesmo quando estavam no mesmo cômodo. Em vez disso ele se apegou a La Venus. Fez cinco, depois seis anos. Eles passavam a maior parte das suas horas despertos juntos, cozinhando, brincando, abraçando-se, contando histórias que começavam num arranha-céu no Rio e terminavam em cidades de unicórnios ou em planetas distantes onde todas as pessoas voavam. Ele não ia à escola. Ela era sua escola. Ela o ensinou a ler, a contar feijões e papaias e a fazer subtração. Ele ia para a cama dela à noite, quando Ariella estava fora, e dormia agarrado no seu corpo. Ela se misturava a ele; seus destinos pareciam se fundir em um.

— Você vai estar aqui para sempre, Venu? — ele perguntava.

— Sim, sim, eu sou a sua Venu, estou aqui — ela respondia.

Cada abraço ou riso compartilhado parecia uma bandeira fincada no chão. *Somos um do outro.* Por essa razão, quando a bolsa de Ariella foi estendida por mais dois anos, La Venus gritou por dentro contra a ideia de ficar, mas também sabia que não poderia partir.

Mas aí...

— Aí o quê? — Romina disse, com gentileza, quando La Venus não continuou.

O jantar estava quase pronto, os pratos estavam na mesa, mas ninguém se mexeu para se servir de nada até que a história chegasse ao fim. Ao invés disso, todas ficaram imóveis, inclinadas para frente nos bancos, escoradas na porta, de pernas cruzadas sobre os seus cobertores, imaginando o Rio.

— Aí a mãe dela chegou — La Venus disse. — A mãe de Ariella. Ela apareceu sem avisar. Eu tinha ouvido a Ariella ficar cada vez mais exasperada no telefone com ela, mas, na verdade, não sabia da mãe dela, exceto que é rica e comprou aquela casa para Ariella em El Prado, e também que sabia sobre Ariella e eu, o que éramos, e não gostava.

Suas amigas assentiram com a cabeça. É claro que ela não gostava, que mãe gostava?

— Eu abri a porta e ela entrou direto, sem nem dizer oi. "Onde está Marlo?", foi tudo o que ela disse. "Quem é você?", eu perguntei, e quando ela disse que era a mãe de Ariella, o amargor na sua voz me deu medo. Eu apontei pra cozinha, onde Mario estava desenhando na mesa. Eu recém havia comprado pra ele lápis de cor novinhos, ele estava tão animado.

La Venus começou a chorar. Ela tentou se segurar, mas só conseguiu chorar mais ainda. O crepúsculo havia desaparecido enquanto ela contava sua história, e o farol de Cabo Polonio açoitava a janela com sua pálida luz. Alguém tinha acendido velas; ela não tinha notado. Alguém estava de joelhos ao seu lado agora, abraçando-a, quem era? Malena. A doce Malena, detentora da dor. Deixou-se afundar no seu abraço.

— Você não precisa continuar — Romina disse, gentil.

— Ela o levou — La Venus disse. — Levou o meu menino. Ela agarrou sua mão e disse "É hora de ir". "Ir para onde?", ele perguntou, parecendo confuso. Ele a reconheceu de fotos, mas fazia dois anos desde que tinham se visto. Ela disse "Para um lugar maravilhoso. Com sorvete". Eu tentei impedi-la, eu disse que ela tinha que esperar Ariella, agarrei a outra mão de Mario e insisti que ele esperasse, que eu ligaria para Mamá. A avó me lançou um olhar horroroso, eu acho que nunca tinha visto algo tão horroroso num rosto humano, nem mesmo nos rostos dos soldados.

Ela se lembrou, então, dos rostos dos soldados naquela mesma sala, na noite em que Paz foi levada. Pelas expressões das suas amigas, ela supôs que estavam pensando naquilo também. Mas ela manteria sua comparação. O olhar daquela mulher era pior.

— Liguei pro número de Ariella na universidade, mas é claro que ela não estava lá. Sabe-se lá onde ela estava, o que estava fazendo e com quem. Mario agora chorava, ele disse "Você está machucando a minha mão", e eu não queria machucá-lo, mas eu não podia deixar ele ir, mas aí a avó dele olhou pra mim por cima dele e disse "Sua pervertida, aqui não é lugar pra uma criança". "O que é pervertida?", Mario perguntou, chorando. Ele sempre tinha muitas perguntas e eu sempre tentava respondê-las, para que ele soubesse, para que ele aprendesse. Ele me olhou, confiante que eu responderia. Mas eu não podia. Eu não podia mais. Eu deixei que ele fosse. Ela nem fez uma mala pra ele. Apenas falou "Diga a Ariella que estou no Hotel Paraíso", e depois eles se foram. Eu liguei pra universidade de novo e deixei um recado urgente para Ariella, depois fiquei sentada ao lado do telefone. Ela ligou três horas depois e, quando contei, ela ficou furiosa comigo por deixar Mario ir embora. "O que eu poderia fazer?", eu disse. "Ela é a avó. Eu não sou nada". E me doeu dizer aquilo, porque ele era meu tudo. Quando

Ariella chegou em casa, ela já tinha ligado pra mãe no Hotel Paraíso e elas tiveram uma longa briga por telefone. A mãe dela exigia o passaporte de Mario e uma permissão parental para que ele viajasse. Estava farta, ia salvar o neto, levá-lo de volta ao Uruguai e criá-lo ela mesma. E Ariella concordou. Ela me mandou fazer as malas de Mario pra levar ao hotel. "Faz você", eu disse. "Faz você as malas dele". Brigamos. Ela saiu com a mala e o passaporte e, quando voltou para casa, eu não falava mais com ela. Quatro dias depois, eu estava num avião de volta ao Uruguai. Estava com o coração partido, não por Ariella, mas por Mario. Como se meu coração e meus pulmões tivessem sido arrancados do meu corpo. — Ela fez uma pausa. Havia mais, a parte que ainda não poderia dizer em voz alta, sobre o que tinha tomado de Ariella um pouco antes de desaparecer sem avisar, o que ela contrabandeou pela fronteira do Uruguai, e também havia o que sentiu no segundo em que seu avião tocou o solo em Montevidéu, a surpreendente guinada de alívio por estar em casa. Casa. Apesar da junta militar e das suas estúpidas prisões e decretos, aquele era o seu país e ela o amava, precisava dele, até. O Uruguai estaria nela sempre. — Mesmo assim — ela disse —, eu estava feliz por estar de volta. Senti falta do Uruguai. Eu senti falta de todas vocês. Senti falta de Polonio.

Malena ainda estava ao seu lado, segurando sua mão, e ela a apertou com uma força espantosa.

— E agora você está aqui.

— Sim. — La Venus sorriu. — Estou aqui. Pronta pra comer.

*

A véspera do ano-novo chegou e elas passaram a tarde nadando no oceano e deitadas ao sol. A água as envolvendo, cada onda espirrando com sua própria canção molhada, singular, oferecendo o repuxo e um breve alívio da gravidade.

Romina olhou das ondas para a praia. Sua desolação, a vazia e alongada desolação, sempre provocava um sentimento de conforto. Estar tão longe dos vivos era um conforto. Havia as rochas, onde ela tinha visto soldados logo que tinham chegado para tomar o farol — que esquadrões costumavam mandar naquela época! Agora era um mero acampamento com sabe-se lá quantos, dois, talvez três, soldados entediados que acabavam jogando cartas e ficando bêbados com os pescadores. Ela nunca falou com eles e não sabia seus nomes, mas conhecia seus rostos. Você deve sempre conhecer o rosto dos seus inimigos. Ela viu duas figuras subindo as rochas, na praia. Ficou tensa. Mas não eram soldados, nem pescadores ou suas esposas, nenhum local que tivesse visto. Eram duas mulheres, percebeu. Estavam de mãos dadas — irmãs talvez? Deixou uma onda passar por ela, boiando na água, e ficou observando.

Talvez estivesse ficando louca, mas sua linguagem corporal não parecia a de irmãs.

Malena nadou até ela, apoiou a bochecha no ombro de Romina, e seguiu seu olhar. Ergueu a cabeça.

— Ah! Aquela mulher!
— Qual delas?
— A mais alta. Sabe quem é?
— Quem?
— Mariana Righi!
— A cantora? A argentina?

— Sim. Não fica encarando. Eu juro que é ela. Ela não está morando na Argentina agora, ela fugiu para a Espanha.

— Tem certeza de que é ela?

Malena deu umas olhadelas.

— Tem que ser.

— O que ela estaria fazendo aqui?

— O que vocês duas estão cochichando?

Era Flaca, indo até elas, com Cristi e La Venus logo atrás. Eram todas elas agora, todas exceto Paz e Yolanda, que deviam ter escapado para passar um tempo sozinhas na Proa ou talvez nas dunas. *Quanto mais novo o casal*, pensou Flaca, *mais urgente é arranjar um tempo privado*.

— Aquelas mulheres. Malena tá dizendo que a mais alta é a Mariana Righi.

— Sério? — Cristi não escondeu a animação na sua voz. — Eu adoro ela!

— Não pode ser — Flaca disse. — Eu soube que ela está no exílio, em algum lugar na Europa.

— Espanha — La Venus disse. — É ela. Eu conheço a cara dela. É Mariana.

As duas mulheres na praia se aproximaram uma da outra. Suas testas se tocaram, e elas ficaram daquele jeito, mãos entrelaçadas, seus rostos em comunhão.

— A la mierda — disse La Venus. — Ela é uma *cantora*.

Ela destacou a palavra "cantora", seu significado claro.

— Não pode ser.

— É sim, é sim, você não tem olhos na sua–

— Parem de ficar olhando! É óbvio que elas estão aqui para ter privacidade.

— Não é ela.

— *É ela*.

As duas mulheres notaram os vultos na água de forma repentina e estranha, como se tivessem acordado de um feitiço. Acenaram. As mulheres na água acenaram de volta. Romina tentou pensar no que dizer, juntou coragem para chamá-las, mas então elas se viraram e começaram a andar pelo caminho, saindo da praia.

— Mariana Righi — Flaca disse devagar, saboreando cada sílaba. — Quem diria.

— Que ela encontraria Polonio?

— Que ela seria uma de *nós*.

— Às vezes — Romina disse — parece que estamos em todo lugar.

— E, ao mesmo tempo, em lugar nenhum — disse Malena.

— Sim. É exatamente o que eu estava pensando.

— Quantas de nossas predecessoras eram assim também? — disse La Venus. As duas mulheres tinham ido embora agora, sumido de vista, mas ela não conseguia tirar os olhos de onde as tinha visto. — Ou teriam sido, se a elas fosse dado uma chance.

— Não me deram uma chance. — Flaca veio por trás de Cristi e a abraçou. — Eu a tomei.

— Mmmmm — disse Cristi.

— Não foi isso que eu quis dizer — La Venus falou.

— Mas é o que *eu* quero dizer. O que eu quero saber é quantas das nossas antepassadas conseguiram chucu-chucu com outras. Que fizeram de verdade. — Flaca fez cócegas em Cristi e se deleitou com o modo como ela se contorceu contra seu corpo, debaixo d'água, onde ninguém podia ver. — Quantas resolveram as coisas com as próprias mãos.

— Rá! Por assim dizer — disse Romina.

— Se elas existiram, nunca saberemos — disse Malena.

— Não — La Venus disse, pensativa. — Acho que não saberemos.

— Todo aquele chucu-chucu que se perdeu na história — disse Romina, com um tom trágico, exagerado e fingido.

— Reescreva os livros de histórias por nós — disse Flaca, fazendo carinho na barriga de Cristi daquele jeito que nunca a cansava, uma barriga tão milagrosa, lisa e cheia de fome, como um redemoinho que poderia puxar você para o fundo no seu turbilhão. — Você é a historiadora brilhante.

— Não sou nada disso — Romina falou. — Sou uma professora de escola. Eu ensino propaganda militar para crianças entediadas.

Ela era uma demônia, essa Cristi; tinha guiado a mão de Flaca até a borda da parte de baixo do seu biquíni, por baixo. Hora de nadar para longe.

— Bem, Ro, se não você, então quem?

*

Algumas semanas depois, elas ficariam sabendo que estavam certas: a mulher que espionavam era mesmo Mariana Righi — e elas não foram as únicas a vê-la. Um jornal espanhol publicou uma fotografia granulada de Mariana Righi em uma praia remota do Uruguai, beijando uma mulher. As amigas sempre se perguntariam sobre esse misterioso fotógrafo que vendeu a foto e acabou com o disfarce de Mariana. Seu principal suspeito era Benito, do Rusty Anchor, que possuía a única câmera conhecida em Polonio, embora ele tenha negado essa acusação veementemente pelo resto da vida. Enquanto o escândalo se espalhava, artigos na Espanha e na América do Sul se referiam à praia em questão, essa Cabo Polonio, como uma "praia de pervertidos", uma "terra de desejos sáficos", um "paraíso para tortilleras, maricones e invertidos de todos os tipos".

As palavras eram insultos. Mas, no verão seguinte, no fim de 1983, chegaram novos visitantes, também rejeitados. Cantoras. Maricones. Procurando a prometida terra da perversão. E então a mudança começou. Primeiro foram argentinos, recém-saídos das suas próprias ditaduras, cheios de possibilidades, e as cinco amigas, que estavam lá desde o começo, beberam mate com eles, compartilharam sua fogueira, compartilharam histórias sob as estrelas. Naquele primeiro verão, não haveria muitos mais. Apenas um punhado. As sobras da humanidade, os rejeitados — os jogados fora, os desprezados, os invisíveis, os escarnecidos, os que se escondiam e os escondidos, os não-voltem-para--esta-casa-suas-bichas — reunidos nos confins do mundo.

Amontoados para se aquecer. Revelando suas fogueiras. Revelando o que tinham enterrado desde o começo das suas vidas.

Não muitos, mas o suficiente para serem mudados pela visão.

Pelo coletivo.

Pelo brilho e pela queimadura de sol.

*

Antes daquilo, antes de tudo aquilo, seis horas depois de verem Mariana Righi ou uma mulher que parecia Mariana Righi na praia, as mulheres da Proa fizeram um banquete e depois entraram no ano novo bêbadas de esperança por um futuro melhor. Estavam de tão bom humor que até celebraram os fogos de artifício do farol, mesmo que tivessem sido soltos pelas mãos dos soldados, porque foda-se, luzes bonitas são uma coisa, soldados são outra, ninguém se salvaria por ficar de mal humor com um céu lindo, então por que não se regozijar com o espetáculo?

— Opa!
— Opa!
— Agora sim são fogos.
— Meu deus, é oitenta e três. O século parece tão velho!
— É um octogenário. Precisa de uma bengala.
— Minha bisavó tem noventa e seis anos e não usa bengala!
— Bem, então é um século velho e ágil.
— Sério. Estamos andando na direção da liberdade.
— Não vamos nos adiantar aqui. Estamos bem distantes disso.
— As coisas começaram. A rachadura no dique.
— Rachem o dique!
— Abaixo o dique!
— Quebrem o dique!
— Sério, queridas, não consigo evitar, estou esperançosa.
— Eu também. Talvez porque acabei de voltar, mas o país mudou desde que eu saí para ir ao Brasil.
— Mesmo, Venus? O que você vê?
— Eu não sei. Mais resiliência. Tipo, as pessoas não estão se afogando em tanto desespero.
— Estão se afogando em um tanto razoável de desespero?
— Talvez. Um rio de médio para grande de desespero.
— Ao invés de um desespero do tamanho do Rio da Prata?
— Exatamente.
— Eu aceito.
— Melhor do que nada!
— As pessoas ainda vivem com medo. Nossos presos não estão livres.

— Ah, Romina.

— O quê? Só estou dizendo que–

— Eu sei, eu sei, eu só quero ter um momento pra sentir que é possível.

— Rá! — La Venus se inclinou na direção de Flaca. Ela queria manter o clima alegre e de alto-astral. — Você certamente se sentiria assim se eu te mostrasse o que tem na minha bolsa!

— Por quê? O que tem na sua bolsa?

— Uma coisa que eu trouxe escondida do Brasil.

— O quê?

— Vocês não gostariam de saber?

— Ah, para, agora você tá torturando a gente.

— Adivinhem.

— Drogas.

— Diamantes.

— Mapas de piratas.

— Tentem mais uma vez.

— Poderes mágicos dos sacerdotes da umbanda.

— Isso seria bom. Mas é melhor.

— Você vai nos matar.

— Agora tem que nos mostrar.

— Não posso.

— Por que não?

— Não estou bêbada o bastante.

Rugidos de protesto.

— Tô falando sério, eu quero mostrar, mas é demais.

— Demais como?

— Ah, pelo amor de Deus, vocês não veem que ela não vai nos contar se não tiver mais uísque? Abram uma outra garrafa e deem um copo pra ela!

— Aqui vamos nós. Assim. Um copo cheio.
— Mais!
— Mais!
— Chicas, chicas!
— Não venha com "chicas, chicas" pra cima da gente, Venus, você disse que tinha que estar mais bêbada, estamos ajudando.
— Contamos com você pra dar o tom de 1983!
— Ai, Deus.
— Muito bem. Outro gole.
— Você consegue.
— Está bem, chicas. Tudo *bem!*
— Já está bêbada o bastante?
— Me deem um segundo. — La Venus olhou ao redor. Estava bem bêbada. A sala se inclinava, nadava em chamas de velas e caras abertas, tantos pontos de luz, como se o mundo estivesse queimando brilhantemente na sala, como se o mundo fosse composto de mais nada além de fogos faiscando nos rostos dos vivos, como se nada mais pudesse iluminar o vazio ou manter você aquecida. Ela desejou que aquele instante durasse para sempre. — Sim. Estou pronta.

Andou até a bolsa com a solenidade de uma sacerdotisa guardando um templo antigo. Puxou um pacote e desembrulhou. Dentro havia um caos de tiras pretas finas e um objeto vermelho, comprido e cilíndrico como um pedaço de tubo, só que não parecia oco e tinha uma base alargada em uma extremidade e uma ponta arredondada na outra.

— O que é isso? — Romina perguntou, maravilhada, mas Flaca, prendendo a respiração e extremamente consciente do corpo de Cristi ao lado dela, adivinhou exatamente o que era.

— Você usa — La Venus disse — para... — Ela ergueu as sobrancelhas e fez um gesto.

— Como... ah.

— Ah!

— Não.

— Ay ay ay...

As mulheres se inclinaram mais para perto, olhando fixas.

— Posso tocar?

— É claro. — La Venus riu, encorajada agora. — Não se preocupem, está limpo.

Elas tocaram, primeiro com cuidado, depois com mais confiança.

— Onde você conseguiu isso?

— Ariella comprou. Nas lojas do Rio. Você pode comprar de tudo no Rio de Janeiro.

— Aposto que é o único do Uruguai.

— Provavelmente.

— O primeiro de todos!

— Talvez.

— A história está acontecendo aqui, senhoras.

— Quem usava? Você ou ela?

— Nós duas. Dependendo do clima.

Aquilo produziu um silêncio de fascinação. Nunca tinham falado tão francamente uma com a outra sobre o que faziam, sobre o que duas mulheres podiam fazer juntas.

— Na maioria das vezes — La Venus completou — dependia do clima pra ela.

— Ela sabe que você trouxe isso?

— Não. Eu peguei da gaveta. Decidi que tinha o direito.

— Não consigo acreditar que você passou pela alfândega com isso. Você podia ter sido presa.

— Eu sei. Eu escondi as fitas com meus cintos e enrolei a *coisa* em umas blusas.
— Eles não conferiram a sua mala?
— Sim. Foi um soldado, no aeroporto de Montevidéu.
— Ele encontrou?
— Sim.
— Ele tocou nisso?
— Sim.

Cristi, que estava segurando a parte vermelha, deixou cair no chão e ficou olhando, horrorizada.

— Eu lavei depois — La Venus a acalmou.
— E aí, o que você disse?
— Eu... Eu disse que era um negócio pra amassar batata.
— Um negócio pra *amassar batata*?
— Ele caiu nessa?
— Pareceu que sim.
— Amassar batata!

Rugidos de risada.

— Amassa as minhas batatas.
— Amassa bem!
— Faz o purê acontecer!
— Eu queria ter um desses — Paz disse.
— Eu queria que você tivesse um desses também — Yolanda disse.

Um alvoroço. Yolanda escondeu seu rosto atrás de uma cortina de cabelo. Paz se sentiu corar, mas não conseguia parar de sorrir como uma idiota.

— Eu estava pensando — La Venus disse — que eu poderia... Bem, vocês sabem... Compartilhar. Emprestar.
— Você faria isso? — Flaca disse, tentando muito parecer casual.

— Por que não? Somos uma família, não somos? É só, vocês sabem, lavar antes de devolver.

— Justo!

— Eu acho que não gostaria de usar uma coisa assim nunca — disse Romina.

— E você nunca vai ter que usar — Malena disse, gentil.

Romina olhou para ela com amor e gratidão, para essa mulher dela, que dava tanto, que a amava tanto. *Eu tenho sido muito impaciente, não é? Onde estaria sem ela?*

— De todo modo, fiquem sabendo que não precisamos dessas engenhocas pra amassar batatas.

— Ah, é claro — Flaca disse. — Aqui é o Uruguai. Somos um povo engenhoso. Especialistas em amassar batatas.

— É a especialidade uruguaia — disse Yolanda.

Paz sorriu para Yolanda; era a sua primeira noite na Proa, e ela já tinha entrado no ritmo.

— Não é sobre *precisar* — La Venus disse. — É só mais uma coisa divertida pra sua... Hm... Pra sua cozinha.

— Mas como isso aí funciona? — Cristi perguntou.

— Você só... Veste. — La Venus pegou as fitas, começou a desembaraçá-las. — Quem quer experimentar?

Ela olhou para Flaca.

Mas Flaca, encarando a engenhoca pendurada nas mãos da amiga, sabia que não poderia experimentar na frente de todas as suas amigas, que só aquela visão já fazia sua pele queimar e o centro do seu corpo arder de um jeito que ela nunca tinha sentido. Ela não sabia o que aquilo queria dizer ou o que aconteceria quando ela diminuísse a distância entre aquilo e ela. Ela desejava saber, mas teria que ser algo privado, no escuro, sozinha, o único jeito de se encontrar com partes enterradas de si mesma.

La Venus olhou para Paz, que corou e sacudiu a cabeça, depois para Romina e Malena, que estavam sentadas de mãos dadas em uma frente unida de *não,* depois Cristi, Yolanda.

— Vai você — disse Cristi. — Mostra pra gente, Venus. Por favor.

La Venus concordou. Tirou o vestido — não havia outro modo, a saia ia fazer volume. Ela ainda estava usando o biquíni da tarde na praia. Virou de costas para as mulheres e puxou as fitas para cima, enganchou, puxou, apertou, satisfeita por lembrar do jeito, mesmo agora. Ariella invadiu sua memória, na cama, nua, impaciente — não, Ariella, sai daqui, esta não é a sua casa, este não é o seu brinquedo. Agora é meu. Nosso.

Ela se virou.

Suas amigas olharam para ela, abismadas, com sua Venus lá, em pé, de braços abertos e peitos gloriosos e um pau vermelho e duro, em posição — *A Vênus do Uruguai,* Paz pensou, selvagem, *a Vênus de Polonio.* Um monumento como nenhum outro na história da nação. Um altar deveria ser construído bem ali, na cabana delas, para homenagear o lugar, a noite, a aparição.

La Venus pôs as mãos em concha, viradas para cima teatralmente, como se clamando por poderes dos céus. A luz do farol deslizou pela janela e lavou-a com uma luz macia e breve.

— Feliz ano-novo — ela disse.

7
Portões abertos

Flaca sempre pensava que o fim da ditadura traria alívio, até alegria, que, quando a notícia chegasse — se um dia chegasse —, o céu se abriria e cantaria azul. Mas isso não aconteceu. Estava cinza e exausto do lado de fora da sua janela. Era novembro. Quase o fim da primavera, mas nenhum sinal do verão por vir. Ela estava na cozinha, lavando a louça, enquanto seu pai estava sentado à mesa com um livro aberto diante dele, embora não estivesse lendo quando a voz do radialista passou entre eles, controlada, tentando conter sua animação sobre os resultados da votação: Sanguinetti, o candidato do Partido Colorado, tinha ganhado a primeira eleição presidencial desde o estabelecimento do governo militar, e faria o seu juramento, em março de 1985, como o próximo presidente do Uruguai, numa nova era de democracia.

Democracia. Aquela palavra. Ela não ouvia aquela palavra no rádio desde que era adolescente. O som dela atravessando a neblina de letargia. Ela queria que o homem dissesse de novo e de novo, queria ouvir a palavra alto e devagar, alto e rápido, sempre alto, envolta no crepitar das ondas de rádio públicas.

Gordura teimosa na panela nas suas mãos. Ela estava esfregando o recipiente, mas agora estava difícil se mexer. De canto de olho, ela viu que o pai também não estava se movendo. O resultado da eleição não era uma surpresa. Com todos os protestos no ano anterior, com a greve dos trabalhadores, todas as conversas entre os generais do regime e os candidatos políticos, esse resultado já estava a caminho. O que a surpreendeu foi a tristeza. Como ela se derramou, inundando. Um mar de tristeza encheu a cozinha, submergiu-a. Submergiu o balcão e seu pai e as facas e o escorredor de louça, até que ela ficasse debaixo d'água, respirando não ar, mas tristeza. Pelo Processo ter engolido toda a sua vida adulta até ali, os últimos onze anos, e porque agora, aos vinte e oito, ela nunca saberia quanto de quem ela era tinha sido deformado pela ditadura, como uma planta que retorce sua forma para encontrar a luz. Porque tanto tinha sido perdido ou quebrado. E para quê?

Sua mãe não vivera para ver o fim dela. Tinha morrido no meio da história, em um pesadelo que parecia que ia durar para sempre.

Mas não foi para sempre. Ela tentou se forçar a sair da dor. O pesadelo estava acabando, ou ao menos mudando. Afrouxando as amarras. Sim, aqueles monstros estavam deixando o país uma bagunça, em crise econômica e com infinitas violações dos direitos humanos e famílias dilaceradas pelo exílio, mas ao menos estavam soltando as rédeas. *Mamá, você consegue ver, consegue ouvir? Não durou pra sempre...*

Ela se virou para o pai. Havia lágrimas no rosto dele. Seus olhos se encontraram e ela se perguntou se ele estava pensando na sua mãe também.

Ela colocou água para ferver, para o mate, e começou a preparar a erva na cuia. Suas mãos tremiam. Seu pai ainda estava em silêncio enquanto o locutor tagarelava. Tanto silêncio. Tanto não dito. Talvez se não tivesse havido tanto silêncio no país, haveria menos silêncio na sua própria vida. Nesta casa. Talvez a planta que ela era teria crescido mais alta e se mostrado mais completamente ao sol. Talvez não. Era tarde demais para voltar.

Mas não era tarde demais para continuar.

Bebeu o primeiro mate, depois encheu a cuia de novo e a colocou na frente do seu pai. Ela sentou.

— Ela estaria feliz hoje.

Ele fez que sim com a cabeça. Lágrimas começaram a rolar pelas suas bochechas. Era a segunda vez que ela o via chorar na vida; a morte da sua mulher tinha sido a primeira. Ele levou o mate até os lábios, bebeu.

— É um bom dia — ele disse. — Estava por vir há muito tempo.

Ela pensou nas suas amigas, na Proa, cantarolando *quebrem o dique! Quebrem o dique!*, e por um único instante absurdo ela imaginou que, se o canto tinha funcionado, elas tinham praticado um feitiço, tinham uma pequena parte na quebra.

— Papá, tenho uma coisa pra te contar.

Ele passou a cuia de mate de volta para ela, sua mão resvalando na dela.

— Então me conta.

— Eu nunca vou me casar.

Ele olhou para ela. Ela não conseguia ler a expressão dele. Ele olhou para o livro, passando os dedos nas páginas.

— É claro que você não vai.

— O que você quer dizer?

— Quero dizer que... — Ele fechou o livro, abriu de novo. Baixou o volume do rádio, de modo que a voz do radialista mal fosse ouvida. — Que eu sei.

— Sabe... O quê?

— De você. E das suas amigas.

O ar ficou preso nos seus pulmões. Ela olhou para cima, dentro dos olhos dele. Estava tudo lá. Estava lá antes? Como ela não tinha visto? Sua última namorada séria, Cristi, a tinha encorajado a contar para os pais — "Se alguém tem uma família onde isso é possível, esse alguém é você" —, mas Cristi tinha um espírito ousado que surpreendeu todas ao se mudar para Polonio, depois de romper com Flaca, e abrir um restaurante lá para a crescente maré de turistas. Cristi era uma criatura rara. Flaca sentia falta dela.

— Como você sabe?

— Flaca, por favor. Você é minha filha.

E então ele sorriu. Seus dentes tinham ficado amarelo--esverdeado, e faltavam dois agora. Ele estava envelhecendo rápido, mas sua ternura não tinha diminuído, ele ainda era o homem que cortava carne de sol a sol para alimentar sua família, que dava tudo por eles e daria mais sem nem pensar.

Ele sabia.

Sua mãe também?

Se ela tivesse feito isso quando Mamá ainda era viva...

Ela pensou em perguntar sobre Mamá, mas não conseguiu juntar as palavras. Ao invés disso, a criança dentro dela surgiu, a menininha que o observava mexendo a brasa sob a grelha como se ele fosse o Rei do Fogo, olhos bem abertos, absorvendo as lições que geralmente eram direcionadas aos filhos e, antes que pudesse se impedir, disse:

— E o que você pensa sobre isso?

Um silêncio ardido caiu sobre a mesa. "Até", disse o radialista, como se estivesse em um lugar distante, depois uma fala turva, da qual palavras fulguravam intermitentemente de maneira mais clara, "tabulação" e "transição" e "potências estrangeiras".

— O que eu acho? — Ele pegou o mate de novo, mas não bebeu. — Eu acho que você, Flaca, é a minha filha. E eu acho que você sabe como amar.

Flaca piscou ferozmente para conter as lágrimas, mas quando viu que seu pai estava chorando de novo, desistiu de tentar.

Ele aumentou o volume do rádio mais uma vez, e eles ficaram sentados juntos na luz cinza da primavera, enquanto a voz de um estranho tecia um otimismo cauteloso no ar ao redor deles.

*

naquela noite, à uma da manhã, Paz saiu para uma caminhada. No começo, cada centímetro da sua pele formigou em protesto, fazia tanto tempo, o toque de recolher tinha começado quando ela era criança e fora seguido pelos anos de rondas, e agora ali estava ela, com vinte e três anos, andando à noite e desafiando o regime que tinha anunciado sua própria morte. As ruas estavam quietas. Ela não viu nenhum soldado, nem polícia, nenhuma alma. Se lembrava vagamente de que, quando era muito pequena, as pessoas iam para a varanda com mate e garrafa térmica e conversavam, riam, cumprimentavam seus vizinhos enquanto atravessavam a noite quente. Era um outro país, naquela época, e ela uma criatura diferente. E agora? Ela ficou olhando para as faixas de luz entre as molduras das janelas e as cortinas fechadas, as portas entalhadas em madeira pesada com ornamentos décor de uma era que tinha acabado há muito tempo, as árvores escassas, os edifícios se erguendo tediosos em direção ao céu. Agora, que tipo de criatura ela era? Que tipo de criatura o país se tornaria? O Uruguai como uma cobra trocando de pele. Ela andou e andou e ninguém veio detê-la. Alguns anos antes, ela teria sido parada por soldados, e mesmo há um mês ela não teria arriscado. Mas agora o ar da noite se abria para ela, abria caminho e deixava ela passar. O frio estapeava seu rosto para acordá-la. Era novembro; a qualquer momento as noites ficariam quentes e macias. Depois, o verão. E no fim do verão, um novo presidente e o fim do pesadelo, se é que isso era verdade, se é que podia acreditar no rádio. E depois? Como seria sua vida? Ela nunca planejou nada além de sobreviver. Ela chegou ao rio, mas não conseguiu parar, não sabia o que aconteceria se ela se deixasse ficar sentada, então, ao invés disso, caminhou pela beira, olhando para a água negra, pensando que o rio parecia se sentir do mesmo jeito que ela: ávida pelo mundo.

Enquanto ia para casa, ficou imaginando quem estaria acordado quando ela chegasse. Continuava a surpreendê-la o fato de que sua casa da infância agora pertencia a ela. Há dez meses, a mãe de Paz tinha se casado com um argentino rico e se mudado para Buenos Aires, onde seu novo marido tinha conseguido um emprego em uma empresa estrangeira que estava expandindo suas operações, agora que a democracia tinha voltado; um emprego com salário alto, um homem chique, e Paz tinha convencido a mãe — depois de muito esforço — a deixar que ela, Paz, ficasse com a casa. Não como um presente. Sua mãe ainda tinha insistido em vendê-la, embora tivesse baixado o preço para a filha, fazendo muita questão de que a filha ficasse sabendo o de bom negócio que estava fazendo. Paz usou todas as suas economias de anos de contrabando de peles, tudo que tinha construído com seu negócio ilícito que agora vinha esmaecendo, pois até as mulheres ricas estavam contando os centavos, pele de foca era um luxo e a economia estava uma merda, é isso que acontece quando se deixa um bando de generais sanguessugas jogar o país dentro de uma valeta, mas era isso, azar, Paz tinha dado conta e ainda estava dando conta com biscates de todo e qualquer tipo, pintando casas, construindo, consertando canos de vizinhos em troca de uma travessa de milanesas fresquinhas, tudo importava, tudo contava, e agora tinha realizado seu sonho: uma casa na cidade para dividir com as amigas. A casa de uma cantora. Uma casa para invertidas e invertidos. Ela tinha se mudado para o quarto da sua infância e persuadido La Venus e Malena a dividirem o quarto que era de Mamá. Não foi nada difícil persuadi-las; La Venus estava desesperada para sair da casa da mãe, mas não conseguiria pagar muito com seu salário de recepcionista, enquanto Malena aceitou a chance de se mudar do quartinho alugado na casa de um casal de velhos. Paz ofereceu a elas um aluguel menos caro do que pagariam em qualquer outro lugar e, o mais importante, o privilégio de serem honestas consigo mesmas em casa. Malena e La Venus fizeram uma tabela de horários de quando elas teriam o quarto e quando elas teriam o sofá, e Malena poderia chamar Romina para dormir lá nas suas noites, enquanto Venus poderia chamar uma ou outra namorada quando fosse a vez dela. Mesmo agora, Paz tinha choques de prazer ao ver suas amigas vivendo onde ela tinha crescido, lendo na cadeira de balanço, comendo um lanche na mesa, encolhendo-se no sofá para dormir, como se pertencessem àquele lugar, como se a casa tivesse sempre sido delas.

Entusiasmada com a casa nova e com a força do regime diminuindo, Paz começou a dar festas. Ela ainda mantinha a música num volume baixo, mas deixava as pessoas se empilharem na minúscula sala de estar; quantas quisessem vir, e como queriam. Era notável como pessoas escondidas se encontravam. Uma vez que tivesse sido amante de alguém, você sabia o que elas eram, e elas sabiam que você sabia e traziam suas novas namoradas e a rede de fios secretos continuava se tecendo. Mulheres e mais mulheres, e os poucos homens que ou gostavam de homens ou não se importavam com mulheres que gostavam de mulheres ou que gostavam de homens ou de mulheres ou de ambos, mas o mais importante era que queriam se vestir como mulheres quando a porta da frente se fechasse e a liberdade abrisse sua garganta. Lentamente, eles — Paz, as mulheres e uns poucos homens — abandonavam seus eus da rua à medida que as noites avançavam, tornando-se pessoas que as ruas nunca viam. Flaca ficava a noite toda nessas festas e mantinha um ninho de cobertas no porão. Romina também ficava, embora com menos frequência, envolvida como estava no árduo e sem fim trabalho de resistência — que, naquela noite, estava claramente se pagando —, e, quando ficava, ela e Malena quase sempre se retiravam para o quarto cedo, se para dormir ou conversar ou transar era impossível dizer. Elas nunca pegavam o Vermelho, como começaram a chamar o contrabando que La Venus tinha trazido do Brasil. No ano e meio desde que o Vermelho tinha chegado, Romina e Malena nunca vacilaram na decisão de não querer usá-lo. Elas deixavam as brigas amigáveis para o resto — Paz, Flaca e La Venus — e elas brigavam, contando os dias para sua vez, reclamando quando uma mulher se passava no prazo, será que ela podia parar, pensava que era a única que tinha encontrado os portões do paraíso? Havia muitos jeitos de passar pelos portões do paraíso; o Vermelho era só um deles. Uma glória em si próprio. Uma glória exótica, rara e preciosa como um tempero de um continente distante na era anterior aos navios a vapor. Paz havia ficado chocada ao descobrir que, quando o usava, ela podia gozar estando dentro de uma mulher, como se fosse um homem. Ou como ela imaginava ser para um homem. Ela não poderia saber ao certo, nunca tinha visto um homem fazer aquilo, e, mesmo se visse, não teria como saber como era de dentro. O Vermelho se tornava parte dela, fundido no seu corpo, um condutor de calor e prazer. Aquilo era normal? Aquilo acontecia com La Venus, com Flaca? Ou ela era a única mulher na face da Terra que podia se derramar dentro de uma mulher daquele jeito? Ela não perguntou, não poderia perguntar, faltavam palavras. Duas vezes, Paz teve uma ex-amante que voltou e pediu emprestado o Vermelho. Nas duas vezes ela riu. Não. Não!, ela quase gritou. Podia fazer novos amigos, manter velhas amantes como amigas, mas o Vermelho pertencia apenas ao círculo original, sua tribo, sua família, as mulheres da Proa, e elas eram cinco e seriam cinco para sempre (ou assim ela pensava).

Paz chegou à porta da frente e entrou. La Venus estava na sala, acordada, cercada de pinturas em vários estágios de criação, pincel na mão. Isso era viver com La Venus: era a vida no centro de um caldeirão fervente. Quem iria imaginar que La Venus tinha isso dentro dela, essa explosão de cores e visão?

— Eu sempre tive isso em mim — ela contou a Paz —, é só que ninguém reparou. Eu casei com um artista, fugi pro Brasil com uma artista, fui sempre a musa de alguém.

Será que eu era atraída por artistas porque eles espelhavam algo dentro de mim, algo que eu não me atrevia reclamar como meu? Bem, vão pro inferno com isso, eu não quero ser a musa nem de um homem, nem de uma mulher, eu quero ser a artista e encontrar mil musas escondidas nas dobras do mundo.

— O que são as dobras do mundo? — Paz questionou, perplexa, e La Venus riu e derrubou o uísque e tudo acabou assim.

Ela não conseguia parar de pintar. Tinha começado com telas, mas logo se deu conta de que não poderia bancar o material. Então, juntou restos de coisas em canteiros de obras, o que não era difícil, tudo o que ela tinha que fazer era aparecer com uma blusinha curta e sorrir e os trabalhadores corriam para dar a ela pedaços de madeira cerrados, pedaços de cano, lixas usadas, até mesmo dois martelos que ela cobriu com videiras extraordinariamente detalhadas. Na maioria das vezes, no entanto, ela pintava mulheres — em pranchas de compensado e folhas de metal, em madeira e garrafas de vinho vazias: mulheres nuas com estrelas saindo das suas mãos, mulheres nuas no mercado com cestos nos braços, mulheres nuas segurando berinjelas e tomates deleitadas, mulheres nuas dançando e comendo e andando de bicicleta pelas ruas da cidade. Ela pintava e pintava com uma febre de alegria que encobria todos os outros prazeres; ela pintava quando estava recém-apaixonada por uma namorada, pintava quando a nova amante ia embora, pintava antes e depois e noite e dia. Mulheres caíam aos seus pés como peças de dominó, mas para Paz parecia que nenhuma delas teria uma chance no coração de La Venus, que agora pertencia à pintura. Ela estava acesa.

Estava feliz. Mesmo sob o regime, ela tinha dado um jeito de ser feliz. Seu livro favorito, agora, era uma brochura que ela tinha encontrado na feira de rua na Tristán Narvaja: uma tradução de *Ao farol*, de Virginia Woolf, que era britânica e agora estava morta, La Venus disse; "nunca estivemos vivas ao menos tempo e ainda assim, ela viu dentro de mim, esse livro é a minha bíblia, e Lily Briscoe é o único Jesus que eu preciso".

— Olá, andarilha — disse La Venus, sem tirar os olhos do seu projeto, uma tábua de madeira que começava a segurar um oceano.

— Pensei que estivesse dormindo.

— Por que diabos eu estaria dormindo?

— Tem trabalho amanhã.

La Venus revirou os olhos.

— Tem trabalho bem aqui.

— Claro que tem. Eu quis dizer o outro tipo de trabalho, o do tipo chato.

La Venus finalmente tirou os olhos da sua pintura.

— Não consigo acreditar que está acontecendo.

— Nem eu.

— Tenho medo de me deixar acreditar e tirarem isso de mim de novo. Qualquer coisa pode acontecer. Março ainda está muito longe.

— Você acha que eles iriam impedir a posse depois de tudo isso?

— Vai saber.

— Talvez você não queira acreditar porque soa bom demais para ser verdade.

— Talvez. — Ela inclinou a cabeça. — A verdadeira pergunta é: o que muda para nós?

— Eu não sei. — Paz acendeu dois cigarros e passou um para La Venus. Era essa a questão, não era? O fim da ditadura era um tipo de morte, não um tipo triste de morte, mas uma do tipo que faz a gente se sentir desancorado, porque a vida esteve presa à coisa que morreu, quer você quisesse ou não. Se não fosse a ditadura, ela provavelmente teria um diploma universitário, do jeito que sempre pensou que teria. Mas, por outro lado, se não fosse a ditadura, ela não teria conhecido La Venus ou o resto delas, não estaria sentada ali fumando, em paz em uma casa da qual ela um dia tinha fugido. — Tudo isso me deixa inquieta. Como se eu quisesse fazer algo. Construir algo.

— Construir o quê?

— Eu não sei.

La Venus deu uma tragada no seu cigarro e não tirou os olhos de Paz. Escutando.

— Eu fico pensando naquelas pessoas que conhecemos em Polonio este ano. Que foram expulsas de casa, chamadas de veados, de marimachos. Pessoas como a gente. Que só estão tentando viver. Tudo bem, teremos uma democracia. Se tivermos sorte, se tudo der certo. As pessoas como nós ainda vão ser punidas só por existirem? Que bem faz a democracia se nós ainda não podemos respirar?

— Então o que fazemos?

— Eu não sei. Criamos espaço uns para os outros. Não esperamos por ninguém pra fazer isso. Precisamos de um novo tipo de lugar, onde as pessoas como nós possam ficar juntas. Tipo a Proa, mas na cidade.

— Tipo esta casa.

— Tipo isso. Mas maior. Tive uma ideia maluca.

— Me conta.

— Você vai rir.

— Não vou. Eu prometo. Sério, Paz, não existe arte sem ideias malucas.

— Eu quero abrir um bar.

— Um bar?

Paz fez que sim.

— Para pessoas como a gente. Tipo aquele que os visitantes de Polonio nos contaram, em Buenos Aires, em Madri, aquele em Nova Iorque sobre o qual eles leram, como se chamava, Wall of Stone?

— Não me lembro.

— Bem, nunca houve um no Uruguai, não que a gente saiba. Precisamos disso.

— Mas será que alguém vai?

— Por que não? Eu iria. Nossas amigas iriam. E agora, com a democracia de volta, mesmo se prenderem alguém, não vão ser prisões políticas pra nos deixar presos para sempre. Uns dias na cadeia, até uns meses, é diferente de uma vida toda.

Os seus próprios dias na cadeia correram pelo seu pensamento. O quão perto ela esteve de passar anos atrás das grades. Tinha sido mais sortuda do que muitos.

— Só que ainda existe o medo — La Venus disse. — Ser exposta pro seu chefe, pra família. Isso não vai acabar. Se você for descoberta, pode ser demitida, daí você morre de fome.

— Claro. Mas o meu bar não vai expor as pessoas. Vai fazer o oposto disso.

— Que é...?

— Protegê-las.

La Venus pareceu levar em consideração. Depois sorriu.

— Já consigo ver como seria.

— Que bom — Paz disse —, porque eu vou precisar da sua ajuda.

— Não seja idiota.

— Quer dizer que não vai ajudar?

— Quero dizer que você sempre terá a minha ajuda.

*

março de 1985. O presidente Sanguinetti foi empossado sem golpe, sem confusão e, como prometido, passou uma lei de anistia: a maioria dos presos políticos seria solta.

Romina tremia do lado de fora dos portões do Penal de Libertad. O tremor a envergonhava, mas ela não conseguia parar. Uma revolucionária fica firme diante dos portões do poder, desafiadora, e, num dia como este, treme? Os portões não iam abrir; eles não tinham ganho? Mas a multidão ao seu redor não parecia triunfante, só teimosa, com sua presença na calçada e se espalhando para preencher a rua. Teimosia. Saudade. Ardor. E silêncio. Ela estava entre centenas que só queriam os seus entes queridos de volta, e para isso ficariam ali no ar frio, tão silenciosos quanto ratos, se era isso que precisasse para recebê-los. *O regime nos tornou uma nação de ratos*, ela pensou. Estavam apinhados na frente dos portões que levavam para o pátio interno daquele lugar miserável que ela nunca via sem ter vontade de cuspir nele, e talvez agora, um dia, ela o faria. A mãe à esquerda, o pai à direita, Malena logo atrás. A incomodava que Malena ficasse atrás, e não ao lado deles, mas o que se podia fazer? Era um momento familiar, não era? E Malena era, na realidade dos seus pais, apenas uma amiga, não fazia parte disso, não fazia parte deles. Não do jeito que um marido faria, e Romina tinha fracassado em ter um marido. Mesmo assim, Malena insistiu em acompanhá-los, mesmo que isso significasse ficar atrás dela, como uma dúvida. Romina estava feliz que ela tinha vindo. Seu calor era um bálsamo na sua nuca.

As portas duplas se abriram, e um movimento cresceu na multidão. Empurra-empurra. Murmúrios. Nomes sendo chamados, Joaquín, Tomás, Alberto, como se os nomes fossem ímãs que poderiam puxar homens até você. Mas quantos Albertos estavam lá presos? E os guardas não anunciariam quem estava saindo? Certamente haveria uma fila, papéis, algum tipo de procedimento? Mas não houve. Talvez já tivesse acontecido lá dentro. Não tem jeito de saber, os guardas não disseram nada, o pátio interno estava se enchendo de presos agora, ou melhor, ex-presos, e se não conseguissem achar suas famílias, quem se importava, certamente não os guardas, eles podiam ter deixado a multidão entrar no pátio, não podiam? Mas não, os filhos da puta tinham que deixar os cidadãos do lado de fora, na rua, como se dissessem "nós ainda mandamos aqui, ao menos hoje, não se esqueçam, e se isso significa que vocês têm que ficar parados na rua, onde um carro pode passar e atropelar qualquer um, isso não é problema nosso", embora nenhum motorista consciente passaria por aquela rua naquela manhã, a rua não era dos carros, era das pessoas, espalhadas num fluxo tão inquestionável quanto o tempo, e havia vozes agora que demonstravam ter visto quem estavam procurando pelo portão, *Tomás* virou *Tomás! Tomás!* e se dissolveu em choro, Mamá começou a falar *Felipe, Felipe* primeiro incerta, Romina tentou acompanhá-la, mas sua garganta estava tão seca que ela não conseguia falar, ela ardia, e então os portões de fora se abriram e a multidão de fora se chocou com a multidão de dentro, e, para evitar serem separados, ela pegou na mão da sua mãe e na mão do seu pai — onde estava Malena? Ninguém pegou na mão dela, perderam-na no caos — e, em uma corrente, eles foram empurrando para frente e para frente pelo que pareceram ser horas até que seu irmão se ergueu daquele borrão de corpos e se dissolveu no abraço de todos.

A primeira noite foi de celebração. Mamá tinha cozinhado por três dias e preparou um banquete com todas as comidas favoritas de Felipe: milanesas, chouriço, buñuelos de espinafre, montanhas de espaguete, canelones, alfajores, bolo de chocolate coberto de doce de leite, pebetes, as comidas do aniversário de um garotinho, o suficiente para alimentá-lo pelos doze anos que tinha sumido. Ele não comeu muito, mas sorriu e chorou, na maioria das vezes, ao mesmo tempo. Tios e tias e primos vieram cumprimentá-lo, Malena também, e ela não pareceu brava por ter sido afastada deles na multidão, para o grande alívio de Romina, que carregava pratos e servia Coca-Cola e tentava sorrir.

Depois de uma semana, no entanto, Felipe ficou quieto. Não havia perspectiva. Ele tinha trinta e três anos e não tinha terminado a universidade, nunca tinha tido um emprego e não conseguia dormir uma noite sequer sem ter pesadelos; o que ele faria da vida?

Era uma pergunta para todos eles: para todos os prisioneiros recém-libertos, os milhares que passaram os anos ruins lá dentro. Como fantasmas lançados de volta ao reino dos vivos. Onde antes Romina despendia sua energia na luta pelas eleições, ela voltava seu foco agora para reunir as histórias de ex-presos políticos, contra a maré, na verdade, porque, ao contrário da Argentina, onde uma comissão da verdade havia sido criada para descobrir a verdade sobre os desaparecimentos, para dar voz e espaço às atrocidades, no Uruguai a democracia veio com a promessa de impunidade para os perpetradores. Havia um rumor de que os generais tinham insistido nisso antes de entregarem o poder. "Prometam que não farão nada com a gente e vocês podem ter o controle do país de volta". E então os oficiais do exército não poderiam ser julgados por seus piores crimes cometidos durante a ditadura, já que essas ações eram na verdade parte do seu trabalho, então calem a boca sobre a tortura, as máquinas de choque, os estupros, as prisões sem julgamento, o abuso, a fome, os desaparecimentos, a dor das pessoas quebradas agora soltas no mundo; vocês os queriam de volta, não queriam? Aqui estão, acabou como vocês queriam, nos deixem em paz. Mais uma vez, os líderes da esquerda estavam divididos. A democracia era frágil, e alguns achavam melhor esquecer, só olhar para frente, para o que está por vir, deixem o passado terrível para trás, onde ele não consegue mais nos machucar. Mas para Romina e para outros, o passado viria junto com eles, quisessem ou não. Como podiam silenciar aqueles que mais sofreram? Era verdade que muitos dos ex-presos prefeririam não falar. Felipe era um deles. Ele só balançava a cabeça quando ela tentava abordar o passado, sem a olhar nos olhos. Mas havia aqueles que queriam contar suas histórias, que só contando suas histórias podiam encontrar o caminho de volta para o lado de fora, e eram essas as pessoas que Romina ia ver, cujas histórias ela reunia, e reunia mesmo quando a despedaçavam, mesmo quando ela queria gritar que não aguentava mais um minuto e não pode ser que eles foram atrás de você *de novo*, que eles fizeram isso e também *aquilo*, e ela voltava para casa todas as noites exausta, tremendo, em carne viva, como se sua pele tivesse sido arrancada, como se o mundo tivesse se despedaçado em tantos caquinhos que você não podia mais andar sem dilacerar as solas dos pés. Com Malena agora morando em uma casa onde ela podia ser abertamente ela mesma, Romina dormia lá com cada vez mais frequência, apesar do óbvio desconforto dos pais por ela dormir em qualquer lugar que não fosse em casa, já que mulheres adultas não dormem na casa de outras mulheres adultas, nem mesmo as solteironas, embora nunca fizessem muitas perguntas, como se pudessem acidentalmente esbarrar em informações que não queriam tocar.

Romina chorava nos braços de Malena.

— Tem tanta dor — ela disse uma noite. — Nunca vamos nos livrar disso tudo, vamos nos afogar nisso pra sempre.

— Talvez — Malena disse. — Talvez não. Sempre houve dor.

— Nao assim.

— Não exatamente assim, mas e os nazistas?

— Eu digo aqui, no Uruguai — Romina disse. — Nunca tivemos isso *aqui*.

— Os nazistas estão mais perto do que as pessoas pensam.

— O que isso quer dizer?

— Quer dizer que uma vez eu conheci um.

— Você quer dizer... Um simpatizante?

— Não. Um nazista mesmo.

Romina sentou na cama.

— Onde?

Malena ficou tensa, hesitou.

— Aqui perto.

Ela esperou que Malena dissesse mais, mas nada veio.

Depois, por anos, por décadas, até o final dos dias, Romina se arrependeria de não ter ido mais fundo, de não ter esperado mais, ouvido com mais gentileza e tão abertamente quanto pudesse. Ao invés disso, ela sentiu uma pontada de incômodo pela sua amada, que não era judia, trazer nazistas para abafar a dor uruguaia.

— Olha, em todo caso, você não tem que dizer pra *mim* o quão ruim os nazistas foram. O que estou dizendo é que as pessoas estão quebradas, milhares delas, e todo mundo quer varrer a sujeira pra debaixo do tapete.

— Não sou uma delas — Malena disse, incomodada.

— Não disse que você era! Não precisa ficar na defensiva!

— Eu não estou... Esquece. — Malena se virou para a parede. — Desculpe, sou uma idiota. Eu deveria ter apenas ouvido de boca fechada, como sempre.

— O que isso quer dizer?

— Nada.

Romina estendeu a mão para tocar as costas de Malena.

— Não vamos brigar. Eu não aguento isso.

Fora do quarto escuro, risos aumentavam e diminuíam, La Venus e Paz contavam histórias e flertavam com uma guria, levando como se ainda houvesse alegria para ser roubada no mundo.

— Eu sei — disse Malena.

*

O porão se transformou tijolo a tijolo. Era o cenário certo, teto baixo, sem janelas, impossível de se ver de fora, como uma masmorra, mas tinha uma parede de frente para a rua, alta o bastante para uma porta baixa ser colocada, uma porta para duendes, uma porta para cantoras e trolos, para invertidos.

— Uma porta — Paz disse, triunfantemente — para nós.

Tinha pouquíssimo dinheiro para construir esse bar, então fez o que podia com as próprias mãos. Removeu reboco. Cavou terra do porão. Desenterrou o vão que uma vez escondeu subversivos, incluindo Puma, um vão que agora ficou exposto à luz. Anos se passaram, e as moléculas do ar ali com certeza seriam completamente diferentes, mas Paz ficou lá por um momento, escavando aquele espaço e inalando tão profundamente quanto podia, como se para atrair as partículas do passado. Depois continuou. Tanto para cavar e raspar e cortar e colar. Era úmido lá embaixo, mas havia espaço suficiente para dar forma a uma sala comprida. Levou quase um ano, e todas as suas amigas ajudaram, para abrir o espaço, instalar a fiação elétrica, encanar água para um banheiro rudimentar nos fundos, rebocar as paredes, colocar lajotas no chão e instalar uma porta na parede da frente, para a qual ela construiu degraus de tijolos de demolição e argamassa para que, quando alguém entrasse da rua, descesse imediatamente, com a cabeça abaixada, para um pequeno mundo alternativo.

Nessa altura, ela já tinha estado mais vezes em Cabo Polonio e aprendido mais com seus novos amigos argentinos sobre o bar em Nova Iorque, onde putos e maricas tinham brigado com a polícia que os fustigava, há muito tempo, em 1969, quando ela tinha oito anos de idade. Um bar chamado Stonewall. Muro de pedras. Tinha se tornado famoso na América do Norte por causa daquela revolta, durante a qual, o argentino disse enquanto deslizavam pela água, maricas, cross-dressers e rejeitados jogaram pedras na polícia, e depois daquilo começaram a mudar.

— Mudar como? — ela perguntou, boiando nas ondas do oceano.

— Sendo mais barulhentos.

Paz pensou muito naquilo. Ela e suas amigas não eram barulhentas, a não ser que soubessem que estavam completamente sozinhas. Lutar contra a polícia no Uruguai, em 1969, e especialmente alguns anos depois, uma vez que o governo democrático tinha caído, poderia significar o fim de tudo, o fim da segurança. Mesmo agora, estar exposto significava o fim da sua vida como você tinha construído. Ela disse:

— Nós não podemos ser barulhentas aqui. Não assim.

— Mas — o argentino disse — não é como se tivesse sido seguro pra eles também, sabe? Pessoas como nós nunca estão a salvo, nem mesmo em lugares como Nova Iorque, o coração do império. A segurança nunca é dada. Segurança é o que você faz com as próprias mãos.

Ela batizou o bar de La Piedrita. Pequena pedra.

Não tinha placa, é claro, nem campainha. Você tinha que saber sobre ele e bater na porta no ritmo de uma velha canção de ninar, arroz-con-le-che, antes de alguém conferir através do olho mágico e te deixar entrar.

Ela deixou três das quatro paredes de pedra expostas. Construiu prateleiras salientes, como fizera na sua cabana, e as encheu com seixos e conchas recolhidas em Cabo Polonio — isso era essencial, pois La Piedrita era em muitos aspectos uma extensão da Proa, uma transposição daquele refúgio em uma única sala subterrânea na cidade. El Lobo, animado para ajudar Paz a criar seu próprio negócio, deu a ela ossos de leões-marinhos e de focas que tinham sido limpos pelo Atlântico e pelo tempo, e La Venus os pintou com padrões excêntricos e os arranjou em formas elaboradas na parede. Ossos do quadril abertos como asas de borboleta. Costelas irradiavam de um sol central. Paz também encontrou tesouros para as paredes nas barracas da feira de rua na Tristán Narvaja: colheres e copos, cartões postais envelhecidos, fotos curiosas de animais selvagens, até livros amarelados que misteriosamente sobreviveram aos expurgos para renascer em novas prateleiras. Este era o bar dela, e haveria livros em cada canto, empilhados e guardados como tesouros de piratas. Havia mais coisas usadas do que nunca em Tristán Narvaja, talvez porque as pessoas agora estavam com menos medo de expor o que tinham, mas também porque a economia estava uma porcaria e, como os exilados retornavam para uma cidade sem empregos, mais pessoas começavam a procurar nas suas casas, todos os dias, o que poderia lhes fazer arrecadar alguns pesos. Uma vez, em uma pilha de discos velhos, ela encontrou uma fotografia de Rosa Vidal, uma cantora uruguaia famosa, da velha guarda do tango, que agora vivia sua velhice em algum lugar na Cidade Velha e que, no seu tempo, tinha sido conhecida por se apresentar com roupas de homem, o que era de conhecimento de todos, embora Paz nunca tivesse visto uma foto dela assim, até aquele momento: ali estava ela, de terno, um chapéu de lado, encostada em uma parede com um sorriso maroto. Paz não conseguia respirar. Ela ficou olhando a foto por um bom tempo, enquanto a algazarra de compradores a esmagava. Comprou a foto e fez uma moldura ela mesma, de madeira de demolição, e pendurou na parede dos fundos, atrás do bar rudimentar que ela presidiria, pensou, do jeito que El Lobo fazia no seu próprio balcão em Polonio: com a calma de um velho capitão de navio.

E assim ela o fez.

Abriu o bar em fevereiro de 1986, em pleno verão, enquanto o Carnaval preenchia a cidade com canções, purpurina, tambores, noites iluminadas. Começou com as amigas e suas namoradas e ex-namoradas, mais as novas namoradas das ex-namoradas, e uns montevideanos que conheceram em Polonio e que ficaram animados com as notícias do lugar. Pequenos grupos de vários lugares. Algumas noites eram cheias, outras vazias. Não importava. As pessoas vinham quando vinham. Paz colocava música e mulheres dançavam com mulheres, homens com homens. Se pediam tango, ela tocava tango. Samba brasileiro, Sandra Mihanovich, a mais amada do que nunca Mariana Righi, as novas músicas de Madonna e Michael Jackson: ela obedecia. Depois dos primeiros meses, ela construiu uma plataforma, junto de uma das paredes, que poderia, em algumas noites, ser um palco, e com o tempo artistas começaram a se voluntariar: homens vestidos de mulheres, mulheres vestidas de homens, cantando canções velhas e algumas novas, porque, ali em La Piedrita, você podia fazer o que quisesse: um homem podia usar um sutiã brilhante e uma saia de plumas de uma dançarina de candombe e dançar para sacudir até os céus, e uma mulher podia vestir um chapéu fedora e cantar os velhos tangos de Rosa Vidal ou de Azucena Maizani, aquelas cantoras que, nos anos 1920 e 1930, tinham invadido tão exuberantemente o terreno dos homens.

La Venus ficou conhecida pela sua interpretação de *El terrible*, vestindo suas roupas femininas regulares e um chapéu de velho que morava atrás do sofá (que ficava no canto perto do banheiro e estava sempre no escuro e parcialmente escondido por uma cortina presa ao teto, aparentemente para manter o banheiro fora de vista, mas na verdade porque Paz sabia o quão rara era a privacidade para invertidos, ela mesma tinha feito sexo em banheiros públicos e, se não tivesse colocado um sofá, seus clientes nunca teriam a chance de mijar. O móvel estava sempre ocupado por corpos amassados um no outro, e todos respeitavam o código não dito de desviar o olhar enquanto esperavam para usar o toalete; era uma coisa esfarrapada, aquele sofá, manchado, desgastado, mas um espaço sagrado). Enquanto cantava, La Venus baixava aquele chapéu sobre os olhos de uma maneira que despertava o desejo e a admiração no coração de todas as mulheres na sala.

O dinheiro não vinha fácil para La Piedrita. Ninguém tinha muito. E mesmo assim as pessoas vinham, mesmo que tivessem que fazer um único drinque durar horas para ficarem ali, ou simplesmente não pedissem nada e se sentassem em um canto com pouca luz em uma mesa construída com caixas reaproveitadas para assistir a realidade virar do avesso por uma noite. Não importava quanto ou quão pouco as pessoas pagavam. Paz estava determinada a manter as coisas à tona, segurá-las tanto quanto pudesse. Trabalhava no bar quatro noites por semana, com La Venus cobrindo duas noites e Flaca, uma. Flaca, é claro, não precisava do dinheiro, o açougue era suficiente para prover a ela e ao pai, mas ela não aguentaria ficar de fora de um negócio como aquele. Ela prosperava ali. Seu turno em La Piedrita era um respiro bem-vindo para seus dias de trabalho duro mantendo o açougue e a casa e cuidando do seu pai, que tivera um ataque cardíaco e precisava de mais ajuda, e, embora fosse exaustivo, Flaca disse a Paz, também era bonito passar as noites em casa com ele, conversando de um jeito que não faziam há anos, sabendo um do outro.

— É mesmo impressionante, Paz, ele não apenas me aceitou, mas também aceitou a minha namorada. Agora a Virginia dorme lá e ele não dá um pio. Na verdade, ele trata ela como uma nora, até mesmo como uma filha, ele implora que ela leia poemas pra ele, eles riem juntos como ladrões na noite, e é um sentimento dos mais estranhos, totalmente estrangeiro, eu nem sei do que chamar. Completude talvez, ou solidez, eu não sei, eu me sinto uma imbecil falando sobre isso, já que eu sei que a maioria de nós nunca vai ter isso, mas eu posso ser honesta com você, não posso? Quando as minhas irmãs trazem os netos dele, no domingo, somos uma grande família, e a felicidade é feroz, concentrada, como se estivéssemos compensando os anos perdidos.

Uma noite, no meio de 1986, enquanto o inverno esmurrava as ruas com ventos gélidos que empurravam os clientes para dentro de La Piedrita para se aquecer com uísque e uma cara sorridente, enquanto grupos se reuniam em torno das mesas e o cômodo sem janelas engrossava seu ar com hálito e calor humano, Paz se pegou olhando para a porta enquanto uma outra mulher, uma estranha, descia as escadas. *Será que é ela?* Aquele pensamento a chocou por ter surgido tão rápido e feroz na sua mente. Não era ela, não era a mulher por quem esperava ou para quem se preparava, ou ambos, sem saber. Puma. Puma, como um pedaço retorcido de madeira flutuante que poderia aparecer na costa. Puma, que ninguém, a não ser Paz, entendia. Será que ela iria num lugar como aquele? Ela o encontraria, se interessaria por ele? Elas se reconheceriam? Ainda haveria uma faísca entre elas? Será que ela lembraria daquele porão e entenderia que era o mesmo lugar em que...? Puma. Paz ansiava por saber o que teria acontecido com ela. Se tinha sido presa, fugido para o exílio, sobrevivido aos anos do Processo ou não, e, se havia fugido para o exterior, se tinha decidido voltar ou ficar na sua nova e transplantada vida, como muitos exilados estavam fazendo, porque não era tão simples retornar. Naquela época, quando Puma se escondia no porão, em 1974, não havia nenhum lugar remotamente parecido com La Piedrita, nenhum lugar para que ela se visse, se encontrasse, ou até mesmo mostrasse a cara com segurança. Ela ainda seria o tipo de mulher que procuraria um lugar assim? Não estava claro se ela algum dia tinha sido esse tipo de mulher; não estava claro que tipo de mulher ela tinha sido. Tinha sido a mulher no porão. Paz podia ver melhor agora: o quão quebrada, o quão faminta estava. Ela, Paz, tinha vinte e cinco anos agora, era mais velha do que Puma na época. Foi uma corajosa guerrilheira, Puma, mas também foi uma guria apavorada de uns vinte anos. Torturada e fugindo para salvar sua vida. Tinha derramado aquele pavor no ato de amar Paz? Tinha feito algo que mais tarde lembraria com horror ou vergonha? Talvez. Impossível saber. A estranha que acabara de entrar em La Piedrita chegou ao degrau de baixo e agora estava no subsolo, na luz das lâmpadas fracas, absorvendo seu entorno. Não era Puma, mas estava ali, viva, precisando de um sorriso ou de um cigarro ou de uma amiga. Paz esperou que ela olhasse para poder encontrar seu olhar, pensando: o que não posso dar a Puma, vou dar às Pumas do mundo.

*

— Ficou sabendo? — Romina perguntou. — Ariella está de volta no Uruguai.

La Venus não tirou os olhos da sua pintura, mas a mão ficou tensa no pincel.

— Não, não fiquei sabendo.

— Ela vai fazer um concerto no mês que vem.

La Venus enfiou a ponta do pincel na tinta vermelha. Mexeu. Com força, com força demais. Não era pensar em Ariella que doía, mas pensar em Mario. O quão alto ele estaria agora. Ela o imaginava com o rosto mais magro, os mesmos olhos. Não conseguia descascar uma laranja sem pensar nele, o prazer no seu rosto quando a casca saía como uma cobra perfeita. Ela nunca parou de sentir dor ao pensar nele do outro lado da cidade, na casa da sua avó, a apenas uma longa viagem de ônibus de distância, mas, ainda assim, fora de alcance.

— Bom pra ela.

— Você não quis dizer isso — Flaca disse, servindo o mate.

— Eu preciso me corrigir?

— Não. Certamente não.

Estavam na sala da casa de Paz, que, na verdade, todas tratavam como se fosse a casa delas. Era um domingo à noite, onze horas, quase hora de abrir o bar. Era o turno de Flaca, e ela estava curtindo uma última rodada de mate antes de descer. Estavam todas juntas: Romina, Malena, Paz, Flaca, La Venus e Virginia, a namorada de Flaca, em um humor preguiçoso depois da parilla que fizeram no seu pequeno quintal nos fundos, onde, todas já sabiam, Paz e sua mãe tinham queimado livros uma vez, num outro mundo, numa outra vida. Pratos sujos estavam empilhados na pia. A casa ainda cheirava a fumaça e carne assada. Elas estavam quentes do vinho e da companhia, sem querer dispersar.

— Você vai descer hoje, Venus? — Flaca perguntou.

— Não sei. A pintura está me chamando.

— A pista também — disse Paz. — Sempre vendemos mais drinques quando você dança.

— Venus, a deusa da noite — Flaca cantou.

La Venus sorriu.

— Vamos ver.

Ela sabia disso, que, quando dançava lá embaixo, se tornava o centro da sala, se não do universo, e muitas vezes aquilo a empolgava. Mas também a deixava cansada. Porque o que ela queria era pintar. Ser aquela que olhava, e não sempre a que era olhada, um papel que vinha muito facilmente para ela, espontaneamente. As pessoas esbanjavam olhares em direção a ela. Ela tinha que proteger seu poder de olhar, de criar, de ser quem dava forma, e não apenas ser formada. Por muito tempo, ela só pintou para si mesma, pendurando coisas pela casa e na La Piedrita. As galerias do centro não serviam para uma mulher que pintava mulheres nuas, então ela não foi levada a sério, até que, nos últimos meses, começou a oferecer às galerias paisagens inspiradas em Polonio — oceano, litoral, as rochas do farol — pintadas em itens descartados, como tijolos, tábuas de madeira, panelas de cozinha amassadas. Ela queria fazer uma declaração sobre o desejo pela natureza na vida urbana, ou talvez sobre o modo como você poderia carregar oceanos dentro de si, sem importar onde estava. De todo modo, era até bom que os objetos fossem mais baratos do que telas e fáceis de encontrar. Essa série recém tinha tido um vernissage em uma galeria minúscula na Cidade Velha, a única que ela sabia pertencer a uma mulher, Dona Erminia, a viúva rica de um pintor famoso. A instalação quase não deu dinheiro, é claro — a economia ia tão mal que ninguém tinha dinheiro para comprar arte —, mas foi bem recebida, com boas resenhas em dois dos pequenos jornais que tinham sido reabertos com o retorno da democracia.

— Bem — Virginia disse —, eu, por mim, quero ver o que você pinta.

— Ah, obrigada, Virginia. — La Venus luziu. — E você? Algum poema novo?

Virginia sacudiu a cabeça.

— Nada que esteja pronto pra ser compartilhado.

— Ah, vamos lá — disse Paz. — Por favor. Seus poemas são lindos.

Virginia se virou para encontrar os olhos de Paz.

— E quanto tempo faz que *você* não lê seus poemas pra gente?

— É diferente.

— Como?

Paz sacudiu a cabeça. Ela escrevia, às vezes, mas eram fragmentos — seu amor pelos livros nunca se traduzia muito bem em palavras que eram suas. Ela passou a acreditar que seu trabalho criativo, sua verdadeira arte, estava em três coisas: suas noites com amantes, a cabana na praia e o bar no porão, todas perversões, de acordo com o mundo. Mas ela não poderia dizer isso. Se tornaria risível no segundo em que o fizesse.

— Eu não sou uma poeta de verdade.

— Ah, para!

— Quer dizer, você tem *nome* de poeta.

— E...?

Elas ficaram se olhando, Virginia e Paz. Foi uma breve troca de olhares, não mais do que uma respiração, mas Romina viu, e também Flaca, que segurou a respiração até que Paz desviasse o olhar para a cuia de mate nas mãos. Nunca, nenhuma vez, Paz tinha roubado uma namorada de Flaca. Eram amigas profundamente leais, nada a temer. E mesmo assim. Aquele olhar. Como se elas já compartilhassem uma língua secreta. Poesia. Talvez a faísca não fosse nada mais do que isso. Flaca não era uma grande leitora, ela nunca tinha atravessado *Dom Quixote,* nem mesmo quando foi tarefa da escola. Virginia, por sua vez, era bem versada, autodidata estudiosa de literatura latino-americana, seu nome vinha de Virginia Brindis de Salas, que, ela mesma contou a Flaca, foi a primeira mulher negra a publicar um volume de poesia na história do Uruguai e possivelmente em toda a América do Sul. Seus pais liam os versos de Brindis de Salas para ela, junto com canções de ninar, sonhando que ela tivesse uma vida que transcendesse a miséria do conventillo onde viviam até que o governo da ditadura os expulsou sem aviso, deslocando toda a sua comunidade de uma só vez para a periferia da cidade, onde viveram, até que, há um ano, finalmente retornaram ao seu antigo bairro, o Barrio Sur.

— Embora a maioria de nós — ela tinha dito — não tenha retornado. Eles nos dispersaram do nosso bairro sem motivo, apenas para quebrar a nossa comunidade, apenas para se livrar das pessoas negras e, mesmo agora, me diz quem está falando sobre nosso despejo no noticiário ou na prefeitura?

Ela era tão politicamente apaixonada quanto Romina, se voluntariando em um jornal da comunidade negra, Voz Negra, que tinha revivido depois do fim da ditadura e que frequentemente publicava seus artigos e poemas. Ela também acendia velas para Iemanjá, a deusa africana do oceano, e sabia todos os ritmos tradicionais do batuque de candomblé de cor, podendo batucá-los contra seu próprio peito ou nas suas coxas com perfeita precisão; e quando os tambores da vizinhança começavam a ganhar vida, trinta deles, às vezes sessenta, ela dançava como se o som estivesse cravado fundo nos seus ossos, desde antes do Uruguai, antes dos navios, antes do tempo. Flaca achava os escritos de Virginia brilhantes e intimidadores. Ali estava uma mulher que limpava casas para viver e cuja mente queimava tão feroz quanto o sol. Tinham se conhecido na feira de rua da Tristán Narvaja, escolhendo abobrinhas de uma barraquinha de verduras, e deram todos os sinais ao se demorarem com as mãos na carne daquele vegetal verde. Estavam juntas por dois anos agora, o relacionamento mais longo de Flaca, e ela sabia que Virginia tinha o poder de se tornar a terceira mulher a partir seu coração.

— Então — Paz disse —, algumas pessoas escrevem, o resto de nós apenas rabisca.

— Você não acredita nisso de verdade — Virginia disse.

Paz deu de ombros, tentando não sorrir.

— Precisamos de todo o tipo de rabiscos, não só poemas — Romina disse, pensando no número enorme de artigos e comunicados oficiais que tinha escrito nos últimos meses, pelos direitos dos exilados, de ex-presos políticos, daqueles lutando contra a impunidade dos perpetradores. O trabalho continuava, essencial, sem fim, sem pagamento, sem gratidão. Ela escrevia artigos de opinião para líderes de partido, homens cujos nomes assinavam os artigos que ela tinha escrito. Fazer o que era melhor para o movimento. Quem iria querer ler um artigo assinado por ela? Às vezes, ela ia a algumas reuniões com Felipe, que estava saindo da sua casca. Era bom vê-lo melhor, e um alívio também, porque seus pais agora podiam se concentrar nele, banhá-lo com suas preocupações e atenção, diminuindo o escrutínio sobre ela.

Romina tentou pegar na mão de Malena, mas, quando fez isso, Malena não pegou de volta. Os dedos inertes a alarmaram. Malena andava distante, seu mau humor ia e voltava, estava bebendo mais do que nunca. As duas brigavam com mais frequência. "Você não me controla", Malena disse a ela da última vez que discutiram por causa da bebida. E talvez ela estivesse certa. Talvez ela devesse recuar e dar mais espaço a Malena. E mais atenção. Ela devia se devotar mais à namorada — embora só de pensar nisso Romina já se exauria, um peso que se sobrepôs a tantos outros.

— Sobre isso — La Venus disse —, tenho novidades. Tem uma pintora paraguaia que foi convidada pelo Ministro da Educação e Cultura. E vocês lembram a Dona Erminia, da galeria que expôs o meu trabalho?

— Como poderíamos esquecer de Dona Erminia? — disse Flaca. — Eu nunca vi tanta pluma no chapéu de uma senhora.

— Bem, ela vai fazer uma recepção pra paraguaia. E quero que vocês todas venham pra conhecê-la. O nome dela é Diana Cañeza e aposto mil pesos com vocês que ela é uma de nós.

— Uma de *nós*?

— Não!

— Você não tá falando sério.

— Como você sabe?

— Eu vi duas pinturas dela, e–

— Deixa eu adivinhar: pinta como se estivesse chupando boceta?

— Deixa ela terminar!

— Obrigada. Como eu estava dizendo, ela não tem um marido. E o jeito que ela pinta corpos de mulheres... Tem algo de lascivo ali. Eu não sei explicar.

— Você quer ela. Você viu as pinturas dela e você quer ela!

— Eu não disse isso.

— Rá, como se tivesse que dizer.

— A questão é que, Venus, pra você todo mundo é cantora.

— Provavelmente porque ela conseguiria fazer qualquer mulher querer cantar!

— Rá!

— Isso não é justo — La Venus disse. — Nem *todo mundo*. Por exemplo, eu nunca disse isso sobre a Dona Erminia.

— *Isso* seria interessante!

— Ah, Deus, eu não quero pensar nisso.

— Por que não? Todas nós vamos ser velhas um dia. Você não quer alguém pra amar o seu corpo nu e enrugado e–

— Ay, já chega!

— Não, não chega, eu quero ouvir exatamente o que acontece com seu corpo nu e enrugado.

— Eu também.

— Deveria ser o que a senhora quiser.

— Faça o que ela mandar, é o que eu sempre digo.

— Ninguém aqui duvida de você, Flaca.

— Bem, quanto a mim, quando *eu* estiver velha e enrugada, vou fazer bastante chucu-chucu.

— Como tem tanta certeza?

— Temos que acreditar em nós mesmas!

— Talvez até lá já poderemos beijar em plena luz do dia sem temer por nossas vidas.

— Rá! Você deve estar bêbada!

— Eu não tomei nenhuma gota!

— Então, e aí, vamos ter orgasmos na praça também?

— Aparentemente.

— A última coisa que eu quero é os homens de Montevidéu me observando fazer o serviço.

— Estou com você. Prefiro ser uma criminosa pervertida pra sempre.

— Uma criminosa pervertida octogenária?

— Por que não? É muito mais do que nossas antepassadas poderiam sonhar.

— Epa!

*

A recepção para Diana Cañeza foi um evento elegante na galeria de Dona Erminia, no centro. Flaca procurou pela paraguaia misteriosa na multidão. As pinturas eram voluptuosas, grandes telas cheias de cores quentes, algumas delas com imagens estilizadas de animais saindo de estrelas cósmicas vivificantes, outras eram retratos realistas de mulheres bebendo café, deitadas nuas dentro de um barco num lago, olhando por uma janela em uma parede de tijolos. As mulheres eram assombrosas, e Flaca podia compreender por que La Venus fora cativada por essa artista; elas pareciam compartilhar uma obsessão com seus temas femininos, ao tentar dar vida aos seus mundos interiores na tela. Ou talvez estivesse apenas projetando. Ela não sabia nada sobre arte. Foi um sacrifício ir à recepção. Por que apreciar arte tinha que envolver usar um vestido? Ela se sentia fantasiada, falsa, mesmo que estivesse com um vestido bastante simples, o mesmo que usou na ópera com La Venus, naquela noite desastrosa, anos atrás. Seu único vestido. Dado a ela pela irmã, do seu arsenal de vestidos. Ela se irritou com a sensação de não ter um pedaço de pano entre as pernas — *as coisas que faço pela arte*, pensou, embora na verdade estivesse fazendo pela sua amiga.

E para ver a paraguaia misteriosa. Se La Venus tentasse flertar com ela, e o flerte fosse recíproco, ela queria estar lá para ver, não queria perder nada.

Mas foi Romina quem viu a paraguaia primeiro.

Não estava procurando por ela. Não estava procurando por uma mudança na sua vida.

Estava parada num canto com Malena, cada uma perdida nos seus próprios pensamentos, Malena bebendo grandes goles do seu coquetel, a mente de Romina vagando pelo discurso de campanha que ela estava escrevendo para um candidato a prefeito, um homem com políticas de esquerda excelentes e autoestima exagerada. Tinha que acertar sua voz para esconder a arrogância dele, ajudá-lo a se conectar com as pessoas. A sala estava barulhenta, cheia demais, talvez fossem embora logo. Ela não queria conhecer essa pintora, mesmo que as pinturas lhe tirassem o ar, ou talvez *porque* lhe tirassem o ar; ela estava cansada de pessoas brilhantes e seus egos. Deu aula o dia todo e ainda tinha esse trabalho não pago, o discurso não terminado, esperando por ela em casa. Ela só queria terminar aquelas páginas e ir para a cama.

E então ela a viu.

Diana, a pintora. Sorrindo para um homem que estava discursando sobre Deus sabe o quê. Como se pudesse sentir a atenção nela, vinda do outro lado do salão, ela se virou e olhou direto para Romina.

Romina não conseguia respirar.

O mundo se reduziu a esse momento, o do encontro com os olhos dessa mulher. Essa mulher com um olhar que engolia tudo. Calmo, mas completamente sólido. Era mais velha que Romina, tinha quase quarenta anos, talvez, vestido verde, dominante de uma maneira não correspondia ao seu tamanho, uma mulher pequena com uma enorme presença e um exuberante cabelo preto solto em volta dos ombros, o que fez Romina pensar nas florestas tropicais de países vizinhos sobre os quais tinha ouvido falar, mas nunca visto, cheias de coisas selvagens, labirintos ocultos, vida úmida e inquietante.

Ela pensou, em pânico, que a pintora poderia vir até ali e falar com ela — e o que ela diria? O que ela faria? Mas ela não foi. Romina decidiu não ir embora, no fim das contas, e, pela hora seguinte, esteve consciente dos movimentos de Diana, de onde ela estava e quem a rodeava, como se um fio se esticasse entre elas, uma teia de aranha, brilhante e inesgotável.

Quando La Venus a encontrou na multidão para apresentá-la para a convidada de honra, foi quase como se compartilhassem um segredo, como se elas já tivessem ultrapassado as apresentações, como se a categoria de estranhas para elas fosse um tipo de farsa.

Flaca viu.

Ela viu a primeira troca de olhares entre elas e também viu Romina atravessando o salão com La Venus, não podia ser, não era possível, ela não estava assistindo um desastre acontecer em câmera lenta, enquanto Malena ia atrás da sua namorada, sorrindo, porque não via nada, nada mesmo.

*

Dois dias depois, elas se encontraram em segredo, na Rambla. Romina tinha procurado o número de Dona Erminia na caderneta de telefones, pois sabia que Diana estava lá. Diana não pareceu surpresa quando ela ligou. A chamada foi breve, apenas para combinar hora e lugar. E deixou Romina tremendo. O que ela estava fazendo? Não sabia. Desde a recepção, ela tinha passado cada minuto acordada, agitada, acesa por dentro. Não se sentia assim há anos. Nunca foi assim com Malena. Mesmo no começo, Malena era conforto e alívio, um ninho quente de mulher; agora era outra coisa. Combustível. Não se sentia assim desde Flaca — um pensamento quase risível, já que agora não sentia por ela mais do que pelo próprio irmão. Naquela época, porém, tinha sido puro calor. Há muito tempo, nos primeiros dias. Antes dos Apenas Três. Antes do golpe. Antes do mundo ter se fechado. Ela pensava que aquele aspecto da sua vida tinha virado cinzas para sempre. Mal sabia que as brasas da mais afiada luxúria estavam brilhando no subsolo, por todos esses anos, esperando sua vez.

As duas chegaram na beira do rio exatamente na hora.

— Toma um mate?

Romina segurava a cuia e uma térmica. Foi um cumprimento estranho, mas ela não conseguia pensar em outra coisa para dizer.

— O que você acha? Sou paraguaia, é claro que tomo um mate.

— Fico contente–

— Mate vem do povo guarani, sabia?

Romina corou.

— Eu sei sim.

— Meus ancestrais, eles foram os primeiros.

Ela começou a se desculpar, mas depois viu o sorriso no rosto de Diana. Serviu e deu a cuia a ela. Diana a estudou com atenção enquanto pegava o recipiente. A ponta dos dedos delas se roçaram e Romina sentiu algo como um pulso elétrico.

Elas começaram a andar devagar pela beira do rio.
Diana se demorou bebendo, depois entregou a cuia de volta.

— Vocês nunca bebem tererê?
— O que é isso?
— Mate, mas frio, com gelo.
— Não. Nunca. O mate é sempre quente pra nós, até no verão.
— No Paraguai, o calor é tão intenso que você deseja um tererê.

Romina pensou no calor, em Diana no calor intenso, molhada de suor.

— Eu gostaria de provar um dia.
— Eu poderia fazer para você.

Romina esperou ela dizer *antes de eu ir* mas ela não disse.

Andaram em silêncio pela Rambla. Diana foi a primeira a quebrar o silêncio:

— Que estranho, o Rio da Prata.
— Por quê?
— Não parece um rio. É tão largo.
— É um estuário, na verdade, mas não o oceano.
— Eu nunca vi o oceano.

O cuidado gentil das suas palavras. Você tinha que se aquietar por dentro para fazer espaço para cada uma delas pousar em você. Espanhol não era sua única língua; em casa, quando criança, falava guarani. Romina ficou imaginando em que língua Diana pensava, ou se seus pensamentos viviam nos espaços entre as línguas, como um rio que não pertence a nenhuma margem.

— Eu... Nós... Minhas amigas e eu temos uma casinha, uma casinha de um cômodo numa praia ao norte do litoral, no Atlântico. Vamos lá há anos.

— Como se chama a praia?

— Cabo Polonio.

— Cabo. Polonio. — Cada sílaba saboreada. — Gostaria de conhecer esse lugar.

O que ela queria dizer? Estava flertando? Era impossível dizer. Os sinais eram tão diferentes. Romina só tinha estado com duas mulheres: a jovem e corajosa Flaca e Malena. Aquele era outro universo. Uma mulher que não era nem descarada, nem dócil. Uma mulher dona de si, que parecia se conhecer tão profundamente que sua esfera de conhecimento se estendia a você, quem você era, o que você queria, o que você não sabia que tinha dentro. Uma mulher de um país completamente diferente, de um mundo de ricas florestas tropicais, de pobreza desoladora, de um guarani melodioso.

— Que outros lugares você gostaria de ver?

Diana parou de andar e se virou para ela. O rio estava atrás dela, correndo aberto, pontilhado de luz. Romina pensou que seus olhos não precisavam de nada mais nesse mundo que não fosse Diana.

— O que você quer me mostrar?

— Tudo.

Elas se olharam por um longo tempo para dispersar todos os véus, dispersar todas as dúvidas, e Romina ficou maravilhada com como podia ser tão simples, tão direto, que o caminho para o proibido estava, na verdade, escancarado diante dela, e que pisar nele poderia ser um tipo de retidão, uma vitalidade mais poderosa do que o medo.

— Então faça isso.

*

Foi só depois que se hospedaram em um quarto que Romina se deu conta de que já tinha estado naquele hotel, anos atrás, antes do golpe, uma guria de dezoito anos procurando privacidade com Flaca. Agora ali estava ela novamente, suspensa no seu próprio desejo, como se o desejo não vivesse dentro de você de modo algum, mas, ao invés disso, fosse você a viver dentro dele, como se o querer de uma mulher pudesse ser oceânico, vasto o bastante para que se pudesse nadar nele, submergir. Vagamente, se lembrou de um modo de pensar em que era errado estar aqui com uma mulher que não Malena, mas ele parecia velho, decrépito, totalmente desvinculado da realidade, e seu sinal foi abafado pela paixão de Diana, que se desdobrou com uma intensidade que pegou Romina de surpresa. Ela se rendeu. Se dissolveu. Estava em todos os lugares e em nenhum lugar, nua e implacavelmente viva.

Depois, se deitaram sob uma réstia de luz que entrava furtiva pelas persianas fechadas.

— Você poderia ficar — disse. — Aqui, no Uruguai.

Diana ficou em silêncio por um bom tempo.

— Isso é possível?

— Não sei. Podemos descobrir. Eu tenho contatos que ajudam exilados a voltar do exterior. Talvez eles também possam te ajudar. — Ela hesitou. — Você ia querer viver aqui?

Diana olhou para ela por um bom tempo, um período em que Romina se perdeu e se reencontrou.

— Vocês não têm ditadura. Vocês estão de volta à luz, enquanto nós estamos sofrendo com Stroessner há mais de trinta anos, e como saber o que mais nos espera? — Ela acariciou o braço de Romina. — Ainda assim, a minha família está no Paraguai. Minha mãe, meus irmãos, minhas irmãs, minhas sobrinhas e meus sobrinhos. E eu sei o que meu irmão mais velho diria. Ele me acusaria de abandonar nossa terra por uma nação que tentou nos destruir.

— O quê?

— A guerra.

A Segunda Guerra Mundial?, Romina pensou. Não poderia ser. A guerra na Coreia? O Uruguai vendia lã para os uniformes dos soldados americanos, mas o que isso tinha a ver com o Paraguai?

— A Guerra da Tríplice Aliança. Está bem viva para nós. Nunca nos curamos.

Você quer dizer, a Guerra do Paraguai, Romina pensou, e depois se sentiu banhada em vergonha. Ela ensinava essa guerra aos seus estudantes, é claro, mas como uma história distante, uma guerra que tinha acabado há um século, em 1870. O Uruguai juntou forças com a Argentina e o Brasil para invadir o Paraguai, e sim, houve devastação, os livros de história reconheciam isso com frases genéricas, mas ainda assim. Isso ainda estava muito vivo. Tão vivo que o Uruguai ainda era visto por esse prisma. O Paraguai era um país muito mais pobre que o Uruguai; o povo paraguaio atribuía isso à guerra? E se sim, estavam certos?

— É claro, ele é um conservador, o meu irmão. Sempre demasiado.

— Ah.

— E aí, tem você.

Romina segurou a respiração.

— A deliciosa você.

— Eu sou deliciosa?

— Sim. — A voz de Diana tinha um tom mais alegre agora. — Mas as frutas não ficam doces para sempre.

— Eu vou apodrecer?

— Não. Não foi isso que eu quis dizer. Você pode se cansar de mim. E depois? Eu deixei o meu país, a minha família, e aí?

— Eu nunca me cansaria de você.

— Você tem uma mulher agora.

Ela olhou para longe, envergonhada.

— Sim.

— Você se cansou dela.

— É diferente. Nunca foi assim com ela. — Romina fez carinho na coxa de Diana. — Começamos há muito tempo, eu era jovem e estava mal, mais do que eu achava. Eu fui levada só por três noites... — Sua garganta se fechou.

Diana olhou para ela por um longo tempo.

— Noites, anos. Não importa. Eles podem nos quebrar num instante. — Ela colocou a mão em Romina. — Mas você sobreviveu.

Suas frases eram tão cuidadosas, delicadas na sua simplicidade, como se a língua indígena guarani fluísse sob a superfície de todas as suas palavras, todos os seus pensamentos. O seu espanhol era diferente, um espanhol vivo de terra e rio e ossos antigos. Aquilo acalmou Romina e a deslumbrou, tudo ao mesmo tempo, como um rio da primeira vez que nos circunda.

— Meu irmão foi torturado por meses. Preso por doze anos. Todos sofreram mais do que eu.

— O sofrimento não tem medida. Não há balanças pra pesar. Só se tem tristeza depois de tristeza.

Era a primeira vez que alguém fazia isso pela sua dor, tirando-a da comparação, dando-lhe escopo e espaço. Romina sentiu uma dor ardente dentro de si e pensou que fosse se dissolver em lágrimas, mas, em vez disso, havia algo mais, uma ascensão, uma haste verdejante de possibilidade. Ela viu seu futuro de outra maneira, como uma série de caminhos potenciais, e apenas um desses caminhos parecia iluminado pela felicidade.

— Fica comigo — ela disse, bem baixinho. — Por favor. Pra sempre.

*

Ela contou a Malena no intervalo do almoço, na praça onde às vezes se encontravam para comer empanadas enquanto Romina estava de férias de verão na escola. Foi assim que se encontraram da primeira vez, comendo empanadas na praça, há quantos anos? Dez, quase dez, embora parecesse muito mais tempo, mais que uma vida. O sol estava brilhando, o banco despojado de sombra. Ela não olhou Malena nos olhos.

Quando acabou, Malena ficou olhando os pombos e não disse nada por um bom tempo.

Quando finalmente falou, era a última coisa que Romina esperava ouvir.

— Você nunca me perguntou o que eu fiz pela Proa.

— O quê? Do que está falando?

— O dinheiro extra que eu dei, para que a gente pudesse comprar a casa. Lembra? De onde você acha que veio?

Romina se sentiu derrubada pela repentina curva ao passado. Ela esperava lágrimas, mágoa, talvez súplicas ou gritos, mas para isso ela não estava preparada.

— Eu não faço ideia, mas ouça–

— Não, ouça *você*. Você não tem a menor ideia, porque nunca me perguntou em todos esses anos. — Malena tinha a cara fechada e não mudou, um animal acuado, pronto para atacar ou fugir. — Você nunca quis me conhecer.

Essa é a Malena, Romina disse a si mesma, *não uma estranha. Do que diabos ela está falando?* — e ainda assim uma náusea subiu por ela, um tipo de vertigem; para se equilibrar, ela se segurou no banco com as duas mãos.

— Isso não é justo.

Malena soltou algo como um latido agudo.

— Justo!

— Por favor, não grite.

— Fica longe de mim — Malena disse, e saiu andando para longe antes que Romina pudesse pensar como responder.

*

— não, Romina, não. — Flaca disse, alto demais, se esquecendo por um momento que tinha ligado para Romina do açougue e um cliente poderia entrar a qualquer momento.

— O que mais eu poderia fazer?

— Ficar ao lado da nossa amiga, é isso que você poderia fazer.

— Estou tentando. Por isso contei a ela.

— Você não sabe como ela anda frágil.

— Você não tem que dizer *pra mim* que ela anda frágil. Eu sei, acredite.

— E você não dá a mínima?

— Flaca! O que eu poderia fazer?

— Não foder outra mulher? — Flaca disse, se arrependendo das palavras tão logo saíram da sua boca.

Ela não podia afastar Romina, não se quisesse ser uma ponte entre as amigas e ajudar a deixar as coisas certas de novo. Ela, Paz e La Venus estavam preocupadas com Malena. Ela ficava trancada no quarto, mesmo nas noites que era a vez de La Venus usá-lo — e isso não era do feitio dela, ignorar um acordo feito com uma amiga —, e só saía para trabalhar ou ir ao banheiro. Parou de tomar banho, parou de comer, só bebia. Garrafas de uísque se multiplicavam pelo chão. Aquilo tinha que parar, mas Flaca não sabia o que fazer.

— Como você se atreve? Quantas vezes você traiu uma mulher? E levou uma vida pra contar a verdade?

— Não estamos falando de mim. E não é a mesma coisa.

— Claro que não é. Você tem as suas regras especiais.

— Calma, Ro–

— Você nunca ficou com alguém por tanto tempo quanto eu fiquei com Malena, então o que que você sabe?

— Eu não traio mais.

— Quem se importa? Você já fez isso antes, e eu não.

— Tá bem. Mas é diferente.

— Por quê?

— Porque você é tudo pra ela. E ela está passando por dificuldades.

— Então o que eu posso fazer? Negar a minha verdade? Me magoar pra não magoar ela?

— Não, mas... Eu não sei. — Flaca ficou olhando as carnes pelo vidro, vermelhas, organizadas em pilhas, cortadas por suas próprias mãos exímias. Sua cabeça latejava. As notícias de Romina rasgaram algo fundo dentro dela. O círculo de amigas, que era, depois dessa lojinha desorganizada, a coisa mais importante que tinha construído na vida. Elas eram o refúgio uma da outra. O tudo uma da outra. Parecia uma traição profunda — não o sexo, mas o abandono de Malena em tempos de necessidade, Malena, que era delas, que era parte do pacto que fizeram anos atrás, ao redor do fogo, sob a luz do farol. — Sempre colocamos a amizade em primeiro lugar. Antes de qualquer coisa. Nós somos a família uma da outra, lembra?

— Malena seria a primeira a dizer que não devemos nossas vidas à nossa família. Nem a do nosso sangue. Ela sempre disse que a família não é dona da gente, que somos livres.

Ela tinha que tentar outra abordagem. Deixou a voz tão suave quanto pôde. Romina não sabia, afinal de contas; não tinha visto Malena naquele estado. Aquilo tinha que ser explicado a ela de algum modo.

— Ro, querida, me escuta...

— Não, espera, Pilota, você que vai me ouvir.

Ao ouvir seu velho apelido dos primeiros dias, a voz de Flaca entalou na garganta.

— Qual é o objetivo de viver do jeito que estamos vivendo todos esses anos, quebrando tudo, as regras, partindo o coração dos nossos pais, quebrando nosso lugar na sociedade, como se tudo fosse de louça, só pra voltar agora pra uma velha ideia de dever? De que é horrível ser uma destruidora de lares, ou trair um casamento, ou alguma besteira assim? Eu nem tenho um casamento! Nunca houve um contrato pra assinar! — Romina tomou fôlego e continuou. — Você chamava o casamento de enganação, feito pra manter as mulheres quietas. Lembra disso? Você dizia todo tipo de merda sobre como somente mulheres como a gente poderiam ser livres. Sim, eu sei que você estava bêbada como um marinheiro quando dizia essas coisas, mas ainda assim você disse, Flaca. Então se nem as mulheres como nós podem seguir o que o coração fala, se até as cantoras têm que ficar amarradas com correntes, e se até as pessoas que passaram a vida toda sacrificando tudo pela resistência não podem nem provar um gostinho de felicidade quando ela finalmente cruza o seu caminho, então que inferno de planeta é este?

Uma pausa.

A vez de Flaca. Sua mente estava acelerada. Havia infinitas possibilidades de resposta para as palavras de Romina, o bastante para sobrecarregar a sua mente.

— Não estou pedindo que você se acorrente — ela disse por fim. — Estou apenas pedindo que você seja amiga de Malena.

— Eu tentei ser amiga dela.

— Continue tentando. Por favor. Você é a única que conhece o melhor dela, que tem mais chance de conseguir se conectar com ela.

— Rá! Me dá um tempo. Ela que não quer falar comigo.

— É porque você ainda está com a paraguaia.

— Vai se foder, Flaca.

— Por favor, se acalme.

— Você é muito hipócrita.

— Eu sei, eu sei. Sou uma baita vadia. Mas a Malena é família. E ela precisa que a gente fique com ela. Ela precisa...
— Do que ela precisava? Como dizer isso? O que tiraria Malena desse buraco? Elas estavam tentando, ela e Paz e La Venus, mas nada funcionava.

— Eu preciso ficar *comigo,* Flaca. Não tenho esse direito?

— É claro que você tem. É só que–

— Então não me peça para abrir mão de Diana, nunca mais.

No tenso silêncio que se seguiu, Flaca viu que a briga tinha sido completamente inútil.

*

Duas semanas mais tarde — quando Romina começou a trabalhar na papelada de Diana e fazer planos de procurar um apartamento, porque ela estava enfim fazendo isso, enfim estava saindo da casa dos pais para ficar com seu novo amor — Paz ligou de novo para dizer, com uma voz trêmula, que Malena tinha sumido. Ela desaparecera de casa, deixando para trás não tudo, mas a maior parte dos seus livros e roupas, sua cama estava mais arrumada do que nunca, e ninguém, nem seu chefe, nem suas amigas, nem os vizinhos, tinha a menor ideia de onde ela estava.

8
Águas que rompem

nos seus últimos dias em Montevidéu, Malena não conseguia parar de pensar nela mesma aos catorze anos — em como estava partida em duas, no que a partiu, a completude antes daquilo — tão ferozmente que parecia que o tempo tinha colapsado e a jogado nos seus escombros. Catorze. Uma guria impetuosa, Malena pegando fogo, era assim que ela era no começo, presa na ilusão espetacular de que o mundo se abria diante dela. Há tanto tempo. Séculos atrás, ou assim parecia. Era mentira que o tempo curava todas as feridas. Uma mentira cruel. Alguns cortes nunca cicatrizam bem, e o melhor que se pode fazer é tapá-lo com outras coisas — barulho, os dias, o amor como uma pele falsa — e direcionar a sua atenção para todo e qualquer lugar que não seja o da dor.

Ela tinha tentado escapar por anos. Da dor, mas também do brilho anterior a ela, que cortava até mais, porque dava a medida da perda.

O quão possível o mundo parecia. O quão claro. Catorze anos e antes disso, desde o começo da memória. Aos quatro anos, ela corria pela praia e o vento amava seu cabelo; aos oito, ela sentava em um banco de praça e tomava sorvete de casquinha e se sentia viva no sentido mais delicioso e animal, se maravilhando com as pombas e com o modo como ela podia balançar as pernas enquanto a estátua de um homem importante não podia — ele era grande e masculino e importante, tudo que ela não era, mas era ela quem estava viva e iria chutar e chutar por causa disso. Aos onze, foi levada às lágrimas por causa de um livro triste cujo título ela não lembrava mais, só lembrava que tinha uma guria doente nele, com sonhos grandes e um futuro trágico. Por dias ela chorou, se lembrando do livro, e, depois disso, seus próprios sonhos se tornaram mais claros: ela se tornaria médica e descobriria a cura do câncer. Por que não? Ela era boa em matemática e tinha fome de vida. Seus pais sempre pareciam ter um pouco de medo dela, do seu jeito selvagem, que não se encaixava nas suas ideias rígidas de como uma guria deveria ser, mas aprovavam seu objetivo de se tornar médica, desde que ela também se tornasse uma boa esposa. Então ela era feliz, ela era normal, era inteira.

O primeiro sinal de problema veio quando tinha doze anos.

Estava na igreja, entediada com o sermão, olhando fixa para a pintura da Virgem na Anunciação. Sua família era mais devota do que as outras; sua mãe levava os filhos para a missa todos os domingos e os ensinou, desde muito pequenos, a rezar. A amarem a Virgem e serem humildes diante dela. A Virgem era pura. Era sagrada. Mesmo assim, olhando para a pintura, Malena pensou que a Virgem também era bonita, corada de um ardor que presumivelmente era para Deus, que, ela acabara de descobrir, colocaria sua semente dentro do corpo dela. Suas mãos estavam cruzadas sobre o peito, seus olhos semicerrados de prazer, enquanto o anjo Gabriel contava a ela essa novidade. Malena queria ser o anjo Gabriel, aquele que causou esse calor nas bochechas da Virgem, o arrebatamento no seu rosto. Entendia vagamente que aquele não era o jeito certo de amar a Virgem, mas era tarde demais. À noite, ela sonhava em criar asas e voar até a casa da Virgem para dizer a ela sobre a semente que entraria nela, para vê-la se render lenta para a entrada da semente.

Então, aos catorze, Malena conheceu Belén.

Ela tinha um ano a mais que Malena, quinze, só que era tão tímida que parecia ao contrário, que Malena era mais velha. Ela morava a três casas de distância. Um dia, Malena lançou um olhar furtivo a Belén e encontrou-a olhando também. Começou devagar, o zunido entre elas, no delicioso ritmo do mel se espalhando por uma mesa rugosa. O primeiro beijo fora apressado e elétrico, no quarto de Belén, com a porta aberta e seus pais assistindo televisão a alguns metros. A segunda vez foi na sala de Malena. Calor vasto. Tão natural quanto cantar para as árvores. Tão impossível quanto árvores que cantavam de volta. Era óbvio que aquelas eram coisas que você não deveria fazer, e mesmo assim parecia tão correto que Malena não questionou, não parou, não mais do que conseguiria se forçar a parar de respirar. A pele de Belén era cheia de canções, Malena fazia música nela com seus dedos, e tudo deveria ter sido perfeitamente seguro, porque era a noite de jogar baralho e sua mãe sempre ficava fora até tarde quando jogava canastra na casa da irmã, a casa da Tia Carlota, e seu pai estava fazendo serão, seu irmão estudando na universidade, então a casa era delas, ou assim elas pensaram, o mundo não deveria ter acabado naquela noite, sua mãe não deveria ter chegado em casa sem avisar e encontrado a filha sem camiseta com a mão por baixo da saia da guria da vizinha. Depois, o irmão de Malena explicaria a ela que Tia Carlota tinha mandado seus convidados para casa logo que chegaram, porque sua filha, Angelita, teve a falta de educação de demonstrar sintomas de uma virose, ou seja, ela vomitou bem dentro da cumbuca de azeitonas. Por essa razão, a mãe de Malena tinha voltado para casa mais cedo, apreciando uma vagarosa caminhada pela rua depois de escurecer. Era 1965, e não havia nada de suspeito naquela época em caminhar depois do anoitecer ou se reunir em grupos de mais de cinco pessoas para apreciar um jogo de baralho. Você podia simplesmente andar, naquela época, ou se reunir e jogar, e ninguém nem pensava em enxergar essas liberdades como coisas preciosas, possíveis de se perder. A mãe de Malena, naquela caminhada noturna, ainda não tinha ouvido falar dos guerrilheiros do Tupamaros, nem de meninas que punham suas mãos por baixo das saias de outras meninas; uma daquelas formas de inocência foi quebrada quando ela pegou sua filha na sala. Anos depois, como uma mulher de trinta e cinco anos tentando escapar da vida que tinha construído, Malena olharia para aquela noite e se perguntaria ferozmente o que teria acontecido se sua prima Angelita não tivesse vomitado na cumbuca de azeitonas e desencadeado uma mudança sutil, mas violenta, no seu destino. Ela, Malena, teria continuado a ser a guria curiosa e expansiva que era antes? Teria continuado a se encontrar secretamente com Belén, tempo suficiente para sentir o tesouro entre suas pernas sem aquele algodão fino que barrava e excitava seus dedos ao mesmo tempo? Ela teria se tornado médica? Ela teria sido feliz? Alguma vez ele teve chance disso?

Sua mãe na porta. Um fôlego rápido. Uma arfada como se lutasse para não se afogar. *Não*, Malena pensou, e depois, descontroladamente, *você não está aqui*. Ela tirou a mão de Belén, e Belén se encolheu para longe dela, retração dupla, mas era tarde demais.

— Tenho que ir pra casa — Belén disse, pegando seu casaco como se fosse um bote salva-vidas, cabeça baixa de vergonha. Como Mamá não disse nada, Belén passou correndo por ela e se foi.

A mãe não falou com ela naquela noite, e acordou-a na manhã seguinte para ir à escola com a cara amarrada. Malena poderia ter pensado que tinha sido um sonho, não fossem os movimentos bruscos da mãe enquanto fazia o mate e torradas e a recusa do pai de olhar nos seus olhos. Ele também sabia. Ela ficou com os olhos fixos na sua torrada. Seu estômago era um nó.

— Por que todos estão tão quietos? — o irmão perguntou. E então se inclinou para ela de forma conspiratória. — Pelo amor de Deus, Malena, o que você fez?

Suas palavras jocosas caíram inertes sobre a mesa.

Naquele dia, na escola, ela não conseguia se concentrar. Não conseguia comer. Belén não estava na aula. O que diria aos seus pais naquela noite, se tivesse a chance de dizer algo?

A chance veio depois do jantar, lavando a louça, Mamá de costas para ela.

— Como você pôde? Como pôde fazer algo tão... Nojento?

Suas mãos tremeram.

— Desculpe — ela disse, se inundando de vergonha, não pelo que tinha feito, mas por essa mentira, uma traição a Belén e à borboleta na qual tinham se transformado brevemente.

— Não foi pra isso que eu te criei.

Rogai por nós pecadores, dizia a Ave Maria que sua mãe, às vezes, murmurava, enquanto mexia o molho de tomate ou empanava carnes para as milanesas.

— Me prometa que você nunca mais vai fazer uma coisa dessas.

Malena congelou. Sua boca não se mexia para formar palavras. Boca teimosa, se rebelando contra a sua mente, insistindo em formas próprias.

Sua mãe se virou para olhá-la nos olhos pela primeira vez no dia.

Malena tentou segurar seu olhar. Aquele olhar. A mais profunda repulsa. Não sabia que a mãe era capaz de tal expressão. Deixou a cabeça pender e encarou as lajotas do chão.

— Malena. — A voz da mãe tremia. — Você tem que me prometer.

— Olha o que você está fazendo com a sua mãe — seu pai disse, da porta. Há quanto tempo estava parado ali? — Ela está tentando te dar uma última chance.

Uma rachadura no chão de lajotas. Tão fina quanto um fio de cabelo, bem na frente dos seus pés. Nunca tinha visto. Traçou-a com os olhos. Rachadura silenciosa. Malena silenciosa. Uma última chance pra quê? Uma última chance ou o quê?

A mãe começou a chorar.

— Eu te disse, Raquel — seu pai falou. Seu corpo robusto parecia tenso, como um cabo de luz, como uma flecha em um arco. — O pecado se apoderou dela, não adianta. — Sua voz também não era familiar. — Vamos, vamos pra cama.

Ele saiu.

A mãe o seguiu.

Duas noites depois, Malena e sua mãe entraram num barco para Buenos Aires.

Sua mãe não disse nada sobre por que estavam cruzando o rio nem por quanto tempo, e Malena não se atreveu a perguntar. Cruzaram o Rio da Prata durante toda a noite, e Malena não dormiu, nem sua mãe, que manteve os olhos cerrados, mas Malena conhecia a mãe muito bem, o modo como seu peito e suas pálpebras se acomodavam pesadas enquanto ela dormia, seu ritmo profundo, e sabia que aquele era um jeito diferente de encerramento. Sono fingido. O barco cortava as águas negras, bebia a luz das estrelas. Malena não tinha jaqueta nem chapéu. *Estou com frio*, pensou em dizer à mãe, no seu ouvido, sacudindo seu braço, mas não se atreveu. Depois do modo como a mãe tinha olhado para ela na cozinha, Malena preferiria enfrentar a mordida do ar noturno.

Uma vez em Buenos Aires, pegaram um táxi e atravessaram a cidade. Ela observou as ruas imponentes passarem como um borrão pela janela. Parecia uma cidade grande, majestosa e espraiada, um lugar incomum para se procurar expiação. Talvez a mãe estivesse visitando aquela antiga colega de escola que veio morar aqui com o marido diplomata. Talvez ela quisesse fazer compras nas butiques que todo mundo sabia que ofereciam mais do que qualquer loja no Uruguai, a última moda de Paris, alguma coisa para distraí-la da dor horrível de ter uma filha nojenta, mas aí por que ela traria a filha nojenta junto? Para impedi-la de se meter em encrenca? Como um jeito de esquecer? Limpar a tela, começar de novo, nada aconteceu aqui. Talvez.

O táxi encostou na frente de um edifício genérico numa rua cheia de árvores. Só depois Malena se daria conta de que ela não tinha escutado o nome da rua nem do bairro, ela não tinha a menor ideia de onde estava no labirinto da cidade, e como você planeja uma fuga quando você nem sabe onde está? Tudo era grande naquela cidade, espantoso. Maior que tudo no Uruguai. Ela pensava que conhecia cidades grandes, tendo crescido na capital do seu país, mas Buenos Aires fazia Montevidéu parecer uma miniatura, quase um brinquedo. Elas entraram no edifício e uma enfermeira limpa e educada as levou pelo corredor até um consultório. Malena seguia, pensando, *por que uma enfermeira?* Sua mãe estava doente e não tinha contado a ela? Neste caso, ela tinha sobrecarregado sua mãe doente com mais problemas. A vergonha a queimava. Ela seria uma filha melhor, encontraria uma maneira de ajudar.

— Aqui — a enfermeira disse abruptamente, olhando direto para Malena.

Malena entrou e colocou sua mala no chão. Seu braço doía de carregá-la.

— Sente-se aqui até que o médico venha.

Malena fez o que ela mandou. Assim que sentou na cadeira, ela ouviu a porta do consultório se fechar atrás dela e uma chave virar na fechadura pelo lado de fora. Estava sozinha na sala. E encurralada. Sua mãe não tinha entrado com ela. Por que não? *Mamá, onde você está?*

*

Ela sabia o que ia fazer e sabia também que não era culpa de Romina nem da paraguaia, não mesmo, era bem mais complicado que isso, muito mais complicado do que qualquer um quisesse saber. Ela inclusa. Estava cansada de ouvir a própria cabeça. Pegou um quarto em um hotel barato na periferia da cidade para que pudesse deixar sua mala e procurar um bar. Caminhou. Não demorou muito para encontrar um. Pediu um uísque e colocou suas mãos ao redor do copo, como se estivesse rezando. *Um rosário líquido*, ela pensou enquanto bebia. O que as freiras do Convento de la Purísima diriam sobre isso?

As outras pessoas tinham ficado animadas com a democracia, que, de algum modo, permitia que expandissem as fronteiras das suas vidas. Presos políticos estavam livres. Exilados estavam retornando. Jornalistas exerciam seu direito de arengar. La Venus tinha começado a pintar, o pai de Flaca a amava como ela era, Paz tinha aberto um bar para cantoras e maricones, a porra de um milagre atrás do outro, e agora isso, Romina apaixonada, todas encontrando espaço para respirar. Todas menos ela. O mundo fazia uma pressão insuportável sobre ela. Primeiro aquilo a surpreendeu, que quanto mais a ditadura desaparecia ao longe, mais desolada ela se sentia por dentro, enquanto o resto do Uruguai parecia estar nadando na direção oposta. Como se estivesse sendo dragada por correntezas que apenas ela sentia. Quando a batalha estava em todo lugar, a desolação ao redor de todos, ela ao menos conseguia se conectar com outros nesse fluxo. Carregar Romina deu a ela algum propósito, um jeito de atravessar o mundo. Romina precisou dela, e essa necessidade fez com que Malena se tornasse importante, deu a ela um canto no mundo para cuidar. Era mais do que isso também. Foi um encontro de almas, ou assim ela pensava. Ela, ao menos, tinha dado sua alma para esse encontro. Amar Romina a completou, deu a ela um refúgio, traçou seus dias com bênçãos. Ela estava em casa nos braços de Romina. Romina e a Proa, as únicas casas que ela conheceu. Com tudo isso sumindo, ela perdeu sua âncora, e não havia substituição; ninguém queria carregar Malena do jeito que ela carregava os outros, ninguém queria ver o que ela tinha visto. Era uma inútil, estava cansada, se sentia um fardo no mundo, todo dia era uma luta para não se afogar.

Um homem sentou ao seu lado, comprou uma bebida para ela. *Sim*, ela pensou, *chega de pensar. Tente ser normal, não é isso que uma puta normal faria?* Ele era um homem de meia-idade, corcunda pelos anos de trabalho em escritórios, e não parecia ser indelicado. Uma tristeza luzia dele. Também um anseio. Se ela fosse uma mulher normal, iria querê-lo? Fingir esse querer faria dela uma mulher normal?

Não conversaram muito.

Era tudo tão fácil.

Deixou que ele a conduzisse para o quarto. Ele parecia bastante gentil, mas enquanto se enfiava nela em direção ao gozo, viu que a pergunta que ela estava fazendo ao seu corpo só poderia ter uma resposta. O nojo que sentiu dele foi pequeno, e tingido de pena, mas o nojo que sentiu de si mesma foi tão intenso que ela não podia respirar. O homem começou a ir mais rápido, tomando por engano a sua reação por excitação. Ela já devia saber. Era inútil pensar. Que poderia não ser. O que ela era. *Amanhã*, ela pensou. Amanhã pegaria o ônibus e seguiria para nordeste.

O homem caiu em cima dela como uma montanha suada e acariciou seu ombro com uma ternura ou gratidão que a fez arder de tristeza.

*

Seu nome foi levado. Arrancado.

— Você vai ter seu nome de volta — o doutor Vaernet disse — quando estiver pronta para ter alta.

— Não estou doente — ela disse, ainda pensando que sua mãe entraria ali a qualquer momento e de algum modo explicaria o engano, mesmo que, naquela altura, ela já tivesse sido segurada por três enfermeiras para tomar uma injeção de sabe-se lá o quê, mesmo que ela estivesse presa agora por cintos numa cama num quarto branco vazio.

— Você está.
— Eu não me sinto doente.

Seus olhos eram de um azul frio. Ele tinha um sotaque carregado que ela não conseguia identificar.

— Esse, criança, é exatamente o problema.
— Chama a minha mãe. Por favor.
— Já chega, catorze noventa e um.

Esse era seu nome agora. 1491. Os pacientes usavam os seus números no lado dentro do antebraço, escrito com marcador permanente, e as enfermeiras os refaziam todas as manhãs junto com o café da manhã e as medicações. Era quente na clínica, apesar da estação, porque as janelas eram bem lacradas e o ar era denso, então todos os pacientes usavam manga curta, o que deixava seus números expostos. Ela não viu os outros pacientes nos primeiros dias, que passou presa no quarto, mas os ouvia arrastando os pés no corredor. Depois, ela veria que eram em maioria homens, e uma mulher jovem. Falar com outros pacientes era proibido. Sua cabeça era uma névoa grossa, então ficava cada vez mais difícil dar conta do tempo, pensar na sua mãe, formular frases que poderia usar para insistir na sua soltura, se lembrar do motivo pelo qual chutava e lutava contra suas amarras. O mundo borrado. As enfermeiras a chamavam de 1491, e ela queria seu nome de volta, queria que seu nome lhe enchesse os ouvidos, cantava para si mesma em voz baixa, à noite, *Malena, Malena*, mas não durante o dia, pois quando o dizia com as enfermeiras por perto, elas lhe davam tapas e diziam "1491". O tempo se derreteu, então ela não sabia se estava no seu terceiro ou quinto ou décimo terceiro dia, quando foi levada para a Sala pela primeira vez. A Sala tinha paredes cinzas e máquinas pretas. A luz era diminuta. Dois médicos estavam parados nas sombras, o do primeiro dia e um mais jovem, ambos com os mesmos frios olhos azuis. Sua mente era uma lenta fera, ela não conseguia entender, por que estavam conectando fios à sua testa, nas axilas, no meio das suas pernas? Por que estavam levantando e colocando as mãos por dentro da sua camisola como se fosse um saco de batata? Dedos que afixavam os fios e permaneciam ali, deslizavam contra ela, onde ninguém a havia tocado, exceto ela mesma quando se limpava, a mão úmida do médico mais jovem. Ela não conseguia fechar as pernas, elas estavam amarradas. Os choques começaram. O tempo se estilhaçou. Detritos do tempo por todos os lugares. Ela tentou gritar. Algo tapou sua boca. Sobreviva. Cacos de si mesma, agarre-os. Atravesse este instante. Agora este. Este. Por segundos demais, minutos impensáveis. Por fim uma pausa e a voz vem.

— Você vai responder as nossas perguntas. Estamos aqui pra consertar você.

Sua boca volta. Ela fala:

— Ligue pra minha mãe. Ligue pro meu pai.

A voz do homem diz:

— Os seus pais pediram que fizéssemos isso, é a vontade deles. — Ele ri um pouco antes de dizer: — Mais um pouco.

— Não — ela diz. — Não, não, não. — Mas as paredes engolem sua voz e a dor toma a sua pele e rasga em pedaços.

Depois, ela descobriria que a pior parte dos eletrochoques era o modo como se enterravam na sua carne e ficavam lá, prontos para retornar sem aviso horas depois, quando estivesse sozinha no seu quarto, no meio do jantar, no meio do sono. Eletricidade, intrusa. Clandestina no navio machucado da sua pele.

Mais tarde, ela entenderia muitas coisas.

Ela deveria ser modificada.

Ela estava atormentada por uma aberração.

Isso deveria ser expurgado dela.

Os médicos, eles sabiam como fazer isso.

Tinham métodos. Máquinas. Cirurgias de que falavam às vezes em tom triunfante.

Sua mãe a tinha trazido ali. Seu pai a tinha enviado. Era o desejo deles.

Ela tinha que ser quebrada.

Era tão errada, do jeito que era, que precisava ser quebrada.

Ela lutava para emergir desses pensamentos e ir para outro lugar, aquele que conhecia antes, no qual podia ficar viva, no qual tinha um nome.

Mas não conseguia alcançá-lo. Estava despedaçada demais, e antes que pudesse se juntar, seus pedaços se desfaziam de novo.

Fora deixada ali.

Não havia outro lugar para estar.

Tentou gritar.

Tentou implorar.

Tentou rezar para um Deus no qual não podia acreditar, um Deus que devia certamente odiá-la para tê-la lançado tão longe do que Ele via como bom; rezava para o nada, rezava para o vazio escancarado ao seu redor.

Ela tentou a submissão, fez-se tão dócil quanto a superfície de um lago. Uma calma exterior que permaneceria com ela por anos depois.

Um psicólogo ia até o quarto dela duas vezes por dia. Fazia uma lista de perguntas sobre seus pensamentos impuros, quando eles tinham começado, com que frequência ela os tinha, o que implicavam. Ela nunca sabia o que estava respondendo, o que sua voz faria no momento seguinte.

Os médicos tinham o mesmo sobrenome. Pai e filho. O filho já começava a ficar careca. Ele entrava no quarto dela à noite, sem a prancheta.

— Você tem que aprender a ser mulher — ele disse, embora muito baixo, como se não quisesse que ninguém fora do quarto o ouvisse, e colocou a mão por debaixo da camisola hospitalar e a tocou em lugares que tinham sido eletrocutados e em lugares que não, e depois pegou a mão dela e colocou em torno do seu sexo e mexeu para a frente e para trás até gozar na sua camisola, que ficou grudada nela depois que ele foi embora.

— Você se mijou à noite — as enfermeiras disseram pela manhã, com nojo. E ela não teve resposta.

Mas uma delas, uma manhã, ficou olhando para as manchas por um bom tempo. Tinha olhos de lua em um rosto gentil, e quando ela olhou para Malena, sua expressão estava mais triste do que qualquer outra que Malena jamais tinha visto.

Na noite seguinte, a enfermeira com os olhos de lua apareceu no quarto dela.

— Catorze noventa e um, está acordada?

Ela fez que sim com a cabeça, com medo de falar.

— Você está... Bem?

Ela sacudiu os ombros. Não foi uma resposta completa, mas parecia perigoso dizer mais do que isso.

A enfermeira suspirou. Sua voz se aquietou, secreta.

— Pra ser honesta, você não parece uma guria ruim.

As cobertas grossas irritavam suas pernas, mas ela não se atreveu a coçá-las.

— Aquela guria mais velha, ela deve ter pressionado você. Eu soube da sua história. Pobrezinha.

Malena não conseguia respirar. Teve uma guria. Seu nome. Seu nome. Belén. Uma mecha de cabelo castanho na escuridão. Dor.

— Ouça. Tenho uma coisa pra te dizer. Você está na lista de cirurgias. Pro procedimento cerebral, a lobotomia.

Procedimento cerebral. Nada bom. Pensa, inferno. Não era uma coisa boa.

— Seus pais não podem te ajudar, eles não sabem de nada. O doutor Vaernet está ávido pra testar o procedimento numa mulher, entende? — Ela parou. — Mas você é muito jovem, não acha? Quem sabe você poderia conseguir mudar por conta própria, com a orientação certa, mas não se à noite... — Ela pausou. Pegou um maço de cigarros, se atrapalhou para acender um. — De todo modo, eu não posso deixar que isso aconteça, posso?

Ela não conseguia ver o rosto da enfermeira. Sua silhueta era uma escuridão de pelúcia no quarto vazio. Tinha que pensar. Gritou dentro da própria cabeça para acordar. Acorda. Aquilo poderia ser uma armadilha, um ardil complicado posto em ação pelos médicos: veja qual paciente concorda com a rebelião, depois nos informe. Uma espiã. Mas e se não fosse? E se essa enfermeira, que também era uma jovem, que morava em algum lugar de Buenos Aires e também era, tente ver, um ser humano — e se essa enfermeira realmente quisesse ajudar? A fumaça do cigarro encheu a sala, o cheiro do mundo exterior, e ela abriu a boca para engolir o que podia.

— Honestamente — a enfermeira continuou —, ele só quer continuar fazendo as cirurgias. Ele nem sabe se vai funcionar. São só experimentos para ele, do mesmo jeito que fizeram naquelas pobres pessoas nos campos... — Ela tapou a boca com a mão. — Estou falando demais. Você sabia disso? Dos campos de concentração?

Ela balançou a cabeça, embora o gesto estivesse envolto pela escuridão. O horror começando a rastejar por dentro dela.

— É claro que você não sabia, por que você saberia? — Ela deu outra tragada, soprou a fumaça. Sua mão tremia. — O doutor Vaernet era um nazista. É um nazista. Ele trabalhava nos campos de concentração, na Europa, operando homossexuais. Deixavam ele fazer o que queria. Deixavam... — Ela ficou encarando a parede, como se escondesse as palavras que faltavam atrás dela.

Seus membros. Não conseguia sentir seus membros. O corpo frio contra a cama. Sua mente ficou lúcida e ela compreendeu duas coisas: primeira, estava em um lugar muito pior do que pensava; segunda, quanto mais a visita dessa enfermeira durava, menor era a chance de que o jovem doutor Vaernet viesse naquela noite. *Continue falando*, ela pensou. *Continue, continue, mesmo que pra dentro de um pesadelo*.

— Então, depois da guerra, ele ia ser julgado por crimes de guerra, mas fugiu e veio para cá, e daí esses bastardos do Ministério da Saúde fizeram o quê? Mandaram ele de volta? Não. Por que fazer isso quando você pode dar dinheiro a um monstro pra continuar abrindo as pessoas? — A enfermeira estava chorando agora. — Eles não sabem que sou metade judia. Eu não deveria estar te contando isso. Minha mãe... A família dela... Ela fugiu quando era pequena, mas eles...

Malena nunca tinha visto um adulto chorar assim. Soluçando e ferozmente contida, tudo ao mesmo tempo.

— Eu não sabia, eu juro que não sabia, quando aceitei este emprego. Só depois suspeitei. Então eu mexi nos papéis dele e... ah, menina, sinto muito. A gente tem que tirar você pra fora daqui antes que... — Ela se interrompeu de novo.

Malena virou seu rosto para a enfermeira. Uma palavra que ela tinha dito ficou pendurada no ar como uma corda. *Fora*. Ela se esforçou para falar.

— O que eu tenho que fazer?

*

A viagem de ônibus para o nordeste, para a cidade de Treinta y Tres, era verde e vasta, campos e colinas baixas pontilhadas de cabanas ocasionais. Malena nunca tinha ido a Treinta y Tres e não planejava ficar lá por muito tempo. Ela queria ver Belén. A Belén de trinta e seis anos. Ela não sabia o que ia fazer se conseguisse. Nem tinha certeza de que Belén ainda estava lá. Tinha sido há mais ou menos um ano, logo depois que a democracia começou, que Malena encontrou por acaso uma colega de colégio no mercado e descobriu, no decorrer daquela breve conversa (Malena sempre tentava manter tais conversas breves, para evitar perguntas íntimas), que Belén agora estava casada com o gerente de um hotel em Treinta y Tres. Malena guardou aquela informação em um recuo profundo na sua mente. Mas ela emergia sem aviso, às vezes, empurrando-a na direção do seu terceiro ou quarto drinque na noite. Como Belén seria agora? Da última vez que Malena a viu, ela tinha saído correndo pela porta da frente, com vergonha. Naquele momento, aquele momento de fuga--de-Belén, Malena ainda estava inteira, não perdida nem partida em duas, ainda a semente de uma futura mulher que ela, Malena, agora nunca se tornaria. Uma mulher que nunca tinha posto os pés em Buenos Aires, embora talvez pudesse visitar a cidade pelos teatros e pela arquitetura, os cafés, as luzes da Avenida Corrientes, as livrarias que nunca fechavam, os famosos prazeres da capital argentina. Uma mulher que só conhecia a eletricidade como uma fonte de luz (e, sim, aquela mulher-que-ela-poderia-ter-sido ainda veria a eletricidade se tornar uma fonte de horror no seu país, mas mesmo aquilo era diferente da clínica, porque a tortura do governo ao menos um dia seria conhecida pelas massas, pessoas como Romina juntariam testemunhos, sobreviventes seriam reverenciados, as histórias seriam contadas e denunciadas, e essa narrativa, essa denúncia, daria espaço ao horror no tecido do mundo). A mulher que Malena nunca poderia se tornar teria terminado a escola e ido diretamente para a faculdade. Se tornado médica. Realizado os sonhos de uma guria inteira. Sonhos de uma guria perdida. Onde ela estava agora, a guria perdida? A que tocou as coxas de Belén com pura alegria? Queria encontrá-la. Queria procurá-la no rosto dessa Belén mais velha e casada.

Treinta y Tres era uma cidade simples, sonolenta. Pensou que teria que fazer certa investigação, mas havia apenas um hotel que, ela soube, ficava na praça central. Ela andou até lá carregando uma única mala, suando. Não houve problema com a reserva do quarto. Naquela noite, ela sentou na praça, agradecida que nenhum dos locais tentou puxar conversa, porque então ela poderia ficar olhando em paz para a estátua no seu centro, que mostrava os trinta e três homens que davam nome à cidade e que bravamente lutaram pela independência do Uruguai. Heróis revolucionários. Seus rostos congelados numa expressão de bravura e orgulho. Somente cinco deles na estátua, representando os trinta e três, porque, ela pensou, o país pelo qual eles lutaram ainda era pobre e não podia bancar uma estátua maior. Cinco, para o Uruguai, não era tão ruim. A escultura cantava a ação congelada no tempo, braços erguidos em todas as direções. Embora os homens tivessem a mesma coloração esverdeada sem graça, ela podia ver que um deles era negro pela forma do seu nariz e pelos pequenos cachos do seu cabelo, e ela podia ouvir o que Virginia diria, "fomos apagados de todas as histórias", o que fez com que Malena pensasse na sua velha sala de estar e em Flaca com seu braço em torno de Virginia e Paz passando a cuia de mate e La Venus pintando e estalando sua língua para as histórias apagadas, e a dor disso apunhalou Malena, pois ela tinha ido embora dali, para longe da única família de verdade que conheceu, e elas provavelmente não tinham nem notado, tinham? Engoliu a pergunta com um bom gole de uísque da garrafa que tinha nas mãos.

Não viu Belén naquela noite na praça, nem nos corredores do hotel na manhã seguinte ou na outra. Finalmente, no terceiro dia, ela disse casualmente ao homem na recepção, enquanto renovava seu quarto para mais uma noite:

— E você é o gerente?

— Não, señora.

Esse "señora" a irritou, a fez se sentir velha e gasta. Quando tinha deixado de ser uma señorita?

— Posso falar com ele?

O homem pareceu preocupado.

— Apenas para fazer elogios.

— Ah, é claro. Acontece que ele está viajando a negócios.

— Entendo.

— Eu posso dar o recado.
— Obrigada.
— Eles voltam depois de amanhã.
— Eles?
— Ele viajou com a família.
— É claro. — *Com a família*. Então ela também não estava ali. — Legal que ele tem uma família. Eles moram perto daqui?
— Aqui neste prédio, señora.
— Ah, isso é adorável.

Mais dois dias em Treinta y Tres. Não havia anonimato naquela cidadezinha, mas ninguém perguntou a ela o que estava fazendo lá ou quanto tempo ficaria, mesmo que agora ela conhecesse cada ruga nos rostos dos garçons do restaurante do hotel e do cara do bar da outra quadra e do balconista da loja da esquina que agora passava no caixa suas garrafas de grapa com um sorriso tranquilo, e ela podia adivinhar o que eles pensavam da triste mulher de trinta e poucos anos que não era uma *señorita* e que não sorria porque, puta merda, não precisava, e agora também conhecia cada ruga nos rostos dos cinco heróis revolucionários congelados na praça da cidade.

Na noite indicada, ela sentou no pequeno lobby ensebado do hotel com um livro no colo, fingindo ler. Os poemas de Sor Juana Inés de la Cruz. O livro tinha sido presente de Paz e, por essa razão, ela não conseguia se concentrar nele. As letras pretas eram simplesmente um lugar para que seus olhos pousassem. Ela esperou. Virou uma página. Sor Juana foi freira, no México, séculos atrás. Um verso de amor para uma mulher. O que significava? O que ela estava dizendo? O que essa Sor Juana sabia de mulheres e amor? Pergunta absurda, ela não sabia de nada, estava morta. Gente morta não sabe de nada. Gente morta descansa. Finalmente a porta se abriu e a família entrou. O homem na frente, uma mulher e três crianças atrás. A mulher era gorda, um rosto severo por trás da maquiagem pesada, exausta da viagem ou do que quer que a vida tivesse jogado sobre ela, olhando as crianças como uma capitã de navio, empenhada em destruir qualquer motim. Ela parecia forte e capaz, como tantas matronas encontradas por todo o Uruguai, sua infelicidade visível apenas na sua mandíbula apertada e no vazio dos seus olhos.

As crianças estavam se provocando, animadas, por alguma coisa. A mãe afastou uma delas com um tapa, ergueu a cabeça e viu Malena. Seus olhos se encontraram.

Não era ela.

Era uma mulher que se chamava Belén, mas não havia mais nada naqueles olhos da guria de quinze anos que ela fora.

Malena congelou, depois ficou quente. O que estava fazendo ali?

A mulher ficou olhando para Malena, como se tentasse completar um quebra-cabeças cujas peças tinham voado com o vento.

— Mamá! Ela não quer parar!

A mulher se virou para a filha e, naquele momento, Malena fechou o livro com força e fugiu do lobby antes que a mulher pudesse se aproximar, porque o desejo de falar com ela desaparecia naquele momento, substituída pela necessidade de escapar.

Ela chegou no quarto e fechou a porta, o coração batendo forte no peito.

Desmoronou no chão sem acender a luz.

O carpete cheirava a mofo e chuva e limão artificial.

Quase um alívio. Saber que estava feito. Sem jeito de escapar do túnel, só passar por ele.

Ainda assim, ficou deitada no chão, no escuro, por um bom tempo. Até perder a noção do tempo. Até que o tempo se derretesse na escuridão. Meio que esperando para ver se uma batida na porta chegava, uma pergunta do passado, mas nada veio. Grapa. A garrafa na mesa de cabeceira. Ela se arrastou até ela, sentou, bebeu. Amanhã iria. Desejava ir embora. Estava farta de tudo e de todos.

Mesmo assim, naquela noite, às quatro da manhã, ela se encontrou pegando o telefone e ligando para Flaca, discando números tão familiares quanto o seu próprio nome.

*

O plano era tão simples quanto perigoso. Na noite seguinte, às duas e meia da manhã, Adela — esse era o nome da enfermeira traidora — destrancaria a porta do quarto da 1491 e a deixaria fechada. Catorze noventa e um esperaria ao menos meia hora, depois atravessaria o corredor, passando pelo guarda que cochilava, depois por outra porta que Adela secretamente deixaria destrancada e então estaria fora, na noite, onde Adela a encontraria a duas quadras de distância. A partir dali ela não sabia o que ia acontecer. Ela não conseguia pensar para além da noite. Todo o seu futuro dependia das horas vindouras de escuridão e da visão de duas portas. Duas portas que aguardavam.

Ficou acordada, não se atrevendo a cochilar e perder o sinal. Não foi difícil ficar acordada. O desafio era não sucumbir à névoa. O jovem doutor Vaernet não veio. Não tinha jeito de saber por que algumas noites ele vinha e outras não. Ela preencheu sua mente com as duas portas e a possibilidade de um cérebro partido, sem conserto. Antes e depois. Clique. Destrancada. Passos suaves, se afastando. Alguém mais tinha ouvido? Corrente elétrica pelas suas pernas, no seu âmago. Tanta eletricidade tinha passado por ela até ali que ela poderia gerar a própria. Surgia sem que ela chamasse. Choque. Choque. Silêncio no corredor. Seguro por enquanto. Meia hora, espere. Ela não tinha relógio, não havia relógios, como ela saberia? O tempo tinha derretido naquele lugar, ficado pegajoso. Tempo viscoso. Tente pensar. Tente contar. Um minuto. Outro? E se esperasse tempo demais? E se Adela desistisse e saísse da esquina combinada, abandonando-a neste labirinto de cidade de posse de nada além de uma camisola de hospital? Sentou na cama. *Vai*. Até a porta e pelo corredor com pés que ela desejou que flutuassem.

A enfermeira da noite estava de fato dormindo — ela transbordou em agradecimentos. Malena desceu devagar as escadas, desejando correr, se segurando em silêncio. Ela alcançou a maçaneta, que gelou sua mão, virou-a suavemente e *empurrou!* Estava na rua. Pés descalços no pavimento. O ar da noite era um doce açoite. Nunca esteve tão feliz por sentir frio. Duas quadras passaram como se suas pernas fossem mandíbulas, abrindo e fechando, vorazes.

Adela estava na esquina, envolvida em um casaco e um cachecol. Enrolou o casaco em Malena e deu a ela um par de sapatos que eram grandes demais, mas que foram, mesmo assim, um alívio. Ela entrelaçou o braço no de Malena.

— Vamos.

Elas andaram em silêncio por um bom tempo. As ruas estavam quietas naquela hora, era uma vizinhança tranquila, residencial, com árvores majestosas e pequenos mercadinhos de esquina, padarias e açougues esparsos entre prédios de apartamento e casas decoradas. Todas aquelas pessoas dormindo e sonhando a apenas uma curta caminhada do pesadelo. Não deviam saber — e, se soubessem, se importariam? Ela começou a cansar. Eletricidade, a chame de volta. Grite através do corpo. Acorde.

— Qual é o seu nome? — perguntou Adela.

Uma pontada de medo quando o nome voltou à sua língua.

— Malena.

— Malena. — Elas continuaram andando. — Eu não posso te levar para casa comigo. Você entende.

— Sim — ela disse, embora não estivesse entendendo nada, nem mesmo sua respiração.

— Se eles encontrarem você lá... Eu perderia o meu emprego, e, o pior, você seria levada de volta.

Seus passos ecoaram. Um carro passou roncando.

— Você tem que sair de Buenos Aires.

— Claro — Malena disse, embora não tivesse pensado tão adiante. Fora, ela estava fora. Isso era tudo o que conseguia enxergar.

Entraram numa rua mais ampla: carros, cafés, música se derramando pelas calçadas. Adela fez sinal para um táxi e puxou Malena para dentro com ela. Elas foram até o porto, que ainda estava escuro. O terminal da balsa estava fechado. Uma placa dizia que abriria às seis horas.

— Seu barco sai às seis e vinte e cinco — Adela disse. Ela entregou a Malena a bolsa que estava carregando, uma passagem e um bolo de notas de dinheiro. — Não é muito — ela disse, se desculpando —, mas é tudo o que consegui. Minhas roupas vão ficar gigantes em você, eu acho. Mas você vai ficar bem. Logo vai estar em casa.

Malena olhou para baixo, para as notas, com vergonha, alarmada. Em casa. Onde era esse lugar? Se fosse para a casa dos pais, eles mandariam ela de volta para a clínica? Ela viu o rosto da mãe, naquela noite, na cozinha, banhado em desgosto. Ouviu a voz de novo. *Os seus pais pediram. É a vontade deles.*

Adela devolveu a Malena sua identidade, roubada dos arquivos da clínica.

— Não vai se importar se eu te deixar aqui? — Ela olhou ao redor. — Não podem nos ver juntas.

A enfermeira parecia ter tanto medo que de repente ocorreu a Malena que ela pudesse mudar de ideia, arrastá-la de volta para a clínica, entregá-la. Enquanto estivesse naquela margem e Adela soubesse onde encontrá-la, não estaria segura.

— É claro. Vou ficar bem.

Adela assentiu, depois abriu a boca, como se compelida a falar algo. Então se virou e foi embora sem dizer nada.

O terminal da balsa abriu e o embarque começou e, mesmo assim, Malena ficava vendo Adela correndo na sua direção, gritando loucamente, ou policiais em hordas raivosas, ou os dois doutores Vaernet, com jalecos voando em torno deles como se fossem asas pálidas — mas nada disso aconteceu. Ela entrou no barco. Por uma placa na parede, ela descobriu que era quarta-feira e que mais de quatro meses tinham se passado. O desatrelamento do barco do cais provocou tremores na sua barriga. A água a envolveu, negra e lustrosa como o céu noturno. Ela assistiu da janela até que o sono se ergueu e a atacou por dentro.

Acordou com o som de conversas ao seu redor, dos seus companheiros de viagem. Era fim de tarde; a viagem estava quase acabando.

Assim que viu sua cidade — ou melhor, a cidade que uma vez fora sua —, um pensamento flechou seu peito: não tinha para onde ir. O porto fervilhava de gente. Algumas mulheres estavam na beira do cais, examinando os homens que desembarcavam em busca de trabalho. *Mujeres de la calle*, pensou. Mulheres da rua. Foi assim que ela ouviu falar delas. Estavam cansadas e eretas na escuridão crescente. Ela não deveria estar olhando tanto, poderiam perceber a qualquer momento, ela deveria desviar os olhos, mas antes que o fizesse, um pensamento atravessou sua mente.

Você poderia se tornar uma delas.

Era um jeito de viver, não era?

Um lugar para ir.

A mão do jovem doutor Vaernet para sempre chegando.

Passou rápido por elas, evitando seus olhos.

Caminhou e caminhou naquela noite, pela cidade toda, pensando em ligar para os pais, com medo de ligar, com medo de ser mandada de volta. Tinha apenas dois objetivos: ficar viva e ficar livre dos doutores Vaernet. Se fosse para casa, poderia não conseguir cumprir o segundo objetivo. O que significava não cumprir nenhum deles. Andou pela cidade, Montevidéu, evitando os olhos dos estranhos. Ela era uma guria de catorze anos sozinha. *Me mostra*, ela gritou em silêncio para a cidade. *Me mostra que tem um fiapo de espaço para mim em algum lugar.*

O único prédio que respondeu foi uma igreja. Suas portas se abriram um pouco antes do amanhecer. *Olhe*, o lugar disse. *Olhe para as minhas portas, como são altas e largas quando tantas estão fechadas.*

Ela entrou, fez o sinal da cruz com água benta, como tinha aprendido, e sentou num banco, nos fundos. Suas pernas estavam cansadas, e ela agradeceu o descanso, mas se sentia tensa e com medo. A casa de Deus. E ela com tanta vergonha e tantos pecados de que não podia falar.

Mas onde mais?

Havia um convento nos fundos da igreja. Ela o vira da rua; o pequeno grupo de freiras, pela janela, como o grupo de mulheres do porto, só que às avessas. Mentiria para elas. Olhou para o crucifixo acima do altar, para o sangue pintado de Cristo, enquanto fazia seu plano. Contaria para elas que estava sendo forçada a se prostituir e que tinha fugido do quarto onde havia sido deixada com seu primeiro homem. Seria vaga e chorona sobre o que teria ou não teria acontecido naquele quarto. Seria pecadora e sofredora, manchada e inocente, tudo ao mesmo tempo. Ela lhes diria que tinha dezesseis anos, um pouco mais velha, e que sempre sentiu um amor sem limites por Deus. Essa última mentira era escorregadia, atravessada por um novo horror, pois os nazistas não tinham abraçado o Cristianismo? Não havia um crucifixo na parede do quarto dela na clínica, e até na sala das máquinas? Mas ela teria que dar um jeito de fazer da mentira algo crível. Infundir a palavra "Deus" com paixão suficiente para que as freiras a acolhessem. Se inclinou para frente no banco e olhou para o corte vermelho no torso de Cristo. Quando ela dissesse a palavra "Deus", a substituiria na sua mente. Ela pregaria outra palavra embaixo dessa, como o forro costurado sob a superfície de um vestido. Toda vez que dissesse "Deus" — ou "Cristo", ou "Espírito Santo" —, secretamente, no seu próprio código particular, estaria dizendo a palavra "esquecimento". *Oh, esquecimento, ouça nossa oração.*

*

Flaca atendeu com uma voz grossa e grogue.

— Alô?

— Você costumava estar acordada a esta hora.

— O quê? Quem é?

O quarto do hotel girou. Ela abriu outra garrafa de grapa. Outro gole.

— Não me conhece?

— Malena? Malena. — Farfalhar. Respiração audível. — Onde você está? Estamos todas procurando vo–

— Não estou em Montevidéu.

— Então onde?

Em Treinta y Tres, que é uma cidade sonolenta e tediosa, mas também um lugar mais doce do que você imaginaria, e estou dormindo no mesmo prédio que o meu primeiro amor, mas, rá, rá, não é o que você está pensando.

— Fora.

— Estamos todas preocupadas com você.

— É mesmo? — Teve vergonha da amargura na sua própria voz. — Romina está chorando o dia inteiro?

— Ela está preocupada também, Malena. É claro que ela está. Nós todas estamos. Por favor, volta pra casa.

Ela agarrou o fio do telefone.

— Não posso.

— Você está com problemas?

Ela quis rir. O que aquilo queria dizer? Problemas? Onde os problemas começavam e terminavam?

— Você se importaria?

— Chica! É claro que eu me importaria!

Malena esperou. Em carne viva. De repente imaginou Flaca invadindo o quarto do hotel, gritando, "já chega, você vem comigo", carregando-a nos braços de volta para

Montevidéu. Se aquilo era um temor ou um desejo, ela não poderia dizer. Seus olhos ardiam. Ela piscou.

— Malenita, você bebeu?

— Se fode, Flaca. Como se você não bebesse.

— Não assim.

— Quem se importa?

— Malena, por favor. Me diz onde você está.

Malena se agachou contra a parede, um gato encurralado.

— Não é da porra da sua conta.

— *É* da minha conta.

— Por quê?

— Porque eu amo você, Malena.

— Uma pinoia.

— Vem pra casa.

Mas não havia casa para voltar, e tinha sido uma péssima ideia ligar. Flaca estava chorando no telefone agora, dizendo alguma coisa em meio às lágrimas, mas ela estava longe de onde Malena estava e mais longe ainda de para onde ela estava indo, e não havia palavras ou estradas uruguaias que as aproximariam.

— Adeus, Flaca — ela disse, com o dedo já no gancho, e assim que as palavras saíram da sua boca ela apertou e desligou. Quando soltou, o tom de discagem soou para ela. Ficou escutando-o por muito tempo.

*

As freiras eram boas com ela e, depois de dois anos no convento, a vida começou a ocasionalmente parecer suportável, mas no fim ela não conseguiu fazer os votos. Havia muitas mentiras empilhadas sobre outras mentiras, e ela sabia que o seu Deus não era o mesmo que o delas. Elas amavam a Virgem, e ela também, mas seu amor pela Virgem estava agora atravessado pelo medo, emaranhado em perigo, não era suficiente para carregá-la por uma vida inteira usando o véu. As freiras ajudaram ela a encontrar seu caminho para além do convento, recomendando-a para o seu primeiro emprego no mundo secular: ajudando a organizar os livros em um cemitério local que tinha os registros dos mortos escritos à mão. Malena tinha uma caligrafia caprichada e elegante, e ela fez um bom trabalho no velho escritório empoeirado, onde podia passar horas em silêncio. O salário não era muito alto, mas o zelador deixou-a dormir na salinha dos fundos do escritório até que conseguisse juntar dinheiro para alugar um quarto. Ele ficou com pena dela, porque acreditou no que as freiras contaram para ele, que ela era uma órfã resgatada das ruas — e aquilo não era exatamente verdade, mas também não era de todo falso. Seus pais estavam vivos, mas ela não podia voltar para eles. Tinha ligado para casa poucas vezes em dois anos. A primeira foi dois meses depois de fugir da clínica, que foi quando se atreveu. Teve que esperar até depois que todas as freiras estivessem dormindo para ir furtivamente pelo corredor até o escritório da Madre Superiora e discar o número com as mãos trêmulas. Sua mãe atendeu. Sua mãe ficava acordada até muito mais tarde do que as freiras e parecia normal, acordada.

— Sou eu — ela sussurrou ao telefone, e a mãe hesitou, como se estivesse pensando em quem seria esse *eu*.

— Onde diabos você está? — a mãe sibilou.

— Num lugar seguro.

— Você não sabe o que nos custou. Em dinheiro, em vergonha.

— Sinto muito.

— Venha pra casa.

O impulso dentro dela para obedecer, para ver sua casa de infância novamente, para se derreter nos braços da sua mãe.

— Promete não me mandar de volta pra lá?

— Como você ousa?

— Não posso voltar, Mamá. Não posso!

— O médico não terminou o tratamento. Ele diz que você é um caso terrivelmente difícil.

— Você ainda fala com ele?

— É claro. Ele é seu médico.

— Ele é um nazista.

— Chega! Malena!

— Cadê o Papá?

— Fora. — E então: — Você não sabe como nos fez sofrer. — Sua voz subindo de dor.

Malena desligou rápido. Ficou na escuridão do escritório da Madre Superiora até que pudesse respirar normalmente de novo e voltou para sua cela.

*

O caminho de ônibus de Treinta y Tres até Polonio era complicado, requeria uma parada noturna para dormir na cidade litorânea de Rocha, onde ela passou a tardinha em um café, escrevendo uma longa carta que deixou com o concierge do hotel na manhã seguinte, para que saísse com o correio diário. Quando chegou na parada de ônibus em Polonio, esperou de novo por uma carroça para levá-la até as dunas, já que não tinha forças para caminhar até o destino e, de qualquer forma, não havia mais motivo para economizar pesos. Caminhou até a Proa e parou do lado de fora, mas não entrou. Se entrasse, poderia perder sua determinação.

A Proa estava engolida pelo crepúsculo.

Uma cabana no fim do mundo.

O oceano a envolvendo por todos os lados.

Ainda gasta, mas bonita.

Um lar perfeito.

Tantos momentos de felicidade nesses anos, como pontinhos de luz.

Mesmo assim, quando olhou para a Proa, também se lembrou do que tinha feito por ela. De como não tinham pesos o suficiente entre as cinco, e ela prometeu que ia dar um jeito. E foi até as docas. Não foi tão difícil quanto pensou que seria, embora tivesse feito menos dinheiro do que esperava e o trabalho fosse mais exigente do que imaginava. Ainda assim, ela foi até o fim, toda vez. As outras mulheres das docas lançavam olhares tortos para ela, por invadir sua zona, mas não a mandaram embora. Ela não ia mais do que uma vez por semana, porque não conseguia suportar; levava a semana toda para sentir que era dona da sua pele de novo. E tentava se disfarçar, se esconder, para que nunca ninguém ligasse a mulher das docas com a Malena da sua vida ordinária. Tinha tantas camadas escondidas agora, a guria da clínica, a guria que escapou, a guria que entrou para o convento para evitar as docas e porque não tinha mais para onde ir, a mulher que voltou às docas para que pudesse cavar um lugar para si no mundo com as próprias unhas, e não apenas para si, mas também para suas amigas. Um lugar para amar. Um lugar para o amor. Por anos, temeu ser reconhecida, descoberta como puta. Em um país pequeno, havia sempre esse risco. Os homens que você punha na boca vagavam pelas mesmas ruas que você. Tivera sorte, no entanto, exceto por aquele péssimo dia no café com as amigas de Polonio, quando o homem tinha colocado a mão no seu ombro e dito que ela parecia familiar. Ela o tinha reconhecido também. Não tinha ido com ele; ele queria um preço mais baixo do que ela estava disposta a aceitar, então ele a apalpou brutalmente e saiu bufando. Quando ele a reconheceu na frente das amigas, Malena sentiu um pânico agudo, seguido por um alívio igualmente intenso ao ver que não tinham suspeitado de nada.

Sempre quis que não suspeitassem de nada.

Ah, esquecimento, ouça nossa prece.

Talvez tivesse feito tudo errado na vida, mas era tarde demais agora. Estava cansada e não tinha mais nada. Virou as costas para a Proa e andou na direção das rochas. A noite tinha caído, mas tinha lua o bastante para se ver o caminho. Sua última vitória tinha sido chegar ali. Não terminar sua história em Treinta y Tres, em Rocha, em um quarto de hotel barato. Quase o tinha feito, mas o impulso para ir a Polonio tinha sido mais forte. Tinha pensado naquilo tantas vezes, por anos, olhando para a água e imaginando ela a engolindo por completo. Tinha andado tantas vezes naquelas mesmas rochas, imaginado o salto, calculado sua medida.

E era por isso que agora chegava ao lugar certo numa velocidade surpreendente. O farol se assomava às suas costas, mas ninguém estava lá, ninguém podia vê-la, estava sozinha. Estava no alto de uma ponta irregular, e as ondas quebravam violentas abaixo. Elas pareciam sobrenaturais ao luar, subindo ferozmente, repetidamente, colidindo contra as rochas. Sem vergonha. Sem cansaço. Sem trégua.

A água podia se romper e se separar de si mesma e logo depois voltar à totalidade.

Ou se rasgar e nunca mais voltar.

Ela não podia se demorar. Não podia mudar de ideia.

No último momento antes do salto, viu o rosto da mãe torcido em uma carranca de nojo (e seu pai, atrás dela, olhando através de Malena, como se ela não estivesse ali, como se não existisse, como se nunca tivesse existido) e viu Romina também, de olhos vazios, indiferente, os rostos se misturando uns aos outros como uma única verdade, uma tese confirmada, isso é isso e não é aquilo, nunca será. Salto, libertação, para longe de tudo aquilo, para dentro do oceano, o vivo oceano, os grandes braços azuis do único que ela sabia nunca tê-la odiado, e estava planejando aquilo há tanto tempo que não tinha o direito de se surpreender com a curva voluntária dos seus joelhos, o salto para a frente, suas pernas obedientes e prontas. Ainda assim, o ar a chocou enquanto ela pairava nele, suspensa tão graciosamente que pareceu, por um instante, que tinha sido libertada das regras da gravidade, que no fim não cairia, que a noite suntuosa a manteria no seu abraço para sempre e, naquele instante, o desejo de viver se rebelou no seu peito e martelou criminosamente o seu coração, logo quando começou a cair, os olhos bem abertos, grandes o suficiente para ver o infinito em cada segundo enquanto a noite negra desmoronava devagar ao seu redor.

*

O corpo foi encontrado na noite seguinte por Javier, o neto adolescente de El Lobo, enquanto fumava um cigarro nas rochas. A identificação do corpo não foi difícil, graças à carteira no bolso do seu jeans. Paz foi a primeira a receber a notícia, uma vez que o seu endereço compartilhado estava na carteira de identidade, e, embora ela não tivesse o telefone dos pais de Malena, sabia seus primeiros nomes e pôde encontrá-los na lista telefônica e passar a informação para a polícia. Para o alívio de Paz, eles não insistiram para que fosse ela a ligar. Ela soube, pelo policial em Castilhos, que a morte havia sido considerada ou acidente, ou suicídio.

— Mas quem é que confia na polícia de Castilhos? — Paz disse, em meio a soluços engasgados, e todas se lembraram de quando ela ficou presa na minúscula cadeia naquela mesma jurisdição rural.

Paz ligou para a delegacia de polícia de novo no dia seguinte e ficou chocada ao saber que os pais de Malena se recusaram a trazer o corpo para um enterro em Montevidéu, que eles nem pagariam por uma lápide.

— Mas não é possível! — Paz disse. — Ela precisa vir pra casa. Eu pago pelo transporte, se for preciso.

— Você não pode fazer isso, señorita.

Por um breve momento, Paz pensou o quão estranho seria se ela tivesse conhecido esse homem antes, sendo sua prisioneira, ou talvez quão ordinário, já que havia apenas alguns policiais em Castilhos, e para onde mais eles iriam? Foco. Fique calma.

— E por que não?

— Porque você não é família. Somente parentes próximos podem autorizar o transporte.

Paz foi até Castilhos para apresentar seus argumentos, falar com superiores e tentar levar Malena para casa. Não adiantou. Ela não era nada mais do que uma colega de casa, uma amiga. La Venus e Flaca estavam com ela, e La Venus tentou sua estratégia clássica de mostrar o decote e baixar a voz para uma espécie de ronrom, mas a única coisa que conseguiu com isso foi um desconto numa lápide no cemitério local, o que ao menos era melhor do que o túmulo sem inscrição ao qual Malena teria sido designada. Elas foram ao enterro juntas, as três, junto com o padre e algumas das boas pessoas de Polonio: Benito, Cristi, El Lobo, Alicia, Óscar, Javier, Ester e Lili. Os pais de Malena não apareceram, nem seu irmão, que morava em algum lugar no exterior, Suécia ou Suíça, ninguém lembrava direito. Foi a ausência de Romina que mais machucou Flaca. Na noite anterior ao enterro, ela ligou para Romina da pequena pousada suja que se passava por hotel em Castilhos e implorou uma última vez para que ela viesse.

— Nós éramos a família dela, Ro. Éramos tudo o que ela tinha.

— Eu sei. Eu sei.

— E você não se importa?

— Como você pode me perguntar isso? — A voz de Romina parecia fraca, embora pudesse ser só a ligação ruim. — É claro que eu me importo. Mas e se os pais dela aparecerem?

— Eles não vão aparecer. Não querem saber de nada.

— Mas nós não sabemos ao certo. E não seríamos bem-vindas.

— Quem se importa com–

— E, de todo modo, eu não preciso ir, é só um corpo naquele caixão, não é mais a Malena.

— Só um corpo? Um corpo que você amou.

Romina estava chorando agora, mas em silêncio, lutando para abafar o som.

— Eu sei.

— Como você pode ser tão cruel?
— Para, por favor.
— Eu?
— Sim, eu não aguento, Flaca.
— Você tá contente que ela se foi.

A linha ficou muda. Flaca pensou sentir Romina do outro lado, juntando sua ira como uma arma. Mas, em vez disso, ela começou a chorar. Foi o som mais terrível que já tinha ouvido. Queria confortar Romina, embora por um instante também tivesse tido o pensamento perturbador de que, se Romina sofresse, Malena poderia voltar. Ficou congelada com o telefone no ouvido. Esperando o choro de Romina diminuir. Esperando a dor parar.

— Por favor, venha — sussurrou.
— Como você ousa? — Romina disse, logo antes do sinal de linha engolir sua voz.

Pela segunda vez na vida, Flaca e Romina não se falaram por um ano.

*

Três semanas depois do enterro, a carta de Malena chegou: uma missiva assinada por uma morta, desafiando o rio do tempo. Tinha se arrastado pelo sistema postal de Rocha até a casa de Paz, que também era a casa de La Venus e de La Piedrita, e mesmo de Malena antes dela desaparecer. O envelope nomeava Paz como destinatária, mas a carta dentro abria simplesmente com uma palavra.

Amigas

PARTE TRÊS
2013

9
Uma criatura mágica e brilhante

Era o vigésimo sexto aniversário da morte de Malena, embora Flaca não tivesse certeza de que as outras se lembrariam, e não era por isso que estavam indo para Polonio, por que as dunas passavam por ela agora em todo o seu esplendor, as mesmas dunas de sempre, as dunas de hoje, tornadas únicas a cada momento pelas irrepetíveis ondulações do vento. Era uma celebração, então o melhor era não mencionar Malena.

Ainda era estranho para ela viajar até Polonio num caminhão 4x4 de dois andares, apertada entre turistas ávidos para ver os restaurantes boêmios e albergues pintados de cores vibrantes para tirar fotos deles mesmos com o farol de fundo, comprar colares feitos com as conchas locais e pingentes com símbolo da paz feitos na China. Polonio era um destino turístico agora, mencionado em guias brasileiros e argentinos como uma joia que ninguém deveria perder, como um refúgio gay e hippie, bem como um refúgio para leões-marinhos, uma confluência de línguas que fazia Flaca se sentir parte de uma espécie sujeita a medidas protetivas e a espectadores boquiabertos. Além disso, a Playa Sur tinha crescido como atração entre turistas de luxo, com chalés de estuque branco brotando ao longo das rochas, mostrando geradores particulares e esculturas de ossos de baleia e cortinas diáfanas, atrás das quais aparentemente os ricos perseguiam as delícias eróticas do paraíso. Nada como La Proa, que permanecia tão teimosamente gasta quanto antes, embora o mural de La Venus de criaturas do mar, enredadas no que parecia amor, tivesse dado à parede da frente seu próprio caráter alegre. Apesar da sua aparência humilde, La Proa agora rendia bons aluguéis para elas nos meses de verão, quando não estavam usando o lugar, uma renda pela qual todas eram gratas, sendo os tempos o que eram.

La Venus estava sentada ao seu lado, fotografando as paisagens que passavam, como se fosse mais uma turista que nunca tinha visto aquele lugar, embora, na verdade, estivesse trabalhando em uma instalação fotográfica das dunas. Flaca pensava que era impossível capturar as dunas com a câmera, nem o menor aspecto da sua essência e poder. Mas ela não era a artista — talvez, pensou, precisamente por causa de pensamentos como aquele. Artistas não desistiam de tentar dar conta das coisas só porque dar conta delas é impossível. Romina estava à sua frente, cabelo ao vento. Ela sorriu para Flaca, que sorriu de volta, se perguntando se ela também lembrava de caminhos cruzados naquela paisagem ou se o presente ou o futuro a atraíam mais. Romina estava apertada contra Diana, e todos estavam apertados ali, até os estranhos, pois o caminhão estava lotado, mas mesmo assim seus corpos pareciam cantarolar juntos, porto e navio, navio e porto. De mãos dadas para todos verem. Recém-casadas. Flaca ainda não conseguia acreditar e se esforçava para compreender a ideia. Romina e Diana, casadas. Duas mulheres casadas. Cada ideia singularmente insana, tirada dos limites do possível. Ela tentou se imaginar contando isso a si mesma, à pessoa que era quando deu o primeiro beijo em Romina, no banheiro de uma boate, quando eram adolescentes no fundo daquilo que hoje as pessoas chamavam de el armario. O armário. Quarenta anos atrás. Não teria acreditado nem por um segundo. Mesmo assim, ali estavam, recém-saídas do Cartório Civil, um dos primeiros casais a aproveitar a nova lei. Mulher e mulher. Romina parecia indiferente, talvez porque, ao longo da sua vida profissional, ela tivesse visto a mudança vindo há muito tempo. Por que as duas não deveriam fazer votos, assinar seus nomes em um livro legal, obter a bênção de um funcionário do estado, se planejavam ficar juntas para sempre?

Morte e matrimônio. Matrimônio e morte. Vinte e seis anos hoje. Elas não se lembrariam, é claro, e por que deveriam? Ela não as lembraria. Estava feliz por Romina e Diana. Celebrou o casamento das duas com tanta alegria e estupefação quanto todas as outras. E, ainda assim, não conseguia se livrar do sentimento de que alguém estava faltando na massa de pessoas amontoadas no cartório, um buraco na forma de Malena, que deveria estar lá chorando de raiva ou de ciúmes ou de tristeza ou talvez estremecida, como todo mundo, com a maravilha da luz que insidia sobre as duas noivas, no Uruguai, enquanto elas pegavam as mãos uma da outra.

*

Flaca e La Venus moravam juntas agora, na casinha onde Flaca tinha crescido, em cima do açougue. Depois que seu pai morreu, ela morou sozinha por algum tempo, mas, ao completar cinquenta anos, a solidão se ergueu ao seu redor como uma sutil maré e ela ficou aliviada quando La Venus pediu para ir morar lá. Ela passou a ocupar o quarto que era dos pais de Flaca, o maior da modesta casa, e ainda bem, pois precisava de cada centímetro de espaço, e encheu-o de telas em vários estágios de criação, além de objetos encontrados que ela estava pintando — o que continuava fazendo por prazer, mesmo que agora pudesse comprar telas com mais facilidade, graças ao seu trabalho como professora de pintura numa escola secundária e ao fluxo decente de exposições e encomendas de galerias que surgiam para ela.

Uma noite, poucas semanas antes dessa viagem a Polonio, elas tinham aberto uma garrafa de vinho e se maravilhado com suas estranhas sortes.

— Olha pra gente, umas velhas solteiras.

— Fale por você. Eu não sou velha.

La Venus ergueu uma sobrancelha.

— Ah. Como eu estava dizendo, solteiras agora que começamos a ter, ah, só umas ruguinhas nos nossos rostos impecáveis.

— Agora sim. Você ainda atrai olhares por onde passa, Venus. Você sabe disso.

— Viro?

— Não se faça de modesta.

La Venus sorriu sedutoramente.

— É um dos meus superpoderes.

— E eu não sei? — Flaca serviu mais vinho nas duas taças. — O mais engraçado é que eu me imaginava ficando velha com você.

— Não brinca?

— Não tô brincando. Antes de você me deixar pra ficar com a glamurosa diva que te levou para o Brasil.

— Que diva glamurosa? Eu não me lembro disso.

— Se a sua memória está indo embora, então você *está* ficando velha.

Elas riram. E La Venus pensou, naquele momento, não em Ariella, mas em Mario, o menino que ela amou, a criança que tinha voltado para sua vida como um belo homem. Ele tinha entrado em contato havia dez anos. Quando disse a ela seu nome no telefone naquela voz profunda e adulta dele, a sala se derreteu ao seu redor, se tornou líquida e brilhante. Eles concordaram em se encontrar para tomar um café. Ela trocou de roupa seis vezes antes de sair de casa, finalmente aceitando um vestido modesto, sem se arriscar. No café, eles pegaram uma mesa juntos timidamente, trocando olhares furtivos enquanto esperavam pelo café. Ele tinha vinte e sete anos, a mesma idade que ela tinha quando foi pela primeira vez a Polonio e começou a desmantelar a sua vida de casada — *a idade da fênix,* pensou, *ao menos para mim*. Estava estonteantemente lindo, mesmo que sua carinha de bebê ainda estivesse lá, debaixo das suas feições, aberta, terna. Aquilo a inundou de novo, um amor tão intenso que ela poderia ter derrubado um prédio com as próprias mãos.

O café chegou. Ela colocou açúcar e esperou. Tentou respirar.

— Eu não achava que você fosse vir — ele finalmente disse.

— Por que não?

Ele deu de ombros, com os olhos no café.

— Achei que não quisesse me ver.

Ela não podia imaginar. Era ele afinal que havia sido criado por uma avó que certamente o ensinou a odiá-la, ou a esquecê-la, ou ambos. Ela tomou um gole de café para se estabilizar.

— Achei que você não se lembraria de mim — ela disse, quase acrescentando: "eu penso em você o tempo todo".

— O quê? — Ele parecia genuinamente confuso. Seus olhos não tinham mudado nada, ali ainda estava o Mario de três anos de idade, de seis anos de idade, todos os Marios dentro dele. — Você era como uma mãe pra mim.

Ela não conseguia respirar.

— Eu penso em você o tempo todo.

As palavras dela. As palavras que ela engoliu.

— Minha abuela... Não consigo perdoar o que ela fez com você. Foi horrível, o que ela disse.

— Então você se lembra.

— É claro. Eu me lembro de tudo. Não *entendi* tudo até ficar mais velho. Foi um momento confuso, quando saí do Brasil. E depois, morar com a minha avó... Bem, ela não era gentil.

Ele olhou para La Venus com expectativa, mas ela segurou a língua. Ele não precisava ouvir algo venenoso sobre a mulher que o criou.

— Vejo que você não está surpresa — ele disse. E riu. Não tinha nada da arrogância do resto da família. Parecia terno, um estudioso, como um bibliotecário introvertido mas de grande coração, que não estava completamente pronto para o mundo hostil. — De todo modo, não consigo acreditar que você esteja aqui de verdade.

— Como você me encontrou?

— Tenho acompanhado a sua carreira por anos. O seu trabalho é lindo, eu adoro. — Ele pareceu acanhado. — Eu até comprei uma pintura.

Ela desejava saber qual. Uma coisa de cada vez.

— Mas você não tentou me ligar.

— Não. Eu fui um covarde.

Colidiam na sua mente a miríade de coisas que ela desejava dizer; ela não conseguia organizá-las. Colocou sua mão sobre a dele. Ele estudou as mãos deles juntas, em silêncio, por um tempo.

— Então, podemos manter contato? — ele disse, baixo.

— É claro.

— Eu gostaria que você conhecesse a minha filha.

O ar ficou preso nos seus pulmões. Uma filha? Como o tempo tinha acelerado assim, para que Mario fosse o pai, e não o filho?

— Quantos anos ela tem?

— Dois. O nome dela é Paula.

— Eu quero conhecê-la — ela disse. E depois, antes que pudesse se interromper: — Eu já amo ela.

Pelas semanas e meses e anos que se seguiram, aquelas palavras se provaram verdade.

Agora, dez anos depois, sentada na cozinha, ela observava Flaca acender outro cigarro. Ela tinha tentado parar diversas vezes no decorrer dos anos. La Venus, que sentia muita falta de cigarros, mas estava determinada a manter sua palavra, observou a fumaça se enrolar languidamente entre elas.

— Eu acho que nós *estamos* velhas — disse. — Quando nos conhecemos, eu pensava que uma pessoa de sessenta e três anos era idosa. — No mês passado, Paula tinha dito "abuela, quando eu for velha como você" como se fosse a coisa mais normal do mundo, e La Venus quis rir do choque, do "velha", mas também daquele título que mesmo agora fazia seu corpo cantar, "abuela". — Mas aqui estou, e ainda me sinto a mesma.

— Exceto pelos seus joelhos?

La Venus abriu os braços num gesto de rendição.

— A questão é que a minha fantasia de envelhecermos juntas era um pouco diferente.

— Ah, é?

— Era chucu-chucu todos os dias.

— Parece bom.

— Parece? —Flaca olhou para La Venus. A verdade é que ainda era belíssima, uma gata agora elegante, e é claro que La Venus sabia disso, sempre aplicando cuidadosamente o batom e penteando seu cabelo. De vez em quando, a pergunta sobre o que poderia acontecer entre elas passava pela mente de Flaca, mas logo desaparecia no éter. Elas já tinham ido longe demais agora. Seria como transar com uma irmã. — Não sei. Com este quadril dolorido, não tenho certeza se conseguiria aguentar a emoção.

— Ah, vamos lá! E aquela Teresita?

Flaca sorriu. Ela não podia evitar. Trombou com Teresita na Feira da Tristán Narvaja, algumas semanas antes. Teresita, a segunda mulher com quem tinha feito sexo, depois de Romina, logo depois do golpe. Naquela época, Teresita era uma jovem dona de casa inquieta, presa no seu apartamento e nos medos da repressão crescente, e a coisa entre elas tinha deixado ela apavorada, ela confessou, no meio das barraquinhas abarrotadas de abobrinhas, objetos de antiquário e as roupas baratas da China que estavam tirando os comerciantes locais do mercado.

— Você me apavorava, Flaca. Eu queria tanto ter filhos e ter uma vida normal e não estava bem certa da cabeça.

— Ninguém estava — Flaca interpôs.

Teresita fez um gesto em concordância e seguiu:

— Mas eu nunca te esqueci. Nem por um dia.

Ficaram se olhando em silêncio, enquanto o sol batia nelas. Flaca pensou na Teresita jovem, nas suas pernas flexíveis e na sua paixão acrobática. As cores se tornaram mais vivas nas barraquinhas amontoadas. Continuaram conversando. Teresita tinha quatro filhos e cinco netos. Tinha se divorciado havia uma década.

— Nunca foi um bom casamento — ela disse, calma, como se avaliasse vegetais passados em um tempo de fartura. — Você está bonita — completou.

Flaca agradeceu.

— Digo, muito bonita — disse devagar desta vez, e Flaca deu uma olhada mais de perto na avó gorducha diante dela, o jeito como seu cabelo grisalho oscilava insistente na luz.

Planejaram se encontrar de novo uns dias depois, na Plaza de los Bomberos. Teresita levou o mate. Ficaram conversando até a tarde cair e Teresita ter que ir cuidar dos netos; tinha prometido fazer isso enquanto os pais iam no cinema.

— Não aconteceu nada entre a gente — Flaca disse a La Venus enquanto apagava seu cigarro. — Sabe-se lá onde isso vai dar.

— Ah, qual é, Flaca. Ela te quer, e por que não iria querer? Você a faz se sentir jovem.

Flaca pensou em Teresita como a conhecera, ágil e hesitante, depois feroz e faminta no escuro. O quanto todas elas tinham mudado, seus corpos deslizando implacavelmente nas correntes do tempo.

— E você a faz se sentir gostosa.

— Vamos ver.

— Só me avisa se decidir me expulsar de casa, tá bem?

— O quê?! Venus, não seja ridícula. Você é a minha família, e esta é a sua casa.

La Venus estudou uma rachadura na parede de lajotas. Flaca não conseguia decifrar sua expressão.

A palavra "família" serpenteou por elas como um dragão translúcido, uma criatura mágica e brilhante que elas tinham criado.

*

Romina se escorou em Diana enquanto o caminhão as levava adiante e adiante pelas dunas em direção ao polegar de terra ao longe que era a sua segunda casa. Flaca e La Venus estavam sentadas de frente para ela, perdidas nos seus próprios pensamentos. De todo modo, não era fácil conversar com o rugido daquele veículo que se movia pela areia cheio de turistas. Ela e Diana não estavam tentando conversar, embora achasse que era a primeira vez que estavam de mãos dadas nessa travessia, sem tentar esconder seu vínculo. Era surpreendente que Diana ainda não tivesse soltado sua mão. Quando se tratava de visibilidade em lugares públicos, Diana tinha ainda mais medo do que Romina. Mas lá estavam elas, as mãos ainda dadas, os dedos entrelaçados, falando uma com a outra, a alegria entrelaçada com o medo. Diminuindo o medo. Elas tinham acabado de casar e essa era a lua de mel, e não soltaria a mão da sua noiva por nada, nem para agradar nenhum dos outros passageiros, as famílias, os hippies, os brasileiros ou argentinos ou montevideanos, eles podiam ir a Polonio se quisessem, mas não podiam roubar seu dia.

Não que alguém parecesse se importar. Elas eram duas velhas de mãos dadas, e daí? Quem se importava com as mãos das mulheres velhas?

Estavam juntas há vinte e seis anos. Mas, ao mesmo tempo, eram recém-casadas. Um casal de longa data e recente ao mesmo tempo. Ela ainda estava maravilhada que aquilo tinha acontecido, a cerimônia na prefeitura, na sala onde seus pais tinham se casado há setenta anos, agora cheia de gente. Diana, é claro, não teve ninguém da sua família paraguaia lá, e contaria a eles no tempo devido, talvez, quando estivesse pronta. Alguns dos seus irmãos — os convertidos evangélicos — já a viam como uma desertora para o Uruguai, terra de esquerdistas, pecadores e pervertidos, e ela só falava com eles nas viagens que fazia ao Paraguai. Não voltava por eles, mas pela sua mãe, a quem amava sem limites, e com quem ela só conversava em guarani, uma língua que vertia da sua boca, quando ligava para casa, como um córrego limpo e selvagem. Romina adorava ouvi-la, e tinha tentado aprender palavras com Diana, que era uma professora paciente e nunca provocava Romina pela dificuldade de lembrar daquelas palavras novas e maleáveis que escorriam pela sua mente. As únicas palavras certas eram "eu te amo". Elas se derramavam da boca de Romina, sempre se erguendo, nunca o bastante. Rohayhú. Rohayhú etereí.

Toda a família de Romina foi ao casamento: Felipe, sua esposa e os filhos, agora jovens adultos, e o pai e a mãe de Romina, aos noventa e noventa e um anos, apoiados nos braços dos seus netos, caminhando devagar na direção da filha, que era, finalmente e de um jeito que nunca tinham imaginado, uma noiva. Tinham acolhido Diana há muito tempo. Logo depois da morte de Malena, Romina passou a ver segredos como um tipo de veneno que devorava as vidas das pessoas por dentro, e mais ainda quando se alimentava de vergonha. Ainda assim, levou alguns anos para contar à família. Começou com pistas aqui e ali sobre Diana, dicas que seus pais ignoraram como iscas na água, presas a anzóis, que não deviam ser mordidas. Quando ela finalmente contou a eles diretamente, eles ficaram quase aliviados, e sua mãe até ralhou pelos anos de segredo.

— Por quê? — ela disse. Romina tentou explicar, sobre dever, sobre não os desapontar, mas sua mãe deu de ombros e disse: — A sua avó não sobreviveu a todas as coisas por que passou para você viver escondida.

Levou dias para que Romina se recuperasse do choque. Gradualmente, ocorreu a ela que a mãe passou anos suspeitando e foi se acostumando com a ideia, formulou um jeito de absorvê-la. Foi mais difícil para Felipe. Ele não aprovava. Tinha suas suspeitas. Ele esperava que ela não fosse uma daquelas mulheres que tenta desviar o movimento político de questões sérias com, bem, coisas assim.

— Coisas assim como? — ela perguntou, obstinada.

— Viadagem — ele disse.

As coisas ficaram tensas entre eles depois disso por anos, embora, por causa dos pais, ambos tentassem permanecer civilizados nas reuniões de família. Foi só depois que ela concorreu ao Senado e venceu que ele a procurou novamente. De repente, ele estava orgulhoso da sua irmã, uma líder vitoriosa do partido. Eles fizeram uma frágil trégua. E agora ali estava ele, com sua família a tiracolo, seus filhos que, como jovens na casa dos vinte anos, achavam as atitudes do seu pai retrógradas e constrangedoras e se gabavam do casamento da sua tia nas redes sociais, onde navegavam com uma facilidade desconcertante. Romina estava contente que Felipe tinha ido, mesmo que, durante a cerimônia, ele parecesse ter dado de cara com uma selva cheia de bestas de que não sabia o nome. A mãe de Romina, por sua vez, chorou de alegria. Flashes de câmeras, algumas delas pertencentes a amigos, outras de jornalistas cobrindo o casamento da senadora que tinha votado pelo casamento gay, ajudado a aprovar a lei e depois declarado publicamente sua intenção de casar. Era um novo tempo no Uruguai, a Frente Ampla esquerdista governava o país, do presidente ao Congresso, até na prefeitura da capital, e ali estavam, um dos primeiros casais gays a se casar legalmente no Uruguai, o artigo diria, inevitavelmente completando com o fato do Uruguai ser o terceiro país da América a legalizar o casamento gay, depois do Canadá e da Argentina e antes dos Estados Unidos. Os jornais de esquerda diziam orgulhosamente; os conservadores, a contragosto. E as fotografias delas estariam nos jornais. Mais um motivo para sair da cidade. Depois da cerimônia, elas fizeram um almoço simples em casa, com a família e os amigos amontoados no apartamento, sem espaço para sentar e com um sentimento eletrizante no ar e, naquela noite, enquanto Romina lavava a louça e secretamente desejava que o último convidado fosse embora para que pudesse terminar de arrumar as malas para Polonio, o telefone tocou. Era o Presidente Mujica, ligando para dar os parabéns pelo casamento. A ligação foi breve, calorosa e jovial, como as coisas eram normalmente com El Pepe. Um homem que tinha ficado preso por toda a ditadura, sobrevivido à tortura e tentado, quando era um jovem tupamaro, derrubar o governo, não se tornaria o líder daquele mesmo governo sem um senso de humor saudável.

Na manhã seguinte, Romina acordou ao lado de Diana e observou ela dormir por um tempo, um milagre. Essa mulher que tinha misturado sua vida com a dela. Que pedia a ela todas as manhãs para que compartilhasse os seus sonhos. "Você", Romina sempre queria dizer, e às vezes dizia, "você é o meu sonho". Ou então dizia "sonhei que uma paraguaia linda me deixava beijar os seios dela". "Ah, eu deveria ficar com ciúmes?". "Não", Romina respondia, "lisonjeada". E Diana protestava, "os sonhos são poderosos, amor, você não está levando isso a sério", as tentativas de afastar suas mãos eram de brincadeira, e muitas vezes se transformavam em outra coisa. Depois, os sonhos se derramavam, e Romina sempre ficava chocada com as percepções misteriosas de Diana.

— Bom dia — disse Diana, sem abrir os olhos.
— Bom dia, *esposa*.
— *Esposas!* Uma palavra tão estranha. Significa, além de esposa, algema.
— Eu sei. É o patriarcado.
— Agora fazemos parte dele? Do patriarcado?
— Certamente não parece ser o caso, para mim.
— Nem para mim. — Os olhos de Diana estavam bem abertos agora.

Havia tanto para ser feito, para arrumar, chegar na rodoviária a tempo de pegar o ônibus para Polonio. Quanto mais velha Romina ficava, mais tempo tudo demorava, e, aos cinquenta e oito anos, ela sabia que não era sábio ficar na cama ao invés de se levantar e começar a se preparar. Mesmo assim, ela desejava ficar onde estava para saborear a pele de Diana sob seus dedos, para guardar aquele momento bem dentro dela. Por que diabos tinha planejado uma viagem em grupo para sua lua de mel?

Mas ela sabia o porquê.

Diana relaxou com o prazer do toque de Romina, e Romina pensou, *que inferno, nos atrasaremos, ah, que seja*, e depois Diana disse:

— Você está pensando nela.
— O quê?
— Não está?
— Como você sabe?
— Eu te conheço, querida.
— Sinto muito.
— Não sinta. Como posso ficar com ciúmes dos mortos? — ela disse, brincando, mas, quando viu a expressão no rosto de Romina, completou: — Você vai amar ela para sempre. E você deveria. Isso é parte do motivo por que te quero, por que te estimo: você não consegue tirar uma mulher de dentro de você uma vez que ela encontrou o caminho.

Romina apertou a mão de Diana enquanto pensava nisso muitas horas depois, quando o caminhão encostava em Calaveras e Polonio já podia ser vista ao longe. Podia morrer feliz naquele momento. Pensava isso, às vezes, quando a beleza a atingia por dentro, que se isso fosse a última coisa vivenciada, não teria motivos para reclamar. A morte pairava perto agora, a cada hora de vigília, apesar da sua boa saúde, uma presença que não precisava seduzi-la para deslizar sob seus lençóis. Uma presença que roçava a sua carne como uma promessa, a única que seria cumprida definitivamente. Rápida ou lenta, estava vindo atrás dela, como vinha para todos, independente se você fugisse ou se atirasse na sua direção como Malena tinha feito, como ela não conseguiu impedir Malena de fazer. A areia e as ondas passavam por ela cada vez mais rápido, já estavam se encaminhando para o cabo e se aproximando do centro de Polonio, a encruzilhada que agora tinha o calor e a agitação da praça de uma cidade. O caminhão parou. Os turistas começaram a sair dos seus assentos, olhando ao redor para as banquinhas cheias de joias feitas de conchas, as placas muito coloridas, os restaurantes servindo empanadas de peixe e cerveja, a praia, o oceano e o farol ao longe. As expressões dos viajantes pareciam de satisfação, como se dissessem "sim, realmente, é o paraíso". Mas quando Romina desceu do deque superior, se segurando cuidadosamente na escada, ela pensou na primeira vez que tinha levado Diana para lá, só as duas, logo depois de terem se tornado um casal. Foram dias inebriantes, era a primeira vez que Diana via o mar, a primeira vez delas entrando nas ondas juntas, um desprendimento silencioso para ambas. Naquela viagem, elas souberam que Benito, o náufrago, o sobrevivente do naufrágio, tinha morrido de ataque cardíaco e seu filho tinha assumido o Rusty Anchor.

— Imagine essa vida — Romina dissera. — Viver em um lugar porque seu pai foi um náufrago.

— Mas, meu amor — Diana perguntara, com os dedos no cabelo da sua amada —, não somos todas filhas e filhos de náufragos?

*

Paz as recebeu na porta de La Proa, com um livro em uma mão e uma faca na outra.

— Cadê a Virginia? — La Venus perguntou.

— Na água. Eu disse que a encontraria depois. Queria receber vocês.

— Brrr! Nadar? — Flaca fez careta. — Em outubro?

— Está quente para outubro.

— Mudança climática — Romina disse, cumprimentando Paz com um beijo.

— Lá vai ela — disse Paz, rindo. — Até na lua de mel não consegue parar de se preocupar com o mundo.

— *Lutar* pelo mundo — Romina disse.

— Que romântica — Paz disse.

— É mesmo — disse Diana, e todas as mulheres riram juntas.

— Eu mal posso esperar para ir nadar — disse La Venus. — Frio ou não. Vamos todas?

Logo estavam caminhando na direção da praia, evitando o centro do vilarejo, ainda cheio de turistas do caminhão recém-chegado, tirando fotos e tocando nas mercadorias e comendo empanadas de peixe. Não havia jeito, Paz pensou, de qualquer um deles amar aquele lugar como ela amava, ou conseguirem enxergá-lo claramente, mas ela também tinha sido uma forasteira ali, arremessada de outro lugar. Quando sua mente resmungava por muito tempo sobre os garotos hippies com seus dreadlocks loiros, violões e jaquetas corta-vento de marca ou sobre os empresários brasileiros olhando com desdém para os hippies, ela pensava em El Lobo, ouvia sua voz, *venha e eu vou te contar uma história*. El Lobo já tinha partido. Polonio ainda era sonolenta quando ele morreu. Agora, seu neto, Javier, administrava um albergue atrás do mercado cujas camas ficavam todas preenchidas durante o verão.

Elas chegaram na praia, azul para todo os lados, escancarado majestosamente diante delas. As ondas estavam frias, mas Paz recebeu bem os arrepios enquanto entrava caminhando. Flaca gritava e reclamava do frio, Romina ameaçando jogar água nela, Diana deslizando com água até o pescoço. Paz tinha visto aquilo antes. Malena mergulhando seu corpo, a primeira a se render — naquela primeiríssima vez — e lá estava a dor, a dor sempre. *Malena, a água está fria hoje, estou indo para onde é mais fundo e mais frio, está vendo, Malena?* Se ela ficasse perto das amigas, elas poderiam ler seus pensamentos, e aquilo não parecia correto. Era uma lua de mel. Procurou Virginia e, quando a viu perto das pedras, nadou na sua direção.

— Como estão as noivas?

— Felizes — Paz disse. — Radiantes.

— Do jeito que estavam ontem — Virginia disse. — Foi uma linda cerimônia.

— Ainda não consigo acreditar — Paz disse.

Quando um grupo de ativistas pelos direitos gays começou a se encontrar em La Piedrita, ela pensou consigo mesma: *direitos gays? Que direitos?* Casamento parecia um absurdo, uma ideia importada que começou no primeiro mundo, mas não tinha nada a ver com o Uruguai, onde casais gays nem contavam a seus colegas de trabalho ou a suas famílias o que eram. Esses jovens passavam muito mais tempo na internet do que Paz passava e sabiam muito sobre como era a vida para pessoas como eles em outras partes do mundo e, portanto, sobre o que era possível. Ela os ajudou de bom grado, ofereceu-lhes o espaço para se organizarem, primeiro tocada pela seriedade deles, e logo impressionada com seu poder coletivo, com a tenacidade com que lutavam pelos seus sonhos, desimpedidos pela memória do que era necessário para sobreviver ao Processo, o que, é claro, eles nunca tiveram que fazer.

— Um casamento gay. Ainda soa estranho.

— Eu sei.

— Tipo um experimento bizarro. O monstro de Frankenstein.
— Rá! Não deixe as noivas ouvirem isso!

Virginia jogou a cabeça para trás e riu. Paz nadou para perto dela e beijou-lhe o pescoço.

— Mm, elas podem estar vendo.
— E?
— Você é a péssima — Virginia disse, mordendo a orelha de Paz.

As ondas as envolveram, as sustentaram, e Paz se maravilhou por, ainda que seu corpo mudasse — ela tinha cinquenta e dois anos, estava maior, mais pesada, mais redonda em alguns lugares e flácida em outros, mas firme de uma nova forma, como se o tempo tivesse a enraizado no solo da verdade —, o corpo do oceano continuava tão fresco como sempre, antigo como sempre, sabendo exatamente como cercá-la. Envolva-a perfeitamente. Pressione-a com a força mais suave. Junte ela e sua amante em um rico abraço. Ela podia ouvir as vozes das suas amigas à distância, reclamando do frio, discutindo alegres sobre quanto tempo conseguiriam aguentar.

— Está triste que não estamos nos casando também?
— Não, triste não.
— Mas você quer? Porque você sabe que eu me casaria.
— Você deixou isso bem claro.
— Certo.

Virginia ficou em silêncio por um tempo.

— Paz — ela disse por fim —, você é minha. Pertencemos uma à outra. E a coisa que nos liga é sagrada. Não importa o que ela seja.

Paz ardia por dentro. Três anos juntas e ela nunca se cansava de como Virginia dizia a palavra "sagrada". Depois que Flaca e Virginia terminaram, há anos, elas perderam o contato, e Paz não a viu por vinte anos. Então, elas se trombaram na Playa Ramírez, no festival anual de Iemanjá, onde milhares de pessoas de Montevidéu se aglomeravam para fazer oferendas à deusa iorubá do mar. Velas brilhavam em buracos cavados na areia, resplandecentes de orações. Flores brancas brotavam e oscilavam nas ondas. Melancias rolaram para a água, pegajosas com melaço e esperança. Barquinhos partiam carregados de oferendas, empurrados pelos fiéis vestidos de branco. A canção irrompeu ao longo da costa. Mães de santo ofereciam limpezas a estranhos que faziam fila, enquanto vendedores vendiam pipoca, velas e cartões com orações e uma imagem de Iemanjá saindo das águas, com estrelas se derramando das suas mãos. Paz tinha ido para ver as luzes se acenderem na água e ouvir os cânticos dos devotos, cuja fé ela achava comovente, embora não a compartilhasse. Ela avistou Virginia usando um longo vestido branco e um lenço na cabeça, sentada na beira de um buraco no qual ela tinha acendido velas com suas amigas. Conversaram. Continuaram conversando. Paz soube imediatamente que queria ficar na beira daquele buraco pelo tempo que Virginia deixasse, o que acabou sendo um longo tempo. Semanas depois, quando estavam deitadas nuas, Virginia contou a Paz o que Iemanjá significava para ela — "sagrada e fêmea e preta, sem separação, vasta como o oceano, toda sagrada e única. Como a energia que acabamos de gerar juntas, que também pertence aos deuses" —, e Paz pensou no oceano de Polonio, no quão vasto era, incognoscível. Em como a primeira vez que o viu, aos dezesseis anos, foi a primeira vez que se sentiu livre. *O oceano como uma igreja*, ela pensou. *O corpo de uma mulher como uma igreja*. Tinha tanto para dizer a Virginia ali, mas disse apenas com as mãos.

— Você — ela disse agora, segurando Virginia contra si dentro do oceano. — Você é o sagrado.

— Eu não preciso de um pedaço de papel — Virginia disse no seu ouvido.

— Bem, se você quiser... — Embora Paz não quisesse. Ela queria somente a palavra "sagrada" dita pela voz dessa mulher, e essa mulher, envolvida nas águas que alcançavam o horizonte e além.

*

naquela noite, fizeram um banquete de casamento: Flaca assou no fogo chorizo, cordeiro, peixe, berinjela, pimentões e batatas-doces, enquanto as outras preparavam salada, arroz e sangria. La Venus tinha feito alfajores no dia anterior, na cidade, e os serviu de sobremesa. Enquanto comiam, a luz do farol passou por elas, com um silvo, como fazia há muitos anos.

— É coisa minha — Flaca disse — ou os turistas ficaram ainda mais rudes dessa vez?

— Pois é. Polonio mudou tanto.

— Eles acham que são os donos da praia.

— Mas em outros aspectos não mudou nada. O oceano ainda é o mesmo.

— Se lembram de quando tínhamos a praia só pra nós?

— Se lembram de quando podíamos ficar na praia a tarde toda porque não tinha um buraco na camada de ozônio?

— Seria muita sorte se o buraco na camada de ozônio fosse o nosso único problema ambiental — Romina disse, embora ela também se irritasse com a restrição de ter que

ficar abrigada e evitar os raios do sol entre o meio-dia e as cinco da tarde, toda tarde. Os avisos de raios UV começaram como um bloco de três horas e agora se expandiram para cinco. Acabaram-se os ritmos desenfreados dos velhos tempos, quando você tomava sol e nadava quando queria.
— O nível do mar está subindo em todos os lugares. Toda a praia de Polonio pode ser engolida um dia.

— Você acha que a nossa casa pode acabar submersa? — Paz perguntou. — Seria como aqueles barcos naufragados que estão lá agora mesmo, no fundo do oceano. Conseguem imaginar as gerações futuras mergulhando pra encontrar as nossas coisas? Chamando elas de tesouros?

— Tenho medo de imaginar essas gerações futuras — disse Romina, pensando no debate no Senado sobre o que fazer a respeito da mudança climática, o desamparo de uma nação minúscula açoitada por um duro e novo padrão climático saído de outro hemisfério. "Eles causaram o problema", alguns dos seus companheiros senadores disseram, "eles é que deveriam pagar para consertar", uma linha de raciocínio que os deixariam ideologicamente puros, mas vulneráveis para o desastre. Os sonhos dela eram assombrados por enchentes violentas e tempestades cada vez mais intensas.

— Nossa casa nunca ficará debaixo d'água — zombou Flaca. — É alto demais aqui.

— Todo Cabo está vulnerável.

— Não consigo aceitar isso.

— Vai acontecer, você aceitando ou não. Esse é o problema da mudança climática.

— Ai, Deus, chicas — La Venus disse. — Podemos, por favor, não falar disso? Chega de apocalipse. Isso aqui é pra ser uma ocasião alegre!

— Tudo bem, então, sem conversas deprimentes sobre o futuro.

— Eu acho que o futuro é promissor — La Venus disse. — Digo, olha pra isso: vocês duas estão *casadas*.

— Agora sim! — disse Paz. — Agora sim está bom.

— Se nossos eus mais jovens pudessem ver isso — La Venus disse. — Vocês pensam no que aconteceria se pudéssemos fazer o tempo desmoronar e falar com nossos eus do passado?

— Só quando estou muito chapada — disse Paz.

— Estou falando sério! Nossas versões passadas poderiam estar aqui nesta mesma sala, ouvindo.

— Tenho certeza de que estão — Virginia disse.

— Elas não acreditariam no casamento — Flaca disse. — Nunca.

— Eu contaria pra elas só pra ver as caras — disse La Venus.

— Cantoras chocadas.

— Quando éramos cantoras — Flaca disse. — Quando não tínhamos as outras palavras. Agora temos todas essas palavras e ninguém mais é cantora.

— Isso é verdade — Paz disse, pensando nos jovens ativistas em La Piedrita, com seus "gay" e "lésbica" e "bissexual" e "queer" e seu divertimento ao aprenderem a palavra "cantora" com ela, como se fosse uma coisa curiosa, um broche da gaveta da sua tia-avó que você nunca usaria. — Mas não é melhor ter mais palavras? Não ter que falar em código sobre nós?

— É claro que é bom. É claro que é melhor. É só que... — Flaca fez um esforço para pensar. — Eu não sei. Às vezes vocês não sentem que estão desaparecendo?

— Nós não somos as que desapareceram — Romina disse. E depois acrescentou: — Malena.

O silêncio se alastrou pela Proa.

— Esta noite, faz vinte e seis anos — Romina disse, olhando diretamente para Flaca — que ela se foi.

Pelo que pareceram horas, Flaca teve dificuldade para encontrar sua voz.

— Você lembrou.

— Você pensou que eu não lembraria?

Flaca não conseguia falar.

— Eu sempre me lembro da data. — Romina encarou a parede rústica. — Aquilo me destruiu, sabe, não ir ao funeral.

— Eu sei — Flaca disse rápido, embora não soubesse. Por todo esse tempo, elas nunca tinham conversado sobre isso diretamente. Seu corpo inteiro parecia estar em carne viva, como se a pele tivesse sido arrancada. — Eu entendo.

— Tem certeza?

— Sim — Flaca disse, embora só tivesse certeza de que o passado não poderia ser reescrito, que poderia tranquilizá-la como uma bondade.

No silêncio que se seguiu, a luz do farol veio lavá-las com tanta discrição e persistência que quase parecia que a luz podia se transformar em som.

Diana estava abraçando Romina por trás, esfregando suas costas.

Observando-as, Flaca pensou nos primeiros anos. Quanto tempo levou para perdoar Diana pelo que ela catalisou, quanto tempo tinha levado para ver seu formidável coração. Diana nunca a culpou pelo rancor, segurou a porta da amizade aberta até que Flaca estivesse pronta para entrar. Se a situação fosse o contrário, ela duvidava que fosse capaz do mesmo.

La Venus quebrou o silêncio.

— Lembram da primeira vez? Quando estávamos só começando a nos tornarmos *nós*, como ela nadava bem mais além do que qualquer uma?

— Ela era assim. Quieta, mas sempre pareceu que enxergava mais longe do que nós.

— Mais fundo nas coisas.

— Exatamente.

— Ainda assim, teve tanta coisa que ela não nos contou.

— Essa é a parte que me mata — La Venus disse. — Que ela não falava, que ela não confiava na gente.

— Talvez não fosse que ela não confiava — Paz disse —, mas que ela não conseguia. Se soubéssemos...

Mas Paz parou, pensando na carta, onde tudo tinha sido contado, todos os horrores, todos os segredos, a clínica, e as docas, os nazistas e Belén, o esconder-se e o anseio e a dor, tudo em um rugido embolado que chegou tarde demais. A palavra mais importante, a primeira, ainda acordando Paz no meio da noite como uma lança: *amigas*.

— Como a gente ia saber? — Romina disse, em voz baixa. — Eu também já me perguntei isso. Falhei com ela mais do que qualquer uma. Era eu quem estava ao lado dela. Ficava tentando ajudar, sugerindo que entrasse em contato com os pais. Tenho tanta vergonha disso agora. Eu não imaginava, não poderia saber. Mas olha, eu nunca quis matá-la. Você tem que acreditar em mim, Flaca.

— Eu acredito — disse Flaca. A sala tinha girado, e ela teve medo de cair mesmo estando sentada no chão.

— Não posso voltar e mudar o que aconteceu — Romina disse. Ela se escorou em Diana, uma âncora firme. — Não posso passar a vida encarando o cano da arma do passado.

— Não — La Venus disse. — Você não pode.

— Eu também me culpei por anos — disse Paz. — Eu estava morando com ela. Tentei falar com ela. Mas não acho que você a matou, Ro, e nem eu. Acho que o silêncio a matou.

— Sim — disse Diana. Era a primeira vez que falava desde que o assunto tinha surgido e sua voz soou firme. — É assim que funciona o silêncio.

— O que você quer dizer? — La Venus disse, gentil, sabendo que havia mais debaixo daquela superfície. Com Diana, sempre tinha mais.

— Aquele silêncio da ditadura, o silêncio do armário, como chamamos agora. Tudo isso em camadas e camadas, como cobertores que te abafam até que você não consegue mais respirar. Pra muitas pessoas isso é demais. Vimos isso no Paraguai. Então nenhuma de vocês deveria carregar a culpa.

Flaca tentou lidar com aquelas palavras. Teve o pensamento terrível, o novo pensamento, de que todos esses anos tinha tentado pôr a culpa em Romina, bem no fundo, era um escudo para não se culpar. Ela, La Pilota, quem forjou o grupo, deveria ter salvado Malena. Foi a última a falar com ela, e ficou revendo aquela ligação na sua cabeça por vinte e seis anos, procurando o buraco pelo qual sua amiga tinha escorregado. Mas jogar aquilo em cima de Romina... Romina, seu coração. Romina, seu primeiro amor, com quem ela remapeou o mundo.

— Mesmo assim — disse Virginia —, a história não tem que terminar. Ela está do outro lado, mas ainda está conosco.

— Eu vou até as pedras atrás do farol, às vezes — Paz disse —, e tento falar com ela.

— Você fala? — Flaca disse. — Com Malena?

— Sim. Vai saber se ela me ouve, mas ajuda.

Foi Virginia quem inicialmente tinha sugerido isso. Ela falava com seus ancestrais o tempo todo, pois era normal na sua tradição espiritual; primeiro Paz se sentira boba fazendo aquilo, mas logo se tornou um tal conforto que ela continuou, sem se preocupar se acreditava ou não.

— Eu não fui mais lá — Flaca disse. — Não desde... — E então não conseguiu mais falar.

La Venus abraçou Flaca, secou suas lágrimas e ranho com a manga da roupa.

— Sabe o que eu acho? — Virginia disse. — Eu acho que nós deveríamos ir até as pedras. Juntas.

— O quê? — disse Flaca.

— Quando? — disse La Venus.

— Esta noite — disse Virginia. — Agora mesmo. Para nos lembrarmos dela. Nossa própria cerimônia.

— Mas é a noite de Romina e Diana — Flaca disse. — É pra ser a lua de mel delas. Parece errado.

Romina procurou a mão de Diana antes de responder.

— Na verdade, parece certo pra mim. Nós conseguimos esse triunfo, mas não sem perdas.

— Nem todos sobrevivem aos túneis — disse Virginia.

— Sim — Romina disse, surpreendida por essa frase que nunca tinha ouvido antes, mas que não exigia explicação. — Exatamente.

— Então? — disse La Venus. — Vamos?

Flaca olhou ao redor, para La Venus e Paz, que assentiram; para Virginia, a quem sempre amaria (três ex-namoradas dela naquela sala e ela amava todas, eram vida, sangue, safiras na coroa dos seus anos acumulados); depois para Romina e por fim para Diana.

— Tudo bem pra você?

Diana sorriu.

— O que é o amor — disse ela — se não puder conter todos os canais do espírito?

*

Uentava nas pedras, mas não estava frio. Elas fecharam bem as jaquetas, mais pelo conforto que pelo calor. Não havia mais ninguém por perto. Não tinham certeza do que iriam fazer, e ficaram paradas, meio incertas. Paz olhou para o oceano e pensou em Iemanjá, frutas e flores, todas as oferendas que não tinham trazido. Apertou a mão de Virginia. Romina estava próxima de Diana, e La Venus tinha um braço em volta de Flaca, que enfiou as mãos nos bolsos da jaqueta e ficou mexendo com um fiapo que encontrou lá dentro. Pedras. Eram só pedras. As mesmas de sempre. Em algum lugar dali foi seu último passo, o salto, e ainda assim era um lugar normal, como qualquer outro, não havia um fantasma esperando por ela, elas só deviam ir embora.

E então Paz disse o nome de Malena. E La Venus também. E Virginia também. E Romina, Flaca, Diana. O som do seu nome se tornou um cântico, uma melodia sinuosa, improvisada, cantada ao vento. Histórias surgiram; histórias recontadas, lembranças, desejos, confissões, elogios. Não se apressaram. Elas foram com o fluxo. Suas vozes se sobrepondo, não havia plano nem regra, não existia a interrupção. Juntas, elas fizeram uma tapeçaria de sons nunca escutada antes e que nunca se escutaria novamente. Quando o som diminuiu, quando enfim terminaram, elas se demoraram um pouco e ouviram o oceano, pulsando seu próprio ritmo contra as pedras.

Na volta, pegaram um caminho mais longo para evitar o centro do vilarejo, onde a música soava e risadas fluíam, porque a noite tinha recém começado. As notas exuberantes de um bandoneón surgiam do restaurante de Cristi; ela devia ter dançarinos de tango se apresentando, uma estratégia que nunca falhava para conquistar seus clientes. Estava fazendo bons negócios com os turistas, aquela Cristi. Em outra noite, elas iriam visitá-la, e ela certamente as receberia com um grito de deleite e vinho por conta da casa para as noivas. Por enquanto, porém, todas sabiam, sem dizer uma palavra, que queriam ficar juntas, ficar quietas, deitar perto umas das outras no escuro. Havia apenas uma pequena lasca de lua no céu. A beleza em ruínas da Proa não seria visível, mas estaria com elas. As abraçaria, pensaram, enquanto percorriam o longo caminho para casa.

Agradecimentos

Devo agradecer a muitas pessoas pela existência deste livro.

A minha mais profunda gratidão à minha formidável e visionária agente, Victoria Sanders, e à sua equipe extraordinária, incluindo Bernadette Baker-Baughman, Jessica Spivey e Allison Leshowitz. A tenacidade, habilidade e fé de vocês em mim é uma maravilha. Também sou extremamente grata à equipe da Knopf, incluindo Carole Baron, editora extraordinária, que me acompanha há cinco livros, todos eles melhorados por conta da sua incansável artesania, seu olho brilhante e seu franco bom humor; Sonny Mehta, por continuar acreditando e apoiando o meu trabalho; Genevieve Nierman, pela dedicação e contribuições incisivas; e todas as pessoas maravilhosas que operam milagres nos bastidores da Knopf, da Vintage, e as editoras internacionais que foram gentis o bastante para dar uma casa aos meus livros.

No Uruguai, sou imensamente grata a várias pessoas que compartilharam histórias, tempo, pensamentos, alegria e hospitalidade enquanto eu reunia o material que inspirou este livro. Ouço anedotas sobre a história cultural de Cabo Polonio há dezoito anos. Foi Gabi Renzi que me levou lá pela primeira vez, em 2001, quando eu era uma jovem mulher queer da diáspora procurando a minha própria conexão com o Uruguai. Desde então, pude perceber, diversas vezes, que Gabi é uma das pessoas mais generosas que já existiu na face da Terra e que suas percepções e seu conhecimento são incomparáveis. Leticia Mora Cano e La Figu também foram incrivelmente generosas nesses anos, doando tempo, pensamentos, histórias, milanesas caseiras e memórias marcantes. Zara Cañiza compartilhou suas ideias, sua visão, sua casa, seu tempo, sua arte transcendente e sua perspectiva singular. Essas mulheres não são apenas fontes para mim: são amigas, inspirações, meu coração. Este livro não existiria sem elas, e minha gratidão é infinita.

A pesquisa para este livro tomou várias formas, desde longas noites de mate e conversas à luz das estrelas até ficar debruçada sobre pilhas de livros. Eu devo muito à Biblioteca Nacional do Uruguai e à biblioteca da UC Berkeley por suas coleções inestimáveis. Embora os trabalhos que consultei sejam extensos demais para serem todos citados aqui, eu gostaria de estender meus agradecimentos especialmente a Juan Antonio Varese, cuja bibliografia sobre a Costa Rocha foi fundamental; a Tomás Olivera Chirimini, destemido preservador da história e da herança afro-uruguaia; a Silvia Scarlatto, biógrafa de El Zorro de Cabo Polonio; aos muitos sobreviventes da ditadura uruguaia que corajosamente deram seu testemunho; e a Peter Tatchell, pelo seu papel crucial em expor os crimes de Carl Vaernet, tanto nos campos de concentração nazistas quanto nos seus anos depois, na Argentina.

Agradecimentos sinceros e profundos àqueles que ofereceram feedbacks essenciais ao meu manuscrito, ou encorajamento muito necessário, ou outras formas de generosidade que ajudaram a moldar o livro, incluindo Marcelo de León, Chip Livingston, Raquel Lubartowski Nogara, Achy Obejas, Aya de León, Reyna Grande, Jacqueline Woodson e Sarah Demarest. Vocês são todos magníficos. E também à

San Francisco State University, pelo Prêmio Presidencial, que me deu um tempo precioso para terminar este livro, e a todos os meus maravilhosos colegas e alunos no campus, que gentilmente me fornecem um fluxo contínuo de aprendizado e inspiração.

A gratidão que devo à minha esposa, Pamela Harris, não tem tamanho. Não tentarei contê-la em uma frase. Nossos filhos, Rafael e Luciana, transformam o que se entende por possível e expandem o nosso mundo; portanto, sem eles, este livro não existiria. Minha família me apoiou em todos os altos e baixos enquanto eu trabalhava neste romance. Ainda consigo ouvir minha sogra, Margo Edwards, me mandando para o escritório com um alegre "quebre o lápis!" de boa sorte. Obrigada. Também à minha família estendida, particularmente no Uruguai e na Argentina, onde a hospitalidade, o amor e a paciência com minhas linhas de investigação aparentemente bizarras têm sido imensuráveis. Obrigada.

Ao contar histórias que estão amplamente ausentes da história formal, ou da grande atenção pela cultura hegemônica, eu nunca esqueço que há milhares (se não milhões) de pessoas cujos nomes talvez nunca saibamos, cujos nomes estão perdidos no tempo, mas que fizeram as nossas vidas contemporâneas possíveis através de atos de extraordinária coragem. As histórias dessas pessoas acabam frequentemente não registradas, mas eu estou aqui hoje e consigo falar por causa delas. E, por fim, para qualquer pessoa que esteja lendo isto e tenha tido dificuldade para sair de uma crisálida e se tornar seu eu autêntico: eu vejo você, eu te agradeço, estou feliz por você estar aqui, este livro também é seu.

Copyright © 2019 Caro De Robertis
Mediante acordo com a autora. Todos os direitos reservados.
Título original: *Cantoras*

CONSELHO EDITORIAL
Eduardo Krause, Gustavo Faraon, Luísa Zardo,
Nicolle Garcia Ortiz, Rodrigo Rosp e Samla Borges

PREPARAÇÃO
Samla Borges

REVISÃO
Alice Meira Moraes e Evelyn Sartori

CAPA E PROJETO GRÁFICO
Luísa Zardo

FOTO DA AUTORA
Lori Eanes

DADOS INTERNACIONAIS DE
CATALOGAÇÃO NA PUBLICAÇÃO (CIP)

D278c De Robertis, Caro.
Cantoras / Caro De Robertis ; trad. Natalia
Borges Polesso. — Porto Alegre : Dublinense, 2024.
432 p. ; 19 cm.

ISBN: 978-65-5553-098-8

1. Literatura Norte-Americana. 2. Romances
Norte-Americanos. I. Polesso, Natalia Borges. II. Título.

CDD 813.5 • CDU 820(73)-31

Catalogação na fonte:
Eunice Passos Flores Schwaste (CRB 10/2276)

Todos os direitos desta edição
reservados à Editora Dublinense Ltda.
Porto Alegre • RS
contato@dublinense.com.br

Descubra a sua próxima
leitura na nossa loja online

dublinense .COM.BR

MISTO
Papel | Apoiando o manejo
florestal responsável
FSC® C125132

Composto em TIEMPOS e impresso na BMF,
em IVORY COLD 58g/m², no OUTONO de 2024.